SOMEONE TO WATCH OVER ME – MEIN WEG ZU DIR

WILD WIDOWS 4

MARIE FORCE

Übersetzt von
LOTTA FABIAN

»Wenn es vorbei ist, möchte ich sagen: Mein ganzes Leben lang
war ich eine Braut, die mit dem Staunen verheiratet war. Ich
war der Bräutigam, der die Welt in seine Arme schloss.«
»Wenn der Tod kommt«, Mary Oliver

»Trauer ist nicht das Ende der ehelichen Liebe, sondern eine
ihrer herkömmlichen Phasen.«
»Über die Trauer«, C. S. Lewis

»Hinter dem Mondschein und dem Frost,
der Aufregung und der Dankbarkeit
stand, wie viel unser Zusammentreffen
anderen Begegnungen und anderen Lieben verdankte.
Die Jahrzehnte eines anderen Lebens.«
»Als wir uns zum ersten Mal gegenüberstanden und unsere
Berührungen enthüllten«, Philip Larkin

ÜBER DAS BUCH

Der vierte Teil der Reihe um die »Wilden Witwen«, diesmal mit der berührenden Geschichte von Lexis zweitem Kapitel mit Tom

Fast drei Jahre nachdem mein Ehemann Jim an ALS gestorben ist, beginne ich mich endlich aus dem erdrückenden Nebel der Witwenschaft zu befreien, was ich zum großen Teil meinem sexy Mitbewohner – und ehemaligen Highschool-Schwarm – Tom Hammett zu verdanken habe. Nur weil er mir eine Unterkunft in seinem geräumigen Haus angeboten hat, konnte ich die Kellerwohnung bei meinen Eltern verlassen, in die wir wegen Jims Krankheit gezogen waren. Jetzt kann ich mir ein neues Leben aufbauen, doch gerade als ich dabei bin, in Tom mehr als nur einen Freund zu sehen, schlägt das Schicksal erneut zu, und ich stehe plötzlich vor der Frage, ob ich es riskieren kann, mein Herz an einen weiteren Mann mit einem potenziell lebensbedrohlichen Gesundheitszustand zu verlieren

…

Originaltitel: Someone to Watch over me © 2024 HTJB, Inc.

Copyright für die deutsche Übersetzung: © 2025 Lotta Fabian

Lektorat: Birte Lilienthal, Ute-Christine Geiler Agentur Libelli GmbH

Deutsche Erstausgabe

ISBN: 978-1966871033

Cover: Kristina Brinton

Buchdesign und Satz: E-book Formatting Fairies

An dieser Stelle eine kurze Erinnerung daran, dass die Chronologie dieser Serie von der der First-Family-Reihe abweicht und ihr zudem voraus ist. Bitte versuchen Sie nicht, beide in Übereinstimmung zu bringen.

Danke, und ich hoffe, Sie genießen Lexis Geschichte.
Marie

1

Lexi

Große Tragödien zeichnen sich durch eine scharfe Trennlinie aus – es gibt die Zeit vor dem schrecklichen Vorfall und die danach. Es gibt die Zeit, bevor bei meinem jungen, lebensfrohen Ehemann eine schlimme neurologische Erkrankung diagnostiziert wurde, die ihn der Fähigkeit beraubte, sich zu bewegen, sodass er letztlich im eigenen Körper gefangen war und sein Leben viel zu früh beendet wurde, und die Zeit danach. Es gibt die Zeit vor dem Tod meines Ehemanns und die danach. Eine Grenze unterteilt diese beiden Phasen meines Lebens auf eine Art und Weise, die den Menschen, der man war, und den Menschen, zu dem man geworden ist, voneinander trennt und die einen zwingt, herauszufinden, wie man sich ein neues Leben aufbaut, obwohl man das, das man bereits hatte, geliebt hat und gar nicht ändern oder gar aufgeben wollte.

Und das alles sorgt dafür, dass man nicht besonders gut damit klarkommt, wenn der wunderbare Freund, der in all den Jahren seit dem Tod dieses Ehemanns den ersten Funken möglichen romantischen Interesses in einem geweckt hat, in seinem Wohnzimmer bewusstlos auf dem Boden liegt. Genau hier stehe ich jetzt also und sehe mich mit einer neuen Katastrophe konfrontiert, die dazu führt, dass mein Gehirn am liebsten abschalten würde und ich vor dem weglaufen möchte, was sich da gerade vor mir abspielt.

Doch das kann ich nicht. Tom braucht mich. Er ist so gut zu mir gewesen, seit ich vor ein paar Monaten sein Angebot angenommen habe, ein Zimmer bei ihm zu mieten, damit ich bei meinen Eltern ausziehen konnte, wo Jim und ich während seines Kampfes gegen ALS gewohnt haben. Ich zwinge mich, meinen Schock zu überwinden, und greife nach meinem Handy, um einen Krankenwagen zu rufen.

»Notrufzentrale, bitte nennen Sie mir Ihren Notfall.«

Diese Worte in nüchternem Ton ... Sie triggern das Trauma der vielen Male, die ich für Jim Hilfe rufen musste.

»Hallo?«

»Ich ... Äh, mein Freund ist bewusstlos.«

»Hat es einen Unfall gegeben?«

»Das weiß ich nicht, ich habe ihn eben beim Heimkommen so vorgefunden.«

»Wie lautet die Adresse?«

Ich bin völlig durcheinander, und mein Gehirn funktioniert nicht richtig, daher muss ich einen Moment überlegen, bevor mir Toms Anschrift wieder einfällt.

Die Stimme der Notrufzentrale wiederholt sie. »Ist das so korrekt?«

»Ja, genau.«

»Ein Rettungswagen ist unterwegs. Können Sie überprüfen, ob Ihr Freund atmet und einen Puls hat?«

Sofort bin ich starr vor Schreck. Was, wenn das nicht der Fall ist? »Ich, äh, ja, das kann ich.«

»Legen Sie Ihren Zeigefinger und Mittelfinger an seinen Hals, und üben Sie leichten Druck aus.«

Natürlich habe ich Erfahrung damit, nach einem Puls zu fühlen, aber ich verrate der Frau in der Zentrale nicht, dass ich mich damit auskenne.

Ich lasse mich neben Tom auf die Knie nieder und beuge mich über ihn, habe Angst, ihn anzuschauen oder zu berühren oder irgendwas anderes zu tun, das meine größte Furcht bestätigen könnte: dass er ebenfalls gestorben ist. »Bitte, Tom, tu mir das nicht an.« Meine Hand zittert, als ich meine Finger auf die richtige Stelle lege. Wie oft habe ich überprüft, ob Jim noch lebte, bevor er schließlich tatsächlich für immer von mir gegangen ist? Zu oft, als dass ich es zählen könnte.

Ich bin erleichtert, als ich einen Puls unter meinen Fingerspitzen spüre.

»Sein Puls ist schwach, und er atmet, doch nicht wie sonst.«

»Das sind gute Nachrichten. Der Rettungswagen ist bereits unterwegs. Können die Sanitäter ungehindert ins Haus?«

»Ja, die Tür ist nicht abgesperrt.« Ich zwinge mich, Tom ins Gesicht zu sehen, das gespenstisch blass ist. Seine Lippen sind das ebenfalls. Wie kann das hier geschehen? Heute Morgen war alles noch in bester Ordnung. Wir haben zusammen Kaffee getrunken, und er hat mich mit einem Lunchpaket zur Arbeit geschickt, das er persönlich fertig gemacht hatte, mit all den Sachen, die ich so gern esse. Seit meinem Einzug hier hat er sich viel Mühe gegeben, meine Lieblingsgerichte in Erfahrung zu bringen.

Ein Schluchzen entringt sich meiner Brust. »Tom.« Ich rüttle ihn vorsichtig. »Tom, wach auf. Bitte wach auf.«

Er rührt sich nicht.

Meine Tränen lassen sich nicht mehr zurückhalten, während ich in der Ferne schon Sirenen höre. Ich beginne, zu einem Gott zu beten, an den ich eigentlich gar nicht mehr glaube, nachdem ich aus nächster Nähe miterlebt habe, was Jim erdulden musste.

Bitte. Bitte lass ihn nicht sterben. Er ist ein guter Mann, der mir ein so lieber Freund gewesen ist, als ich einen gebraucht habe. Er ist so nett und freundlich, und ich hab gerade erst darüber nachgedacht, ihm die Chance zu geben, mehr als ein Freund zu werden … Und ausgerechnet da passiert jetzt das. Wir brauchen diese Chance. Ich brauche *diese Chance. Bitte.*

Die Rettungssanitäter treffen ein, kommen durch die Haustür und die Treppe hoch.

Einer von ihnen zieht mich von Tom weg, damit die andern an ihn herankönnen. »Sind Sie verletzt, Ma'am?«

Ich schüttle den Kopf. Ich bin nicht verletzt. Ich bin schreckensstarr, während ich verfolge, wie sie mit einer Konzentration und Dringlichkeit arbeiten, die schlimmen Notfällen vorbehalten ist.

Das hier kann gerade nicht passieren. Was, wenn er ebenfalls stirbt? Was tu ich dann?

»Hatte er schon mal irgendwelche Herzprobleme?«

»Ich, äh … Das weiß ich nicht.«

»Gibt es jemanden, der uns das sagen könnte?«

Seine Schwester. Sie stehen einander nah. Sie wird es wissen.

Ich schaue mich nach seinem Handy um und entdecke es auf dem Küchentresen. Als ich hingehe, um es mir zu nehmen, erinnere ich mich an den Abend neulich, als er gerade Hackbällchen geformt und mich daher gebeten hat, auf seinem Telefon nachzusehen, ob er auch wirklich keine der Zutaten vergessen hat. Da hat er mir seine PIN genannt, aber daran kann ich mich jetzt natürlich nicht mehr erinnern.

Komm schon, Lexi. Denk nach. Es ist gut möglich, dass sein Leben davon abhängt.

»Ma'am?«

O Gott. Mein Kopf ist völlig leer. Meine Hände zittern, und ich hab das Gefühl, als müsste ich mich jeden Moment übergeben.

Seine Nichten, die Zwillinge. Ihr Geburtstag. Wann war der noch mal? Um Weihnachten herum, hat er gemeint. Was die beiden hassen, weil es zu viel auf einmal ist. Deshalb organisiert ihre Mutter im Juni immer eine Halbjahres-Geburtstagsfeier für sie, damit sie mehr davon haben.

Zwölf…

Zwölf…

Neun Tage vor Weihnachten, hat er gesagt.

Zwölf fünfzehn.

Ich tippe es ein, und es stimmt. Dem Himmel sei Dank! Doch wie heißt seine Schwester noch mal? Ich hab sie ein paarmal getroffen, aber nicht viel Zeit mit ihr verbracht. Sie hat immer furchtbar viel zu tun und ist stets in Eile, wenn sie hier vorbeischaut.

Komm schon, Lex. Er braucht dich. Denk nach!

Ich öffne bei seinen Kontakten die Favoritenliste und sehe

als Erstes meinen Namen. Zu jeder anderen Zeit würde ich daran hängen bleiben und erst mal ein paar Sekunden lang verarbeiten müssen, dass ich ganz oben stehe, doch ich hab jetzt keine paar Sekunden.

Der zweite Name ist Cora.

Richtig! Seine Schwester heißt Cora. Ich tippe auf die Nummer.

Als sie abnimmt, spielt im Hintergrund Musik. »Hey, du Spinner. Was gibt's?«

»Cora, hier ist die Freundin von Tom, Lexi.«

»Oh, hi. Was ist?«

»Tom ist bewusstlos. Ich hab ihn so gefunden, als ich heimgekommen bin. Die Rettungssanitäter wollen wissen, ob er schon mal Probleme mit dem Herzen hatte.«

»Was? Nein! Er ist völlig gesund. Aber unser Vater … Er ist mit zweiundvierzig an einem Herzinfarkt gestorben.«

Ich gebe diese Information, die meine Panik nur verstärkt, weiter.

»In welches Krankenhaus wollen sie ihn einliefern?«

»Wohin werden Sie ihn bringen?«, frage ich die Sanitäter.

»Inova Fairfax.«

»Hast du das gehört?«

»Ja, ich bin unterwegs. Frag bitte auch, was sie glauben, was los ist.«

Ich gebe die Frage weiter.

»Wir dürfen keine Diagnose stellen.«

Cora keucht entsetzt auf. »Ist er … Er ist doch nicht … Ich meine, er ist nicht tot, oder?«

»Als ich es überprüft habe, hatte er einen Puls. Er war schwach, aber ich konnte ihn spüren.«

»Gut. Ich hab noch vor einer Stunde mit ihm gesprochen. Er …« Ihre Stimme bricht. »Er darf nicht sterben. Das darf er einfach nicht.«

Ich muss daran denken, dass er, wenn ich sein Angebot nicht angenommen hätte, bei ihm einzuziehen, als ich so dringend einen Ortswechsel gebraucht habe, am Ende hier in seinem Haus gestorben wäre, einfach weil ihn niemand gefunden hätte.

»Ich halte dich auf dem Laufenden, wenn es irgendwas Neues gibt.«

»Danke, Lexi. Vielen, vielen Dank, dass du angerufen hast.«

Während ich das Handy weiter fest umklammert halte, beobachte ich die verzweifelten Bemühungen der Sanitäter, Toms Leben zu retten. In meinem Kopf bin ich wieder direkt an jenem letzten Abend zu Hause mit Jim, als ich den Rettungssanitätern sagen musste, dass sie auf alle lebenserhaltenden Maßnahmen verzichten sollten, obwohl das das Letzte war, was ich wollte. Ich war noch nicht bereit, ihn gehen zu lassen, obwohl sein Leiden unerträglich geworden war.

Hätte ich es mir aussuchen können, hätte ich ihn niemals gehen lassen.

Glücklicherweise hatte er mir die Entscheidung abgenommen, und als der Zeitpunkt gekommen war, habe ich seinen Entschluss geachtet, den Kampf zu beenden, der verloren war, bevor er überhaupt begonnen hatte. Auch wenn wir das da noch nicht begriffen hatten und entschlossen waren, einen Feind zu besiegen, der einfach nicht zu besiegen war, egal, was wir taten.

»Ma'am?«

Mir wird klar, dass der Sanitäter mit mir spricht.

»Möchten Sie im Krankenwagen mitfahren?«

Nein. Nein, das möchte ich nicht. Ich fürchte mich zu sehr vor dem, was ich vielleicht miterleben müsste. Doch ich kann Tom auch nicht einfach alleinlassen, oder? Nein, das wäre nicht richtig.

»Ja. Danke.«

Ich schnappe mir meine Handtasche und meine Jacke, stecke Toms Handy ein und vergewissere mich, dass ich meins ebenfalls dabeihab.

Die Sanitäter bringen die Trage runter und hinaus auf die Einfahrt. Als ich die Tür hinter mir zuziehe und abschließe, kann ich nicht verhindern, dass mir die Frage durch den Kopf schießt, ob er wohl je in das Haus zurückkehren wird, das er selbst gebaut hat und so sehr liebt.

Als ich auf meine Armbanduhr blicke, stelle ich erstaunt fest, dass erst eine Viertelstunde vergangen ist, seit ich aus einem anderen Krankenhaus heimgekommen bin. Ich war bei Wynter, die ihr Baby gekriegt hat. Wieder in einem Krankenhaus zu sein, war kaum auszuhalten, obwohl es keins war, in dem ich schon mal gewesen bin. Aber wie es da aussieht, wie es riecht und die Geräuschkulisse, das haben alle gemein.

Wynter und Adrian sind überglücklich über die kleine Willow, und ich habe die traumatische Erfahrung überlebt, ein Krankenhaus zu betreten. Ich habe mich damit abgefunden, dass das immer schwierig für mich sein wird, doch für die Leute da zu sein, die mir am Herzen liegen, ist mir wichtig genug, um das zu verdrängen.

Auch Tom ist für mich da gewesen.

Mehr als manche der Leute, die ich schon mein ganzes Leben lang kenne.

Während ich hinten in den Krankenwagen einsteige, hoffe ich, dass ich mich dafür jetzt revanchieren kann.

Die Geschwindigkeit, mit der wir in Richtung Krankenhaus unterwegs sind, die hektische Arbeit der Sanitäter, die sie auch während der Fahrt nicht unterbrechen … Meine Sorge erreicht neue Höhen, die mich an Jims letzte Woche erinnern. Wenn ich für den Rest meines Lebens nie wieder solche Angst hätte verspüren müssen, wäre das für mich völlig in Ordnung gewesen.

Ich hole mein Handy raus und schreibe Iris eine Nachricht, und es fühlt sich so an, als würden die Finger, mit denen ich tippe, jemand anderem gehören.

Beim Heimkommen vorhin hab ich Tom bewusstlos auf dem Boden vorgefunden. Bin jetzt mit ihm auf dem Weg ins Inova Fairfax.

Nachdem ich das abgeschickt habe, begehe ich den Fehler, ihn anzusehen. Sein Gesicht ist ganz grau, und wenn ich nicht persönlich seinen Puls gefühlt hätte, würde ich glauben, er sei tot.

»Ist er …?« Ich habe Angst, zu fragen.

»Er lebt, aber sein Zustand ist kritisch.«

Ich weiß aus Erfahrung, dass die Sanitäter mir nicht sagen dürfen, was genau los ist, selbst wenn sie sich sicher sind. Das ist nicht ihr Job. Erinnerungen an Jims Atemstillstand dringen mit Macht auf mich ein, zusammen mit Gefühlen, die ich seit den letzten Tagen mit ihm nicht mehr hatte: Verzweiflung, Angst, überwältigende Trauer, alles mit einer so tiefen Liebe vermischt, dass sie immer noch jede Faser meines Seins ausfüllt.

Liebe ich Tom genauso?

Könnte schon sein. Ich weiß bereits seit einer Weile, dass meine Gefühle für ihn in den Monaten, seit wir zusammenwohnen, stärker geworden sind, doch ich habe unsere Beziehung entschieden in die Kategorie »Freundschaft« zurückgedrängt, weil ich für mehr noch nicht bereit bin. Vielleicht werde ich das nie sein. Es ist beinahe drei Jahre her, dass Jim gestorben ist, und ich hänge immer noch in dem Schmerz von seiner Krankheit und seinem Tod fest.

Einen anderen so zu lieben, wie ich Jim geliebt habe, erfordert Mut – und ich bin mir nicht sicher, ob ich den aufbringen kann. Ich hab auf die harte Tour gelernt, nicht mehr aufs Spiel zu setzen, als zu verlieren ich verkraften kann.

Mein Handy vibriert, Iris hat geantwortet. *O Gott, Lex. Es tut mir so leid. Was kann ich tun, außer für deinen Tom zu beten?*

Am liebsten würde ich erwidern, dass er nicht »mein« Tom ist. Aber stimmt das? Er möchte es gerne sein. Auch das weiß ich schon eine Weile. Iris und unsere Freunde bei den Wilden Witwen waren es, die mir behutsam beigebracht haben, dass ein Mann nicht jeden Tag ein Lunchpaket für eine Frau packt, für die er nicht eine Menge empfindet.

Natürlich haben sie recht, doch ich habe ihnen erklärt, dass ich noch nicht bereit bin für all das, was er für mich sein könnte.

Und sie haben mich darin bestärkt, nur auf mich und meine Gefühle zu achten und mich nicht hetzen zu lassen. Das hat mich getröstet. Das Letzte, was ich will, ist, Tom zu kränken, während ich mit meinen eigenen Problemen ringe. Auf der Highschool habe ich eine Zeit lang furchtbar für ihn geschwärmt, aber er wusste nicht mal, dass ich existiere. Zumindest dachte ich das bis vor einem Jahr, als wir uns zufällig in einer Bar begegnet sind und er mich sofort wiedererkannt hat. Das war eine interessante Erkenntnis.

Wir haben zusammen einen Drink genommen, und ich hab ihm meine traurige Geschichte erzählt. In dem Zusammenhang habe ich auch erwähnt, wie schwierig es für mich war, weiter bei meinen Eltern wohnen zu müssen, nachdem wir im Laufe von Jims Erkrankung bei ihnen ins Souterrain gezogen waren. Nach und nach war Jims Versorgung anspruchsvoller und zeitaufwendiger geworden, sodass ich sie irgendwann nicht mehr allein bewältigen konnte. Außerdem hatten Jim und ich beide keinen Job und kein Einkommen mehr, und die Behandlungskosten hatten den Rahmen der Krankenversicherung bereits gesprengt und wuchsen immer weiter an. Daher konnten wir uns auch keine zusätzliche Hilfe bei der häuslichen Pflege leisten.

Tom hat mir noch am selben Abend eine Rettungsleine zugeworfen – ein Zimmer in seinem riesigen, halb leeren Haus, ganz umsonst und ohne irgendwelche Bedingungen. Nachdem ich wochenlang hin und her überlegt hatte, ob ich das Angebot annehmen sollte, bin ich eingezogen, habe allerdings darauf bestanden, Miete zu zahlen, selbst wenn er das nicht gewollt hat.

Während ich ihn jetzt auf der Trage anschaue, wo es so wirkt, als klammerte er sich verzweifelt ans Leben, kämpfe ich plötzlich mit den Tränen. Der Gedanke, diesen lieben, freundlichen, wunderbaren Mann zu verlieren, der zu einer Zeit aufgetaucht ist, zu der ich dachte, meine besten Jahre lägen hinter mir, ist einfach zu viel. Unsere Beziehung hat sich langsam und ganz natürlich entwickelt, ein gemeinsames Abendessen, eine Unterhaltung, ein Projekt im Haus nach dem anderen. Er hat mich nie damit bedrängt, mehr als Freundschaft zu wollen.

Trotz meiner anfänglichen Befürchtungen hat es nie auch nur eine Andeutung gegeben, dass er im Gegenzug irgendwas von mir erwartet. Ich liebe meine Eltern sehr, aber als ihr einziges Kind stehe ich immer im Zentrum ihrer Aufmerksamkeit und ihrer beträchtlichen Liebe. Das hat mir das Leben gerettet, als Jim krank war und in den Jahren danach. Doch was für mich in der schlimmsten Zeit so unverzichtbar gewesen war, wurde immer erdrückender, und mein Leben blieb in der ersten Phase der Witwenschaft stecken. Mit einem Job, der nirgendwohin führt, und Krankenhausschulden, die ich bis in alle Ewigkeit werde abzahlen müssen, hatte ich nicht viele Möglichkeiten, bis Tom mit seiner Rettungsleine des Wegs kam.

Ich beuge mich vor und nehme seine Hand, erschrecke, weil sie so kalt ist.

»Tom, ich bin's, Lexi. Ich bin hier. Bei dir.«

Meine zittrige Stimme erinnert mich an Jims letzte Tage, als alles in meinem Leben zittrig und erschüttert war, obwohl ich über vier Jahre gehabt hatte, in denen ich mich auf das vorbereiten konnte, was uns bevorstand. Durch die Gespräche mit den Wilden Witwen habe ich inzwischen gelernt, dass es egal ist, wie viel Zeit man dafür hat, sich damit auseinanderzusetzen. Man ist nie dafür bereit, den Menschen zu verlieren, den man am meisten liebt.

Gedanken an Jim und Erinnerungen aus den Monaten, in denen ich bei Tom gelebt habe, gehen mir durch den Kopf, während der Rettungswagen mit Blaulicht und Sirene zum Krankenhaus rast. Die ganze Zeit über arbeiten die Sanitäter mit unverminderter Dringlichkeit weiter und stimmen sich mit der Notaufnahme ab. Ich bin sicher, die Fahrt dauert nur wenige Minuten, aber jede davon fühlt sich wie eine Stunde an, und nichts lässt erkennen, dass Tom etwas von dem mitbekommt, was geschieht.

Normalerweise beherrscht er jeden Raum, den er betritt, oder zumindest ist es mir so erschienen. Ihn so zu erleben, ist schrecklich.

Am Inova Fairfax wartet schon eine ganze Traube medizinisches Personal in Krankenhauskleidung, mit OP-Masken und Latexhandschuhen. Es ist wie eine Szene direkt aus *Grey's Anatomy*, als er hastig durch die Türen ins Innere des Krankenhauses geschoben wird, gefolgt von den Rettungssanitätern. Die besorgten Mienen von allen tragen nicht dazu bei, meine angegriffenen Nerven zu beruhigen.

Ich bilde die vergessene Nachhut und folge ihnen in die

Notaufnahme, wo von Tom und den Sanitätern, die ihn hergebracht haben, nichts mehr zu sehen ist. Ich trete an die Rezeption. »Ich bin eben mit Tom Hammett im Krankenwagen eingetroffen.«

»Bitte nehmen Sie im Wartezimmer Platz. Ich schicke den Arzt zu Ihnen, sobald wir mehr Informationen für Sie haben.«

»Kann ich nicht bei ihm bleiben?«

»Nein, tut mir leid.«

Der mitfühlende Blick, mit dem sie mich betrachtet, bedeutet wohl, dass es besser ist, wenn ich nicht so genau mitkriege, was gerade mit Tom gemacht wird.

»Danke.«

Ich gehe in das Zimmer, in dem jede Menge Leute darauf warten, mit einem Arzt zu sprechen. Nachdem Tom in kritischem Zustand eingeliefert worden ist, werden sie jetzt vermutlich noch länger warten müssen.

Doch wie kann Tom in kritischem Zustand sein, wo er mir doch erst heute früh einen schönen Tag im Büro gewünscht und erklärt hat, er wolle zum Abendessen das Hühnchengericht zubereiten, das mir von all den wunderbaren Sachen, die er kocht, am allerbesten schmeckt?

Ich gebe mir große Mühe, nicht in einem Raum voller Fremder, die wahrscheinlich alle genug eigene Probleme haben, die Fassung zu verlieren, aber während mich die Ereignisse der letzten Stunde zu überwältigen drohen, ist das leichter gesagt als getan.

2

Lexi

In der Notaufnahme des Inova herrscht Hektik, ein Krankenwagen nach dem andern trifft ein. Geht es hier immer so zu, frage ich mich, oder ist irgendwas Schlimmes passiert? Wenn ich mich auf das konzentriere, was um mich herum geschieht, lenkt mich das ab, sodass ich nicht ständig darüber nachgrüble, was wohl gerade mit Tom ist. Was mache ich, wenn sie rauskommen und mir sagen, dass er gestorben ist?

Wie soll man sich von einem zweiten schrecklichen Todesfall erholen, wenn man gerade erst fünfunddreißig ist? Das funktioniert nicht. Der Tod eines nahestehenden Menschen verändert einen für immer.

Ich werde nie wieder die sein, die ich war, bevor Jim die Diagnose ALS erhalten hat. Manchmal denke ich an die Zeit, zu der er die ersten merkwürdigen Symptome bei sich bemerkt hat, wie die komische Schwäche in seinem rechten Bein oder dass einer seiner Daumen plötzlich unwillkürlich zu zucken begann. Beides hat er zunächst der Überbeanspruchung in seinem Job als Ingenieur zugeschrieben, als Leiter einer Maschinenhalle, und seinem Hobby als Triathlet. Er ist immer viel herumgelaufen, hat mit den Händen gearbeitet und stets intensiv für das nächste Sportevent trainiert, daher haben wir seine Erschöpfung auf diese Aktivitäten zurückgeführt.

Aber dann griff die Schwäche auf sein linkes Bein über, sodass er gezwungen war, einen Arzt aufzusuchen. Damit begann eine zweijährige Odyssee, die zunächst kein Ergebnis erbracht hat. Wir haben gelernt, dass eine ALS-Diagnose über einen Ausschlussprozess gestellt wird, was sich anfühlt wie ein Hamsterrad, das sich immer weiterdreht, ohne je anzuhalten und eine Antwort zu liefern.

Und wenn man sie endlich bekommt, ist es ein Todesurteil auf Raten, während der Körper verfällt, der Verstand jedoch scharf und funktionsfähig bleibt. Das bedeutet die ultimative Hölle für alle Beteiligten, die, die es erleiden, und diejenigen, die sie lieben. Für Jim war es besonders schwer, denn er ist immer so aktiv gewesen, bis er die Fähigkeit einbüßte, selbst die einfachsten Dinge zu tun, wie beispielsweise sich die Zähne zu putzen und schließlich sogar zu atmen und zu schlucken.

Während ich jetzt hier im Wartezimmer sitze und nicht weiß, was mit Tom ist, versinke ich immer tiefer in einer Hoffnungslosigkeit, wie ich sie schon eine ganze Weile nicht mehr verspürt habe.

Die Krankenhausumgebung weckt Erinnerungen an Dinge, die zu vergessen ich mir große Mühe gegeben habe. Ich habe schon ewig nicht mehr an die frustrierende und angsteinflößende Zeit bis zur Diagnose gedacht. Vermutlich ist es sechs oder acht Monate her, dass diese besonderen Erinnerungen mich zuletzt gequält haben.

Der Geruch hier lässt die verzweifelte Suche nach Antworten wieder lebendig werden, als wäre es erst kürzlich geschehen und nicht vor über sieben Jahren.

Ich fürchte schon, Halluzinationen zu haben, als ich Iris und Gage durch die Eingangstüren kommen sehe.

Iris eilt direkt auf mich zu, mit der Entschlossenheit, zu helfen, die so sehr Teil ihres Wesens ist. Sie hat ihre wilden dunklen Locken mit einem bunten Haarband gebändigt, und in ihren braunen Augen liegen Mitgefühl und Sorge.

Ich stehe auf und trete in ihre ausgestreckten Arme, und das ist der Moment, in dem ich die Fassung verliere, die ich so mühsam aufrechterhalten habe, seit ich Tom bewusstlos vorgefunden habe.

»Sch, alles gut. Er ist an dem bestmöglichen Ort, um genau die Behandlung zu kriegen, die er benötigt.«

»Iris hat recht, Lex.« Gage ist groß und breitschultrig, hat welliges dunkles Haar und ein atemberaubend attraktives Gesicht. »Sie kümmern sich um ihn und finden raus, was mit ihm los ist.«

Ich habe die Freundschaft dieser beiden, der unbestrittenen Leiter unserer Selbsthilfegruppe »Wilde Witwen«, nie mehr zu schätzen gewusst als in diesem Augenblick. Sie sind so klug, so voller Mitgefühl und geben Ratschläge, die immer hilfreich sind. Und das ist jetzt nicht anders.

»Danke, dass ihr hergefahren seid.« Ich wische mir die Tränen weg und trete einen Schritt zurück. »Das hättet ihr nicht tun müssen.«

»Selbstverständlich mussten wir«, widerspricht Iris. »Hast du schon was gehört?«

»Noch nicht, aber als sie ihn reingebracht haben, war alles total hektisch und dringlich.«

»Dringlich ist gut«, meint Gage. »Das ist es, was man will.«

Ich will rein gar nichts von alldem. »Ich muss hier raus«, flüstere ich Iris zu. »Bitte bring mich weg.«

Sie fasst mich am Arm und führt mich zum Ausgang.

Sobald ich an der frischen, kühlen Luft bin, fühle ich mich besser.

»Ruhig weiteratmen«, sagt Iris sanft. »Konzentriere dich einfach ganz auf deinen Atem.«

Das tue ich volle fünf Minuten lang, und endlich normalisiert sich mein Herzschlag. Ich fühle mich nicht länger, als würde ich hyperventilieren, was eine große Erleichterung ist.

»Genau so ist es richtig.« Iris reibt mir über den Arm, während wir uns an eine Betonsäule lehnen.

»Warum ruft so was all das andere Zeug wieder wach?«

»Weil Trauma ein fieses Miststück ist.«

Man kann sich darauf verlassen, dass Iris mich zum Lachen bringt, obwohl ich es nie für möglich gehalten hätte, dass ich dazu im Moment überhaupt in der Lage bin.

Gage steht links von mir, nur für den Fall, dass ich ihn brauche. Seine Gegenwart ist immer Trost spendend. Wie er darum gerungen hat, den Tod seiner Frau und seiner Zwillingstöchter bei einem Autounfall mit einem betrunkenen Fahrer zu verarbeiten und mit seinem Leben weiterzumachen, ist eine echte Inspiration für mich gewesen. Er ist einer der weisesten Menschen, die ich bei der Trauerbewältigung kennengelernt habe. An ihn zu denken und an all die Tipps und Tricks, die ich von ihm und seinen täglichen Instagram-Posts habe, ist viel besser, als darüber nachzugrübeln, ob Tom überhaupt noch am Leben ist.

Was, wenn nicht?

Ich schließe fest die Augen, um neue Tränen zurückzuhalten.

Als ich sie wieder öffne, sehe ich Toms Schwester, die auf den Krankenhauseingang zueilt. Sie ist zierlich und hat dunkles Haar, rein äußerlich das totale Gegenteil von ihrem großen, muskulösen und blauäugigen Bruder mit den hellen Haaren.

»Das ist Toms Schwester.«

Ich trete zu ihr, um sie zu begrüßen, und bin verblüfft, als sie mich fest in die Arme schließt, denn eigentlich kennen wir uns ja kaum.

»Wie geht es ihm?«

»Ich weiß noch nichts.«

»Dann schau ich mal, was ich rausfinden kann.« Damit hastet sie ins Krankenhaus.

»Ich ... äh ... Nun, vermutlich kann ich jetzt weg, wo sie da ist.«

»Ist es denn das, was du möchtest?«, fragt Iris.

Ich schüttle den Kopf, und nun laufen mir doch wieder Tränen über die Wangen. »Nein. Ich möchte für ihn da sein, aber ich kann da nicht wieder rein. Das schaff ich einfach nicht.«

»Das musst du ja nicht. Möchtest du, dass wir dich nach Hause fahren?«

»Dort kann ich jetzt auch nicht hin.« Ich werde Jahre brauchen, um den Anblick von Tom zu verarbeiten, wie er bewusstlos auf dem Fußboden lag.

»Dann nehmen wir dich mit zu uns.«

»Tut mir leid, dass ich euch den Abend verdorben hab.«

»Hast du nicht.« Iris drückt mir den Arm. »Wir sind genau dort, wo wir gerade sein wollen.«

»Ich will nicht hören, dass er …«

»Das verstehen wir«, beruhigt mich Gage. »Mach dir wegen nichts Sorgen.«

»Ich sollte Toms Schwester Bescheid sagen, dass ich gehe.«

»Das kann ich übernehmen.«

»Du solltest ihr Toms Handy geben.« Ich ziehe es aus meiner Handtasche und reiche es ihm. Gage verschwindet ins Krankenhaus, während Iris mich zu seinem SUV bringt.

»Sie wird nicht wissen, warum ich wegmuss, und glauben, ich …«

»Was sie denkt, ist im Moment völlig egal.«

Keiner kann wie Iris Bedenken ausräumen und den ganzen Mist beiseiteschieben. Es ist eine der vielen besonderen Gaben, die sie in den ganzen Witwenkram einbringt, wie wir es in unserer Selbsthilfegruppe manchmal nennen. Ihr Mann Mike ist bei einem Flugzeugabsturz gestorben und hat sie mit drei kleinen Kindern zurückgelassen. Erst eine ganze Weile nach seinem Tod hat sie dann herausgefunden, dass er mit einer anderen Frau ein weiteres Kind hatte. Trotz dieses Schocks, der sie tief erschüttert hat, ist sie weiterhin jemand, der Leidensgenossen helfen kann wie niemand sonst. Die anderen in unserer Gruppe würden mir da auf jeden Fall beipflichten.

Iris ist unser Leitstern.

Sie wartet, bis ich auf der Rückbank von Gages schickem SUV Platz genommen habe. Ich glaube, es ist ein Range Rover, bin mir aber nicht sicher. Über so was nachzudenken, hilft mir allerdings, sodass meine Gedanken nicht unablässig um Tom kreisen und das, was gerade mit ihm geschieht.

Iris steht an der offenen Fondtür und hält meine Hand, während wir auf Gage warten.

»Wenn du mich gestern gefragt hättest, ob ich so was verkraften könnte, hätte ich gesagt: Na klar, ich bin Expertin in Bezug auf Medizin und Krankenhäuser ... Doch ich schaff es nicht. Ich komm nicht damit klar, wie er ausgesehen hat, als er auf dem Boden gelegen hat.« Ich blicke Iris an und muss erneut Tränen wegblinzeln. »Als wäre er tot.«

»Aber das ist er nicht.«

»Und wenn er stirbt?«

»Lass uns nicht vom Schlimmsten ausgehen, bis es unvermeidlich ist.«

»Ich bin leider auf das Schlimmste programmiert.«

»Ich weiß, Süße«, erwidert sie mit einem Seufzen. »Das ist bei uns allen so. Doch nur weil es vorher schon mal passiert ist, heißt das nicht, dass es sich wiederholen wird. Tom ist fit und gesund. Ich bin sicher, was immer ihm fehlt, sie können was dagegen tun.«

Ich klammere mich an den winzigen Hoffnungsfunken, der bei der Gewissheit in ihrer Stimme in mir aufflackert.

Ein paar Minuten später stößt Gage wieder zu uns. »Sie haben seiner Schwester gesagt, er habe einen Herzinfarkt erlitten. Jetzt muss er ins Katheterlabor, wo ihm ein Stent in die blockierte Arterie eingesetzt wird.«

»Das sind gute Neuigkeiten«, verkündet Iris in aufmunterndem Ton. »Siehst du? Sie beheben das Problem.«

»Ist das ... Ist das eine OP am offenen Herzen?«

»Standardmäßig jedenfalls nicht mehr«, antwortet Gage. »Inzwischen wird es oft minimalinvasiv und robotergestützt durchgeführt.«

»Hat seine Schwester gefragt, wo ich bin?«

»Ich hab ihr erklärt, dass Krankenhäuser für dich schwierig sind und wir dich mit zu uns nehmen. Außerdem hab ich ihr meine Handynummer gegeben, damit sie uns darüber auf dem Laufenden halten kann, wie es ihm geht.«

»Oh, das ist gut.« Ich bin so erleichtert, dass er sich für mich darum gekümmert hat. »Danke, dass du an alles gedacht hast.«

»Kein Problem. Und jetzt bringen wir dich zu uns nach Hause.«

Als wäre ich eins ihrer Kinder, lehnt sich Iris vor und schnallt mich an.

Ihre Freundlichkeit rührt mich erneut zu Tränen. »Danke.«

Sie drückt meinen Arm. »Jederzeit.« Nachdem sie die Tür geschlossen hat, steigt sie auf der Beifahrerseite ein, und dann fahren wir auch schon zu dem Haus, in dem sie und Gage mit ihren drei Kindern leben.

Seit ich mit zweiunddreißig Witwe geworden bin, sind die anderen Mitglieder der Selbsthilfegruppe zu den besten Freundinnen und Freunden geworden, die ich je hatte. Es sind so nette, mitfühlende und umsichtige Menschen, wie man es sich nur wünschen kann. Wir helfen einander in guten, in schlechten und absolut katastrophalen Zeiten in dieser neuen Existenz, die sich keiner von uns ausgesucht hat.

Wir sagen immer, es handele sich um einen Club, dem niemand freiwillig beitreten würde, doch es ist auch einer, für den ich jeden Tag dankbar bin. Ich kann mir gar nicht vorstellen, wie meine Witwenschaft ohne die andern aussähe, insbesondere ohne Iris und Gage, die den Goldstandard dafür setzen, wie man es schaffen kann. Obwohl ich genau weiß, dass sie mehr als genug Schwierigkeiten und Rückschläge zu verkraften hatten, haben sie sich gemeinsam ein neues Leben aufgebaut.

Als wir an dem großen zweistöckigen Haus eintreffen, scheint nur aus einem Fenster Licht. Ich verbringe so viel Zeit hier, dass ich genau weiß, dieses Licht brennt im Wohnzimmer.

Das hier ist unser Clubhaus, wenigstens kommt es mir so vor, und ich bin fest davon überzeugt, den anderen geht es da nicht anders. Es ist unser Versammlungsort, unsere Zuflucht, unser Zuhause außerhalb unseres eigenen Zuhauses, und das haben wir Iris' Herzlichkeit und Großzügigkeit zu verdanken. Sie hat mit zwei Freundinnen die Wilden Witwen ins Leben gerufen. Seither hat Tracey, eine der drei, wieder geheiratet und die Gruppe verlassen. Die andere Gründerin Christy hat kürzlich mit Trey eine neue Liebe gefunden, ist aber weiterhin bei uns aktiv.

Gage parkt den SUV in der Garage, und wir betreten das Haus durch die Tür in der Küche.

Iris' Mutter ist da und umarmt uns alle zur Begrüßung. »Wie geht es ihm?«

»Er ist im Katheterlabor und erhält einen Stent«, erzählt ihr Iris.

»Erinnerst du dich noch, dass das bei Onkel Bill letztes Jahr auch gemacht wurde?«, fragt Justine ihre Tochter. »Und jetzt ist alles in bester Ordnung.«

»Richtig«, erwidert Iris.

»Es freut mich, das zu hören«, sage ich zu Justine.

»Versuch, dich nicht zu sehr zu sorgen, Süße. Er ist in den besten Händen.«

»Danke, dass du hergekommen bist und die Kinder gehütet hast, damit Iris und Gage zu meiner Rettung herbeieilen konnten.«

Sie schließt mich erneut fest in ihre Arme. »Nicht der Rede wert. Versuch dich jetzt auszuruhen, damit du für deinen Freund da sein kannst.«

»Okay.«

Was wird wohl dazugehören, für meinen Freund da zu sein? Ich habe bereits jahrelang tagein, tagaus einen geliebten Menschen gepflegt, meinen unheilbar kranken Ehemann. Ich bin mir nicht sicher, ob ich es schaffen würde, diese Rolle erneut zu übernehmen.

Doch dann muss ich daran denken, was Tom für mich getan hat, seit ich vor einem Dreivierteljahr bei ihm eingezogen bin. Ich denke an all die Abendessen, die er für mich gekocht hat, daran, wie er jeden Morgen für mich Kaffee macht, und zwar genau so, wie ich ihn am liebsten mag, und wie er mir einen gesunden Lunch einpackt und zur Arbeit mitgibt.

Er ist einer der besten Menschen, die mir je begegnet sind, und ich weiß bereits, dass ich ihn, egal, was er braucht, nie im Stich lassen werde.

Aber gütiger Gott, diese ganze Geschichte hier trifft mich tief an einer Stelle, die immer noch empfindlicher ist, als ich es nach all diesen Jahren für möglich gehalten hätte.

Während Iris und Gage Justine zu ihrem Auto begleiten, beuge ich mich vor, plötzlich überwältigt von dem Schock, dass mein lieber, herzensguter Freund mich braucht, ich jedoch keinen Tropfen Treibstoff mehr im Tank habe.

So findet mich Iris, als sie wieder reinkommt.

Sie legt einen Arm um mich und führt mich zum Sofa.

Da sitzen wir nebeneinander, und sie hält mich, während ich schluchze. »Ich hasse das. Ich hasse es, dass ich so ein Theater veranstalte, obwohl er es ist, auf den ich mich konzentrieren müsste.«

»Natürlich geht es auch um dich. Es muss total traumatisch für dich gewesen sein, ihn so zu sehen.«

»Es war furchtbar.« Das Bild von ihm auf dem Fußboden verfolgt mich immer noch. »Er … Heute Morgen war alles super. Er war ganz normal, wie immer, hat mir Lunch gemacht, so wie jeden Tag.«

»Das ist so süß.«

»Er ist der liebste Mensch überhaupt. Ständig kümmert er sich um mich und ist für mich da, und alles, woran ich denken kann, ist: Was, wenn ich mich jetzt um ihn kümmern müsste und das nicht kann? Was für eine Art Monster bin ich, wenn ich vor der Vorstellung zurückschrecke?«

»Sei nicht so hart zu dir, Lex. Dieser gesamte Vorfall hat das noch nicht verwundene Trauma von Jims Krankheit wieder an die Oberfläche geholt. Es ist völlig natürlich, dass du vor allem weglaufen möchtest, was dich an diese schwierige Zeit erinnert.«

»Ein Hauch von der Krankenhausluft hat gereicht, und alles war wieder da, was eigentlich komisch ist, denn ich war ja in der Zwischenzeit bereits wieder in Krankenhäusern. Erst vorhin zum Beispiel, um Wynter und ihr Baby zu besuchen, und so schwierig das war, es hat mir bei Weitem nicht so zugesetzt wie eben bei Tom.«

»Toms Zusammenbruch war der Auslöser, und das Krankenhaus hat es nur schlimmer gemacht. Der Anlass für deinen Besuch bei Adrian und Wynter war ja ein glücklicher und insofern nicht traumatisch.«

»Ja, das stimmt vermutlich.«

»Tom würde sich wünschen, dass du nicht zu hart mit dir ins Gericht gehst, oder?«

»Zumindest sagt er mir dauernd, ich solle mehr Nachsicht mit mir selbst haben.«

»Na, das klingt doch nach einem vernünftigen Ratschlag.«

»Es ist nur so schwierig, damit aufzuhören.«

»Ja, stimmt, aber wir geben alle unser Bestes. Niemand verlangt, dass du diejenige bist, die ihn versorgt. Er hat eine Schwester und eine Familie, Freunde und andere Leute, die helfen können. Außerdem bin ich mir sicher, dass seine Behandlung erfolgreich verlaufen wird, sodass er sich komplett erholt, und damit unterscheidet sich das alles fundamental von dem, was du mit Jim erlebt hast.«

»Das stimmt natürlich.« Das zeigt mal wieder deutlich, warum wir alle sie so lieben. »Wie machst du das eigentlich?«

»Was denn?«

»In jeder Lage ohne Umschweife gleich auf den Kern des Problems zu kommen.«

»Das ist ihre Superkraft«, antwortet Gage, der mit einem Tablett mit Weingläsern für uns beide aus der Küche tritt.

Iris nimmt ihm die Gläser ab und reicht mir eins. »Danke, Schatz.«

»Danke, Gage.«

»Keine Ursache. Bin gleich zurück.«

Der erste Schluck Wein hat die erwünschte medizinische Wirkung und beruhigt mein aufgewühltes Nervenkostüm.

Gage kehrt mit einem Whiskeyglas zurück, in das er sich etwas von dem Bourbon eingegossen hat, den er so liebt.

»Noch mal ganz vielen lieben Dank, Leute. Ich kann nicht fassen, dass ihr mir mit fliegenden Fahnen zu Hilfe geeilt seid.«

»Das werden wir immer tun, so wie du es für uns getan hast«, stellt Gage fest.

Wir waren alle da, als Iris wegen Brustkrebs in einem sehr frühen Stadium operiert werden und danach eine Strahlentherapie über sich ergehen lassen musste. Doch das war für uns andere das Allermindeste, was wir für jemanden tun konnten, der uns so unendlich geholfen hat.

Ich lehne meinen Kopf an ihre Schulter, bin jeden Tag dankbar, dass sie weiterhin gesund ist. Es erstaunt mich immer, wie wichtig mir Menschen geworden sind, von deren Existenz ich nicht mal was geahnt habe, als Jim noch gelebt hat. Jetzt sind sie meine besten Freunde. Ich bin ihnen näher als den Leuten, die ich seit meiner Kindheit kenne, denn sie verstehen, was ich durchmache, und ihre Unterstützung ist nicht mit Gold aufzuwiegen.

»Ihr müsst nicht mit mir warten. Schick Cora einfach meine Handynummer.«

»Nichts da. Wir warten gemeinsam«, verkündet Iris.

»Ich kann euch gar nicht genug für alles danken.«

»Du musst uns nicht danken«, erwidert Gage. »Du gehörst zur Familie.«

Bei dieser aufrichtig klingenden Erklärung kämpfe ich schon wieder mit den Tränen. »Ich möchte für Tom da sein. Ehrlich.«

»Das wissen wir, Süße«, entgegnet Iris.

»Er würde das auch für mich tun. Er würde alles für mich stehen und liegen lassen.«

»Das ist eine interessante Feststellung.«

Ich höre das Lächeln in ihren Worten.

»Es stimmt. Er ist mir ein so toller Freund gewesen, und er hat im Gegenzug nie etwas verlangt, als wüsste er, dass ich es ihm im Moment nicht geben kann.«

»Ich kann es nicht erwarten, ihn besser kennenzulernen. Nach allem, was ich bereits von ihm weiß, scheint er mir ein ganz besonderer Mann zu sein.«

»Das ist er.« Ich wische mir weiter die Tränen weg, die einfach nicht aufhören wollen. »Er ist der Beste.«

»Überleg mal«, meint Gage. »Wenn er dir kein Zimmer bei sich angeboten hätte, wäre er heute womöglich in seinem Haus gestorben, weil niemand heimgekommen wäre und ihn gefunden hätte.«

»Genau das hab ich auch schon gedacht, und die Vorstellung, was hätte passieren können, ist unerträglich.«

»Du hast ihn gerettet, Lex«, sagt Iris. »Was immer als Nächstes geschieht, er hat eine Chance, und die hat er dir zu verdanken.«

Das tröstet mich sehr, während ich darauf warte, zu erfahren, ob ich ihn je wiedersehen werde.

3

Tom

Als ich meine Augen öffne, hab ich keine Ahnung, wo ich bin. Über mir erkenne ich in einem unangenehm grellen Licht das Gesicht meiner Schwester. Was macht sie hier? Wo zur Hölle bin ich?

»Oh, Gott sei Dank«, sagt Cora mit tränenüberströmtem Gesicht.

Ich möchte sie fragen, was los ist, doch mein Hals tut so weh, dass ich kaum schlucken kann.

»Versuch nicht, zu sprechen. Du bist operiert worden. Man hat dir einen Stent gesetzt, um die blockierte Arterie zu deinem Herzen zu weiten und offen zu halten.«

Was? Was zum …

»Als Lexi nach Hause gekommen ist, hat sie dich bewusstlos auf dem Boden gefunden. Sie hat dir das Leben gerettet.«

Lexi … O nein. Das ist das Letzte, was ich ihr hätte zumuten wollen.

»Sie war hier, ist aber von ihren Freunden Iris und Gage abgeholt worden. Sie kümmern sich um sie.«

Das bedeutet, dass sie aufgewühlt und durcheinander war, was ich schwer ertragen kann. Sie hat doch schon so viel Schlimmes hinter sich.

Ich hab so viele Fragen, aber mir fehlt die Kraft, auch nur eine davon zu stellen. So muss man sich fühlen, wenn man von einem Lastwagen überfahren worden ist.

Als ich das nächste Mal die Augen aufschlage, ist der Raum leicht abgedunkelt. Cora ist immer noch hier, zusammen mit unserer anderen Schwester Lydia und ihrem Mann Rick.

Verdammt, wenn die extra aus Minneapolis hergeflogen sind, muss es wirklich heftig gewesen sein.

»Es war echt nicht nett, uns so einen Riesenschreck einzujagen«, sagt Lydia, bevor sie sich über das Bett beugt und mir einen Kuss auf die Stirn gibt. »Schön, dass du wieder wach bist.«

»Tut mir leid.« Diese paar Worte hervorzupressen, reicht, dass mein Hals sich anfühlt, als würde jemand mit Klingen darin herumfuhrwerken.

»Entschuldige dich nicht. Wir sind einfach nur froh, dass deine Freundin Lexi dich rechtzeitig gefunden hat.«

Sie streicht mir das Haar aus der Stirn, so wie sie es in meiner Kindheit immer getan hat. Dank der sieben Jahre Altersunterschied zwischen uns war sie immer eher so was wie eine zweite Mutter für mich.

»Lexi.«

Cora stellt sich neben Lydia ans Bett. »Ich habe ihr ein Update geschickt, und sie hat geantwortet, sie wolle dich nachher besuchen.«

Mir wird klar, dass ich irgendwie einen ganzen Abend verpasst habe und es mittlerweile der nächste Tag ist.

Es erleichtert mich, zu erfahren, dass Lexi vorhat herzukommen. Wenigstens hat sie nicht schreiend die Flucht ergriffen, was ich ihr angesichts ihrer Vorgeschichte übrigens nicht verübelt hätte. Sie hat schon eine so schwere Zeit durchgestanden, als sie sich um ihren verstorbenen Mann gekümmert hat.

Doch vermutlich wird sie nur einen Blick auf mich werfen, wie ich hier schwach wie ein Baby im Krankenhausbett liege, und um ihr Leben laufen.

Der Gedanke ist extrem deprimierend.

Ich hab mich schon auf der Highschool in sie verliebt,

gleich als ich sie zum ersten Mal gesehen hab. Sie war zwei Jahre unter mir, aber drei Jahre jünger. Damals zu jung für mich.

Ich erinnere mich so gern an den Abend, als wir uns in der Bar wiederbegegnet sind und endlich die Gelegenheit hatten, uns in Ruhe zu unterhalten.

Von Anfang an hatte ich ein schlechtes Gewissen, weil ich ihr einen Platz zum Wohnen angeboten hab, obwohl ich längst wusste, dass ich mehr von ihr wollte. Doch ich hab meine romantischen Gefühle zurückgestellt und alles dafür getan, dass sie sich bei mir wohl und willkommen fühlt, gewissermaßen eine Erholungspause nach dem Drama mit Jim.

Das war in dem Dreivierteljahr, das sie jetzt bei mir wohnt, mein einziges Ziel.

Wünsche ich mir, dass mehr daraus wird? Ja, natürlich, verdammt noch mal. Man muss sie sich ja nur anschauen. Sie ist nicht bloß wunderschön, sondern auch süß, klug, witzig, schlagfertig, lustig und tief verletzt. So tief verletzt. Ich habe das direkt am ersten Abend erkannt, als sie mir von ihrem verstorbenen Mann und der furchtbaren Krankheit erzählt hat, die ihn schließlich das Leben gekostet hat.

Die Mutter meines Mitbewohners im College hatte ALS. Es war ein absoluter Albtraum, und es schmerzt mich, wenn ich mir vorstelle, was Lexi durchgemacht hat. Ich wünschte, ich könnte mit den Fingern schnippen und alles wäre wieder gut, aber so funktioniert das mit der Trauer nicht.

Und ja, ich hab dazu im Internet recherchiert. Ich hab gelernt, dass dabei jeder seinen eigenen Weg geht, dass die sogenannten »fünf Phasen der Trauer« meistens Blödsinn sind, weil dieser Prozess keinem festen Muster folgt, und dass die Trauer, die Lexi um Jim empfindet, sie für den Rest ihres Lebens begleiten wird.

Ich habe außerdem erfahren, dass viele erste Beziehungen nach einem großen Verlust nicht halten und dass eine Beziehung mit ihr auch ihre Trauer um Jim beinhalten würde.

Damit komme ich klar, wenn das heißt, dass ich mit ihr zusammen sein kann.

Nachdem ich jetzt allerdings auf ihr ohnehin schon vorhandenes Trauma noch eine Schippe draufgelegt hab, frag ich mich, ob die Dinge, die ich mir für uns erhoffe, jemals wahr werden können.

Lexi

Nach einer Nacht mit erstaunlich ruhigem und erholsamem Schlaf wache ich in Iris' und Gages Gästezimmer auf. Ich hab eine Schlafanzughose an, die Iris mir geliehen hat, und ein übergroßes Sweatshirt von Gage, das mir das Gefühl gibt, geliebt und willkommen zu sein. Ich kuschle mich tiefer in den weichen Stoff und schiebe es noch ein paar Minuten lang auf, mich der Wirklichkeit zu stellen.

Bevor ich gestern Abend ins Bett gegangen bin, hab ich im Büro Bescheid gesagt, dass es einen Notfall gegeben hat und ich heute, und eventuell auch morgen, nicht kommen kann. Ich bin sonst total zuverlässig, daher hoffe ich, dass es nicht schlimm ist, wenn ich ein paar Tage lang ungeplant wegbleibe. Falls doch, ist es mir egal. Ich hab gelernt, was wirklich wichtig ist im Leben, und mein blöder Job als Datentypistin interessiert mich nicht die Bohne, wenn Tom im Krankenhaus liegt und sich von einem Herzinfarkt und dem Einsetzen eines Stents erholt.

Nicht dass ich das Geld von dem blöden Job nicht dringend nötig hätte, denn das ist eindeutig der Fall. Ich hab Hunderttausende Dollar Schulden von den Behandlungskosten wegen Jims Krankheit, die ich mein Leben lang werde abbezahlen müssen. Damit hab ich mich schon vor einer Weile abgefunden. Ich stottere jeden Monat die Mindestraten ab, die verhindern, dass ich Privatinsolvenz anmelden muss, denn wie mir eine Freundin aus der Buchhaltung erklärt hat, wird man das Manko nie wieder los.

Es ist eine der vielen Sachen, die mich erbittern, wenn ich darüber nachdenke, was uns Jims Krankheit angetan hat. Als er die Diagnose erhalten hat, waren wir achtundzwanzig beziehungsweise neunundzwanzig Jahre alt, daher hatten wir noch keine Lebensversicherung, und nach so einer Diagnose kriegt man auch keine mehr.

Glücklicherweise hatte Jim über seinen Arbeitgeber wenigstens eine gute Krankenversicherung, und seine Firma hat die weitergezahlt, selbst als er schon längst nicht mehr arbeiten konnte. Das gehört zu den wirklich guten Sachen, die uns während der schwierigen Jahre über Wasser gehalten haben. Leider übernimmt sogar die beste Krankenversicherung nur einen Teil der Behandlungskosten, und den Rest mussten wir selbst aufbringen.

Daher also der riesige Schuldenberg, an den ich nicht zu oft zu denken versuche, denn sonst kriege ich Angstzustände, die dazu führen, dass ich in Schockstarre verfalle und gar nichts mehr tun kann.

Und das ist keine Option.

Nicht zu wissen, wie man meine Nachricht bei der Arbeit aufgenommen hat, ist stressiger als eine unangenehme Reaktion. Daher greife ich nach meinem Handy und finde tatsächlich eine freundliche Antwort von meiner Chefin Erika vor.

Ich hoffe, es ist nichts Schlimmes. Bitte schreib mir, wie es dir geht, wenn du kurz Zeit hast. Wir sehen uns am Montag.

Ich bin derart durch den Wind, dass ich vor Erleichterung über ihre lieben Worte in Tränen ausbreche. Vier Tage sind genau das, was ich brauche, um mich von dem Trauma von gestern Abend zu erholen und mich zu vergewissern, dass mit Tom alles in Ordnung ist, sowie mich um alles zu kümmern, was er von jetzt an benötigt.

Warte.

Stopp.

Das ist nicht meine Aufgabe. Ich bin nicht seine Ehefrau, ja noch nicht mal seine Freundin. Ich muss mich um gar nichts kümmern.

Mist, ich bin erst eine Viertelstunde wach und schon wieder in der Gedanken-Tretmühle gelandet.

Ich stehe auf, dusche im angrenzenden Bad und ziehe mir die Sachen von gestern wieder an, in denen noch der Krankenhausgeruch hängt. Na toll.

Unten sitzt Iris am Frühstückstisch, vor sich ihren Laptop und eine Tasse Kaffee.

»Guten Morgen. Wie hast du geschlafen?«

»Morgen. Erstaunlich gut. Noch mal danke, dass ihr mir Zuflucht gewährt habt. Ich bin dann gleich weg.«

»Kein Grund zur Eile. Setz dich, trink einen Kaffee, und iss was.«

»Kaffee liebend gern, aber ich glaub nicht, dass ich sonst was runterkriege.«

»Noch nicht mal einen meiner berühmten selbst gebackenen Blaubeer-Muffins frisch aus dem Ofen?«

Mir läuft das Wasser im Mund zusammen. »Äh … Natürlich, danke.«

»Kommt sofort.«

»Hast du die extra für mich gebacken?«

»Wäre das schlimm?«

»Es wäre zu viel, Iris. Was würden wir nur ohne dich tun?«

»Ach, ist doch selbstverständlich. Indem ich mich um andere kümmere, kümmere ich mich auch um mich selbst.«

»Du bist einfach die beste Freundin, die wir alle je hatten.«

Sie bringt einen Teller mit Muffins und stellt ihn auf den Tisch. »Wenn du so weiterredest, bringst du mich noch zum Heulen.«

»Es stimmt aber.«

»Danke. Das bedeutet mir viel.«

»Ich glaub, du verstehst nicht wirklich …« Ich schüttle den Kopf, weil mir die richtigen Worte fehlen. »Ich glaub nicht, dass ich Jims Tod ohne das Verständnis und die Unterstützung von dir und der Selbsthilfegruppe, die du mitgegründet hast, hätte bewältigen können. Und du … du bist die Seele des Ganzen.«

Sie fächelt sich mit der Hand Luft zu, während in ihren Augen Tränen glänzen. »Ihr gebt mir zehnfach zurück, was ich euch gebe.«

»Das stimmt nicht.«

»O doch.«

»Okay, meinetwegen.« Ich nehme einen Bissen von dem

Muffin, und köstliche Aromen explodieren auf meiner Zunge. »Verdammt, ist der lecker.«

Gage betritt die Küche und steuert direkt auf den Teller mit den Muffins zu.

Iris wirft sich dazwischen und greift nach dem Teller. »Du hattest schon drei!«

»Einen noch. Komm schon … Ich bin noch im Wachstum.«

Sie lacht schnaubend und überlässt ihm das kleinste der vier Gebäckstücke auf dem Teller. »So, aber das ist alles. Mehr gibt's nicht.«

»Lexi, sie ist gemein zu mir.«

Über seine Grimasse muss ich lachen. »Ihr seid total süß.«

Jim und ich hatten, was sie haben: jede Menge Spaß und liebevolle Spötteleien. So viel Liebe und Lachen und tollen Sex, mit dem es viel zu schnell vorbei war, lange bevor wir dafür bereit waren. Jim fehlt mir so schrecklich.

Iris legt ihre Hand über meine. »Was können wir heute für dich tun?«

»Nichts. Ihr habt mir schon so unfassbar viel geholfen. Ich ruf mir ein Uber und fahr zu Toms Haus, damit ich mich umziehen kann, und danach will ich in die Klinik, um zu schauen, wie es ihm geht.«

»Sei nicht albern. Ich bring dich nach Hause und begleite dich dann ins Krankenhaus, falls du Gesellschaft möchtest. Gage kann die Kinder von der Schule abholen.«

»Ich bin mir sicher, ihr habt anderes zu tun. Ihr beide.«

»Nein, haben wir nicht«, widerspricht Gage.

»Das ist eine dreiste Lüge.«

Diese gottverdammten Tränen. Ich bin sie so furchtbar leid.

Iris reicht mir ein Taschentuch, mit dem ich mir ungeduldig über das Gesicht wische.

Ihr Angebot erfüllt mich mit überwältigender Erleichterung, weil ich nicht allein ins Krankenhaus muss, was wiederum dafür sorgt, dass ich mir schwach vorkomme. Früher war ich eine starke, furchtlose Frau, die sich durchgesetzt hat und sich nichts hat gefallen lassen. Doch jetzt brauche ich jemanden an meiner

Seite, wenn ich einen Freund im Krankenhaus besuchen möchte.

Ich hasse das so sehr.

»Was auch immer du gerade denkst, vergiss es«, verlangt Iris. »Es ist keine große Sache, wenn du eine Freundin dabeihaben möchtest, während du mit etwas Aufwühlendem fertigwerden musst.«

Ich starre sie an. »Woher weißt du, was ich gedacht habe?«

»Weil man es dir an der Nasenspitze ablesen kann. Du hasst es, Hilfe zu brauchen. Du hasst es, empfindlicher zu sein, als du warst, bevor dir das Leben einen Schlag unter die Gürtellinie verpasst hat. Ich verstehe das, weil ich es selbst erlebt habe. Eine der schwierigsten Sachen bei der Trauerbewältigung ist, sein neues Selbst kennen und akzeptieren zu lernen.«

»Ja, das stimmt absolut. Gerade als ich dachte, ich hätte es geschafft, passiert irgendwas, das mir beweist, dass ich mich wohl geirrt hab.«

»Der Prozess ist lang noch nicht abgeschlossen, und du machst das bisher großartig. Wird es auf dem Weg weiter Rückschläge geben? Na klar, aber das heißt ja nicht, dass du in dem großen Witwenspiel am Ende nicht doch auf dem Siegertreppchen stehst. Du bist heute aus dem Bett gekommen, das heißt, du bist schon dabei, zu gewinnen.«

»Danke, das musste ich hören.«

Gage drückt mir die Schulter. »Ich stimme Iris zu. Du lässt dich nicht unterkriegen. Sieh dir nur an, wie es dir anfangs ging, als du zu unserer Gruppe gestoßen bist, und schau, wie weit du es mittlerweile gebracht hast. Rede dir das nicht klein, Lex.«

»Danke euch beiden. Ihr seid die besten Freunde, die eine Witwe je hatte.«

»Das gilt umgekehrt genauso«, erwidert Iris. »Und jetzt iss auf, dann bring ich dich nach Hause.«

»Ja, Mom.«

»Braves Mädchen.«

Wir lachen alle, und ich fühle mich besser. Ich möchte mir lieber nicht ausmalen, wie der gestrige Abend für mich verlaufen wäre, wenn sie nicht aufgetaucht wären, um mit ihrer Fürsorge und ihrer Unterstützung alles besser zu machen.

Kurze Zeit später sitzen wir in Gages Range Rover, der innen so edel riecht, wie er von außen wirkt, und fahren los. Gage wird nachher mit Iris' Minivan mit den Kindersitzen die Bande von Schule und Kindergarten abholen. »Wie abartig cool ist dieses Gefährt?«, will ich von ihr wissen.

»Aber echt. Sein Auto ist so sexy wie er selbst.«

»Zu viel Information.«

»Was?«, fragt sie und lacht. »Stimmt doch.«

»Hab ich dir schon mal gesagt, wie sehr ich mich für euch freue?«

»Das ist lieb, danke. Und hast du, trotzdem ist es nett, es immer wieder zu hören. Wir hatten Riesenglück, und das wissen wir.«

»Es war nicht nur Glück, sondern vielmehr Mut und Beharrlichkeit und Durchhaltevermögen und der feste Entschluss, selbst nachdem das Schlimmstmögliche geschehen war, ein erfülltes, schönes Leben zu führen.«

»Und ein kleines bisschen Feenstaub.«

»Okay, das mag sein, aber ihr beide habt eine Menge Schwierigkeiten überwunden, um den Punkt zu erreichen, an dem ihr jetzt seid. Roni und Derek und Wynter und Adrian haben das auch geschafft. Ich schaue euch an und frage mich, wo ihr den Mut hernehmt, um von vorn zu beginnen. Wie macht man das?«

»Ich wünschte, ich wüsste es. Ich kann nur sagen, dass ich eines Abends beschlossen habe, dass ich nicht länger bloß mit Gage befreundet sein wollte, daher hab ich die Sache in die Hand genommen und … Na ja.«

»Warte. Was hast du getan?«

»Das hab ich dir doch schon erzählt.«

»Nein, hast du nicht.«

»Oh, Mist.«

Ihr Gesicht wird knallrot, und ich muss lachen.

»Das muss ja wirklich gut sein.«

Verlegen grinsend antwortet sie: »Erinnerst du dich noch an das Wochenende am Strand?«

»Ja, klar.« Ich hab weiter Schuldgefühle, da alle zusammengelegt haben, um meinen Anteil zu zahlen, weil ich es mir einfach nicht leisten konnte.

»Es könnte sein, dass ich mitten in der Nacht zu ihm ins Bett gekrochen bin und so getan habe, als hätte ich mich in der Zimmertür geirrt.«

»Iris!«, rufe ich, und sie verschluckt sich fast vor Lachen. »O mein Gott! Was hat er gesagt?«

»Viel wichtiger als das, was er gesagt hat, ist, was er ge*tan* hat.«

»Wie kann es sein, dass wir davon nichts wissen?«

»Keine Ahnung, vielleicht weil das mit uns und das, was zwischen Roni und Derek abging, genug erotische Spannung erzeugt hat, um einen Flächenbrand zu entfachen?«

»Was ist eigentlich noch mal Sex? Ich hatte so lange keinen mehr, dass ich mich gar nicht mehr daran erinnere, wie es war.« Genau genommen ist es mehr als fünf Jahre her, dass ich etwas in der Richtung hatte.

»Doch, tust du. Du erinnerst dich.«

»Ich denk nicht wirklich viel darüber nach. Es fühlt sich an, als ob der Teil meines Lebens vorbei sei.«

»Ist er nicht.« Als wir an einer roten Ampel anhalten, blickt sie zu mir rüber. »Vor zwei Jahren hätte ich das Gleiche gesagt, und schau mich jetzt an. Ich steig mit meinem Verlobten so oft in die Kiste, wie wir nur können.«

Ich halte mir mit beiden Händen die Ohren zu und singe vor mich hin.

Sie lacht heftiger. »Erzähl mir nicht, es sei für dich vorbei, denn das stimmt einfach nicht.«

»Was, wenn doch?«

»Ist es nicht. Du bist bloß noch nicht bereit. Wenn du es bist, geht's los, Baby.«

»Woher soll ich wissen, dass ich bereit bin?«

»Weil du dann nackt zu einem Typen ins Bett kriechst, den du schon liebst und respektierst. Vielleicht tust du's sogar absichtlich, wie ich es gemacht habe. Aber verrat es nicht Gage. Er glaubt immer noch, es sei ein Irrtum gewesen.«

»Ach, wirklich?«

»Nein, dazu kennt er mich zu gut. Ich hab ihn keine Sekunde täuschen können, auch wenn ich es ihm gegenüber kein einziges Mal zugegeben hab.«

»Ich finde das großartig. Was für ein passender Auftakt für ein episches Paar.«

»Es war ziemlich klasse, doch du würdest den falschen Eindruck gewinnen, wenn du glaubst, es sei alles eitel Sonnenschein und wilder Sex unterm Regenbogen. Ich meine, das gehört dazu, aber genauso jede Menge Kompromisse und Risiken, ganz besonders für ihn. Er hat sich auf eine alleinerziehende Mutter mit drei kleinen Kindern eingelassen, nachdem er seine geliebte Ehefrau und seine Töchter verloren hat. Er war sich nicht sicher, ob er damit klarkäme, andere Menschen wieder so zu lieben. Er wollte nicht mehr so intensiv für andere empfinden.«

»Was hat zum Gesinnungswechsel bei ihm geführt?«

»Er war vor die Wahl gestellt, es mit uns zu wagen oder den Rest seines Lebens ohne uns zu verbringen. Wir sind ziemlich hinterlistig, wir dringen unter die Haut. Als er schließlich die Entscheidung fällen musste, hatte er schon sein Herz an uns verloren, daher gab es nicht viel zu überlegen. Wenigstens ist es das, was er immer behauptet. Ich weiß trotzdem, dass er mit sich gekämpft hat, was ja nur verständlich ist. Wenn ich mich in unserer Runde umsehe und mir vor Augen führe, was er verloren hat, kann ich kaum fassen, dass es ihm gelungen ist, überhaupt weiterzumachen.«

»Und die ganze Zeit hat er anderen Witwen und Witwern mit seinen einfühlsamen Posts auf Instagram geholfen, ebenso wie mit seiner wunderbaren Freundschaft.«

»Das auch. Er ist das perfekte Gesamtpaket, wenn du weißt, was ich meine.«

»Bitte keine Details, du sprichst von meinem Freund.«

Sie lacht weiter ihr wunderbares Lachen, das für mich für Freude und Glück steht, und muss sich Mühe geben, mit Gages schönem Rover keinen Unfall zu bauen. »Es tut mir leid, dass ich das so genieße, aber sag bitte nicht, du hättest mit Liebe und Sex und dem ganzen Rest davon abgeschlossen. Ich weigere mich, das zu glauben, außer natürlich, du willst das wirklich nicht mehr. Wenn das der Fall ist, respektiere ich deine Entscheidung selbstverständlich.«

»Ich weiß nicht, was ich will.«

Sie biegt in Toms Einfahrt ein. »Auch das ist völlig in Ordnung.«

Beim Anblick von seinem Haus und seinem Garten bin ich auf einen Schlag zurückversetzt in den Horror von gestern Abend … und von den vielen anderen Malen, als ich den Notruf für Jim wählen musste. Ich habe nie einen Adrenalinstoß erlebt, der es mit dem aufnehmen kann, der einen durchströmt, wenn man begreift, dass Notfallmaßnahmen nötig sind, um einem anderen Menschen das Leben zu retten.

Iris legt ihre warme Hand über meine, und ich merke, wie kalt mir ist.

Ich ringe mir um ihretwillen ein Lächeln ab. »Komm bitte mit rein, während ich mich rasch umziehe.«

Sie folgt mir durch die Tür in der Garage, wo ich den Sicherheitscode eintippe. »Jedes Mal, wenn ich das tue, muss ich daran denken, wie er mir, ohne zu zögern, den Code zu seinem Haus verraten hat, jemandem, den er seit der Highschool nicht mehr gesehen und damals gar nicht wirklich wahrgenommen hatte.«

»Er wusste, er kann dir trauen. Erinnerst du dich noch, wie du Erkundigungen über ihn eingeholt hast? Ich bin mir sicher, er hat das umgekehrt auch getan.«

Wir erreichen die Küche, die Tom mit wunderschönen weißen Arbeitsflächen ausgestattet hat, einem dunkelblauen Fliesenspiegel, den ich mir auch ausgesucht hätte, und den neuesten Küchengeräten. »Hat er nicht. Ich hab meine Freundinnen von der Highschool gefragt, ob irgendjemand was von ihm gehört hätte, und sie haben das alle verneint, was heißt, dass er sich auf mein Wort verlassen hat. Das ist ein enormer Vertrauensbeweis. Jemandem, den du kaum kennst, dein Haus zu öffnen, einfach weil der Betreffende so dringend eine neue Bleibe braucht.«

»Ich finde es großartig, dass er so für dich in die Bresche gesprungen ist.«

»Was er in vielerlei anderer Hinsicht seither immer wieder getan hat. Gestern Abend, als ich dachte, er könnte tot sein … Ich weiß ehrlich nicht, was ich dann tun würde.«

Iris legt einen Arm um mich. »Es tut mir so leid, dass das passiert ist.«

»Ich hasse es, dass ich bei der ganzen Sache immer mich und meine Befindlichkeiten in den Mittelpunkt stelle, dabei geht es doch um ihn.«

»Aber auch um dich, und ich bin mir sicher, er sieht das genauso, schließlich weiß er, was du durchgemacht hast.«

»Das hoffe ich.« Ich blicke mich in der gemütlichen Küche um, die mir zusammen mit dem Rest von Toms behaglichem Zuhause so eine wunderbare Zuflucht geboten hat. »Ich bin hier so glücklich gewesen.«

»Und das wirst du auch wieder sein. Das weiß ich.«

Ich wische mir mit einem Taschentuch über die Augen. »Danke, dass du mich so aufbaust. Du bist echt die Beste.«

»Kein Problem.«

»Ich beeil mich.«

»Lass dir ruhig Zeit.«

4

———————

Lexi

Ich geh nach oben in die Räume über der Garage, die Tom mir zur Verfügung gestellt hat. Es gibt ein Schlafzimmer mit angeschlossenem Bad, ein Wohnzimmer und eine kleine Küche, die noch ganz neu roch, als ich hergekommen bin. Tom streitet ab, dass er sie extra für mich eingebaut hat, doch das glaube ich ihm nicht. Ab und zu zanken wir uns im Spaß deswegen.

Als ich daran denke, muss ich lächeln, während ich mich umziehe und Make-up auftrage, um die Strapazen der letzten zwölf Stunden zu kaschieren. Er hat genug, worüber er nachdenken muss, ohne sich auch noch meinetwegen Sorgen zu machen.

Als ich so bereit bin, wie ich nur sein kann, um ihn im Krankenhaus zu besuchen, gehe ich zu Iris, die unten gewartet hat.

»Du siehst toll aus.«

»Oh, bitte. Ich seh aus wie eine Vogelscheuche.«

Sie lacht schnaubend. »Das ist bei dir überhaupt nicht möglich, also lass das sein. Du bist frisch und hübsch und ordentlich. Tom wird sich sehr freuen, wenn du ihn besuchst.«

»Das hoffe ich.«

»Das weiß ich.«

Neben allem anderen ist Iris unglaublich gut für mein Ego. Ich hoffe, dass ich etwas von all dem, was sie tut, eines Tages an jemanden weitergeben kann, der braucht, was sie und meine anderen Wilden Witwen mir auf dieser Reise Gutes mitgegeben haben.

Im Krankenhaus verdränge ich entschlossen jede Angst und jedes Trauma, um so für Tom da sein zu können, wie er für mich da gewesen ist. Ich bemühe mich, die Gerüche und all die anderen Trigger zu ignorieren und mich auf mein Ziel zu konzentrieren. Ich folge Coras Anweisungen bis in die Kardiologie und erkundige mich am Eingang, wo ich Tom finde.

»Vierte Tür links.«

»Vielen Dank.«

Meine Nervosität erreicht ungeahnte Höhen, als ich mich dem Zimmer nähere – ich fürchte mich vor dem, was mich darin erwarten mag.

Iris legt mir eine Hand auf den Rücken. »Willst du, dass ich mit reinkomme?«

»Ist schon okay. Ich glaub, ich krieg das hin.«

»Ich bin im Wartebereich am Ende des Gangs. Lass dir ruhig Zeit.«

Ich umarme sie kurz.

»Und denk dran: Was auch immer da drin passiert, du hast ihm das Leben gerettet und ihm damit die Möglichkeit gegeben, sein Gesundheitsproblem anzupacken. Vielleicht sieht er furchtbar aus, aber es geht ihm besser als gestern.«

Ich nicke, während ich ihre Worte in mich aufsauge, die wie ein Heiltrank für mein wild hämmerndes Herz sind. »Danke für alles.«

»Hab dich lieb.«

»Ich dich auch.«

Nachdem sie in Richtung Wartebereich verschwunden ist, starre ich die Tür eine ganze Minute lang an, bis ich all meinen Mut zusammennehme und forsch anklopfe, bevor ich eintrete.

Tom ist allein im Raum, und sein attraktives Gesicht strahlt auf, als er erkennt, dass ich es bin. »Hey, da bist du ja.« Sein Haar steht in alle Richtungen ab, sein Gesicht ist blasser als sonst, und seine Stimme klingt rau. Doch er lebt, und das ist das Einzige, was zählt.

»Ja, hier bin ich.« Beim Anblick der Kabel und Geräte und bei den Geräuschen, die mich geradewegs in die schlimmste Zeit meines Lebens zurückzuversetzen drohen, spüre ich Panik in mir aufsteigen.

Er streckt mir eine Hand entgegen. »Komm her.«

Während ich an sein Bett trete, fühle ich mich wie in Trance, als würde mein Körper wie auf Autopilot funktionieren und ich ihn gar nicht mehr kontrollieren. Das Ganze erscheint mir wie ein Riesenrückschritt für mich. Wenn man mich gestern gefragt hätte, hätte ich vermutlich behauptet, ich hätte mich mehr oder weniger von dem erholt, was ich mit Jim durchgemacht habe. Doch damit hätte ich komplett danebengelegen.

Ich ergreife die Hand, die er mir hinhält und die einen IV-Zugang aufweist.

»Hey.«

Ich zwinge mich, den Blick seiner intensiv blauen Augen zu erwidern.

»Es geht mir gut. Und das hab ich dir zu verdanken.«

Plötzlich überwältigen mich meine Gefühle, die mit der Macht eines Tsunamis an die Oberfläche drängen. Bevor ich weiß, wie mir geschieht, stehe ich schluchzend an seinem Bett und versuche verzweifelt, meine Fassung zurückzuerlangen.

»Ach, Lexi, Liebes.« Er drückt meine Hand. »Es tut mir so leid, dass ich dir das angetan habe.«

Als ich in sein Gesicht schaue, bin ich erschüttert, weil auch in seinen Augen Tränen glänzen. »Das muss dir nicht leidtun. Du konntest ja nichts dafür.«

»Vielleicht nicht, aber es war das Letzte, was du gebraucht hast.«

»Es geht hier nicht um mich.«

»Doch, natürlich.«

»Nein, es geht um dich und um das, was auch immer nötig ist, damit du dich wieder vollständig erholst.«

»In ein paar Wochen ist das alles Geschichte. Ich hab sehr

viel Glück gehabt. Mein Dad ist bei einem ähnlichen Vorfall mit nur zweiundvierzig Jahren gestorben.«

»Mir war nicht klar, was mit deinem Dad passiert ist, bis Cora es mir erzählt hat. Es tut mir so leid.« Ich weiß, dass seine Mutter an Demenz leidet und in einem Pflegeheim in der Nähe untergebracht ist, aber er spricht nicht viel über sie. Ich spüre, dass das Thema schmerzhaft für ihn ist, daher frage ich nicht nach.

»Das war für uns alle sehr schwer zu verkraften. Meine beiden älteren Schwestern haben sich beim Kardiologen gründlich durchchecken lassen. Ich wäre als Nächstes im November dran gewesen.« Er sieht mich an. »Wenn du nicht bei mir eingezogen wärst, wäre ich auf dem Boden dort gestorben, Lex. Du hast mir das Leben gerettet. Dafür bin ich dir sehr dankbar.«

»O mein Gott, hör auf. Du hast mehr für mich getan, als ich dir je vergelten könnte.«

»Das stimmt nicht. Du hast mir gerade alles im Überfluss vergolten und darüber hinaus eine Anzahlung für fünfzig weitere Jahre geleistet.«

»Ich habe ja nur einen Krankenwagen gerufen.«

»Was genau das war, was ich in dem Moment am nötigsten gebraucht habe.«

»Hast du große Schmerzen?«

»Nein, gar nicht. Allerdings wurde mir erklärt, das liege an den guten Medikamenten.«

»Ein Hoch auf gute Medikamente.«

»Am schlimmsten geht es meinem Hals. Das kommt von der Intubation.«

»Autsch.«

Sein Lächeln hilft mir dabei, mich zu beruhigen. Das ist schon seit dem Abend so, an dem wir uns wiedergetroffen haben, fast zwanzig Jahre nach der Highschool. Verdammt, wem will ich was vormachen? Er hat diese Wirkung auf mich, seit ich fünfzehn war und fürchterlich verknallt in einen Jungen, der kaum wusste, dass ich existiere.

Jetzt weiß er, dass ich existiere. Tatsächlich hält er meine Hand und schaut mich an, als wäre ich ihm sehr wichtig.

»Ist Cora noch da?«

»Sie ist die ganze Nacht hier gewesen, daher hab ich sie nach Hause geschickt, damit sie etwas Schlaf nachholen kann. Unsere andere Schwester Lydia und ihr Ehemann sind in einem Hotel.«

»Wo lebt Lydia?«

»Außerhalb von Minneapolis.«

»Ich hab gar nicht gewusst, dass ihr eine weitere Schwester habt.«

»Sie ist sieben Jahre älter als ich und wohnt seit ihrer Collegezeit in Minneapolis. Unser Verhältnis ist nicht so eng wie das zwischen Cora und mir.«

»Ach so. Hat Lydia Kinder?«

»Zwei Jungs auf dem College.« Als er sich bewegt, um eine bequemere Position auf dem Bett zu finden, stöhnt er leise, was mich extrem beunruhigt.

»Soll ich eine Krankenschwester rufen?«

»Nein, alles in Ordnung. Ich bin nur etwas angeschlagen. Sie sind durch eine Arterie im Bein bis zu meinem Herzen vorgedrungen, was sich heute nicht so toll anfühlt.«

»Hat man dir gesagt, wie es bei dir weitergeht?« Ich war es gewohnt, mich mit Ärzten abzusprechen, immer einen Schritt voraus zu sein bei allem, was Jim nach einem Krankenhausaufenthalt benötigte, und die Betreuung zu Hause und alles andere zu organisieren. Ich habe pausenlos in einem Zustand übersteigerter Aufmerksamkeit gelebt, der schon lange vor Jims Tod all meine Reserven aufgezehrt hat.

»Bisher nicht, aber vermutlich Herz-Reha und eine drastische Umstellung meines Lebensstils. Das musste zumindest der Bruder meines Dads tun, nachdem er etwas Ähnliches überlebt hatte.«

»Wow. Das fehlerhafte Gen scheint in deiner Familie wirklich weit verbreitet zu sein.«

»Sehr weit verbreitet. Zwei andere Brüder meines Vaters sind früh an einem Witwenmacher-Herzinfarkt gestorben, und eine seiner Schwestern hatte eine Bypass-OP.«

Diese neue Enthüllung erfüllt mich mit Beunruhigung und Angst, was er sofort spürt.

»Ah, verdammt. Das hätte ich besser nicht erwähnen sollen.«

Nein, das hättest du allerdings nicht.

»Lex, schau mich an.«

Ich zwinge mich, seinen Blick zu erwidern, während ich mir in Erinnerung rufe, wie unglaublich nett er zu mir gewesen ist. Schulde ich ihm da nicht im Gegenzug das Gleiche?

»Es ist alles in Ordnung. Alles wird wieder gut werden. Ich hab sehr viel Glück gehabt, dank dir, und ich werde entscheidende Veränderungen in meinem Leben vornehmen, damit ich gesund bleibe. Du brauchst dir keine Sorgen zu machen.«

Ich schlucke den großen Kloß herunter, der mir die Kehle zuschnürt. Ich möchte mich am liebsten umdrehen und weglaufen vor ihm und seinem ramponierten Herzen, nur dass er meine Hand festhält, sodass ich nicht wegkann.

»Lexi.«

»Ja?«

»Ich sehe, dass du Panik schiebst, und ich verstehe es. Warum solltest du dich nach allem, was du hinter dir hast, auf jemanden einlassen wollen, der jede Sekunde tot umfallen könnte? Ich möchte dir jedoch versichern, dass ich alles tun werde, um noch richtig lange zu leben, und ich möchte so viel wie möglich von diesem restlichen Leben mit dir verbringen.«

Das ist das erste Mal, dass er bestätigt, was ich schon vermutet hatte: Er hat Gefühle für mich, die deutlich über Freundschaft hinausgehen.

Ich weiß, ich sollte etwas antworten, aber in meinem Gehirn herrscht gerade absolute Leere.

»Das ist eine Menge, das weiß ich. Und es ist nicht fair, dass ich dir das sage, während ich im Krankenhaus liege, nachdem man mir einen Stent eingesetzt hat. Aber es ist die Wahrheit, und wenn dieser Vorfall mir eins klargemacht hat, dann dass ich den Leuten, die mir wichtig sind, mitteilen muss, was ich empfinde, und du befindest dich ganz oben auf der Liste von Personen, die die Wahrheit hören müssen.«

Ich erinnere mich daran, wie ich gestern Abend festgestellt habe, dass mein Name bei den Favoriten unter seinen

Kontakten ganz oben steht, was seine Worte bestätigt, wie nichts anderes das könnte.

Er hält inne, wie um Kraft zu sammeln, ehe er fortfährt: »Heute Morgen, als Cora mir erklärt hat, was passiert ist … Alles, woran ich denken konnte, warst du, und dass ich hätte sterben können, ohne dass du weißt …«

Ich sollte ihn fragen, was ich wissen soll, doch der verdammte Kloß in meinem Hals verhindert, dass ich auch nur ein Wort herausbringe.

»Ich will, dass du weißt, wie wichtig du mir bist und wie glücklich ich bin, seit du bei mir eingezogen bist.«

Ich räuspere mich, denn eine Aussage wie diese verdient irgendeine Form von Antwort. »Oh. Wirklich?«

Bei seinem Lächeln strahlen seine müden Augen auf. »Ja, wirklich. Ich liebe unsere gemeinsamen Abendessen und unsere Gespräche bei Kaffee am Wochenende. Ich finde es schön, wenn ich im Garten arbeite und du da bist, um mir zu helfen oder dich mit mir zu unterhalten. Ich hatte keine Ahnung, wie einsam ich in meinem großen alten Haus war, bis du aufgetaucht bist und mir geholfen hast, es in ein Zuhause zu verwandeln.«

Ich bin so überwältigt von seinen Worten und den Gefühlen, die dahinterstehen, dass ich kaum noch Luft kriege. Ich hab gewusst, dass ich ihm wichtig bin, natürlich hab ich das. Aber ich habe dieses Wissen irgendwie beiseitegeschoben, bis ich bereit war, mich damit auseinanderzusetzen. Bin ich jetzt so weit? Ich hab keine Ahnung.

»Du … äh … Also, du bist mir auch wichtig.«

»Das bedeutet mir viel, Lex. Und hör zu: Ich möchte dich auf keinen Fall damit unter Druck setzen, dass ich mehr will als das, was wir jetzt schon haben. Ich achte, was du mit Jims Krankheit und schließlich seinem Tod durchgemacht hast, und ich möchte deine Verletzlichkeit in keiner Weise ausnutzen.«

»Das würdest du niemals, das weiß ich. Es ist nur, dass ich immer noch irgendwie …« Da ist er wieder, dieser blöde Kloß. Meine Augen werden feucht, und ich wende den Blick ab, wünschte, ich hätte Macht über die Tränen.

»Ich weiß, Liebes. Und ich erzähle dir das nicht, weil ich irgendwas von dir erwarte. Es ist bloß so, wenn man beinahe stirbt und dann wie durch ein Wunder doch überlebt, will man, dass die Menschen, die einem am Herzen liegen, wissen, was sie einem bedeuten. Und du bedeutest mir eine ganze Menge.«

Wenn man beinahe stirbt ...

Die Worte hallen durch meinen Kopf. Er *ist* beinahe gestorben. Er hat überlebt. Dieses Mal. Was, wenn es sich wiederholt?

Ich zwinge mich, mich auf das Hier und Jetzt zu konzentrieren, um ihm zumindest einen Bruchteil von dem zurückzugeben, was er mir geschenkt hat. »Du ... Du bedeutest mir auch viel. Es ist nur ... Letzte Nacht war schon ganz schön heftig ...« Ich hasse es, wie ich herumstammle, während in meinem Gefühlsleben Chaos herrscht.

»Es tut mir so leid, dass ich dir das angetan habe.«

»Es ist ja nicht deine Schuld.«

»Wessen Schuld ist es dann?«, fragt er lächelnd.

»Niemandes. Es ist passiert, und wir sind damit klargekommen. Und Gott sei Dank geht es dir wieder gut.«

»Ja, weil du so entschlossen gehandelt und Hilfe gerufen hast und mit mir zusammen zum Krankenhaus gefahren bist.«

»Oh, das hast du gehört, ja?«

»Ich hab es gehört, und ich weiß es total zu schätzen. Ich verdanke dir mein Leben.«

»Nein, das verdankst du den Rettungssanitätern und den Ärzten und Schwestern. Ich habe lediglich telefoniert, während ich gleichzeitig versucht habe, nicht in Panik auszubrechen.«

Er verzieht das Gesicht. »Ich würde alles dafür geben, dass das nicht zu Hause geschehen wäre, wo ausgerechnet du mich gefunden hast. Den ganzen Vormittag quält mich schon die Sorge, dass du vermutlich so weit wie möglich vor mir weglaufen willst, woraus ich dir beileibe keinen Vorwurf machen kann.«

»Das werde ich nicht tun, und nicht nur, weil ich nirgendwo anders hinkann. Bitte denk also nicht so was.«

»Wenn du lieber woanders sein möchtest, Lexi, dann helfe

ich dir dabei. Wenn du das Gefühl hast, dass das das Beste für dich ist, würde ich das verstehen.«

»Wirklich?«

»Na klar.« Er schließt die Augen. »Ich würde es hassen, aber ich würde es verstehen.«

»Darüber müssen wir nicht heute sprechen. Das Wichtigste ist jetzt erst mal, dass du dich ausruhst und erholst.«

Ohne die Augen zu öffnen, sagt er: »Das ist nicht das Wichtigste. Du bist ebenfalls wichtig.«

»Ruh dich aus, und versuch dir keine Sorgen zu machen, außer darüber, wieder gesund zu werden.«

»Ich mach mir über vieles Sorgen.«

»Bitte nicht. Mir geht es gut. Das schwöre ich.«

Er hebt die Lider und schaut mich voller Zärtlichkeit an, wie es ich von ihm bisher gar nicht kenne. »Du würdest mich doch nicht anlügen, oder?«

»Nein, natürlich nicht.«

»Gut.« Er schließt die Augen wieder. »Das ist gut.«

Etwa zehn Minuten nachdem Tom eingeschlafen ist, betritt Cora den Raum. Er hält immer noch meine Hand fest.

»Wie geht es ihm?«

»Gut, würde ich sagen. Wir haben uns ein bisschen unterhalten, bevor er wieder eingeschlafen ist.«

»Ich bin froh, dass du hier bist. Er hat vorhin nach dir gefragt.«

»Ach tatsächlich?«

Sie wirft mir einen Blick zu. »Warum hörst du dich so überrascht an? Du musst mittlerweile wissen, wie viel du ihm bedeutest.«

Hört sie sich ein wenig genervt an, oder bilde ich mir das nur ein?

»Ich, äh … Er ist mir in einer Zeit, in der ich das dringend gebraucht habe, ein unglaublich guter Freund gewesen.«

»Ja, das ist er, und ich hab Angst, dass er verletzt werden könnte, weil du für das, was er gerne möchte, nicht zur Verfügung stehst.«

Ich bin sprachlos. Wortwörtlich.

Cora seufzt tief. »Sorry, das war unangemessen. Ich fürchte, daran ist die schlaflose Nacht schuld.« Sie schaut mich an. »Tut mir echt leid. Ignorier mich einfach. Er würde mir den Kopf abreißen, wenn er irgendwas davon mitgekriegt hätte.«

»Ich, äh … Ich sollte gehen.«

»Bitte nicht meinetwegen, Lexi. Tom möchte dich hierhaben. Er will dich dringender hierhaben als mich.«

Ich muss hier weg. Das ist alles, was ich weiß. »Ich komme später wieder. Bitte richte ihm aus …« Mir fällt absolut nichts ein, was ich ihm jetzt sagen könnte, also belasse ich es dabei. Im Korridor konzentriere ich mich darauf, zu atmen, während ich die paar Schritte zum Wartebereich zurücklege, wo Iris sitzt.

»Hey«, begrüßt sie mich. »Wie geht's ihm?«

»Gut. Es geht ihm gut.«

Sie betrachtet mich genauer. »Und dir?«

»Können wir bitte hier verschwinden? Sofort?«

»Klar.« Iris nimmt mich in ihrer üblichen praktischen Art einfach am Arm, und gefühlt zwei Sekunden später sind wir im Aufzug.

5

Lexi

Mein gesamter Körper vibriert vor Anspannung und Angst und … von etwas anderem, das ich nicht genau benennen kann.

»Was ist passiert?«, will Iris wissen, als wir wieder im Wagen sitzen.

»Ich …« Normalerweise neige ich nicht dazu, wirr vor mich hin zu stammeln. »Er war überaus dankbar für das, was ich getan habe, und hat sich entschuldigt, weil er mein Trauma wieder hochgeholt hat. Er … Er hat gesagt, er sei froh, dass er nicht gestorben ist, bevor er Gelegenheit hatte, mir zu erklären, wie viel ich ihm bedeute und wie glücklich er ist, seit ich eingezogen bin.«

»Oh. Wow. Wie fühlst du dich dabei?«

Ich werfe ihr einen Blick zu, der völlig wild sein muss. »Ich weiß es nicht. Und dann war seine Schwester da … Sie hat gesagt …« Der verdammte Kloß in meinem Hals schnürt mir die Kehle zu, und mir entschlüpft ein erstickter Laut.

Iris dreht sich zu mir und schaut mich an. »Was hat sie gesagt?«

»Dass sie sich Sorgen macht, ich könnte ihn verletzen, weil ich nicht für das zur Verfügung stehe, was er von mir möchte.«

»Oh, verdammt. Es ist echt ganz schön heftig, dir das vorzuwerfen, insbesondere jetzt gerade.«

»Das hat sie selbst gemerkt und sich sofort entschuldigt. Sie schiebt die unbedachte Äußerung auf die schlaflose Nacht, die sie gehabt hat. Außerdem hat sie noch hinzugefügt, dass er wütend auf sie wäre, wenn er wüsste, dass sie mit mir darüber geredet hat.«

»Er wäre zu Recht wütend. Sie hätte das nicht erwähnen dürfen. Dir ist hoffentlich klar, dass du für das, was auch immer er für dich empfindet, nicht verantwortlich bist.«

Man kann sich darauf verlassen, dass Iris immer direkt auf den Punkt kommt. »Ja, ich weiß.«

»Sag es so, als ob du es wirklich meinst.«

»Ich weiß, ich bin nicht für das verantwortlich, was auch immer er für mich empfindet. Es ist nur so … Ich hab ihn wirklich gern. Auf der Highschool war ich mehr als halb verliebt in ihn, und dabei haben wir damals kein einziges Wort miteinander gewechselt.«

»Nun, jetzt seid ihr nicht mehr auf der Highschool, und obwohl er dir einen Riesengefallen erwiesen hat, als das besonders nötig war, schuldest du ihm nichts außer Freundschaft und Dankbarkeit für seine Großzügigkeit.«

Ich weiß ihre treffende Zusammenfassung zu schätzen und nicke.

»Nach gestern Abend fahren garantiert auch bei ihm die Gefühle Achterbahn. Eine so knappe Rettung, wie er sie hatte, sorgt natürlich dafür, dass er für alles Gute in seinem Leben dankbar ist, dich eingeschlossen. Trotzdem bist du nicht verpflichtet, dabei mitzumachen. Du hast bisher nicht verarbeitet, was dir und Jim passiert ist, du hast keine Ahnung, wie lange du noch dafür brauchst, und kannst nicht auf andere Rücksicht nehmen, selbst nicht auf jemanden, der so für dich da gewesen ist, wie er das war.«

Ihre Worte zu hören, hilft mir, und zum ersten Mal seit einer Stunde kann ich richtig aufatmen. »Danke für die Erinnerung.«

»Ich werde nicht zulassen, dass das hier in irgendeiner Weise ein Rückschlag für dich wird, nicht nachdem es für dich in letzter Zeit so erfreulich aufwärtsging.«

Ich lächle ihr zu, wie könnte ich auch nicht? »Ich weiß gar nicht, was ich getan habe, um das Glück zu verdienen, eine Freundin wie dich zu haben.«

»Du bist Witwe geworden.«

Das löst einen Lachanfall aus, der mehr als überfällig war. »Ich liebe dich so sehr, Iris. Du bist eine der besten Freundinnen, die ich je hatte.«

»Gleichfalls.«

»Das stimmt nicht mal annähernd.«

»Sei still, bevor ich sauer auf dich werde.«

Wir lachen wieder, während sie den SUV startet. »Wohin jetzt?«

»Ich glaube, ich würde gerne nach Hause und vielleicht ein bisschen schlafen, bevor ich nachher noch mal Tom besuche.«

»Du musst heute nicht ein weiteres Mal zu ihm.«

»Ist mir klar, doch ich fahre vielleicht trotzdem.«

»Halt dich von seiner Schwester fern.«

»Bei den wenigen Gelegenheiten, zu denen ich sie bisher getroffen habe, war sie immer total nett zu mir, und sie hat sofort bereut, dass ihr das rausgerutscht ist.«

»Gut. Das sollte es auch. Was für eine dämliche Bemerkung, vor allem an jemanden gerichtet, der das hinter sich hat, was du erlebt hast.«

»Was sagen wir immer? Dass andere Leute nicht mal ansatzweise begreifen können, was wir durchmachen, bevor sie nicht selbst ihren geliebten Partner verloren haben.«

»Egal … In einem Fall wie diesem ist es immer klüger, sich auf die Zunge zu beißen, als einer Witwe irgendwas hinzuknallen, was die nicht hören muss.«

»Reg dich nicht so über sie auf. Sie ist ja selbst traumatisiert. Ihr Dad ist mit zweiundvierzig an einem Herzinfarkt gestorben, genau wie zwei ihrer Onkel, und eine Tante hatte eine Bypassoperation.«

»Verdammt. Das ist eine ganze Menge.«

»Auf jeden Fall, insbesondere da sie und Tom sich sehr nahestehen.«

»Wie geht es bei Tom weiter?«

»Ihm wurden wohl eine drastische Änderung seines Lebenswandels und kardiologische Reha empfohlen.«

Wir schweigen mehrere Minuten lang, während Iris mich zu Toms Haus zurückbringt.

»Ich hab ihn wirklich gern, Iris. Wenn ich auf der Suche nach einem neuen Mann in meinem Leben wäre, würde meine Wahl auf ihn fallen.«

»Aber?«

»Aber nach dem, was jetzt passiert ist, und der Information, dass seine Familie eine Geschichte mit Herzproblemen hat, weiß ich einfach nicht, ob ich das kann. Ich hab das Gefühl, als würde ich, wenn ich mit ihm zusammen bin und mich ohne Vorbehalte auf ihn einlasse, mit Dynamitstangen jonglieren oder irgendwas ähnlich Gefährliches.«

»Das verstehe ich. Du hast bereits jahrelang einen Mann durch eine schreckliche Krankheit begleitet, und die Möglichkeit einer weiteren ernsthaften, chronischen Erkrankung könnte sich als mehr herausstellen, als du verkraften kannst.«

»Ja, das. Genau das. Selbst wenn es laut auszusprechen dazu führt, dass ich mich wie ein Schwächling fühle.«

»Davon bist du meilenweit entfernt, Lexi. Sieh dir an, was du für Jim getan hast. Ein Schwächling hätte niemals so für ihn da sein können, wie du es gewesen bist.«

»Doch ich fühle mich bei dem bloßen Gedanken daran, mit Tom etwas Ähnliches zu erleben, einfach nur entsetzlich. Dieses Mal haben sie ihn retten können, aber muss ich mir jetzt Sorgen machen, dass er irgendwann einfach tot umfällt?«

»Das ist eine wichtige Frage, die man als vernünftiger Mensch auf jeden Fall stellen darf.«

»Auch ihm selbst? ›Hey, Tom, ich weiß, du hast gerade diese furchtbare Sache erlebt, doch wie berechtigt ist meine Sorge, dass das wieder passiert? Wie stehen angesichts der furchtbaren Neigung deiner Familie, mitten im Leben tot umzufallen, die Chancen, dass sich das wiederholt?‹«

Iris lacht schnaubend. »Vielleicht solltest du das nicht so direkt ausdrücken, aber trotzdem hast du das Recht, das zu erfahren, bevor du entscheidest, ob du bereit bist, mehr für ihn zu sein als Freundin und Mitbewohnerin.«

»Ich sollte bei ihm ausziehen.«

»Was? Nein, tu das nicht. Zumindest noch nicht. Erinnerst du dich, dass dir unmittelbar nach Jims Tod geraten wurde, nicht sofort irgendwelche wichtigen Entscheidungen zu treffen?«

»Ja.«

»Das hier ist irgendwie ähnlich. Du hast letzte Nacht ein schweres Trauma erlebt. Das ist keine Zeit für bedeutende Entschlüsse.«

Ich lehne meinen Kopf nach hinten, fühle mich so erschöpft wie kurz nach Jims Tod, was ich hasse. Es weckt so viele Erinnerungen, von denen ich dachte, ich hätte sie hinter mir gelassen. »Ist es seltsam, so was wie Trauer zu empfinden, obwohl niemand gestorben ist?«

»Überhaupt nicht. Die Trauer legt sich über alles, was nach einem schweren Verlust passiert. Jede einzelne Sache, sogar das Gute.«

»Das kommt mir nicht fair vor.«

»Nichts davon ist fair. Warum mussten unsere Ehemänner sterben, während andere Paare siebzig Jahre zusammenbleiben dürfen? Warum mussten wir uns ein neues Leben aufbauen, obwohl wir so viel Kraft und Mühe in das davor gesteckt hatten? Warum mussten wir den einen Menschen verlieren, von dem wir dachten, wir könnten unmöglich ohne ihn sein? Warum musste irgendwas davon passieren?«

Während ich ihren Fragen zuhöre, strömen mir Tränen übers Gesicht. Ich wische sie weg. *Warum musste irgendwas davon passieren?* Diese Frage stelle ich mir beinah jeden Tag. Wie konnten wir uns aus einem überglücklichen, frisch verheirateten Paar mit großen Plänen und Träumen in eins verwandeln, von dem der eine Partner an einer unfassbar grausamen und unheilbaren Krankheit leidet?

Ein paar Minuten später erreichen wir Toms Haus.

Iris schaltet den Motor aus und dreht sich zu mir. »Was kann ich tun?«

Meine Antwort besteht aus einem kurzen Lachen. »Du hast schon so viel getan, und ich bin dir unglaublich dankbar dafür, mehr, als du je wissen wirst.«

»Was könnte dir sonst noch helfen?«

»Ich glaube, im Moment ist alles gut. Ich muss mich einfach einen Augenblick hinsetzen und es sacken lassen, um einen klaren Kopf zu bekommen.«

»Bitte lass dich nicht von ihm oder seiner Schwester oder sonst wem zu etwas drängen, wozu du noch nicht bereit bist.«

»Mach ich nicht. Versprochen.«

»Ruf mich an, wenn du mich brauchst.«

»Okay.«

»Wenn ich nichts von dir höre, melde ich mich später noch mal.«

»Danke für alles, Iris. Nicht erst in den beiden letzten Tagen, sondern die ganze Zeit.«

Sie lehnt sich über die Mittelkonsole, um mich zu umarmen. »Jederzeit gern.«

Ich finde es tröstlich, dass sie wartet, bis ich die Tür aufgeschlossen habe und ihr aus der Diele zuwinke, bevor sie rückwärts aus der Einfahrt fährt. Was für eine Freundin.

Drinnen vermeide ich es, zu der Stelle im Wohnzimmer zu schauen, wo sich der Albtraum abgespielt hat. In der Küche gieße ich mir ein Glas von dem Eistee ein, den Tom immer für mich zubereitet, und breche wieder in Tränen aus, weil ich daran denke, wie gut er zu mir gewesen ist.

Das ist so, seit ich eingezogen bin. Irgendwie schafft er es jedes Mal, vor mir zu Hause zu sein, und hat an sechs von sieben Tagen die Woche das Abendessen fertig, wenn ich schließlich eintreffe. Am siebten Tag sagt er meist: *Lass uns essen gehen*, und lädt mich irgendwohin ein, wo es schön ist. Obwohl diese Ausflüge spontan wirken, werden wir immer ohne Wartezeit zu einem Tisch geführt, was bedeutet, dass er das vorher geplant und für uns reserviert haben muss.

Die einzigen Ausnahmen bilden die Mittwochabende mit

den Wilden Witwen oder auch andere Verabredungen mit Freundinnen oder meinen Eltern. In letzter Zeit habe ich begonnen, Tom zum Dinner bei meinen Eltern mitzubringen, als ob es der nächste logische Schritt wäre. Und ich muss ihnen zugutehalten, dass sie mir nicht eine Million Fragen zu ihm stellen oder dazu, was es bedeutet, dass er mich begleitet.

Sie mögen ihn sehr, und er hat ein nettes, freundliches Verhältnis zu ihnen. Letzte Woche hat mein Vater Tom gefragt, ob er ihn gern zu einem der letzten Baseballspiele der Saison begleiten würde. Dass er das getan hat, hat mich unglaublich gefreut und mir gleichzeitig das Herz gebrochen, weil er gewöhnlich Jim zu diesen Spielen mitgenommen hat, und ich weiß, wie sehr ihm sein Baseball-Kumpel fehlt.

Meine Eltern haben Jim stets als den Sohn betrachtet, den sie selbst nie hatten. Seinen körperlichen Verfall mitzuerleben, während sie geholfen haben, ihn liebevoll zu pflegen, war für sie genauso schwer wie für mich. Wir alle haben unser Leben auf Eis gelegt, während er so furchtbar krank war, daher bin ich auch so froh darüber, dass sie jetzt wieder reisen und Baseballspiele besuchen und ganz allgemein das Leben wieder aufnehmen, das sie ausgesetzt hatten, um für uns da sein zu können.

Apropos meine Eltern. Ich muss ihnen noch erzählen, was gestern Abend passiert ist, obwohl es das Letzte ist, worüber ich reden möchte. Aber irgendwann müssen sie es schließlich erfahren.

Meine Mutter nimmt beim dritten Klingeln ab. »Hi, Süße. Gerade hab ich an dich gedacht. Warum bist du nicht bei der Arbeit?« Gewöhnlich telefonieren wir tagsüber nicht, und es tut mir leid, dass ich das nicht berücksichtigt habe, als ich ihre Nummer gewählt habe.

»Ich hab mir heute freigenommen, nachdem gestern Abend einiges los war.«

»Was ist passiert?«

Ich hasse es, dass sie sofort mit dem Schlimmsten rechnet, ebenfalls eine Spätfolge von Jims Krankheit. »Als ich nach Hause kam, lag Tom bewusstlos auf dem Boden.«

»Oh, Lex, nein. Bitte sag mir, dass es ihm gut geht.«

»Ja, inzwischen sieht es besser aus, nachdem er eine Stent-OP hatte, bei der eine verstopfte Arterie geweitet wurde.«

»Gütiger Himmel. Und was ist mit dir? Für dich muss das doch schlimm gewesen sein und alles Mögliche getriggert haben.«

Meine Mom hat durch Jims Krankheit den Begriff »triggern« gelernt. »Das war es, aber ich schaff das schon, solange mit ihm alles in Ordnung ist. Das ist das, was zählt.«

»Es tut mir so schrecklich leid, dass das geschehen ist, Süße. Ich kann mir kaum vorstellen, wie aufwühlend das für dich gewesen sein muss.«

»Es war schwierig, doch inzwischen fühle ich mich viel besser. Iris und Gage sind zum Krankenhaus gefahren und haben mich dann mit zu sich nach Hause genommen.«

»Wir wären auch gekommen. Das weißt du hoffentlich.«

Ich verziehe das Gesicht, weil ich unbeabsichtigt ihre Gefühle verletzt habe. »Natürlich weiß ich das.«

»Aber ich bin froh, dass du Hilfe hattest, egal von wem.«

»Ja, danke.«

»Warst du schon bei Tom?«

»Ich hab ihn heute Morgen kurz besucht. Seine Schwestern sind da, und ich schau nachher noch mal bei ihm vorbei.«

»Wenn es zu schwer für dich ist, lass es.«

»Nein, ich pack das schon. Ich möchte für ihn da sein, so wie er für mich da gewesen ist.«

»Das ist lieb von dir, doch du musst zuallererst an dich denken. Du hast in deinem Leben schon mehr als genug Pflegearbeit geleistet.«

»Richtig.«

»Wenn er zu Hause noch Hilfe braucht, sorg bitte unbedingt dafür, dass das jemand anders als du übernimmt. Ich will nicht hart klingen, aber das kannst du dir nicht aufladen.«

»Dessen bin ich mir bewusst, doch danke, dass du an mich denkst.«

»Daddy und ich haben neulich erst darüber gesprochen, dass du in letzter Zeit wieder etwas von deinem Strahlen zurückhast. Es wäre schlimm, wenn du das jetzt wieder verlierst.«

»Das versteh ich. Ich bin auf der Hut, möchte aber auch Tom, der mir ein so guter Freund gewesen ist, nicht im Stich lassen.«

»Er ist ein wunderbarer Mensch. Bitte richte ihm aus, wie leid es uns tut, dass er gesundheitliche Probleme hat.«

»Mach ich. Ich halt euch auf dem Laufenden, okay?«

»Ja, bitte. Wir haben dich lieb.«

»Ich euch auch.«

Ich nehme meinen Eistee mit in mein Zimmer im ersten Stock. Zusätzlich zu der kleinen Küchenzeile, von der Tom steif und fest behauptet, er hätte sie nicht für mich eingebaut, hat er wahrscheinlich noch eine Wand eingerissen, damit ich ein Wohnzimmer habe. Ich weiß nur, dass es beides nicht gab, als ich Fotos von Schlafzimmer und Bad gesehen habe. Wie von Zauberhand war es plötzlich da, als ich eingezogen bin. Das war eins der tausend Dinge, die Tom getan hat, damit ich es leichter habe, besser und schöner.

Nachdem ich mich auf dem Bett ausgestreckt habe, checke ich meine neuen Nachrichten auf dem Handy.

Eine ist von Roni, einer weiteren Freundin von den Wilden Witwen. *Hey, Leute, hat irgendjemand Lust, sich an einem Geschenk für Adrian und Wynter zu beteiligen? Ich hab auf ihrer Wunschliste nachgeschaut, und der superschicke Buggy, den sie sich gewünscht hat, ist noch da. Lasst mich kurz wissen, wer von euch dabei ist.*

Einer nach dem anderen haben sie geantwortet. Brielle, Joy, Gage, Derek, Christy, Hallie, Iris, Kinsley und Naomi machen alle mit.

Ich tippe rasch. *Ich beteilige mich ebenfalls.*

Wo ich gerade in der Chat-Gruppe ohne die frischgebackenen Eltern bin, die von meinem Drama nichts zu wissen brauchen, weil sie gerade genug um die Ohren haben, beschließe ich, alle darüber zu informieren, was bei mir los ist.

Ich wollte euch heute ohnehin schreiben, weil mein Freund und Mitbewohner Tom gestern Abend einen Herzinfarkt hatte. Bei meiner Rückkehr hab ich ihn bewusstlos auf dem Wohnzimmerboden gefunden. Glücklicherweise konnte er schnell ins Krankenhaus gebracht werden, wo ihm ein Stent gesetzt wurde. Jetzt erholt er sich von dem Eingriff. Iris und Gage sind in dieser schwierigen Situation zu meiner Rettung ins Inova geeilt und haben mich großartig unterstützt.

Das löst eine wahre Flut von Nachrichten aus.

Brielle erwidert: *O nein, Lex! Was können wir für dich tun?*

Und Joy: *Tut mir so leid, Liebes. Möchte mir gar nicht vorstellen, wie schwierig das für dich gewesen sein muss. Alles Liebe für dich und deinen Freund.*

Von Hallie kommt: *Gott sei Dank war er rechtzeitig im Krankenhaus. Tut mir leid, dass du das miterleben musstest.*

Roni ruft mich an.

»Hey, musst du nicht im Weißen Haus arbeiten?« Sie ist die Kommunikationschefin für die First Lady Samantha Cappuano.

»Das ist jetzt gerade egal. Wie geht es dir?«

»Besser als gestern Abend. Ich bin immer noch ein bisschen aus dem Gleichgewicht, aber das liegt wahrscheinlich an den Nachwirkungen der Überdosis Adrenalin.«

»Verdammt, Lex. Ich kann nicht glauben, dass du ihn beim Heimkommen so vorgefunden hast.«

»Es war ziemlich erschreckend.«

»Was können wir für dich tun?«

»Alles in Ordnung. Iris und Gage haben sich gestern großartig um mich gekümmert, und heute früh war ich schon bei Tom. Er ist definitiv auf dem Weg der Besserung, und seine Schwestern sind bei ihm.«

»Nun, das muss eine Erleichterung für dich sein.«

»Ist es. Ganz bestimmt. Es ist nur, dass ...«

»Was denn, Süße?«

»Ich hab dabei erfahren, dass es in seiner Familie gehäuft vorzeitige Todesfälle wegen sogenannter Witwenmacher-Herzinfarkte gegeben hat. Sein Vater und zwei seiner Onkel väterlicherseits sind in ihren Vierzigern daran gestorben, und eine seiner Tanten musste sich einer Bypassoperation unterziehen.«

»Das ist ganz schön viel, insbesondere wenn man bedenkt,

was du bereits hinter dir hast«, meint sie und scheint ihre Worte sorgfältig zu wählen.

»Auf jeden Fall. Heute Morgen hat er … Er hat was zu mir gesagt, darüber, wie viel ich ihm bedeute und wie leid es ihm tut, dass er mir so einen Schreck eingejagt hat.«

»Das ist sehr umsichtig und lieb.«

»Er ist unglaublich umsichtig und lieb und freundlich. Er ist einfach wunderbar.«

»Das freut mich für dich. Freust du dich auch?«

»Ich weiß nicht. Ein großer Teil von mir fühlt sich noch überhaupt nicht bereit für das, was er offensichtlich will.«

»Und das ist völlig okay.«

»Ja, ich weiß, doch jetzt ist da die Sache mit seinem Herzen, und ich weiß nicht, ob *mein* Herz es noch mal verkraftet, einen Mann zu verlieren, den ich lieben könnte.«

»Das ist eine berechtigte Sorge.«

»Es fühlt sich aber trotzdem nicht fair an.«

»Ist es auch nicht. Es ist unglaublich ungerecht, dass das einem jungen Mann passiert, der sich allem Anschein nach bester Gesundheit erfreut, und dass ausgerechnet du ihn finden musstest.«

»Gott sei Dank wohne ich bei ihm, sonst wäre er am Ende gestorben.«

»Oh, Lex, ich wünschte, ich könnte dich jetzt umarmen.«

»Das ist lieb von dir, und danke, dass du angerufen hast. Doch mir geht es gut. Versprochen.«

»Lass mich später bitte wissen, wie du dich fühlst.«

»Okay. Noch mal danke.«

»Jederzeit gern.«

Nach dem Ende des Gesprächs lese ich die weiteren Nachrichten, die in der Zwischenzeit als Reaktion auf meinen Post von Derek, Christy und Naomi eingetroffen sind. Ihr Mitgefühl rührt mich zu Tränen, aber dazu braucht es momentan ehrlich gesagt auch nicht viel.

Toms Name erscheint auf dem Display. Er schreibt: *Hab ich dich in die Flucht geschlagen? Ziehst du vielleicht sogar gerade schon aus? Rennst um dein Leben, weg von dem Typen mit dem kaputten Herzen? Bitte nicht. Ich versprech dir, ich werde dir nicht unter den Händen wegsterben.*

Darüber muss ich lachen, während mir weiter Tränen über die Wangen laufen. Tom bringt mich oft zum Lachen. Das ist eine der Sachen, die ich am meisten an ihm und dem Leben bei ihm liebe. Es heißt immer, Lachen sei die beste Medizin, und er hat mir bewiesen, dass das stimmt.

Nein, ich ziehe nicht aus. Jedenfalls noch nicht ...

Autsch. Schwester, kann ich mehr Schmerzmittel haben?

Ich antworte mit Lach-Emojis. *Hör auf mit den Witzen. Du musst dich erholen.*

Mein Herz wird sich nie davon erholen, wenn du wegläufst. Tu das bitte nicht, okay?

Tom ...

Lexi ... Bitte geh nicht.

Ich schließe die Augen, als ob das die Tränen zurückhalten könnte. Irgendwie hab ich langsam das Gefühl, nichts kann sie stoppen, insbesondere wenn ich kurz davor stehe, mich auf viel mehr mit ihm einzulassen. Denn es ist nicht zu leugnen, dass es das ist, worum er mich von seinem Krankenhausbett aus bittet, nachdem er einen verdammten Herzinfarkt hatte.

Ich kratze all den Mut zusammen, den ich nach dem kräftezehrenden Kampf an Jims Seite noch in mir finden kann, bevor ich meine Antwort an Tom tippe.

Ich gehe nirgendwohin.

6

Tom

Meine Schwestern treiben mich in den Wahnsinn mit ihrer Überfürsorglichkeit und ihren unaufgeforderten Ratschlägen zu allen möglichen Aspekten meines Lebens und ihrem ewigen Gezanke. Ich wünschte, sie würden verschwinden, damit Lexi vorbeikommen und wir dort weitermachen könnten, wo wir aufgehört haben.

Als sie erwidert hat, sie werde nicht die Flucht ergreifen, ist mein Puls vor Hoffnung, Aufregung und Vorfreude in die Höhe geschossen. Ich bin tatsächlich überrascht, dass keine Krankenschwester ins Zimmer gestürzt ist, weil die Ausschläge auf den Überwachungsgeräten besorgniserregend waren.

Meine Schwestern liefern sich über meinen Kopf hinweg ein Wortgefecht, als ob ich überhaupt nicht da wäre. »Ladys.« Unbeirrt streiten sie einfach weiter, als hätte ich nichts gesagt, während mein Hals immer noch gegen jede Form des Sprechens oder Schluckens protestiert. »Ladys!«

Diesmal gelingt es mir, sie zu unterbrechen.

»Was?«, fragt Cora.

»Hört auf, euch zu zanken. Ich habe bereits mit der Sozialarbeiterin des Krankenhauses gesprochen, und sie organisiert mir häusliche Pflege für die Zeit nach meiner Entlassung. Ich muss zu keiner von euch nach Hause, und das möchte ich auch gar nicht.«

»Sei nicht albern, Tom«, entgegnet Lydia. »Du kannst nicht allein nach Hause, nachdem es so knapp war.«

Schlank und mit dunklen Haaren und Augen, sehen Lydia und Cora aus wie unser verstorbener Vater, während ich unserer blonden Mutter nachschlage.

»Es ist mir bitterernst, und genau so wird es geschehen. Und ich werde nicht allein zu Hause sein. Lexi ist da.«

»Ach, richtig«, meint Cora, »Lexi, die gestern unter Druck wie ein Kartenhaus in sich zusammengebrochen ist.«

»Pass auf, was du sagst, Cora. Du hast keine Ahnung, wovon du redest.«

Zu hören, wie sie Lexis Reaktion beschreibt, tut mir in der Seele weh.

»Ich weiß, dass du sie gernhast …«

»Es ist mehr als das. Ich glaube, ich könnte sie lieben, also noch mal: Pass auf, was du sagst.«

»Es ist nur so, dass sie nicht sehr belastbar wirkt.«

»Das liegt daran, dass ihr Mann vor ein paar Jahren nach langem Kampf gegen ALS verstorben ist. Sie war diejenige, die ihn gepflegt hat. Es versteht sich von selbst, dass das, was letzte Nacht passiert ist, für sie extrem schwierig war. Was mich betrifft, finde ich, sie hat sich gut genug gehalten, um mir das Leben zu retten. Also verzeih, wenn mich deine Kritik ihrer Reaktion auf eine Notsituation nicht interessiert.«

Cora hat den Anstand, ein bisschen schuldbewusst zu wirken. »Es tut mir leid. Ich wusste das von ihrem Mann nicht.«

»Es gibt viel, was du nicht über sie weißt, also behalte deine Meinung für dich. Ich mag sie. Ich will sie in meiner Nähe haben, und ich habe bereits Pflege für die Zeit organisiert, wenn ich wieder zu Hause bin, womit diese ganze Diskussion hinfällig ist.«

»Also seid ihr beide euch seit ihrem Einzug irgendwie nähergekommen?«, will Lydia wissen.

»Nein. Wir sind zurzeit nur Freunde und Mitbewohner.«

»Doch du willst, dass mehr daraus wird?«, fragt Cora.

»Das warten wir ab.«

Cora runzelt die Stirn. »Was soll das heißen?«

»Das bedeutet, dass sie viel durchgemacht hat, und ich will sie nicht zu etwas drängen, wozu sie nicht bereit ist. Ich bin gern ihr Freund, und ich mag es, sie bei mir wohnen zu haben. Das ist alles, was ich dazu sagen werde.«

»Ich, ähm … Ich könnte Mist gebaut haben«, erklärt Cora.

»Was hast du getan?«

»Ich, äh, hab ihr gegenüber geäußert, dass ich befürchte, sie könnte dich verletzen.«

»Verdammt noch mal, Cora. Halt dich aus meinen persönlichen Angelegenheiten raus, ja?«

»Es tut mir leid. Ich weiß, dass du sie magst, aber ich bin nicht so richtig schlau aus ihr geworden …«

»Du musst aus ihr nicht schlau werden. Ich bin der Einzige, der wissen muss, worum es bei ihr geht, und ich liebe alles an ihr. Ich schwöre bei Gott, wenn du sie verschreckt hast, werde ich dir das nie verzeihen.«

»Ich denke nicht, dass ich sie verschreckt habe. Es tut mir leid. Ich hab das mit ihrem Mann, dem ALS und so weiter nicht gewusst.«

»Eben deshalb solltest du deine Meinung für dich behalten.«

»Ich werde mich noch mal bei ihr entschuldigen, wenn ich sie das nächste Mal sehe.«

»Das wäre gut.«

»Sie könnte also tatsächlich die Richtige sein?«, fragt Lydia.

»Sie *ist* die Richtige, doch es gibt keinen Grund, die Dinge zu überstürzen. Wenn zwischen uns was passiert, wird es nach ihrem Zeitplan ablaufen, nicht nach meinem.«

»Was, wenn sie sich nie darauf einlässt?«, will Cora wissen.

»Ich wäre lieber nur ihr Freund, als mit einer anderen zusammen zu sein.«

»Wow«, meint Lydia. »Das ist beeindruckend, Tom. Ich hoffe, dass es zwischen euch klappt.«

»Das hoffe ich auch, aber wie gesagt … Das Letzte, was wir beide jetzt brauchen, ist irgendwelches Drama mit meinen

Schwestern. Bitte. Der Schreck wegen dem Herzinfarkt ist schlimm genug, ohne das noch obendrauf zu setzen.«

»Verstanden«, erwidert Cora, und Lydia nickt. »Ich werde das mit ihr in Ordnung bringen.«

Ihr Besuch hat mich völlig ausgelaugt, doch das nehme ich ihnen nicht übel. Ich würde mich genauso verhalten, wenn eine von ihnen in diesem Bett läge. Keiner von uns wird jemals den Tag vergessen, an dem unser Vater zum Golfspielen gefahren ist und nie mehr zurückgekommen ist. Seit unserer Kindheit leben wir mit dem Schatten seines plötzlichen Todes über uns.

Was mir passiert ist, ist unser schlimmster Albtraum, der wahr geworden ist. Zum Glück ist es bei mir anders ausgegangen als bei unserem Vater, der auf dem fünfzehnten Fairway gestorben ist, lange vor der Zeit der Handys und zu weit entfernt von jeder medizinischen Hilfe, sodass er tot war, bevor die Sanitäter eintrafen.

Ich habe keine Ahnung, wie lange ich auf dem Boden gelegen habe, bevor Lexi mich gefunden hat, aber Gott sei Dank war sie rechtzeitig da. Ich erinnere mich an nichts von gestern.

Jedes Mal, wenn ich mir vorstelle, wie es für sie gewesen sein muss, ins Haus zu kommen und mich so vorzufinden, zucke ich zusammen. Sie spricht nicht viel darüber, wie es war, ihren Ehemann zu pflegen, doch wenn sie diese Zeit in ihrem Leben erwähnt, benutzt sie Wörter wie »furchtbar« und »qualvoll«. Mein Freund vom College hat die ALS-Erkrankung seiner Mutter auf Facebook dokumentiert, und nach dem, was ich davon mitgekriegt hab, denke ich, »furchtbar« ist eine treffende Beschreibung. Mit jedem neuen Update schien es, als hätte sie die nächste entscheidende Fähigkeit eingebüßt.

Wie quälend muss es sein, aus nächster Nähe mitzuerleben, wie der Mensch, den man am meisten liebt, so elend zugrunde geht? Der Körper verfällt, während die geistigen Fähigkeiten scharf wie immer bleiben. Die reinste Folter.

Ich kann meine Augen nicht länger offen halten, obwohl ich mir Sorgen mache, dass meine Schwestern mein gesamtes Leben übernehmen, wenn ich sie auch nur kurz schließe. Die beiden sind grundsätzlich der Meinung, sie könnten über mich bestimmen, sogar Cora, obwohl die bloß zwei Jahre älter ist.

Lydia hat oft die Verantwortung für uns übertragen bekommen, als unsere Mom nach Dads Tod arbeiten gehen musste, damit wir ein Dach über dem Kopf hatten, wie sie zu sagen pflegte. Die Belastung für sie war enorm, denn Dad hatte keine Lebensversicherung abgeschlossen.

An dem ersten Abend, an dem wir uns wiedergetroffen haben, hat Lexi mir erzählt, dass ihr Mann ebenfalls keine hatte. Warum auch? Die meisten Menschen unter dreißig denken an so was nicht.

Ich hingegen schon. Obwohl meine jährlichen Vorsorgeuntersuchungen bisher immer unauffällig waren, hab ich seit meinem fünfundzwanzigsten Lebensjahr eine Lebensversicherung. Ich wollte nicht, dass meine Familie mit Bestattungskosten belastet wird, falls sich die Geschichte wiederholt.

Meine Begünstigte ist Cora, wobei sie das nicht weiß. Irgendwie hoffe ich, dass sie das auch niemals herausfinden wird.

Es muss an den Medikamenten liegen, dass ich so müde bin, und bevor ich weiter mit meinen Schwestern reden kann, bin ich eingeschlafen.

Als ich wieder aufwache, ist es draußen deutlich dunkler, und Lexi ist wieder da. Ich bin überglücklich, sie zu sehen. Ich hätte es ihr nicht übel genommen, wenn sie nie wieder aufgetaucht wäre, trotz ihres Versprechens, zu bleiben.

»Hi.«

»Selber hi. Wie fühlst du dich?«

»Als wäre ich von einem Bus oder einem Sattelzug überfahren worden.«

Sie verzieht das Gesicht. »So schlimm, hm?«

»Es könnte viel schlimmer sein.«

»Was meint der Arzt?«

»Dass es mir großartig geht und ich mich erstaunlich schnell erhole.« Den letzten Teil hat der Arzt so zwar nicht gesagt, doch das muss sie nicht wissen.

Ich kann nicht anders, als zu bemerken, dass sie irgendwie

zerbrechlich wirkt, was neu ist. Ich hasse es, dass der Grund dafür höchstwahrscheinlich ich bin.

»Hey.« Ich strecke die Hand nach ihr aus. »Ich fühl mich gut. Ehrlich.«

Sie nimmt meine Hand und drückt sie leicht, hält sie aber nicht weiter fest, so wie ich es mir eigentlich wünsche. Ich will, dass sie meine Hand nimmt und nie wieder loslässt. Wir waren auf einem guten Weg dahin, bevor das hier passiert ist … Zumindest glaube ich das.

Jetzt? Wer weiß das schon? Sind wir wieder am Anfang oder sogar ins Minus gerutscht? Vor diesem Vorfall war ich mir nicht sicher, wo ich bei ihr stehe. Betrachtet sie mich nur als guten Freund und Mitbewohner, der für sie da war, als sie Hilfe gebraucht hat? Oder sieht sie das Potenzial für mehr zwischen uns, so wie ich das tue?

Schon am ersten Abend in der Bar war mir das klar, als sie mir erzählt hat, dass ihr Mann nach langer Krankheit gestorben war.

»Wie geht es dir?«, erkundige ich mich.

Sie scheint von der Frage überrascht. »Gut. Du bist es, um den wir uns Sorgen machen.«

»Ich mach mir Sorgen um dich«, stelle ich fest.

»Warum?«

»Ich weiß, dass das für dich ein schwerer Schlag war, Lex. Versuch nicht, so zu tun, als wäre es nicht so. Ich will nicht, dass dich das zurückwirft.«

»Ich, äh … Na ja. Das ist sehr einfühlsam von dir, zu erkennen, dass das der Fall sein könnte.«

»Natürlich erkenne ich das. Ich kann mir nicht mal ansatzweise vorstellen, was du alles hinter dir hast. Ich will nie der Grund dafür sein, dass eine alte Wunde wieder aufreißt.«

»Es ist lieb von dir, dass du an mich denkst.«

»Du bist mir wichtig, Lexi. Ich hoffe, das weißt du inzwischen.«

»Ich … Das tue ich. Du bist mir auch wichtig.«

Frust überrollt mich. Der letzte Ort, an dem ich dieses Gespräch führen wollte, ist ein Krankenhausbett, nachdem ich ihr einen Heidenschreck eingejagt und ihr von der genetischen Veranlagung in meiner Familie erzählt habe, plötzlich zu versterben. Wenn sie auch nur einen Funken Verstand hat, wird sie um ihr Leben rennen.

»Der Zeitpunkt ist denkbar ungünstig«, erkläre ich leise.

»Für was?«

»Um dir zu sagen, was ich für dich empfinde.«

»Oh.« Sie schaut auf den Boden oder ihre Schuhe oder irgendetwas anderes als mich.

»Lex?«

Sie richtet ihre dunklen, ausdrucksstarken Augen auf mein Gesicht.

Ihr Blick raubt mir den Atem. »Ich möchte, dass du weißt, wie viel du mir mittlerweile bedeutest.« Und ausgerechnet jetzt brauche ich eine ganze Sekunde, um gegen eine weitere Welle dieser heftigen Erschöpfung anzukämpfen. Welches Medikament auch immer dafür verantwortlich ist, ich will weniger davon. »Ich würde es dir allerdings nicht verübeln, wenn du nichts mehr mit mir zu tun haben willst.«

»Sag das nicht.«

»Oder wenn du nicht bereit dafür bist, dass wir mehr als Freunde werden, oder wenn du mich gar nicht in diesem Licht siehst ...«

Ich komme mir so albern vor, das jetzt anzusprechen, doch ich ertrage es keine weitere Minute, das nicht zu tun. Fast zu sterben, lässt einen erkennen, was wirklich wichtig ist im Leben, und nach dieser Beinahtotalkatastrophe ist sie mir am allerwichtigsten.

»Tom ... Vielleicht sollten wir lieber darüber sprechen, wenn du dich kräftiger fühlst.«

»Ich fühl mich gut.«

»Ich ... äh ... ich bin mir nicht sicher, was ich denken soll. Früher hab ich Entscheidungen getroffen, ohne lange hin und her zu überlegen, aber jetzt?« Sie zuckt die Achseln. »Ich weiß die Hälfte der Zeit über nicht, wo mir der Kopf steht. Du bist so ein guter und anständiger Mann. Du verdienst jemanden, der dir alles geben kann. Ich bin mir nicht sicher, ob ich dazu jemals wieder in der Lage sein werde.«

Gut und anständig ist zwar nicht gerade eine Beleidigung, doch es fühlt sich seltsam an, so beschrieben zu werden. Ich will, dass sie mich aufregend, sexy, lustig, unterhaltsam, intelligent und witzig findet.

Gesund wäre auch nicht schlecht.

Mir wird klar, dass ich mit ihr ganz von vorne anfangen muss, was völlig okay ist. Solange ich noch eine Chance habe, kann ich damit leben.

»Ich will dich zu nichts drängen, wozu du nicht bereit bist.«

»Das hast du nie getan, und ich schätze das mehr, als du ahnst. Du bist so gut zu mir gewesen.« Sie legt ihre Hand auf meine. »In meiner Witwengruppe sprechen wir viel über die neuen Freunde, die für uns da sind, wenn alte Freunde verschwinden, nachdem die Katastrophe eingetreten ist. Von allen, die für mich da waren, und das waren viele, warst du ...« Ihre Augen füllen sich mit Tränen. »Du warst ein echter Segen.«

Ihre Worte berühren mich tief, aber sie verraten mir nichts Neues darüber, ob wir für immer einfach Freunde bleiben oder ob da mehr sein könnte. Doch ich kann sie jetzt nicht noch mehr bedrängen, sonst verliere ich sie. Dessen bin ich mir sicher.

»Das freut mich, Lex. Ich bin so froh, dass ich für dich da sein konnte, als du einen Freund gebraucht hast.«

»Ich möchte das Gleiche für dich tun. Wenn du nach Hause kommst, werde ich für dich da sein.«

»Ich erwarte nicht, dass du dich um mich kümmerst.«

»Warum nicht? Du hast dich doch die ganze Zeit um mich gekümmert, seit ich eingezogen bin.«

»Du hast schon einmal die Rolle der Pflegekraft übernommen.«

»Das jetzt ist etwas ganz anderes. Vertrau mir, ich schaff das.«

»Aber willst du das auch?«

»Ich werde alles tun, was ich kann, um dir zu helfen, wieder völlig gesund zu werden. Zu wissen, dass das möglich ist, ist der entscheidende Unterschied zu dem, was ich mit Jim durchgemacht habe.«

»Ich werde für die erste Zeit zu Hause einen Pflegedienst beauftragen.«

»Dann werde ich dir Gesellschaft leisten und alles tun, was du willst oder brauchst, solange du es brauchst.«

»Mir ist wichtig, dass dir klar ist, ich erwarte das nicht von dir.«

»Ich weiß.« Sie lächelt, und zum ersten Mal seit der Katastrophe strahlen ihre wunderschönen Augen auf.

Ich drehe meine Hand um und schließe sie um ihre. »Ich kann es kaum erwarten, wieder zu Hause bei dir zu sein.«

»Ich freu mich schon darauf.«

7

Lexi

Zum ersten Mal seit langer Zeit habe ich die Tage bis zum üblichen Mittwochabendtreffen der Wilden Witwen gezählt. Normalerweise höre ich eher zu, als dass ich selbst viel rede, aber diese Woche … Diese Woche habe ich was zu sagen. Meine Gefühle fahren Achterbahn, fast wie damals, als Jim seine Diagnose erhalten hatte, und dann später während seiner letzten Tage im Hospiz.

Ich begrüße die Rückkehr dieses Durcheinanders nicht, auch wenn praktisch alles an dieser Situation anders ist als damals.

Ich ziehe eine ruhiges, stilles, friedliches Leben vor, in dem meine Emotionen nicht so einem ständigen Auf und Ab ausgesetzt sind wie diese Woche, sondern sich entlang einer schönen, verlässlichen und geraden Linie bewegen.

Tom wird am Freitag aus dem Krankenhaus entlassen. Er wird Herz-Reha machen müssen und von seinem neuen Kardiologen engmaschig überwacht werden, doch er befindet sich auf dem Weg zur vollständigen Genesung, was mich unglaublich erleichtert.

Obwohl von seinen Ärzten ausschließlich gute Neuigkeiten kommen, kann ich den überwältigenden Schrecken nicht abschütteln, der mich jedes Mal aufs Neue erfasst, wenn ich mich daran erinnere, wie ich ihn an jenem Abend aufgefunden habe. Ich sehe ihn auf dem Boden liegen, und mir bricht der kalte Schweiß aus. Ich versuche, nicht daran zu denken, aber die Erinnerung überfällt mich einfach, ob ich es will oder nicht.

Sobald ich anfange, darüber nachzugrübeln, wie knapp er dem Tod entronnen ist, wird mir schlecht.

Es ist jetzt mehrere Tage her, dass er mir gestanden hat, dass seine Gefühle für mich über reine Freundschaft hinausgehen. Und mir ist durchaus klar, dass meine emotionale Achterbahnfahrt vermutlich daher rührt, dass ich umgekehrt genauso empfinde.

Als ich vor Iris' Haus aus dem Auto steige, hab ich furchtbar schlechte Laune und bin bereit, mich ausführlich darüber auszulassen, was für ein totaler Mist es ist, wenn man Gefühle für jemanden hat, der beinahe gestorben wäre.

»Hey«, begrüßt mich Iris, als ich über die Schwelle trete, den Buffalo-Chicken-Dip in der Hand, den ich mitgebracht habe. »Ich hab vorhin versucht, dich anzurufen, um mal nachzufragen, wie es dir geht.«

»Ich hab die Nachricht gehört, doch auf der Arbeit war es heute total verrückt, und ich musste noch nach Hause, bevor ich herfahren konnte.«

»Schon okay.« Sie betrachtet mich eindringlich. »Wie kommst du zurecht?«

»Einfach wunderbar, könnte gar nicht besser sein.«

»Oh-oh.«

Brielle, Joy, Roni und Derek treffen ein, voller Energie und laut lachend und redend, was meine Stimmung sofort hebt. Es ist schwierig, sauer zu bleiben, wenn man sich inmitten der positivsten, lustigsten Gruppe von Leuten befindet, die man sich nur vorstellen kann. Selbst nachdem ihnen das Leben einen Schlag unter die Gürtellinie versetzt hat, sind sie so eine Inspiration für mich und füreinander.

Gage gesellt sich zu uns und umarmt mich mit einem Arm. »Na, wie sieht's aus?«

»Es wird langsam.« Ich nehme einen Schluck von dem

Wein, den Iris mir eingeschenkt hat. »Insgesamt definitiv besser.«

»Freut mich zu hören. Wie geht's Tom?«

»Gut. Er wird am Freitag entlassen.«

»Das sind großartige Neuigkeiten.«

Ich nicke, weil es die besten Neuigkeiten überhaupt sind, aber wage ich es, ihm oder irgendjemand anderem zu erzählen, wie viel Angst ich habe, dass so was noch mal passiert, während wir beide allein zu Hause sind?

Wenn ich das laut ausspreche, gebe ich diesem Gedanken Raum, was das Letzte ist, was ich möchte.

Wir füllen uns die Teller, versorgen uns mit Drinks, bringen uns gegenseitig auf den neusten Stand, lachen und scherzen miteinander. Es ist ein typisches Treffen der Wilden Witwen, die sich auf vielerlei Art und Weise wie Geschwister anfühlen, die ich ja leider nicht habe. Eins ist sicher: Sie sind die besten Freunde, die ich je hatte. Bitte nicht falsch verstehen: Meine langjährigen Freunde – zumindest die meisten von ihnen – haben sich ganz wunderbar verhalten, als Jim krank geworden und schließlich gestorben ist. Doch von einigen bin ich enttäuscht, denn sie haben sich rargemacht.

Diese Leute hier hingegen … Sie sind diejenigen, an die ich mich in einer Krise wenden würde, weil ich mich hundertprozentig auf sie verlassen kann. Sie wissen immer, was zu tun ist, und das ist die unglaublichste Ressource, die man sich als Witwe nur denken kann.

Als wir in Iris' Wohnzimmer Platz genommen haben, eröffnet sie die Runde. »Wynter hat eine Nachricht mit neuen Babyfotos in die Gruppe gepostet.«

Wir greifen alle nach unseren Handys und brechen über die kleine Willow in Begeisterung aus.

»Mein Gott«, sagt Roni. »Ist das ein hübsches Baby.«

Wynter hatte mit dem Sperma, das ihr mittlerweile verstorbener Ehemann vor seiner Krebsbehandlung hatte einfrieren lassen, eine künstliche Befruchtung, um ein Baby von ihm zu bekommen, und Adrian hat sie dabei unterstützt und begleitet, trotz seiner Angst, dass sie, wie es bei seiner Frau Sadie geschehen ist, die Geburt nicht überleben könnte.

»Habt ihr bei den Eltern etwas anderes erwartet?«, fragt Gage mit einem Lächeln.

»Nein«, erwidert Roni. »Sie wird auf jeden Fall wunderschön werden. Wie geht es Wynter heute?«

»Es tut noch weh, aber sie ist überglücklich. Das Baby entwickelt sich prächtig, und es schläft sehr viel, was erst mal super ist. Und Xavier ist total vernarrt in seine kleine Schwester.«

Adrian und Wynter haben vor, ihre Kinder als Geschwister aufwachsen zu lassen, und diese neue kleine Familie macht sie alle unglaublich glücklich.

»Ich freu mich so für sie«, erklärt Brielle und klingt ein wenig wehmütig.

Das kann ich verstehen. Adrian und Wynter sind durch ihre eigene Hölle gegangen, als sie ihre jungen Ehepartner durch Komplikationen während der Geburt beziehungsweise durch Krebs verloren haben. Sie haben hart für das gearbeitet, was sie jetzt haben, und ich freu mich ehrlich für sie. Trotzdem kann es schwierig sein, wenn man miterlebt, dass verwitwete Freunde ein neues Happy End finden, vor allem solange für mehrere von uns noch immer alles auf dem Kopf steht.

»Wer will anfangen?«

Bevor ich mich zu Wort melden kann, hebt Joy die Hand, was okay ist. Ich brauche mehr Wein, bevor ich loslege. »Also ich hatte ein weiteres Date mit dem Typen.«

Brielle stößt eine Faust in die Luft. »Juhu!«

»Schön langsam, Tiger«, ermahnt Joy sie mit einem Blick, über den Brielle kichern muss.

»Wie ist es gelaufen?«, will Derek wissen.

»Es war … erstaunlich nett. Ich hab euren Rat befolgt und nicht versucht, Craig in ihm zu finden.«

Ihr Ehemann ist im Schlaf gestorben. Aus natürlichen Gründen, was auch immer das heißen mag. Ich denke nicht gern darüber nach und möchte eigentlich gar nicht wissen, dass so was passieren kann, vor allem nicht angesichts der jüngsten Ereignisse.

»Es freut mich sehr, das zu hören, Joy.« Hallie setzt sich mit einem Teller und einem Glas Wein zu uns in den Kreis. »Sorry, dass ich spät dran bin.«

»Du hast nichts verpasst«, beruhigt Iris sie. »Wir haben gerade erst angefangen. Erzähl uns mehr, Joy. Wie heißt er?«

»Bernie.«

»Was macht er beruflich?«, will Gage wissen.

»Er ist ausgerechnet Gynäkologe.« Sie schneidet eine Grimasse, sodass wir lachen. »Ich bin mir nicht sicher, was ich davon halte, dass er den ganzen Tag Frauen zwischen den Beinen rumhängt.«

»Ach was, hast du eine gesehen, kennst du alle«, erklärt Derek mit einem Grinsen und in dem Wissen, dass wir über ihn herfallen werden, was wir prompt auch tun. Er lacht nur und hebt abwehrend die Hände.

»Wie du genau weißt«, belehrt ihn Roni, »sind einige sehr viel besser als andere.«

Er lächelt sie breit an. »Da hast du ja so recht, Schatz.«

Wir anderen lachen wieder, während sie sich schmachtende Blicke zuwerfen.

Sie sind so verdammt niedlich und glücklich und verliebt.

»Wie schafft ihr das?« Die Worte sind mir über die Lippen gekommen, bevor ich bewusst entschieden habe, sie auszusprechen.

»Was genau?«, fragte Roni und runzelt verwirrt die Stirn.

»Bei euch sieht es so einfach aus. Ihr beide, Iris und Gage, Wynter und Adrian ... Wie soll ich ebenfalls den Mut finden, es ein weiteres Mal zu wagen?«

Derek und Roni schauen einander an.

»Darf ich?«, fragt er.

»Sehr gerne.« Roni verschränkt die Arme und lächelt, während sie sich zurücklehnt, um zuzuhören, was ihr Verlobter zu sagen hat. Wie Wynter und Adrian haben auch sie vor, ihre Kinder als Geschwister aufwachsen zu lassen.

»Wenn ich komplett ehrlich sein soll«, beginnt Derek,

»muss man schon ein bisschen verrückt sein, um sich nach dem, was wir durchgemacht haben, erneut zu verlieben.«

Roni stammelt empört, während wir anderen lachen. Ganz offensichtlich war das nicht das, was sie erwartet hatte.

»Ich meine das ernst. Eigentlich muss man ja verrückt sein, um sich so einem Schmerz ein zweites Mal auszusetzen. Aber … in Wirklichkeit geht es ja um die Frage, was schlimmer ist: der Gedanke, den Menschen zu verlieren, der einem so viel bedeutet, oder den Rest seines Lebens ohne ihn zu verbringen. Wenn man es so betrachtet, fängt alles an, sich weniger wahnwitzig anzufühlen.«

Roni starrt ihn an. »Wie ist es möglich, dass das total Sinn ergibt?«

Sein attraktives Gesicht strahlt auf, als er lächelt. »Weil du es verstehst. Du hast die gleiche Entscheidung treffen müssen.« Er wendet sich an mich. »An irgendeinem Punkt müssen wir alle hier diese Entscheidung treffen, und es ist nichts falsch daran, zu beschließen, dass man dieses Risiko nicht ein weiteres Mal auf sich nehmen kann. Wenn das das Beste für dich ist, dann ist das so.«

»Wie soll man wissen, was das Beste ist?«, frage ich.

»Alles, was ich weiß, ist, dass ich zu dem Zeitpunkt, als ich Roni kennengelernt habe, zu mehr bereit war als zu dem, was ich als Maeves Dad und stellvertretender Stabschef des Präsidenten hatte. Das ist zwar alles großartig und erfüllend, doch mit Roni und jetzt Dylan zusammen zu sein, hilft, die klaffende Wunde zu schließen, die Victorias Tod in mir hinterlassen hat. Ich werde sie immer vermissen und werde mir immer wünschen, sie hätte Maeve aufwachsen sehen können, aber der Schmerz wegen ihrer Ermordung ist nicht mehr so intensiv, wie er früher mal war.«

»Um noch etwas hinzuzufügen«, mischt sich Roni ein. »Ich war kein Stück bereit für ihn, als er mir über den Weg gelaufen ist, übrigens ganz buchstäblich.« Sie haben sich kennengelernt, kurz nachdem ihr Ehemann auf dem Bürgersteig von einem Querschläger getroffen und getötet worden war. »Dass er gewillt war, zu warten, bis ich so weit war, hat mir alles darüber verraten, was für ein wunderbarer Mensch er ist und was ihm wirklich wichtig ist.«

»Danke euch beiden, dass ihr uns das erzählt habt.« Ich zögere, bevor ich hinzufüge: »Es war eine harte Woche mit Tom im Krankenhaus und mit meiner PTBS, die dadurch erneut ihr Haupt gehoben hat. Es ist schon einige Zeit her, dass ich mich so schlecht gefühlt habe, und ich muss sagen, ich habe es nicht vermisst.«

»Wie geht es Tom?«, erkundigt sich Joy.

»Sehr viel besser. Er soll am Freitag entlassen werden und hat dann noch die Kardio-Reha vor sich.«

»Und wie schaut es bei dir aus?«, will Brielle wissen.

»Ich sehe ihn immer wieder bewusstlos am Boden liegen.«

»Diese Erinnerung wird mit der Zeit verblassen«, versichert mir Hallie.

Ihre verstorbene Ehefrau Gwen hat Selbstmord begangen, und Hallie war es, die sie damals gefunden hat, also weiß sie, wovon sie spricht. In letzter Zeit trifft sie sich mit Robin, die Brustkrebs im schlimmsten Stadium hat. Hallie hat damit gehadert, mit jemandem eine Beziehung zu führen, der eine solche Diagnose hat.

»Du hast recht. Das wird sie.« Selbst Erinnerungen an Dinge, die passiert sind, als Jim krank war, Dinge, von denen ich dachte, dass ich sie niemals vergessen würde, verfolgen mich nicht mehr so, wie das früher mal der Fall war. Mit Toms Herzinfarkt wird das nicht anders sein. Intellektuell weiß ich, dass dem so ist. Trotzdem ... »Ich hab außerdem erfahren, dass Herzprobleme in seiner Familie gehäuft auftreten. Sein Dad und zwei seiner Onkel sind vorzeitig gestorben, und seine Tante hat einen Bypass.«

»Ach, verdammt«, sagt Derek.

»Ja, absolut. Er ... Er hat mir jetzt auch gestanden, dass er mehr als Freundschaft von mir will.«

»Und was hältst du davon?«, fragt Iris.

»Ich weiß es nicht. Ich mag ihn. Ich meine ... auf der Highschool war ich total verliebt in ihn.«

»Nein, warst du nicht«, berichtigt mich Gage. »Du warst

verknallt in einen Typen, den du kaum gekannt hast, genau wie umgekehrt er dich auch nicht. Das ist nicht das Gleiche, wie verliebt zu sein.«

»Das hättest du meinem verzweifelten Teenager-Herzen nicht klarmachen können. Ich hab gedacht, ich müsste sterben, wenn er mich nicht endlich mal bemerkt.«

Mit einer wegwerfenden Handbewegung meint Gage: »So ein Teenager-Drama ist nicht mit dem wahren Leben zu vergleichen. Was denkt die Lexi von heute darüber, mehr mit dem Tom von heute zu haben?«

»Sie weiß nicht, was sie denken soll. Er ist mir ein wunderbarer Freund gewesen, und meine Highschool-Schwärmerei ist nie wirklich verschwunden. Vor Jahren, als ein Freund mal erwähnt hat, dass er ihn getroffen hatte, hat mein Herz einen verrückten kleinen Hüpfer gemacht, und ich war zu der Zeit verheiratet.«

»Es ist so süß, dass du wieder mit deinem Highschool-Schwarm Kontakt hast«, meint Brielle. »Und dass er dir so großherzig geholfen hat.«

»Vergesst nicht, damals hat er gar nicht gewusst, dass es mich gibt. Er war älter als ich und hat weit außerhalb meiner Liga gespielt. Ich hab ihn aus der Ferne angehimmelt.«

»Ich finde, man kann gar nicht genug hervorheben, dass er dir ohne Weiteres eine Unterkunft angeboten hat«, stellt Gage fest. »Das hätte er ganz sicher nicht tun müssen, schon gar nicht für eine ehemalige Mitschülerin, die er zudem nicht mal wirklich gekannt hat.«

»Das stimmt«, bestätigt Derek. »Das ist eine ziemlich große Sache, und ich vermute, dass es mindestens so viel damit zu tun hat, dass er dich in seiner Nähe haben wollte, wie damit, jemandem zu helfen, der es nötig hatte.«

»Wie viel berechnet ihr für diese männliche Sichtweise der Sache?«, möchte Joy wissen.

»Für euch gibt's das ganz umsonst«, erwidert Gage und zwinkert ihr zu.

»Ich bin für diese männliche Sichtweise sehr dankbar«, versichere ich ihnen, während ich bedenke, was sie gesagt haben.

»Fühlst du dich besser, nachdem du darüber gesprochen hast, Lexi?«, fragt Brielle.

»Ja. Danke. Ihr dürft euch jetzt gerne den Problemen von jemand anderem zuwenden.«

»Aber deine sind so interessant«, bemerkt Christy.

»Deine explosive Beziehung ist nicht weniger interessant«, entgegnet Iris.

»Sie ist tatsächlich explosiv«, antwortet Christy mit einem breiten Grinsen.

»Erzähl uns alles«, verlangt Joy. »Lass kein einziges schmutziges Detail aus.«

Christy lacht. »Die Details sind ziemlich schmutzig, und alles, was ich darüber verrate, ist, dass ich wünschte, ich hätte nicht so lange gezögert. Denn wie sich herausgestellt hat, habe ich mir damit nur selbst etwas ganz Wunderbares vorenthalten.« Ihr Ehemann Wes ist völlig überraschend an einer Aortendissektion gestorben, was Christy und ihre Kinder, die das alles miterlebt haben, tief traumatisiert hat. »Ich fühle mich manchmal immer noch schuldig, als würde ich Wes betrügen oder so, doch ich arbeite daran. Er würde wollen, dass ich glücklich bin, und Trey macht mich glücklich.«

»Das ist fantastisch, Christy«, sagt Roni. »Wie kommen deine Kinder damit klar?«

»Langsam gewöhnen sie sich daran. Shawn hat Trey neulich Abend damit aufgezogen, dass er beim Spaghetti-Essen einen Löffel zum Aufwickeln benutzt, als wäre er was Besonderes oder so. Während sie gelacht haben, habe ich mit den Tränen gekämpft. Ich fand es so unglaublich wichtig, dass Shawn so was zu ihm gesagt hat, in dem Wissen, dass Trey es ihm nicht übel nehmen würde. Falls das Sinn ergibt.«

»Das tut es auf jeden Fall«, erklärt Iris. »So werden Fremde zu Familie – ein Scherz nach dem anderen.«

»Da braucht ihr nur mich fragen«, wirft Gage ein. »Ich bin hier das bevorzugte Opfer. Die Kinder sind gnadenlos.«

Iris lacht. »Ihnen entgeht nicht viel, und du lieferst ihnen jede Menge Munition.«

Wenn ich ihnen so zuhöre, ihr glückliches zweites Kapitel

miterlebe, ebenso wie das von Adrian und Wynter, regt sich in mir so was wie Hoffnung. Wenn sie, obwohl sie Kinder haben, die berücksichtigt werden wollen, den Mut für den nächsten Schritt aufbringen konnten, dann kann ich das doch bestimmt auch und kann es mit Tom wenigstens versuchen.

»Wann lernen wir Trey eigentlich mal kennen?«, erkundigt sich Iris.

»Ich dachte an einen weiteren mexikanischen Abend, zu dem wir ihn einladen, wenn das in Ordnung ist.«

»Wir würden uns sehr freuen«, versichert ihr Iris. »Lasst uns auch die Kinder dazunehmen. Laney hat nach Maeve und Dylan gefragt. Sie haben sich jetzt schon ein paar Wochen lang nicht mehr gesehen.«

»Was habt ihr alle nächste Woche am Freitag vor?«, fragt Joy.

Während sie Pläne schmieden, atme ich zum ersten Mal richtig durch, seit ich Tom bewusstlos auf dem Boden gefunden habe. Die Treffen unserer Selbsthilfegruppe führen mir immer vor Augen, wie wichtig Resilienz und Mut nach einem Verlust sind. Ich stehe an einer Weggabelung und muss eine wichtige Entscheidung fällen. Wer will ich in meinem Leben als Witwe sein? Möchte ich mich vor allem verstecken, was mich irgendwie verletzen könnte? Oder will ich alles für eine zweite Chance auf die Liebe riskieren?

Ich bin mir noch nicht sicher, welcher Weg der richtige für mich ist, aber mich tröstet das Wissen, dass, für was auch immer ich mich entscheide, diese ganz besonderen Freunde an meiner Seite sein und die Reise deutlich weniger einsam machen werden, als sie ohne sie wäre.

8

Lexi

Am Freitagnachmittag wird Tom aus dem Krankenhaus entlassen. Ich habe angeboten, mir freizunehmen, um ihn abzuholen, aber er hatte bereits alles mit Cora abgesprochen. Er hat gesagt, wir würden uns dann sehen, wenn ich von der Arbeit nach Hause komme. Ich lege einen Stopp beim Supermarkt ein und besorge alles, was ich für einen Salat mit gebratener Hähnchenbrust brauche.

Das ist gesundes Essen fürs Herz, oder? Ich muss erst noch mehr recherchieren, damit ich ihm besser helfen kann, sich an seine neue Ernährungsweise ohne einige der Sachen, die er am liebsten mag, wie beispielsweise Steak, zu gewöhnen.

Fürs Erste hoffe ich, der Salat ist in Ordnung.

Ich freue mich total darauf, ihn wieder zu Hause zu haben, denn es war schon sehr still ohne ihn und seine Musik oder die witzigen Bemerkungen, mit denen er mich unterhält. Die Stille erinnert mich zu sehr daran, wie es war, nach Jims Tod weiter bei meinen Eltern zu wohnen. Das hat mir damals genauso wenig gefallen wie jetzt.

Coras Auto steht vor der Garage, als ich in die Einfahrt einbiege.

Ich nehme die Einkäufe und meine Tasche für die Arbeit

und gehe rein, glücklich, dass Tom wieder da ist, wo er hingehört.

Er sitzt im Wohnzimmer oben, in einem mir unbekannten Relaxsessel, der neu sein muss oder geliehen. Sein Gesicht ist schmaler und immer noch blasser, als es vorher war, doch insgesamt sieht er entschieden besser aus als beim letzten Mal, als ich nach Hause gekommen bin und ihn in genau diesem Zimmer bewusstlos vorgefunden habe.

Er strahlt auf, als er mich bemerkt, und lächelt. Es fühlt sich an, als wäre ich heimgekehrt. Zu irgendeinem Zeitpunkt in den letzten paar Monaten ist dieses Haus für mich tatsächlich so was wie ein Zuhause geworden, allerdings nur, wenn Tom da ist. Er ist es, der es zu einem Zuhause macht. Diese Erkenntnis ist in der Tat interessant, vor allem wenn sie einen in genau dem Moment überfällt, in dem von einem erwartet wird, dass man etwas sagt.

»Wie war dein Tag?«, will er wissen.

»So langweilig wie immer, aber gerade ist er deutlich besser geworden. Schön, dass du wieder hier bist.«

»Danke. Es ist jedenfalls großartig, den Zoo, der sich so hochtrabend Krankenhaus nennt, hinter mir gelassen zu haben. Jetzt könnte es sogar sein, dass mir auch mal länger als für eine Stunde ungestörter Schlaf vergönnt ist.«

Cora tritt aus der Küche, in der Hand eine dampfende Tasse, die sie Tom reicht. »Hallo, Lexi.«

»Hallo.«

Tom nimmt einen Schluck und verzieht das Gesicht. »Was ist das denn?«

»Kräutertee. Ist gut für dich.«

Wieder schneidet er eine Grimasse, doch diesmal so, dass nur ich es sehen kann.

Ich beiße mir auf die Lippe, um nicht laut zu lachen. »Ich hab Zutaten für einen Salat zum Abendessen gekauft.«

»Oh, toll.« Sein Tonfall lässt deutlich Begeisterung vermissen.

»Willkommen in deinem neuen Leben, mein Freund.« Cora

blickt auf ihre Armbanduhr. »Ich muss los, um die Kids abzuholen, aber ich schau nachher noch mal vorbei.«

»Ich geh hier nicht weg.«

Cora beugt sich vor, um ihn auf die Stirn zu küssen. »Das solltest du besser auch nicht.«

»Danke für alles.«

»Kein Problem. Lydia übernimmt morgen, doch ruf unbedingt an, falls du in der Zwischenzeit was brauchst.«

Er sieht zu mir. »Ich denke, dieses Wochenende schaffen wir das allein. Die Ärzte haben gesagt, ich hab solche Fortschritte gemacht, dass ich keine Pflege zu Hause benötige.«

Beim Gedanken daran, dass ich dann für ihn verantwortlich bin, muss ich schlucken. Trotzdem nicke ich. »Wir kommen klar.«

Aber stimmt das? Ich meine, es geht ihm prima, sonst hätten sie ihn ja nicht entlassen, oder? Eine Welle der Panik droht mich zu überrollen und die Freude zu verdrängen, die ich bei meiner Ankunft verspürt habe. Dank jeder Menge Therapie während Jims Krankheit und nach seinem Tod erkenne ich die PTBS-Reaktion, bloß hilft mir das im Moment leider nicht weiter.

Besonders wenn Tom und seine Schwester mich plötzlich anschauen, als wär' mir ein zweiter Kopf gewachsen.

»Alles in Ordnung, Lex?«, erkundigt sich Tom.

»Ja, alles bestens. Ich denke, ich fang gleich mit dem Salat an.«

***

In der Küche rupfe ich gerade den Salat klein, als mein Handy vibriert. Es ist eine Textnachricht von Iris. *Ist Tom wieder zu Hause?*

Jap. Er ist hier gut untergebracht, und seine Schwester fährt gleich.

Ist es für dich in Ordnung, mit ihm allein zu sein?

Ich glaub schon?

Lex! Brauchst du Hilfe? Ich kann kommen.

Nein, nein. Alles super. Ihm geht es gut. Alles ist total prima. Trotzdem danke. Du bist die Beste.

Versprich mir, anzurufen, wenn du irgendwas brauchst. Das ist mein Ernst.

Okay, und danke fürs Nachfragen.

Du hast nicht um meinen Rat gebeten … Doch ich glaub, du hast ihn wirklich gern, und daher hoffe ich, du gestattest es dir, rauszufinden, ob aus dem mit euch mehr als Freundschaft werden könnte. Ich weiß, die Wohnsituation verkompliziert alles, aber lass dich davon nicht abhalten, deinem Herzen zu folgen, okay?

Ich muss Tränen zurückblinzeln, während ich das lese. *Nein, werd ich nicht. Danke für deine klugen Worte.*

Ich misch mich in Sachen sein, die mich nichts angehen, doch ich wünsch mir so sehr, dass du ein neues Glück findest. Allerdings nur, wenn es das ist, was du auch willst.

Misch dich ruhig weiter ein. Ich war mir nicht sicher, ob ich es mir wirklich wünsche, aber seit ich sehen konnte, wie glücklich ihr anderen alle in eurem zweiten Akt seid, frag ich mich, was da für mich wohl möglich wäre. Na ja, warten wir's ab.

Halt die Ohren steif, und melde dich, falls ich was für dich tun kann. Ich steh bereit.

Du ahnst gar nicht, wie sehr mich das beruhigt.

Hab dich lieb.

Ich dich auch.

Gerade als ich mir eine Träne abwische und mein Handy weglege, kommt Cora in die Küche. »Ich hab das Gefühl, es ist zu viel verlangt von dir, dass du bei ihm bist, wenn wir das nicht sein können. Ich hatte eigentlich nicht vor, zu fahren, doch er hat gemeint, du seist ja hier.«

»Kein Problem. Ich bin froh, wenn ich helfen kann.«

»Tom hat mir erzählt, dass dein Mann an ALS gestorben ist. Es tut mir schrecklich leid, was ich vor ein paar Tagen zu dir gesagt habe. Das war völlig unangemessen.«

»Schon in Ordnung. Du konntest es ja nicht wissen.«

»Ein Nachbar von uns hatte das. Es ist eine furchtbare Krankheit.«

»Ja, das stimmt.«

Sie nimmt einen Stift von der Theke und schreibt etwas auf einen von den Zetteln, die Tom dort liegen hat, damit er sich Sachen notieren kann, falls er abends noch ein berufliches Telefonat hat. »Hier ist meine Handynummer. Wenn irgendwas ist, ruf mich bitte an. Ich kann in zwanzig Minuten da sein.«

»Danke. Mach dir keine Sorgen.«

»Das ist leichter gesagt als getan. Die ganze Sache hier hat eine Menge Erinnerungen an das geweckt, was mit unserem Vater passiert ist.«

»Kann ich mir gut vorstellen. PTBS ist da echt fies.«

»Absolut. Die gute Nachricht ist ja, dass sich Tom auf dem Weg der Besserung befindet und die Geschichte sich nicht wiederholt hat.« Sie späht vorsichtig zu ihm ins Wohnzimmer. »Dieses Mal.«

»Wie meinst du das?«

»Na ja, es ist schon schwer, sich keine Sorgen darüber zu machen, was die Zukunft wohl für ihn bereithält.«

Na toll. Ein weiterer Grund, beunruhigt zu sein. »Aber die Ärzte meinen doch, er würde sich komplett erholen, oder?«

»Ja, nur hieß es das auch bei unserer Tante nach ihrer OP, und trotzdem ist sie zwei Jahre später an genau der Sache gestorben.«

So muss sich Alice gefühlt haben, als sie unvermittelt im Wunderland gelandet war.

»Lexi?«

Ich brauche mehrere Sekunden, um zu begreifen, dass sie weiter mit mir spricht. »Tut mir leid. Was war das?«

»Ich hab nur gefragt, ob Tom dir das mit unserer Tante schon erzählt hatte.«

»Nein, hatte er nicht.«

»Es muss schwierig für dich sein, das zu hören, nach allem, was war.«

Mit einem Mal frag ich mich, warum sie mir das anvertraut. Möchte sie, dass ich aus seinem Leben verschwinde? Ist das ihr Ziel? Weil ich nicht weiß, was ich antworten soll, sage ich gar nichts. Ich schaue sie einfach an, bis sie den Blick abwendet.

»Ich muss los. Ruf mich an, falls was ist.«

»Wir kommen klar.«

»Okay, gut.« Sie nimmt ihre Handtasche und die Schlüssel vom Küchentresen und geht zu Tom, um sich von ihm zu verabschieden, während ich wie erstarrt dastehe und die Information verarbeite, die sie mir so beiläufig mitgeteilt hat.

Ich höre sie das Haus verlassen und zwinge mich, mich zusammenzureißen und die Angst zurückzudrängen, um tun zu können, was Tom jetzt braucht, so wie er es für mich tun würde. Daran habe ich keinen Zweifel. Er tut ständig irgendwas für mich, sogar nachdem ich ihm erklärt habe, dass er das nicht muss. Er hat darauf erwidert, er würde mir ein Lunchpaket machen, weil er das möchte, nicht weil er das Gefühl hat, er sei dazu verpflichtet.

Sosehr ich Jim auch geliebt habe, und das habe ich wirklich von ganzem Herzen getan, hat er nicht zu den Männern gehört, die Essen zubereiten oder Lunchpakete packen.

»Lex? Bist du noch da?«

Ich hole tief Luft, setze ein Lächeln auf und kehre ins Wohnzimmer zurück, während das Hähnchen fertig gart.

Sofort fällt mir auf, dass die Decke über seinen Beinen verrutscht ist, sodass darunter seine Füße in beigen Krankenhaussocken zu sehen sind. Genau solche hatte Jim in den letzten beiden Jahren seines Lebens jeden Tag an. Ich hab diese Socken und alles, wofür sie standen, zu hassen gelernt. Auf dem Tisch neben Tom sind jede Menge Fläschchen und Packungen mit Medikamenten aufgereiht, was mich ebenfalls an die schlimmste Zeit in meinem Leben erinnert, auch wenn es höchstens halb so viele wie bei Jim sind.

»Hey.«

Ich schaue ihn an.

»Alles in Ordnung mit Cora?«

»Ja. Alles bestens.«

»Ich hoffe, sie hat sich inzwischen für das entschuldigt, was sie neulich zu dir gesagt hat.«

»Davon hast du erfahren?«

»Ja, und ich war stinksauer. Ich hab ihr eine Standpauke

gehalten und ihr ein paar Sachen mitgeteilt, von denen sie keine Ahnung hatte.«

»Gerade eben war sie supernett. Und ihre Entschuldigung hab ich angenommen.«

»Ich glaube, es hat sie überrascht, dass ich ihr nichts von Jims Erkrankung erzählt hatte, aber das ist deine Angelegenheit, nicht meine. Du entscheidest, wer das wissen soll.«

»Es hätte mich nicht gestört, wenn du es ihr oder irgendjemandem sonst in deinem Leben erzählt hättest, der es deiner Meinung nach wissen sollte.«

»Es ist gut, dass du mir das sagst.« Er wirft mir einen Blick zu, unter dem ich wohlig erschauere. »Du hast mir gefehlt, während ich im Krankenhaus war.«

»Ich hab dich jeden Tag besucht.«

»Trotzdem hab ich dich nicht oft genug zu Gesicht bekommen.« Der Tom, der dem Tod noch mal von der Schippe gesprungen ist, ist viel offener mit seinen Gefühlen. »Warum siehst du so erschreckt aus?«, möchte er wissen.

»Ich versuche, das hier«, erkläre ich und deute mit der Hand auf seinen Sessel, das Tischchen mit den Medikamenten und die verdammten Socken, »nicht mit der Vergangenheit zu vermischen, doch das ist schwierig.«

»Ich hasse es, dass es schmerzhafte Erinnerungen bei dir wachruft. Das möchte ich nicht. Ich hoffe, du weißt das.«

»Natürlich.« Ich nehme auf einem Sessel Platz. »Kann ich dir irgendwas holen?«

»Nein, alles gut. Das kann ich sonst auch selbst.«

»Es stört mich nicht, das für dich zu tun.«

»Ich bin vollumfänglich in der Lage, mich selbst zu versorgen.«

»Das weiß ich, aber ich biete dir meine Hilfe an, so wie du mir deine angeboten hast, als ich sie gebraucht habe. Dafür sind Freunde da.«

»Echte Freunde verlangen nicht von jemandem, der in der Vergangenheit traumatisiert worden ist, für sie alte Wunden aufzureißen.«

»Mir geht es gut, versprochen. Hat es Sachen gegeben, die

beunruhigende Erinnerungen geweckt haben? Sicher, doch ich komme damit klar. Ich möchte dir helfen, wenn du mich lässt.«

»Diese gesamte Geschichte regt mich unglaublich auf. In letzter Zeit sah es ganz so aus, als würdest du aufleben, und dann musste das passieren und dich zurückwerfen.«

Es erstaunt mich, dass er offensichtlich über mich und meinen Prozess der Trauerbewältigung nachdenkt. Aber natürlich tut er das. So ist er nun mal. Er achtet auf solche Dinge. »Das stimmt, ich hab mich deutlich besser gefühlt, und das heißt, dass ich inzwischen stärker bin und Sachen verarbeiten kann, an die vor ein paar Monaten gar nicht zu denken war. Das hab ich übrigens dir zu verdanken, denn die echte Heilung hat erst eingesetzt, nachdem ich hier eingezogen war.«

»Inwiefern?«

»Zum einen war es unglaublich wichtig, dass ich aus dem Keller meiner Eltern rausgekommen bin, in dem ich die letzten Jahre von Jims Leben verbracht hatte. Da ist nichts Gutes passiert, weißt du? Wir sind da notgedrungen eingezogen, als es für mich unmöglich wurde, ihn allein so zu versorgen, wie es nötig war. Ich hab die Hilfe meiner Eltern gebraucht. Überall, wo ich dann hinterher hingeschaut habe, lauerte eine Erinnerung an irgendwas Schreckliches. Du wirst nie wissen, wie unglaublich wichtig die Rettungsleine war, die du mir zugeworfen hast, als du mir eine Unterkunft angeboten hast.«

»Das war nicht ganz selbstlos, wie du inzwischen ja vielleicht weißt.«

Ich bin entsetzt. »Was? Nein, unmöglich.«

»Doch. Es beschämt mich, das zugeben zu müssen, aber ich war – und bin – ziemlich verknallt in dich, und der Gedanke, dich jeden Tag zu sehen, war einfach zu verlockend.«

Ich hab keine Ahnung, was ich darauf erwidern soll.

»Die Erfahrung, dem Tod so knapp entronnen zu sein, wirkt offenbar wie ein Wahrheitsserum oder so. Ich hoffe, das stört dich nicht.«

»Nein, überhaupt nicht.« Mir gegenüber hat er sich nie anders denn als Gentleman gezeigt. »Du bist mir ein großartiger Freund gewesen, als ich ganz dringend einen gebraucht habe.«

Er wirft mir einen gespielt entsetzten Blick zu. »Bin ich also dazu verdammt, auf ewig in der Kategorie ›Freund‹ zu verharren?«

»Nein. Bestimmt nicht.« Ich unterdrücke meine Verlegenheit und gestehe: »Hast du eigentlich irgendeine Ahnung davon, wie verschossen ich früher in dich gewesen bin?«

Er reißt die Augen auf. »Was? Im Ernst?«

»Himmel, ja. Es war total peinlich. Du hast ja nicht mal gewusst, dass ich existiere.«

»So ein Quatsch! Ich war mir deiner mehr als bewusst.«

Nichts hat mich je mehr überrascht. »Wirklich?«

»Hölle, ja. Doch du warst so viel jünger als ich. Meine Eltern haben mich erst später eingeschult, daher war ich am Ende meiner Highschool-Zeit beinah neunzehn. Du hingegen bist damals erst fünfzehn gewesen, daher hat mir meine Mom strikt untersagt, dich um eine Verabredung zu bitten. Ein Date mit einer Minderjährigen war ausgeschlossen. Trotzdem hab ich natürlich gewusst, dass es dich gibt.«

»Davon hatte ich nicht die geringste Ahnung. Ich dachte, es sei einer der tragischsten Fälle von unerwiderter Schwärmerei in der jüngeren Geschichte.«

»Ganz im Gegenteil.«

»Wow«, entgegne ich mit einem Lachen. »Wer hätte das gedacht?«

»Ich. Mehr noch, ich hab es *gewusst*. Und an dem Abend, als wir uns zum ersten Mal nach der Highschool wiedergetroffen haben, war ich von der Erkenntnis überwältigt, dass sich selbst nach so vielen Jahren an meinen Gefühlen für dich praktisch nichts geändert hatte. Und du warst sogar noch hübscher, als ich dich in Erinnerung hatte.«

»Wenn ich mich recht entsinne, hab ich ziemlich schrecklich ausgesehen, denn ich kam direkt aus dem Fitnessstudio und wollte nur kurz noch was trinken, bevor ich nach Hause fahre. Und dann warst du da.«

»Du hast großartig ausgesehen.«

»Ach, Unsinn.«

»Das ist mein Ernst.«

Festzustellen, dass er mich auf der Highschool bemerkt hatte, ist ein Riesenschock. Ich hatte damals das Gefühl, als würde ich mit einem Schild auf dem Rücken rumlaufen, auf dem in großen Lettern stand: Ich liebe Tom Hammett.

»Worüber lächelst du?«

»Ich muss nur gerade daran denken, wie albern ich seinerzeit in meiner Verschossenheit war. Es kam mir so vor, als wüsste die ganze Welt, dass ich nach einem der beliebtesten Jungs in der Schule verrückt war und wie lachhaft das war.«

»Daran war absolut nichts lachhaft. Ich erinnere mich an dich als eine sehr ernsthafte Schülerin, die Querflöte gespielt hat und das niedlichste Mitglied der Marching Band war.«

Ich verziehe das Gesicht. »Mit der Einschätzung stehst du ziemlich allein da. Die Uniformen waren einfach schrecklich.«

»An dir nicht.«

»Hör auf.«

»Das werde ich ganz sicher nicht. Du warst anbetungswürdig. Ich hab in der Halbzeit, wenn die Band aufs Spielfeld zog, immer nach dir Ausschau gehalten, statt meinem Trainer zuzuhören.«

»Wenn ich das zu der Zeit geahnt hätte, wäre ich auf der Stelle tot umgefallen, weil du mich in dieser albernen Uniform gesehen hast.«

»Du hast die Uniform gerockt.«

»Das ist eine dreiste Lüge.«

Er lacht auf und zuckt sofort zusammen. »Bring mich bitte nicht zum Lachen.«

»Dann sag nicht so lächerliche Sachen!«

»Jedes einzelne Wort ist die Wahrheit. Das schwöre ich. Ich stand so dicht davor, dich zum Abschlussball einzuladen, aber meine Mutter hat Einspruch eingelegt. Sie hat gemeint, ich könne unter keinen Umständen mit einer Fünfzehnjährigen hingehen.«

Sein Geständnis macht mich atemlos. »Ich war fast sechzehn.«

»Trotzdem. Meine Mom wollte nichts davon wissen. Sie hat mich daran erinnert, dass ich vor dem Gesetz erwachsen war und du, zumindest technisch betrachtet, noch ein Kind. Sie hat mir verboten, mit dir zu tanzen oder allein in einem Auto zu sein. Daher bin ich selbst nicht hin, worüber sie echt sauer war.«

»Das denkst du dir aus.«

»Nein. Ich schwöre, es stimmt.«

»Du hast auf deinen Abschlussball verzichtet, weil du nicht mit mir hinkonntest?«

»Genau.«

»Weißt du eigentlich, wie viel Zeit ich darauf verwendet habe, rauszufinden, mit welchem Mädchen du hingehst?«

Er lacht wieder und stöhnt auf. »Was habe ich gerade dazu gesagt, dass du mich nicht zum Lachen bringen sollst?«

»Dann darfst du mir nicht so was erzählen.«

»Es ist nichts als die Wahrheit.«

»Trotzdem kann ich nichts davon glauben. Warte, bis ich das meinen Freundinnen von der Highschool verrate. Das wird sie umhauen. Sie können es schon kaum fassen, dass wir Mitbewohner sind, nachdem ich früher so für dich geschwärmt habe. Als ich eingezogen bin, hat mich eine gefragt, ob sie dir vorsichtshalber einen Bodyguard besorgen sollen.«

Er muss wieder lachen.

»Ups. Sorry.«

Er hält mir eine Hand hin.

Ich starre eine ganze Weile darauf, bevor ich sie ergreife.

»Insgeheim hab ich die ganze Zeit gewartet und gehofft, dir irgendwann wieder über den Weg zu laufen.«

»Echt?«

Er nickt. »Ich hatte viele Freundinnen, doch es war mir nie wirklich ernst damit, weil keine von ihnen du war.«

»Tom.« Ich stoße ein nervöses Lachen aus. »Du stehst unter dem Einfluss starker Medikamente. Ganz eindeutig hast du verloren, was von deinem Verstand noch übrig war ... oder so was in der Art.«

Er grinst und schüttelt den Kopf. »Als ich gehört habe, dass du geheiratet hast, war ich am Boden zerstört.«

Was um alles in der Welt soll ich bitte darauf erwidern?

»Aber es hieß, er sei ein guter Mann und du seist glücklich, was mir wichtig war. Trotzdem war ich untröstlich, weil ich die Gelegenheit versäumt hatte, dich besser kennenzulernen.«

»Ich weiß wirklich nicht, was ich sagen soll.«

»Du musst überhaupt nichts sagen. Es tut mir nur leid, dass ich dich unter Vorspiegelung falscher Tatsachen in mein Haus gelockt habe.«

»Das hast du nicht. Ich hätte nichts hiervon je erraten, insofern hast du es super hingekriegt, dir nichts davon anmerken zu lassen.«

»Bei deinem Einzug warst du noch nicht bereit, das zu hören, und vor ein paar Monaten ebenfalls nicht. Ich bin mir nicht sicher, wann oder ob ich es dir je erzählt hätte, wenn ich nicht knapp daran vorbeigeschrammt wäre, die Radieschen von unten zu betrachten. Jetzt erscheint es mir lächerlich, das weiter vor dir geheim zu halten. Allerdings«, fügt er rasch hinzu, »erwarte ich nicht, dass sich dadurch irgendwas zwischen uns ändert.«

Alles wird sich jetzt ändern. Wie kann er das nicht wissen?

»Du hast viel durchgemacht. Ich würde dich niemals drängen wollen, etwas zu tun, wofür du noch nicht bereit bist. Und nach dem, was diese Woche passiert ist, verstehe ich es völlig, wenn das alles zu viel für dich ist.«

Das ist es. Es ist viel zu viel. Hatte ich nicht schon so eine Ahnung, dass sich hinter all diesen Lunchboxen und Abendessen und den aufmerksamen Gesten, die mir helfen sollen, mich hier bei ihm wohlzufühlen, mehr als Freundschaft verbirgt?

Jetzt, da ich es mit Sicherheit weiß, hab ich keine Ahnung, was ich damit anfangen soll. Die Lexi aus der Highschool würde über die Nachricht, dass Tom Hammett sie so gernhatte wie sie ihn, vor Freude im Vorgarten Rad schlagen. Und damals haben wir einander noch nicht mal gekannt. Nicht wirklich. Nicht so wie jetzt.

Alles, was ich in den Monaten, seit ich mit ihm zusammenlebe, über ihn erfahren habe, untermauert die Tatsache, dass die Lexi aus der Highschool einen ausgezeichneten Geschmack in Bezug auf Männer hatte.

»Hast du Angst?«, fragt er nach mehreren Minuten spannungsgeladenen Schweigens. »Sei ehrlich.«

»Eigentlich nicht.«

»Aber irgendwie schon, oder?«

»Vielleicht ein bisschen? Es ist alles so merkwürdig, seit Jim gestorben ist. Nun ja, ehrlich gesagt ist es das sogar schon viel länger. Vermutlich seit dem Moment, als er seltsame Symptome entwickelt hat, die zusammengenommen kein eindeutiges Bild ergaben, bis sie sich plötzlich zum Schlimmstmöglichen zusammengesetzt haben.«

»Ich kann mir nicht mal ansatzweise vorstellen, wie schwer das für dich gewesen sein muss oder was du bei seinem Tod durchgemacht hast, doch ich weiß, was diese Woche passiert ist, muss für dich furchtbar traumatisch gewesen sein. Aber ich verspreche dir, ich werde alles in meiner Macht Stehende tun, alle Ratschläge befolgen, die die Ärzte mir mit auf den Weg gegeben haben, und auf meine Gesundheit achten, denn Lexi Nelson sitzt neben mir und hält endlich meine Hand. Das liefert mir einen wichtigen Grund dafür, am Leben bleiben zu wollen, solange es irgend geht.«

»Was ist eigentlich in diesen Medikamenten, die du nehmen musst?«

Er lacht, dieses Mal allerdings vorsichtiger. »Es ist jedenfalls eine große Erleichterung für mich, dir endlich die Wahrheit sagen zu können.«

»Heißt das, ich muss dir auch die Wahrheit sagen?«

»Nur wenn du möchtest.«

Das ist der Fall. Ich möchte es. »Irgendwie hab ich gewusst, dass du dir mehr mit mir erhoffst.«

Seine Augen weiten sich überrascht. »Seit wann?«

»Im Grunde genommen seit du mir angeboten hast, bei dir einzuziehen. Ich meine, wer tut das schon aus reiner Herzensgüte?«

»Ich! Ehrlich.«

Jetzt muss ich lachen. »Ich weiß. Doch angesichts deines Geständnisses musst du zugeben, dass du dabei durchaus Hintergedanken gehabt hast.«

»Vielleicht ein winziges bisschen.« Er hält Daumen und Zeigefinger minimal auseinander. »Aber nachdem du mir erzählt hattest, dass du weiter in den Räumen leben musstest, wo dein Ehemann so krank war und schließlich gestorben ist, wollte ich dich da rausholen. Das war der wichtigste Grund für mein Angebot.«

»Die Kellerwohnung zu verlassen, war entscheidend dafür, dass ich mit meinem Leben weitermachen konnte. Dabei ist es keineswegs so, dass ich meine Eltern nicht von ganzem Herzen lieben würde.«

»Das weiß ich – genau wie sie auch. Was ihr zu dritt für Jim geleistet habt, war heldenhaft, doch es hat von euch allen einen hohen Preis gefordert. Erinnerst du dich noch, wie du mich das erste Mal mit zu deinen Eltern genommen hast und dein Vater und ich runter zum Fluss gegangen sind, während du mit deiner Mom Dessert gegessen hast?«

Ich nicke. »Was ist damit?«

»Er hat sich bei mir für das bedankt, was ich für dich getan habe, indem ich dich eingeladen habe, bei mir einzuziehen. Er sagte, das sei eine dringend benötigte Veränderung gewesen und dass er und deine Mom so dankbar dafür seien, dass du bei jemandem lebst, der ein Auge auf dich hat. Nicht dass das nötig wäre, hat er rasch hinzugefügt. Aber ich wusste, was er meinte. Er war froh darüber, dass du bei einem Freund wohnst, dem viel an dir liegt.«

Ich kann kaum glauben, dass mein gewöhnlich so wortkarger Vater all das gesagt haben soll. »Wow. Das ist erstaunlich. Danke, dass du es erzählt hast. Irgendwie hatte ich immer das Gefühl, als hätte ich sie im Stich gelassen, indem ich ausgezogen bin.«

»So betrachten sie das nicht. Vermutlich ist es für sie eine Erleichterung, zu sehen, dass du den nächsten Schritt in deinem Leben tust.«

»Ja, bestimmt.«

»Ich möchte dir noch was sagen, selbst wenn ich das schon vorher getan habe, doch ich möchte sicherstellen, dass du weißt, es ist mein Ernst.«

»Was denn?«

»Seit wir zusammenwohnen, hab ich mir größte Mühe gegeben, zu respektieren, was du hinter dir hast und woran du immer noch zu knabbern hast. Ich möchte nicht, dass du denkst, dass du mir irgendwas anderes schuldest als Freundschaft. Wenn wir nie irgendwas anderes sein werden als gute Freunde, wäre das auch in Ordnung für mich.«

»Ach, wirklich?«

»Jap.«

»Du wärst nicht irgendwie enttäuscht, wenn wir bloß Freunde bleiben?«

»Ich wäre total enttäuscht, aber du würdest nichts davon merken.«

Ich halte weiter seine Hand – wobei er eigentlich meine hält. »Du hast mir gegenüber nie auch nur ansatzweise Respekt vermissen lassen. Du bist jederzeit unglaublich umsichtig und ein wunderbarer Freund gewesen. Die Lunchpakete, die gemeinsamen Abendessen, der Kaffee … Himmel, du hast sogar mein Auto vor dem Schneesturm noch schnell betankt. Das war weit mehr, als man von seinem Mitbewohner erwarten kann.«

»Ich mach das alles so gern für dich, und meinerseits bin ich dir dankbar, dass du die Wäsche übernimmst und den Hausputz. Hier ist es viel sauberer und ordentlicher, als es je war, bevor du hier gewohnt hast.«

»Das ist das Mindeste, was ich im Gegenzug für das Zimmer tun kann.«

»Ich bin mir nicht sicher, ob es dir schon aufgefallen ist, doch wir sind ein ziemlich gutes Team.«

»Das ist mir nicht entgangen.«

»Noch mal, kein Druck, keine Erwartungen, kein Grund, warum du dir auf die Unterlippe beißen müsstest.«

Ich hatte gar nicht gemerkt, dass ich das tue, bis er es erwähnt hat.

»Nichts muss sich ändern. Ich fühle mich nur besser, weil du jetzt weißt, wie viel du mir bedeutest.«

»Du bist mir auch wichtig. Als ich dich an dem Abend da auf dem Boden entdeckt habe …« Ich schüttle den Kopf.

Er verzieht das Gesicht.

»Ich hatte solche Angst, dass ich dich verloren hätte, bevor ich die Gelegenheit hatte, dir zu sagen, wie ich für dich empfinde.«

»Das hab ich gewusst.«

»Woher denn?«

Er lächelt, und seine Augen funkeln. »Männer wissen so was.«

Ich werfe ihm einen skeptischen Blick zu. »Ach, tun sie das?«

»Jap.« Er drückt meine Hand. »Ernsthaft, manchmal schaust du mich an, als gäbe es etwas, was du sagen möchtest, aber dann überlegst du es dir doch anders.«

Wow, er ist nicht bloß aufmerksam, sondern auch einfühlsam. »Das könnte schon sein.«

»Ich hoffe, du weißt, dass du mir stets alles sagen kannst, was du möchtest, denn ich freue mich immer, zu hören, was dich gerade beschäftigt.«

»Bist du dir da sicher?«

»Absolut.«

»Die Gedanken einer trauernden Witwe sind nicht immer angenehm oder schön.«

»Ich bin an allem interessiert, worüber du reden möchtest, sogar an den unschönen Dingen.«

»Du hast selbst genug, womit du fertigwerden musst, insbesondere jetzt, da musst du dir nicht auch noch meinen Mist aufbürden.«

»Ich möchte glauben, dass ich das schon vor Monaten getan habe. Ich bin mir sehr wohl bewusst, dass Jim und die Trauer über seine Krankheit und seinen Tod Teil von dem Menschen sind, der du jetzt bist, und ich dachte, ich hätte dir gerade erzählt, wie sehr ich diesen Menschen mag.«

»Du hast mir zumindest viel Stoff zum Nachdenken geliefert.«

»Ich hoffe, ich hab dir keine Angst eingejagt. Überlegst du schon, wie schnell du hier ausziehen kannst?«

Ich liebe es, dass er mich zum Lachen bringen kann. Es ist

so lange her, dass ich so oft gelacht habe, wie ich das hier bei ihm tue. »Die einzige Sache, die mir eine Heidenangst eingejagt hat, war, als du bewusstlos warst. Tu das nicht wieder.«

»Werd ich nicht.«

»Okay. Was hältst du dann jetzt von Salat und gegrillter Hähnchenbrust zum Abendessen?«

»Klingt gut. Und sehr gesund.«

»Wir sind hier große Fans von ›sehr gesund‹.«

»Stimmt auch wieder.«

»Sorry, aber du musst meine Hand loslassen, damit ich das Essen holen kann.«

»Was, wenn ich nicht loslassen will? Es hat gefühlt ewig gedauert, bis ich deine Hand halten durfte.«

»Wie wär's, wenn ich dir meine Hand später wieder überlasse?«

»Ist das ein Versprechen?«

»Könnte sein.« Ich bin mir nicht sicher, wo dieses ganze Geflirte herkommt. Diese Seite von mir habe ich jahrelang nicht mehr gesehen.

»Na gut, wenn du es versprichst, lass ich los.«

Lächelnd stehe ich auf und gehe in die Küche, um das Abendessen fertig zuzubereiten. Dabei denke ich an all das, was er gesagt hat, und versuche herauszufinden, wie ich dazu stehe. Es verblüfft mich immer noch, dass er schon in der Highschool Interesse an mir hatte. Ich kann es kaum erwarten, das meinen Freundinnen zu erzählen. Sie werden es mir niemals glauben. Ich frag mich, wie sich mein Leben wohl entwickelt hätte, wenn ich das damals gewusst hätte.

Doch wenn ich es gewusst hätte, hätte ich Jim nie am College getroffen und mich auch nicht in ihn verliebt. Der Gedanke, das versäumt zu haben, ihn und uns, stimmt mich traurig. Wir hatten wundervolle fünf Jahre, bevor die Katastrophe über uns hereingebrochen ist. Das waren die besten Jahre meines Lebens bis dahin, und ich werde sie nie bereuen, selbst mit dem Wissen um das, was gefolgt ist.

Das Leben ist so Furcht einflößend seltsam. Gerade wenn man denkt, man hätte raus, wie es läuft …

Während ich das Hähnchen klein schneide und unter den Salat mische, bin ich in Gedanken nicht bei Jim, sondern bei Tom und der Ernsthaftigkeit, mit der er gesprochen hat. Ich glaube ihm, wenn er sagt, dass ich ihm schon sehr lange wichtig bin, auch wenn ich davon nichts geahnt habe. *Er hat seinen Highschool-Abschlussball ausfallen lassen, weil er mich nicht fragen durfte, ob ich mit ihm hingehe.*

Jetzt, wo ich weiß, wie er für mich empfindet, verspüre ich so was wie eine sprudelnde Aufregung, wie ich sie seit Jahren nicht mehr gefühlt hab. Ich bin innerlich wie abgestorben gewesen, hab mich durch die Jahre mit Jims unheilbarer Krankheit und seinem tragischen, viel zu frühen Tod und schließlich die schlimme Zeit danach geschleppt.

Es ist unglaublich erleichternd, sich anders als schrecklich zu fühlen. Noch nicht mal das, was Cora über ihre Tante erzählt hat, die zwei Jahre nach ihrer Bypassoperation gestorben ist, kann mich jetzt runterziehen.

Ich hab keine Ahnung, ob aus dieser neuen Entwicklung in meiner Beziehung zu Tom was wird, und sein Gesundheitszustand beunruhigt mich weiterhin zutiefst, aber für den Moment, für heute Abend, ist es einfach nur schön, sich wieder gut zu fühlen.

9

Tom

Ich hoffe, ich hab keinen Fehler gemacht, indem ich bei Lexi alles auf eine Karte gesetzt habe. Auf jeden Fall war mein Herzinfarkt ein gewaltiger Weckruf, der mir vor Augen geführt hat, wie kostbar die Zeit ist und dass das Einzige, was zählt, die Menschen sind, die uns viel bedeuten.

Und sie bedeutet mir viel. Ich möchte mit ihr zusammen sein, aber natürlich nur, wenn sie das auch will.

Auf jeden Fall ist es eine große Erleichterung, dass sie jetzt weiß, was ich für sie empfinde. Es war anstrengend, das all diese Monate vor ihr zu verbergen, doch sie war so zerbrechlich und angegriffen, als sie hier eingezogen ist. Ich wollte nichts tun, was ihren Kummer vergrößert, daher hab ich den Ball flach gehalten. Ich hab ihr Freundschaft gegeben, weil es das war, was sie am dringendsten gebraucht hat.

Ich möchte nicht, dass irgendjemand glaubt, ich sei ein Mistkerl oder dass ich Hintergedanken hatte, als ich ihr angeboten habe, bei mir zu wohnen. Mir war von Anfang an bewusst, es war gut möglich, dass nichts aus uns werden würde. Immerhin hatte sie da gerade eine extrem schwere Zeit hinter sich. Aber ich hatte ihr das mit dem Zimmer bei mir ganz spontan angeboten, bevor ich richtig drüber nachgedacht hatte.

Ich hatte etwas, was sie benötigt hat, daher hab ich es ihr zur Verfügung gestellt. Ich hab nicht lange Für und Wider abgewogen oder gar gedacht: *Vielleicht wird Lexi eines Tages mehr als nur meine Mitbewohnerin sein.* Nein, mein erster Gedanke war, dass ich ihr so das Leben ein wenig erleichtern konnte, und das hab ich getan.

Das werde ich auch niemals bereuen. Wenn sie morgen mit den Worten »Lass uns einfach Freunde sein« ausziehen würde, könnte ich damit leben, selbst wenn ich enttäuscht wäre. Irgendwann in diesen letzten paar Monaten, in denen wir unter einem Dach gelebt haben, ist Lexis Glück für mich wichtiger geworden als mein eigenes. Nachdem ich mehr darüber gehört hatte, was sie während Jims Krankheit durchgemacht hat, weiß ich, niemand verdient Glück und inneren Frieden mehr als sie.

Ich werde nie irgendwas tun, das es ihr erschwert, beides zu finden, insbesondere im Angesicht der jüngsten Ereignisse. Sie denkt vermutlich, sie müsste verrückt sein, sich mit jemandem mit unklarer Herzgesundheit einzulassen, vor allem nachdem sie schon jahrelang ihren kranken Ehemann gepflegt hat. Wahrscheinlich muss sie nur einmal in Ruhe darüber nachdenken und wird sich dann entscheiden, den Schaden zu begrenzen, bevor es zu intensiv wird.

Das könnte ich ihr nicht vorwerfen. Wenn ich mir vorstelle, wie es für sie gewesen sein muss, nach Hause zu kommen und mich bewusstlos auf dem Boden vorzufinden, winde ich mich innerlich. Ich hab keinerlei Erinnerung an den gesamten Tag. Das hab ich allen verschwiegen, damit niemand glaubt, ich sei verrückt, doch mein Gedächtnis ist wie leer gefegt. Ich hab auf meinem Handy nachgeschaut, um zu rekonstruieren, was ich an dem Tag getan habe, hab die Textnachrichten von Kunden und Angestellten gelesen, sodass ich ein Bild davon habe, was los war, aber ich kann mich an nichts davon erinnern.

Die Ärzte, meine Familie und meine Freunde haben gefragt, ob es irgendwelche Symptome oder eine Vorwarnung gegeben hat.

Es gab keine Schmerzen, keine Kurzatmigkeit und keinerlei andere Hinweise darauf, dass ich kurz vor einem Herzinfarkt stand, höchstens vielleicht, dass ich müder als sonst gewesen bin. Das hab ich der Hektik und dem Stress zugeschrieben, die zum normalen Alltag gehören, wenn man ein eigenes Unternehmen führt. Dass es nicht die geringste Vorwarnung gegeben hat, ist zutiefst beunruhigend. Ich hatte nie die Chance, meinen Vater zu fragen, ob er vorher gespürt oder geahnt hat, dass sein Herz versagen würde, denn er war praktisch sofort tot. Niemand von uns hatte ihn an dem Tag davon reden hören, dass er sich nicht wohlfühle, oder eine erkennbare Änderung an seinem Verhalten bemerkt.

Es ist erschreckend, zu wissen, dass einen so was wie ein Blitz aus heiterem Himmel treffen und das Spiel weit vor dem Schlusspfiff beenden kann.

Warum um alles in der Welt sollte jemand wie Lexi das Risiko eingehen wollen, wo sie bereits so Schlimmes hinter sich hat?

Vielleicht will sie es, doch wenn sie Zeit hat, es sich in Ruhe zu überlegen, wird sie merken, dass sie klug beraten wäre, wenn sie die Notbremse zieht, bevor es zu spät ist.

Der Gedanke ist niederschmetternd. Selbst beinah zu sterben, war nicht so schlimm wie die Vorstellung, dass sie nicht zu meiner Zukunft gehören könnte.

Das klingt total übertrieben und theatralisch, selbst in meinen eigenen Ohren, aber in den Jahren, seit ich mich auf der Highschool Hals über Kopf in sie verliebt hab, hatte ich Verabredungen mit vielen Frauen. Ich hatte mehr erste Dates als irgendjemand sonst, den ich kenne. Cora behauptet immer, ich sei zu wählerisch und dass ich den Frauen von vornherein keine Chance gebe, und sie hat in beiden Punkten recht. Ich kann nach den ersten fünf Minuten sagen, ob ich mein Gegenüber näher kennenlernen möchte oder nicht.

Ist das fair? Ganz bestimmt nicht, doch ich kann nicht ändern, wie ich funktioniere. Und wenn ich das könnte, würde ich mir als Allererstes mein lädiertes Herz vornehmen.

Was meine Schwester nie erfahren wird, ist, dass ich jede einzelne Frau bei diesen ersten Dates mit einem Mädchen verglichen habe, mit dem ich auf der Schule war, und dass sie alle dabei den Kürzeren gezogen haben. Lexi ist die eine für mich. Das war sie immer, und es ist echt komisch, dass sie diesen Status erreicht hat, bevor wir uns auch nur ein Mal ernsthaft unterhalten haben.

Manche Sachen lassen sich schlicht nicht erklären. Sie sind einfach so. Und so ist das mit ihr für mich. Der Abend, an dem ich sie allein an der Bar eines Restaurants hier in der Nähe entdeckt habe, wird in meine persönliche Geschichte als einer der besten meines Lebens eingehen. Als ich mich neben sie gesetzt habe, hab ich mich ermahnt, ruhig weiterzuatmen, mich zu entspannen und sie keinesfalls zu verschrecken.

Das ist leichter gesagt als getan, wenn der eigene Schwarm zum ersten Mal überhaupt direkt neben einem sitzt.

Sie war überrascht, als sie mich erkannt hat, und ich war echt erleichtert. So musste ich nämlich nicht sagen: »Hey, ich bin Tom Hammett, und ich erinnere mich an dich aus unserer Zeit an der Highschool.« Man muss auch für Kleinigkeiten dankbar sein.

»Lexi, richtig?«

»Ja, und du bist Tom.«

»Genau.«

»Bist du oft hier?«, hat sie mich mit einem kleinen Lächeln gefragt.

»Das erste Mal seit Jahren.«

»Ich auch.«

Der Zufall, dass wir beide genau zu diesem Zeitpunkt am selben Ort waren, ist etwas, worüber ich seither oft nachgedacht habe. Hatte das Universum endlich ein Einsehen und hat mir das beschert, was ich mir so lange gewünscht habe?

Der Barkeeper kam zu mir und hat mich gefragt, was ich gern hätte. »Ich nehm ein Bier und einen weiteren Drink für die Dame.«

Sie hat eine Hand über ihr Glas gehalten. »Danke, aber ich hab genug. Ich muss noch fahren.«

»Dann geb ich dir ein andermal was aus.«

Der Barkeeper hat mein Bier vor mich gestellt, und ich hab ihr die Flasche hingehalten.

Sie hat mit ihrem Weinglas vorsichtig angestoßen. »Cheers.«

»Cheers. Also, was hast du so getrieben seit der Highschool?« Ich wusste, sie hatte die University of Virginia in Charlottesville besucht und kurz darauf geheiratet, doch es war eine Weile her, dass ich irgendwas über sie gehört hatte. Ich bin nicht viel in den sozialen Medien unterwegs, daher habe ich keine Ahnung, was mit Leuten ist, die ich nicht so häufig sehe. Nachdem ich das mit ihrer Hochzeit erfahren hatte, hab ich meine Schwärmerei für sie in einer Truhe ganz weit hinten in meinem Kopf verstaut und den Deckel fest verschlossen.

»College, Heirat, Arbeit, und jetzt bin ich verwitwet.«

»Ach verdammt, Lexi. Das tut mir schrecklich leid. Ich hab gar nicht gewusst, dass dein Mann gestorben ist.«

»Ja, ist inzwischen zwei Jahre her. Er hatte ALS. Das waren vier Jahre direkt aus der Hölle.«

Die Worte haben mich wie ein Hieb in die Magengrube getroffen. »Das kann ich mir vorstellen. Ich hab einen Freund vom College, dessen Mutter das hatte. Eine echt grausame Krankheit.«

»Stimmt.«

Ich hatte keine Ahnung, was ich als Nächstes sagen sollte. »Bist du … Ich meine, geht es dir den Umständen entsprechend gut?«

Sie hat die Achseln gezuckt. »Es gibt gute Tage und schlechte. Heute war einer von den schlechten, daher hab ich beschlossen, mir nach dem Fitnessstudio einen Drink zu gönnen, damit ich mal ein bisschen Tapetenwechsel hab. Nachdem mein Ehemann erkrankt war, sind wir bei meinen Eltern eingezogen, weil wir so dringend Hilfe gebraucht haben. Da wohne ich auch weiter, da keiner von uns beiden vorher geglaubt hatte, es sei nötig, eine Lebensversicherung abzuschließen. Schließlich waren wir da ja noch keine dreißig. Na ja, und daher häng ich da jetzt irgendwie fest.«

Genau da hatte ich den Gedankenblitz.

»Wobei das schon in Ordnung ist. Meine Eltern waren großartig. Sie haben uns bei allem geholfen, und ohne sie hätte ich das nie überlebt … Und seine Familie war genauso.«

»Freut mich, dass du Hilfe hattest.«

»Jetzt aber genug von mir. Was hast du so getrieben? Bist du verheiratet?«

»Nein. Die Gefahr bestand nie.« Weil ich das Mädchen aus der Highschool einfach nicht vergessen konnte, mit dem ich nie auch nur ein Wort gewechselt hatte und das in der Marching-Band-Uniform einfach unwiderstehlich süß ausgesehen hat. »Mir gehört eine Baufirma. Wir errichten Wohnhäuser und Gewerbebauten überall in NOVA.« Das ist die hier in der Gegend gebräuchliche Abkürzung für North Virginia.

»Warte mal. Hammett-Hausbau, das bist du?«

»Jap.«

»Wow. Beeindruckend.«

Darüber musste ich lachen. »Wenn du das sagst.«

»Deine Werbetafeln sieht man überall. Also ja, ich sage das.«

»Vor allem ist es richtig nervig, doch hey, man kann davon leben.«

»Inwiefern ist es denn nervig?«

»Wie viel Zeit hast du?«

»Ich muss nirgends hin.«

»In dem Fall … Es geht immer irgendwas schief. Material ist gerade nicht lieferbar, Kunden haben es furchtbar eilig mit allem, Arbeiter tauchen nicht auf der Baustelle auf, oder ihr Drogentest ist positiv, Behörden brauchen für die Erteilung einer Genehmigung ewig, dazu pingelige Kontrolleure vom Bauamt sowie Leute, die ihre Rechnung nicht bezahlen … Nur mal für den Anfang.«

»Oh. Klingt nach einer Menge Spaß.«

»Der Spaß hört gar nicht mehr auf.«

»Die Häuser, die du baust, sind aber toll. Zwei meiner Freunde vom College, die miteinander verheiratet sind, haben fünf Jahre lang gespart, um sich in einem deiner Projekte ein Haus zu kaufen.«

»Wer war das?«

Als sie mir die Namen genannt hat, musste ich lächeln, weil sie zu meinen liebsten Kunden gehört haben. »Die sind tatsächlich sehr nett. Ich hab total gern mit ihnen zusammengearbeitet.«

»Und sie umgekehrt mit dir. Sie haben mir noch lange nach Fertigstellung des Hauses davon vorgeschwärmt. Doch ich bin nie darauf gekommen, sie nach dem Vornamen ihres Bauunternehmers zu fragen.«

Aber was für einen Unterschied hätte das schon gemacht? Damals ist sie ja verheiratet gewesen.

Zu erfahren, dass sie nicht länger an einen anderen gebunden war, hat mich förmlich beflügelt, wie es mir nicht oft passiert. Ich wollte sie zum Essen einladen. Ich wollte sie bitten, mich zu heiraten. Haha, kleiner Scherz. Doch irgendwie auch nicht.

»Und was sind deine Pläne für die nächste Lebensphase?«

Sie warf mir einen überraschten Blick zu.

»Ist es in Ordnung, wenn ich das frage?«

»Natürlich, nur fragen mich die meisten Leute so was nicht. Sie fragen mich, ob mir Jim fehlt, ob ich sauer auf ihn bin, weil er krank geworden und gestorben ist, ob ich mich wieder verabrede oder ob ich mir wünsche, wir hätten Kinder gehabt, oder irgendwelche anderen Sachen, die sie schlicht und ergreifend nichts angehen.«

»Ich kann nicht glauben, dass irgendjemand solche Fragen stellt.«

»Tun sie aber. Am allerliebsten sagen sie: ›Gott sei Dank hattet ihr keine Kinder.‹«

»Nicht wirklich.«

»O doch. Das ist die reine Wahrheit.«

»Meine Güte. Sind die alle verrückt geworden?«

»Ist das eine rhetorische Frage? Ich bin jedenfalls total dankbar für meine Wilden Witwen, die mir helfen, nicht zu kapitulieren.«

»Wilde Witwen?«

»Eine Gruppe junger Witwen und Witwer, die sich darauf konzentrieren, getreu dem Sinnspruch von Mary Oliver rauszufinden, was wir mit unserem einen wilden und kostbaren Leben nun anfangen wollen.«

»Also ist es so was wie eine Selbsthilfegruppe?«

Sie hat genickt. »Die inzwischen mehr zu einer Familie geworden ist.«

»Das ist großartig. Natürlich nicht der Grund dafür, aber dass ihr einander gefunden habt und euch Halt gebt.«

»Sie haben mir buchstäblich das Leben gerettet und dafür gesorgt, dass ich nicht den Verstand verloren hab. Alles, was mir passiert ist, ist auch einem von ihnen passiert. Man fühlt sich weniger allein mit der Trauer. Jung verwitwet zu sein, unterscheidet sich massiv von dem üblichen Bild der weißhaarigen Witwe, das man unwillkürlich hat, wenn das Wort fällt. Wir haben in der Regel den Großteil unseres Lebens noch vor statt hinter uns, daher ist es eine einzigartige Erfahrung.«

Ich muss zu meiner Schande gestehen, dass ich bisher nie einen Gedanken daran verschwendet hatte, dass es da einen Unterschied gibt.

»Doch um deine Frage zu beantworten, was ich mir für die nächste Phase meines Lebens vorstelle: Ich bin gerade dabei, das rauszufinden. Ich hab ewig gebraucht, um einen Job zu ergattern, nachdem ich jahrelang aus dem Arbeitsleben raus war. Wenn man Dateneingabe für zwanzig Dollar die Stunde denn als Job bezeichnen kann, aber es hilft mir, nach und nach die erdrückenden Schulden abzuzahlen, die wir im Zuge von Jims Krankheit angehäuft haben.« Sie hat mich angeschaut. »Hast du eine Lebensversicherung?«

»Ja.«

»Gut. Ich sag jedem, dem ich begegne, er soll sich eine zulegen, egal wie jung der Betreffende ist oder für wie gesund er sich hält.«

»Das ist ein ausgezeichneter Rat.«

»Für mich wäre es eine Riesenerleichterung gewesen, vor allem nachdem Jims Krankheit uns beinahe in den Bankrott getrieben hat. Ich werde bis an mein Lebensende Krankenhausrechnungen abstottern müssen.«

»Unser System ist in der Beziehung so kaputt. In was für einer Welt muss eine Krankheit wie die von Jim seine Familie in den finanziellen Ruin treiben?«

»Unglücklicherweise in der, in der wir leben.«

»Möchtest du jetzt essen?«, reißt mich Lexis Stimme aus meinen Erinnerungen an den Abend, an dem wir uns wiederbegegnet sind. Oder soll ich »begegnet« sagen, da wir ja vorher nie ein Wort miteinander gewechselt hatten, auch wenn wir uns des anderen mehr als deutlich bewusst waren, als wir noch auf der Highschool waren?

Ich öffne die Augen und blicke sie an. »Gerne.«

»Hab ich dich geweckt?«, fragt sie, als sie mir ein Tablett auf den Schoß stellt, auf dem ein Teller mit Salat und ein Glas Eiswasser stehen.

Die Tage mit Steaks und Hamburgern vom Grill sind wohl ein für alle Mal vorbei für mich. »Nein, ich hab nicht geschlafen. Ich hab an den Abend gedacht, als wir beide zufällig in derselben Bar waren.«

Sie setzt sich mir gegenüber aufs Sofa, um ihren Salat zu essen. »Was ist damit?«

»Es war einfach super, dich wiederzusehen.«

»Jener Abend hat mein Leben auf so vielerlei Weise verändert. *Du* hast mein Leben auf so vielerlei Weise verändert.«

»Das gilt umgekehrt genauso.«

Sie schaut mich verwirrt an. »Wie hab ich denn deins verändert?«

»Du hast gar keine Ahnung, wie sehr ich deine Gesellschaft genieße, oder?«

»Äh, na ja … Darüber habe ich noch nicht wirklich nachgedacht.«

»Ich hab immer geglaubt, ich würde gern alleine leben. Bis du hier eingezogen bist.«

»Ach, wirklich?«

»Jap. Ich habe mich nie nach Mitbewohnern gesehnt, bis du mir erzählt hast, du müsstest eigentlich aus dem Keller deiner Eltern raus, und dann plötzlich stellt es sich als beste Idee überhaupt heraus, mir eine Mitbewohnerin zuzulegen.«

Langsam breitet sich ein Lächeln auf ihrem Gesicht aus, und sie strahlt förmlich. »Sie tragen heute Abend aber ziemlich dick auf, Mr Hammett.«

»Ich hab keine Zeit zu verschwenden.« Der bestürzte Ausdruck in ihren Augen lässt mich sofort bereuen, dass ich sie an meinen Zusammenbruch erinnert habe. »Hey, mir geht's prima. Und ich werde wieder ganz gesund. Versprochen.«

Mit gerunzelter Stirn spießt sie sich Salat auf ihre Gabel.

»Lex.«

Als sie mich schließlich wieder anschaut, kann ich in ihrem Blick die Qual sehen, auch wenn sie sich solche Mühe gibt, sie vor mir zu verbergen.

»Ich befolge jede Anweisung von jedem Arzt bis ins kleinste Detail. Ich werde tun, was immer nötig ist, um noch ganz viele Jahre hier zu sein, damit ich so viel Zeit, wie nur irgend möglich ist, mit dir verbringen kann.«

10

Lexi

Lange nachdem ich im Bett liege, die Tür offen, damit ich höre, falls Tom mich während der Nacht braucht, denke ich immer noch darüber nach, dass er die Anweisungen des Arztes bis ins kleinste Detail befolgt, um so viel Zeit mit mir zu haben, »wie nur irgend möglich ist«.

Die Lexi auf der Highschool hätte »Lexi + Tom« in ihr Heft gekritzelt, mit jeder Menge Herzchen drum herum, wenn Tom Hammett so etwas zu ihr gesagt hätte. Verdammt, genau das hat sie getan, ohne auch nur ein einziges Wort mit ihm gesprochen zu haben.

Die Witwe Lexi hat gelernt, vorsichtig damit zu sein, Personen zu wichtig werden zu lassen, vor allem Personen mit einem beschädigten Herzen. Ich könnte es einfach nicht ertragen, noch jemanden zu verlieren, den ich liebe. Und ja, ich liebe Tom. Er ist ein ganz wunderbarer Freund, doch er hat mir vor allem auch eine sehr persönliche Aussicht darauf gewährt, wie eine Beziehung mit ihm aussehen könnte.

Ich weiß es zu schätzen, dass er mich kein bisschen unter Druck gesetzt hat, weil er von mir mehr als Freundschaft will. Es hat eines erschreckenden Notfalls bedurft, um seine wahren Gefühle ans Licht zu bringen, und nun, da ich weiß, wie er empfindet, kann ich es nicht einfach wieder vergessen. Nicht dass ich das überhaupt möchte.

Mit ihm zusammen zu sein, ist einfach wunderbar. Er fühlt sich wie »Zuhause« für mich an, und das nicht nur, weil wir unter einem Dach wohnen.

Früher einmal ist Jim mein Zuhause gewesen, also weiß ich, wie es ist, das bei einer Person zu finden.

Zuzulassen, dass meine Beziehung mit Tom sich in eine romantische Richtung entwickelt, würde ein sehr großes Maß an Mut erfordern, vor allem nach der Herzattacke. Was, wenn er eine weitere erleidet? Was, wenn ich eines Morgens aufwache und er tot neben mir liegt? Das ist Joy passiert. Ihr völlig gesunder Ehemann ist im Schlaf gestorben. Tom ist nicht völlig gesund – nicht mehr. Er ist fest entschlossen, es wieder zu werden, aber ist das ein realistisches Ziel?

Mir ist klar, wenn ich zulasse, mich erneut zu verlieben, ist es durchaus möglich, dass ich eines Tages – hoffentlich erst in ferner Zukunft, wenn wir alt und grau sind – die Rolle der häuslichen Betreuerin übernehmen muss. Was ich mir nicht vorstellen kann, ist, das jetzt bald schon wieder zu tun.

Mein Magen schmerzt, wenn ich darüber nachdenke, dass ich Tom verlieren könnte, was der Moment ist, in dem mir klar wird, dass es schon viel zu spät ist, um mich vor Kummer zu schützen, was ihn betrifft. Wenn ihm irgendwas zustößt, werde ich genauso am Boden zerstört sein, wie ich es bei Jims Tod war.

»Verdammt noch mal«, flüstere ich in die Dunkelheit. »Wann zur Hölle ist das denn passiert?«

Nach und nach. Einen morgendlichen Kaffee, ein Mittagessen, ein Abendessen, eine angeregte Unterhaltung nach der anderen. Er hat sich mit seiner Freundlichkeit, Großzügigkeit, Zuvorkommenheit und angenehmen Gesellschaft einen Weg in mein Herz gebahnt. Er hat dafür gesorgt, dass ich mich in meiner Trauer weniger allein gelassen gefühlt habe, selbst wenn wir nur selten von Jim, seiner Krankheit, unserer Ehe oder irgendwas anderem von dem schwierigen Kram sprechen.

Ist es schon zu spät dafür, Iris zu schreiben?

Vermutlich nicht. Sie ist eine Nachteule.

Was macht man, wenn man herausfindet, dass ein Mann mehr von einem will als Freundschaft, und man denkt, dass man, indem man Nein sagt, sich vor mehr Kummer schützen kann – bloß merkt man dann plötzlich, dass es schon viel zu spät dafür ist, sich vor irgendwas zu schützen, was mit ihm zusammenhängt? Oder wenn man herausfindet, dass er bereits auf der Highschool in einen verknallt gewesen ist und dass er NICHT ZU SEINER ABSCHLUSSFEIER GEGANGEN IST, weil er nicht mit dir gehen konnte, weil du (laut seiner Mutter) zu jung warst??!?

Falls irgendjemand dieses Dilemma versteht, dann Iris.

Ich sehe die drei Punkte, die mir verraten, dass sie antwortet, und ich warte mit angehaltenem Atem, was sie zu sagen hat.

Erst mal: Heilige Scheiße wegen der Abschlussfeier. Das fühlt sich für mich so an, als wärt ihr vom Schicksal füreinander bestimmt oder so. Das andere ist auf jeden Fall eine schwierige Frage. Wenn du einen Schlussstrich ziehst, noch bevor irgendwas passiert, würdest du dich für den Rest deines Lebens mit der »Was wäre, wenn«-Frage herumschlagen. Wenn du bleibst, wirst du dir den Kopf darüber zerbrechen, ob der Blitz wirklich zweimal an derselben Stelle einschlägt. Liebe ist nie einfach.

Gott, sie hat mein Dilemma in einem Absatz perfekt zusammengefasst.

Ich ärgere mich, weil ich nicht kapiert habe, dass es an der Zeit war, um mein Leben zu rennen, bis es dafür zu spät war.

Ihre Erwiderung besteht aus lachenden Emojis.

Das ist nicht lustig!

Doch, irgendwie schon. Alle anderen haben gesehen, dass du dabei warst, dich in ihn zu verlieben, aber du selbst hast davon nichts bemerkt?

Nicht wirklich. Ich hab ihn eindeutig als Freund eingeordnet, weil das alles war, wozu ich zu dem Zeitpunkt fähig war.

Und jetzt?

ICH WEISS ES NICHT!

Doch, tust du – und das ist das Problem.

Ich hasse dich gerade.

HAHA

Ich hasse dich nicht wirklich (schreibe ich aus Angst, meine liebe Iris zu verlieren).

Weiß ich. Und kein Grund zur Sorge: Ich bin genau hier, wo ich immer sein werde.

Witwen wissen es eigentlich besser, als solche Versprechen zu geben, aber sie weiß auch, was ich jetzt gerade hören muss.

Es ist okay, Gefühle für Tom zu haben, Lex. Er scheint ein wunderbarer Mann zu sein, und er ist dir ein fantastischer Freund gewesen. Das sind wirklich gute Voraussetzungen.

Was ist mit seinem angezählten Herzen?

Was ist mit meinem Brustkrebs? Warum ist Gage trotzdem noch immer bei mir?

Ich will nicht über ihren Brustkrebs nachdenken.

Kleiner Tipp: Er hat entschieden, dass er alle Zeit, die wir noch haben, lieber mit mir zusammen als ohne mich verbringen möchte. Schau dir an, was Adrian gerade mit Wynters Schwangerschaft durchgemacht hat, wo er jeden Tag fürchten musste, dass ihr dasselbe zustoßen könnte wie Sadie.

Adrians Frau ist wenige Stunden nach der Geburt ihres Sohns Xavier gestorben.

Wenn man es so ausdrückt …

Letztendlich ist alles ein Risiko. Euch alle in mein Leben zu lassen, nachdem Mike umgekommen war, war ein Risiko. Damit habe ich mich in die wunderbarste Gruppe von Freunden verliebt, die ich je hatte. Ich hab allerdings auch euren Schmerz und Kummer auf mich genommen, genau wie ihr umgekehrt meinen. Trotzdem würde ich die Wilden Witwen gegen nichts in der Welt eintauschen wollen.

Ich auch nicht! Ich habe keine Ahnung, wo ich ohne euch alle wäre.

Geht mir genauso. Ich mag deinen Tom. Es gefällt mir, wie er für dich eingetreten ist, ohne im Gegenzug irgendwas zu erwarten.

Nachdem er mir gestanden hat, dass er schon auf der Highschool in mich verknallt war … Was hätte ich mit diesem Wissen damals angefangen!

Womöglich hättest du dich nie in Jim verliebt.

Daran hab ich auch gedacht, und das hätte ich nicht missen wollen.

Alles geschieht, wie es vorherbestimmt ist. Das möchte ich zumindest glauben.

Ja, vermutlich. Es fühlt sich nur so GROSS an, wenn ich über eine Beziehung mit Tom nachdenke.

Entschuldige bitte, dass ich das sage, doch du bist seit mindestens einem Dreivierteljahr in einer Beziehung mit Tom. Du denkst jetzt nur darüber nach, es öffentlich zuzugeben.

Warum musst du so eine Schlaubergerin sein?

LOL. Der Fluch meines Lebens.

Mehr deine besondere Gabe. Danke, dass du so spät noch geantwortet hast.

Kein Problem. Gage schläft tief und fest, und ich hab gelesen.

Ihr beide macht mir Mut.

Ach, das ist aber lieb von dir. Es ist nicht immer einfach gewesen, doch es ist es wert. Das verspreche ich dir. Jim würde wollen, dass du glücklich bist, richtig?

Ja, das war ihm das Allerwichtigste nach seiner Diagnose.

Dann musst du es dir selbst erlauben ...

Ich versuch's.

Ich drück dich!

Danke, dass du immer genau weißt, was ich am meisten brauche.

Du schaffst das, Lex. Ich habe vollstes Vertrauen in dich.

Schlaf gut.

Du auch.

Ich weiß nicht, wie ich überhaupt je wieder schlafen soll, solange mir all diese Sachen durch den Kopf gehen. Mein Herz schlägt so schnell, dass ich schon befürchte, selbst einen Herzinfarkt zu kriegen.

Jetzt, da ich weiß, was er für mich empfindet, ist es schwieriger, abzustreiten, dass unter der Freundschaft von Anfang an etwas anderes geköchelt und darauf gewartet hat, dass ich dafür bereit bin.

Ich denke daran, wie Roni sich in Derek verliebt hat, verhältnismäßig kurz nach dem Tod ihres Ehemanns. Sie war nicht mal ansatzweise dafür bereit, aber er hat sich geduldet, bis sie es war. Und während sie mit dem Baby ihres verstorbenen Ehemanns schwanger war, hat er sie unterstützt und ihr geholfen. Sie sind ein weiteres Beispiel für zwei Personen, die das Schlimmstmögliche durchgemacht und trotzdem den Mut gefunden haben, sich zusammen ein neues Leben aufzubauen.

Iris und Gage, Adrian und Wynter … Überall um mich herum gibt es Menschen, die allen Grund dazu hatten, sich in ihrer Trauer einzuigeln. Trotzdem haben sie sich dazu entschlossen, wieder aus dem Vollen zu leben, statt sich aus Angst vor dem Schmerz zu verstecken.

Ich möchte genauso mutig sein wie sie.

Mir gefällt, was Iris über Gage gesagt hat, der sich dazu entschlossen hat, die Zeit, die sie noch gemeinsam haben, mit ihr zu verbringen, obwohl er weiß, dass das Risiko besteht, sie vorzeitig zu verlieren.

Selbst wenn Tom keinen weiteren Herzinfarkt hat, kann ihm jederzeit irgendwas anderes zustoßen. Merkwürdigerweise tröstet mich dieser Gedanke.

Wenn mir Jims Krankheit und sein Tod irgendetwas vor Augen geführt haben, dann dass das Leben in vollen Zügen zu leben bedeutet, dass man mit dem Schmerz eines Verlusts umgehen lernen muss. Man kann ihm nicht entkommen. Ich mag den Spruch, den ich bei den Wilden Witwen gehört habe, dass das Leben eine tödliche Krankheit sei, die niemand überlebt.

Ich atme tief ein und langsam wieder aus, getröstet von dem Gedanken, dass wir letztendlich alle sterben werden. Einige von uns haben sehr viel weniger Zeit als andere, was niemals gerecht sein wird, doch dagegen sind wir machtlos, wir können nur jeden einzelnen Tag als kostbares Geschenk betrachten und so gut wie möglich genießen.

Während ich mich auf die Seite drehe und versuche, eine bequeme Position zu finden, schließe ich die Augen und hoffe darauf, einschlafen zu können, damit ich morgen nicht völlig fix und fertig bin. Aber ich komme nicht zur Ruhe und denke immer wieder an das, was Tom mir erzählt hat. Ich höre seine Stimme die Worte sagen und lächle.

Im Leben gibt es keine Garantien. Das weiß ich nur allzu gut. Doch ich will das Gleiche wie das, was er will, und sobald die Zeit dafür reif ist und er sich besser fühlt, werde ich ihm das sagen.

———

Tom und ich verbringen das gesamte Wochenende zusammen. Wir liegen auf dem Sofa, gucken Filme und entspannen uns nach der anstrengenden Woche. Erst einmal sprechen wir nicht über die wichtigen Dinge, und ich hab den Eindruck, dass er genau wie ich zunächst mal alles verarbeiten muss. Ich habe keine Zweifel, dass wir weiter darüber reden werden, wenn wir dazu bereit sind.

Cora und ihre Familie schauen am Samstag zwischen den Fußballspielen der Kinder herein, und Lydia und Rick haben sich für Sonntagmorgen zu einem letzten Besuch angekündigt, bevor sie wieder nach Minnesota fliegen.

Sie bringen zum Frühstück frische Beeren und Bagels mit Frischkäse mit.

Wir sitzen eine Stunde um Toms Esstisch herum und unterhalten uns über alles außer den Vorfall, der sie in die Stadt geführt hat, bevor sie sich verabschieden, um zum Dulles International Airport zu fahren.

Lydia umarmt Tom lange, und als sie sich wieder von ihm löst, hat sie Tränen in den Augen. »Tu mir das nicht noch mal an, hörst du?«

»Jawohl.«

»Danke, dass du ihm das Leben gerettet hast, Lexi«, wendet sie sich an mich und zieht mich an sich.

»Freut mich, dass ich helfen konnte.«

Tom lächelt mir zu, als ich das sage.

Er schüttelt Rick die Hand, verspricht, sich bald zu melden, und winkt ihnen, als sie in ihren Mietwagen steigen.

»Puh.« Tom kommt langsam die Stufen zum Wohnzimmer

hoch, wo ich mich mit einer frischen Tasse Kaffee auf der Couch niedergelassen habe. »Das ist schon mal ein Paar Aufseher weniger, mit denen ich mich hier herumschlagen muss.«

»Lydia liebt ihren kleinen Bruder eben.«

»Und ich liebe sie auch, aber sie ist schon ... heftig.« Er nimmt auf dem Relaxsessel Platz und dreht sich zu mir. »Nicht dass ich ihr da einen Vorwurf mache. Sie musste einspringen und sich um mich kümmern, als Dad gestorben ist, sodass es ihr zur zweiten Natur geworden ist, mich zu bemuttern.«

»Es ist sehr süß, wie sehr sie an dir hängen.«

»Ja. Versteh mich nicht falsch. Ich bin den beiden ehrlich dankbar, doch mir ist auch meine Unabhängigkeit wichtig, insofern war es stressig für mich, dass sie tagelang besorgt um mich herumgeschwirrt sind.«

»Das verstehe ich. Du willst einfach, dass alles endlich wieder normal läuft.«

»Ganz genau, und ich will, dass sie uns in Ruhe lassen, damit wir Zeit füreinander haben.«

Ich erröte, als mir die Bedeutung seiner Worte bewusst wird. Er will allein mit mir sein, ohne befürchten zu müssen, dass seine Schwestern unangekündigt auftauchen und uns stören. »Was denkst du bitte, was passiert, Tiger? Du hattest vor wenigen Tagen einen Herzinfarkt und eine Stent-OP.«

Er spannt seinen Bizeps an. »Ich fühle mich jeden Tag stärker.«

»Alles gut und schön, aber bilde dir nicht ein, du dürftest dich anstrengen, ohne dass ein Arzt es ausdrücklich erlaubt hat.«

»Ich hätte kein Problem damit, wenn du den anstrengenden Part übernimmst.«

»Tom!«

Sein Lachen bricht abrupt ab, und er stöhnt vor Schmerz. »Du sollst mich nicht zum Lachen bringen.«

»Dann hör auf, so unerhörte Sachen zu sagen.«

»Wieso ist das unerhört?«

»Benimm dich. Du musst dich noch erholen, und alles, was du tun darfst, ist im Sessel sitzen und Filme gucken. Wenn du besonders brav bist, darfst du nachher vielleicht Football schauen.«

»Was würde denn dieses Bravsein beinhalten?«

Diese neue, flirtende Seite an ihm kannte ich bisher nicht, und ich kann nicht bestreiten, dass ich die Wortgefechte mit ihm genieße, selbst wenn ich immer noch etwas Angst vor dem habe, worauf wir unausweichlich zusteuern. Als klar wurde, dass Jims Leben vorzeitig enden und ich ohne ihn würde weitermachen müssen, war die Vorstellung überwältigend, mit jemandem Sex zu haben, der nicht Jim ist.

»Erde an Lexi, bitte melden, Lexi. Ich möchte dringend wissen, wie ich mir ein bisschen Football verdienen kann.«

»Indem du dich entspannst und ausruhst. Und nicht über Dinge sprichst, die heute ganz sicher nicht passieren werden.«

Er wirft mir einen Blick zu. »Könnten sie denn zu einem späteren Zeitpunkt passieren? Wenn ich mir ganz große Mühe gebe?«

»Tom ...«

Die Fußstütze des Sessels klappt so schnell ein, dass ich erschreckt zusammenzucke. Tom steht auf, kommt rüber zu mir und setzt sich neben mich aufs Sofa. »Lexi.«

»Ja?«

»Du bist wunderschön und süß, und alles, woran ich denken kann, ist, dich zu küssen.«

»Das ist nicht alles, woran du denkst!«

»Doch, ist es.« Er streckt die Hand aus und streicht mir über die Wange, und die sanfte Berührung seiner Finger auf meiner Haut spüre ich am ganzen Körper. Tom Hammett will mich küssen. In den tiefsten Tiefen meiner Seele vollführt die Teenager-Lexi Saltos.

»Wie soll das gehen, wenn du dich von einem gesundheitlichen Notfall erholst und gleichzeitig deine Firma leitest?«

»Es ist ein Problem, wie du dir sicher vorstellen kannst. Es gibt andere Dinge, mit denen ich mich beschäftigen sollte, aber mein ganzes Denken dreht sich allein um dich.«

»Das hört sich nach einem ernsthaften Problem an.«

»Es ist sogar sehr ernst, und es wäre vielleicht gut, wenn wir uns einfach mal, du weißt schon, küssen würden oder so, damit ich mich endlich wieder auf andere Dinge konzentrieren kann als darauf, wie sehr ich es mir wünsche.«

Mir ist bewusst, dass sich alles ändern wird, wenn ich mich jetzt vorbeuge und tue, was er will. Und seien wir ehrlich, ich will es genauso. Doch will ich, dass sich alles ändert? Will ich diese unsichtbare Linie zwischen Freundschaft und romantischer Beziehung überschreiten, wissend, dass es, wenn es einmal getan ist, kein Zurück mehr gibt? Im »Vorher« war ein Kuss eine einfache Sache zwischen zwei Menschen, die sich kennenlernen. Im »Danach« ist es so viel komplizierter geworden.

Ich beuge mich ein wenig vor, nur ein winziges Stück.

Er tut das ebenfalls, und der Abstand zwischen uns schrumpft auf unter fünf Zentimeter. In seinem Blick lese ich jede Menge Emotionen und Zärtlichkeit, die mir gelten. »Du musst den ersten Schritt tun, Lexi.« Seine Stimme klingt rau und sexy. »Ich werde dich nie zu etwas drängen, zu dem du noch nicht bereit bist.«

»Ich hab Kaffee-Atem.«

Sein leises Lachen bricht die Spannung, die sich in besorgniserregender Höhe in mir aufgebaut hat. »Frag mich, ob mir das irgendwie wichtig ist.«

»Ist dir das wichtig?«

Er schüttelt den Kopf. »Der Kaffee-Atem, nein. Du? Du bist mir sehr wichtig.«

»Seit Jim hab ich niemanden mehr geküsst.«

»Ich weiß, und ich verstehe, dass das ein großer Schritt für dich ist. Wenn es zu viel ist, ist das völlig in Ordnung.«

»Wirklich?«

Sein Blick wandert zu meinen Lippen. »Ja, absolut. Du bist der Boss. Du sagst, was geht.«

»Ich will dich küssen.«

Jetzt schaut er mir wieder in die Augen. »Ach, tatsächlich?«

»Ja.«

»Zum Beispiel jetzt?«

»Jetzt wäre ganz wunderbar.«

»Dann ... worauf wartest du noch?«

Ich weiß es mehr zu schätzen, als er je ahnen wird, dass er mir komplett die Führung überlässt. Denn das heißt, dass er nicht nur versteht, wie enorm das für mich ist, sondern auch mein Recht respektiert, zu entscheiden, wann und wo und mit wem es geschieht. Ich lege ihm eine Hand ans Gesicht, und er schließt die Augen, als spürte er der Wirkung meiner Berührung nach, wie bei etwas, das man sich ersehnt hat.

Ich raffe jedes bisschen Mut zusammen, das ich finden kann, um die letzten Zentimeter zu überwinden, die zwischen Freundschaft und romantischen Gefühlen stehen. Jede Minute, die wir gemeinsam verbracht haben, schießt mir durch den Kopf wie eine wunderschöne Geschichte, die sich Mahlzeit für Mahlzeit, Kaffee für Kaffee, Gespräch für Gespräch und Lachen für Lachen abgespielt hat. Er hat mein Leben einfacher und besser gemacht, indem er mir eine Unterkunft angeboten hat, als ich das so dringend benötigt habe. Aber mehr als das, er hat mir sich selbst angeboten, wieder und wieder, ohne Druck oder Erwartungen oder irgendwas anderes als genau das, was ich gebraucht habe.

Nichts im Leben ist gewiss. Unsere Zeit zusammen kann kurz sein oder sich über Jahrzehnte erstrecken. Niemand weiß im Voraus, was er bekommt, und selbst im vollen Bewusstsein seiner Familiengeschichte und des Herzinfarkts will ich mit ihm zusammen sein.

Ich berühre seine Lippen mit meinen, streiche ganz sanft darüber.

Er atmet hastig ein, und seine Augen öffnen sich, als wollte er keine Sekunde hiervon verpassen. »Lexi.«

»Ja, Tom?«

»Noch mal.«

Als ich diesmal meine Lippen auf seine presse, lasse ich mir Zeit, koste die Empfindungen voll aus, die mich bei der hauchzarten Berührung durchströmen.

Er legt erst die rechte und dann auch die linke Hand an mein Gesicht und dreht meinen Kopf ein wenig, als er die Führung übernimmt und mit seinen Lippen über meine reibt.

Das hat die Wirkung eines Funkens auf Zunder, und

Verlangen flammt in mir auf. Ich hatte vergessen, wie es ist, jemanden zu begehren, zu wollen, zu brauchen.

Ich schiebe Tom eine Hand in den Nacken und öffne die Lippen, lade ihn ein zu mehr.

»Lex. Bist du dir sicher? Ist alles klar bei dir?«

»Alles super. Wie sieht's bei dir aus?«

»Ich hab mich in meinem gesamten Leben noch nie besser gefühlt als gerade jetzt.«

Das ist ein ziemlich großes Lob für jemanden, der schon seit Jahren nicht mehr geküsst worden ist. Ich ziehe ihn sachte wieder zu mir.

Diesmal sind unsere Münder geöffnet, und seine Zunge umspielt meine, und ich bin verloren.

Ich bin mir nicht sicher, wie es kommt, dass wir plötzlich ausgestreckt auf dem Sofa liegen, oder wann wir die Arme umeinander geschlungen haben, doch wir küssen uns wie zwei Menschen, die jahrelang getrennt waren und endlich wieder zueinandergefunden haben.

Ist das hier zu viel für ihn? Nicht mal dieser Gedanke kann mich dazu bewegen, mit dem Schönsten aufzuhören, was ich seit einer sehr langen Zeit getan habe. Ich vertraue darauf, dass Tom seine eigenen Grenzen kennt, und nach der Art zu urteilen, wie er mich küsst, denkt er gerade nicht an Grenzen. Ich verliere jegliches Gefühl für Zeit und Raum und alles, was nichts mit dem Kuss zu tun hat oder der Art, wie seine Hand über meinen Rücken streicht, sich auf meinen Hintern legt und mich eng an seine Erektion zieht.

Das ist der Moment, in dem ich jäh wieder zu Sinnen komme. »Tom.«

»Lexi.«

»Das reicht.«

Sein Stöhnen an meinem Hals schickt mir einen Schauer durch den Körper, während er jeden Zentimeter Haut küsst, den er erreichen kann. »Gar nicht.«

»Du darfst dich nicht überanstrengen.«

»Ich hab mich noch nie besser gefühlt.«

»Tom.«

Er seufzt und lehnt seinen Kopf an meine Schulter. »Ich wusste, dass es mit dir so sein würde.«

»Wie genau?«

Ohne den Kopf zu heben, antwortet er: »Mein ganzes Leben lang habe ich Leute davon reden gehört, wie wahnsinnig sie sich nach ihrem Ehepartner oder ihrer Freundin oder ihrem Freund oder was auch immer verzehrt haben. So was hab ich nie erlebt. Für mich war es immer irgendwie anders. ›Sex ist Spaß, also lass uns Sex und Spaß haben.‹ Ich hab nie verstanden, warum manche Leute da so ein Riesending draus gemacht haben. Aber das hier … mit dir … Jetzt versteh ich es.«

Ich fühle mich, als wäre ich irgendwo eingemottet gewesen oder so was und hätte darauf gewartet, wieder auf diese Art gewollt und gebraucht zu werden. Jetzt, da es passiert, bin ich auf einmal frei von allen Sorgen und Ängsten, die mich zuvor daran gehindert haben, diesen Schritt mit ihm zu wagen. Ich schlinge meine Arme um ihn und halte ihn ganz fest, während wir wieder zu Atem kommen.

»Ich hoffe, es ist okay, wenn ich dir das sage.«

»Das ist sogar mehr als okay.«

»Ich hab immer gedacht, es wäre verrückt von mir, dass ich von einem Mädchen geträumt hab, das ich gar nicht richtig gekannt habe, zumal du verheiratet und damit absolut tabu für mich warst. Jetzt weiß ich, dass das überhaupt nicht verrückt war.«

»Ich hab nie aufgehört, an dich zu denken, selbst nachdem ich geheiratet hatte. Ich hatte Angst, mich nach dir zu erkundigen, weil ich geahnt habe, dass das gefährlich wäre. Doch ich hab definitiv an dich gedacht.«

»Ich kann nicht glauben, dass ich dich tatsächlich endlich im Arm halte, dass ich dich geküsst habe und dass es der beste Kuss meines gesamten Lebens war.«

»Das ist schon ziemlich surreal.«

»Ich will dich so lange und so oft wie nur möglich halten, und das für … nun, immer.«

»Jetzt mal ganz langsam. Während du dich erholst, werden wir uns nicht mit solchen aufregenden Dingen beschäftigen.«

»Ich bin schon total aufgeregt.«

»Tom! Hör auf.«

Sein Lachen entlockt mir ein Lächeln.

»Ich hab gelesen, dass bei Leuten, die nach einem Herzinfarkt Sex haben, die Überlebenswahrscheinlichkeit höher ist als bei denen, die keinen haben, die keinen haben.«

»Das hast du dir ausgedacht!«

»Absolut nicht. Ich schwöre es. Es gibt da eine Studie über zweiundzwanzig Jahre oder so, die das beweist.«

»Die Studie will ich selbst sehen.«

»Ich schick dir den Link.«

»Ja, bitte.«

»Bin ich jetzt brav genug gewesen, um mir etwas Football für heute Nachmittag zu verdienen?«

»Vermutlich schon, solange du deine Hände bei dir behältst und dein Puls nicht zu sehr in die Höhe steigt.«

Als hätte ich eine Herausforderung ausgesprochen, wandert seine Hand von meiner Taille hoch, umschließt meine eine Brust und streicht neckend über die Spitze. Es fühlt dich so herrlich an, dass ich am liebsten schnurren würde, aber dann fällt mir wieder ein, dass er Ruhe nötig hat. »Das reicht, Mister.« Ich schiebe ihn von mir, damit ich aufstehen kann, bevor ich vergesse, warum wir aufhören sollten.

»Ich bin so froh, dass ich nicht gestorben bin, bevor ich erfahren habe, wie es ist, Lexi Nelson zu küssen.«

11

Tom

Ich bin erschöpft, will aber nicht schlafen, während Lexi neben mir auf dem Sofa liegt und einen Film mit mir schaut. Sie hat darauf bestanden, dass ich mich den ganzen Tag lang entspanne, und genau das hab ich auch getan, doch meine Gedanken sind alles andere als entspannt, während ich erneut die heißen Küsse durchlebe, die mich nicht zur Ruhe kommen lassen.

Ich hab so lang darauf gewartet, ihr nahe zu sein. In gewisser Weise fühlt es sich an, als hätte ich den größten Teil meines Lebens über darauf gewartet, und natürlich muss es passieren, nachdem ich einen Herzinfarkt hatte, der mir ungefähr die Hälfte meiner gewohnten Energie und Fitness geraubt hat.

Es heißt, Timing sei alles. Ohne den Herzinfarkt wäre es mit uns am Ende bis in alle Ewigkeit so weitergegangen. Wir wären Freunde und Mitbewohner gewesen, die nette Dinge füreinander tun und auch viel Zeit miteinander verbringen, aber ansonsten auf der platonischen Ebene festhängen.

Nicht dass daran etwas falsch gewesen wäre. Ich hab jede Minute mit Lexi geliebt. Es ist nur so, dass ich schon immer vermutet habe, als Paar könnten wir was Besonderes sein.

Und inzwischen bin ich mir dessen sicher.

Sie zu küssen, war das Beste überhaupt, doch das habe ich ja schon geahnt. Allerdings war es … Nun, es war mehr, als ich erwartet hatte. Küssen ist grundsätzlich angenehm und macht Spaß und führt zu jeder Menge toller Dinge, aber *sie* zu küssen, ist kein Vergleich. Ich hab es im ganzen Körper gespürt, ähnlich wie mit anderen sonst beim Sex. Nicht dass ich auch nur einen Gedanken an Sex mit einer anderen als ihr gehabt hätte, seit wir uns in der Bar getroffen haben. Sämtliche Freundinnen mit gewissen Vorzügen waren in der Sekunde vergessen, als ich sie auf dem Barhocker sitzen gesehen hab.

Jetzt, da ich von ihren Gefühlen für mich auf der Highschool weiß, glaube ich, dass unsere Begegnung vorherbestimmt war. Wie sonst lässt sich erklären, dass zwei Menschen, die vor Jahren ineinander verliebt waren, zufällig zur selben Zeit am selben Ort sind, und das ausgerechnet jetzt, wo wir gerade beide frei sind, um das längst überfällige erste Gespräch miteinander zu führen, mit allem, was sich daraus ergeben mag?

Es war Schicksal, das werde ich immer glauben.

So wie es auch Schicksal war, dass ich ihr das Zimmer bei mir angeboten habe und dass sie genau dann nach Hause gekommen ist, als ich auf dem Wohnzimmerboden um mein Leben gekämpft habe. Ohne sie als Mitbewohnerin wäre ich nicht mehr hier.

»Glaubst du an Schicksal?«, frage ich sie.

»Was?«

Ich wickle mir eine ihrer Locken um den Zeigefinger. Jetzt, wo ich sie berühren darf, möchte ich es andauernd tun. »Du hast mich gehört. Glaubst du daran?«

»Ich denke … vermutlich schon? Und du?«

»Jetzt ja.«

»Wie meinst du das?«

»Ich hatte diese Woche viel Zeit zum Nachdenken, musste zum ersten Mal in einer ganzen Weile innehalten, und da ist mir aufgegangen: Wenn das Schicksal uns nicht an jenem Abend in der Bar zusammengeführt hätte und ich dir nicht angeboten hätte, bei mir einzuziehen, wäre ich jetzt tot.«

»Tom … Sag so was nicht.«

»Warum nicht? Ist doch die Wahrheit. Du hast mir das Leben gerettet. Wenn du nicht hier wohnen würdest, wäre ich längst gestorben, bevor irgendjemand Verdacht geschöpft hätte, dass mit mir was nicht in Ordnung sein könnte.«

»Den Gedanken ertrage ich nicht.«

»Es war Schicksal, Lexi. Das mit uns ist Schicksal. Alles hat uns an diesen Punkt geführt, auch das Schlimme. Ohne das hättest du keine neue Bleibe gebraucht. Ich hätte keinen Grund gehabt, dir anzubieten, bei mir zu wohnen. Ich hätte allein hier gelebt, als ich den Herzinfarkt hatte. Es wäre für mich aus und vorbei gewesen, wenn das Schicksal uns nicht genau dann zusammengeführt hätte, als es das getan hat.«

»Das stimmt zwar, aber du meinst nicht, dass es von vornherein vom Universum oder so geplant war, oder?«

»Ich bin nie übertrieben religiös gewesen, doch ich glaube, hier ist etwas am Werk gewesen, das größer ist als wir.«

»Vielleicht war es Jim. Er hat sich solche Sorgen darum gemacht, was nach seinem Tod aus mir werden würde, insbesondere weil seine Krankheit so einen Riesenschuldenberg verursacht hat, den ich abzahlen muss. Das hat ihn gequält.«

»Das kann ich mir gut vorstellen. Die Erkenntnis, dass er nichts dagegen tun konnte, muss die Hölle für ihn gewesen sein.«

»Das war es. Ich hab oft gedacht, dass das das Schlimmste für ihn war – zu wissen, dass er mir so viele Probleme hinterlassen würde.«

»Hast du schon mal mit einem Schuldnerberater gesprochen? Es gibt Konsolidierungsdarlehen und Ähnliches. Du könntest sogar für eins der Bundesprogramme für Zuschüsse bei Krankenhausschulden qualifiziert sein.«

»Echt?«

»Wenn du nicht fragst, weißt du's nicht. Ich kenne jemanden, der von so was Ahnung hat. Ich geb dir mal seine Kontaktdaten.«

»Wow, das wäre wunderbar. Ich hatte mich schon damit abgefunden, dass ich bis ans Ende meiner Tage Schulden haben würde, was auch in Ordnung ist, denn ich hätte nichts anders gemacht. Ich wollte, dass Jim es so angenehm wie möglich hatte. Zu der Zeit waren die Kosten das Letzte, was mich interessiert hat.«

»Verständlich. Mir ginge es bei einem geliebten Menschen ganz ähnlich. Was immer nötig ist.«

»Aber zurück zu deiner ursprünglichen Frage. Es würde mich nicht überraschen, wenn ich erfahren würde, dass Jim seine Hand dabei im Spiel hatte, dass wir uns wiedergesehen haben. Er hat sehr nachdrücklich verlangt, dass ich alles unternehme, was ich kann, um nach seinem Tod wieder glücklich zu werden. Das war alles, was ihn während seiner gesamten Krankheit interessiert hat. Auch als er nicht mehr sprechen konnte, musste er mich nur anschauen, und ich wusste, was er dachte, weil ihm so viel daran lag.«

»Das ist ein kostbares Geschenk für die Person, die zurückbleibt, der innere Frieden, den das Wissen mit sich bringt, dass der verstorbene Partner es billigt, wenn man sich mit einem anderen ein neues Leben aufbaut.«

»Ja, unbedingt. Manche von meinen Freundinnen bei den Wilden Witwen haben nicht diese ausdrückliche Billigung, weil ihre Partner plötzlich gestorben sind, ohne dass sie diese Gespräche führen konnten. Sie können bloß vermuten, dass der oder die Verstorbene sich Gutes für sie wünschen würde.«

»Ich würde das immer für dich wollen, nur dass du's weißt.«

»Stopp. Ich weigere mich, einen Plan B dafür zu haben, dass du nicht mehr da bist.«

»Schien mir sinnvoll, es zu erwähnen.«

»Ist es nicht. Es ist morbide. Es geht dir gut, du hast mir versprochen, dass es dir auch weiterhin gut gehen wird, und das ist alles, was wir dazu sagen werden.«

Sie bringt mich zum Lächeln, selbst wenn ich morbide drauf bin. »Ist das dein letztes Wort zu dem Thema?«

»Ja, also musst du nicht länger drauf rumreiten.«

Ich bin hoffnungslos verliebt in sie.

Der Gedanke trifft mich wie ein Blitz aus heiterem Himmel, erfüllt mich mit der Erkenntnis, dass ich zum ersten Mal in meinem Leben tatsächlich verliebt bin.

Während ich Lexi hinterherblicke, als sie in Richtung Küche verschwindet, um mir frisches Eiswasser zu holen, wird mir bewusst, dass es für mich keine andere geben kann. Mit ihr zusammen auf dem Sofa zu liegen und einen Film zu sehen, ist aufregender als alles, was ich je mit einer anderen Frau erlebt habe.

Wenn Lexi mich verließe, würde ich sie nie vergessen.

Daher werde ich alles tun, um sicherzustellen, dass sie das niemals tut.

Lexi

Der heutige Tag war ein Traum. Einen ganzen Tag lang mit Tom faulenzen, Filme schauen, dazu gesundes Essen und zum ersten Mal seit Jahren erotisches Interesse an einem Mann. Ich hatte völlig vergessen, wie das ist, dieses Wissen, dass mit einem Mann etwas passieren wird und die Frage nur ist, wann, nicht ob.

Seine Worte von vorhin haben mich den ganzen Tag lang begleitet: *Ich bin so froh, dass ich nicht gestorben bin, bevor ich erfahren habe, wie es ist, Lexi Nelson zu küssen.*

Zum Niedersinken – aber hallo, nicht vom Sterben reden! Ich ertrage den Gedanken daran nicht, wie knapp es bei ihm war. Ich fange sofort an zu zittern, und mir werden die Knie weich.

Wenn er nicht erst kürzlich einen Herzinfarkt gehabt hätte, dann hätte ich nach den Küssen einfach weitergemacht. Es ist eine aufwühlende Erfahrung für eine Witwe, das erste Mal nach dem Tod ihres Mannes so zu empfinden.

Ich hatte mehr als fünf Jahre lang keinen Sex und auch kein Verlangen danach, nicht ein einziges Mal. Bis Tom Hammett mich geküsst und Gefühle aus einem anderen Leben wiedererweckt hat. Früher einmal hatten Jim und ich beinahe jeden Tag Sex. Zwischen uns hat es ständig geknistert, und das Körperliche hat in unserer Beziehung eine wichtige Rolle gespielt, ebenso wie viele andere Dinge, durch die unser gemeinsames

Leben so erfüllend war. Jim hat so gerne wie ich in Antiquitätenläden gestöbert, womit ich ihn immer aufgezogen hab, wenn ich ihn am Wochenende zu einem weiteren Abenteuer an irgendeinen abgelegenen Ort geschleppt habe, um mir staubigen alten Krempel mit ihm anzusehen, wie er es gerne genannt hat.

Wir haben es genossen, Schätze zu finden und ihnen neues Leben einzuhauchen. Leider ist das meiste davon nicht mehr da, weil wir gezwungen waren, alles zu verkaufen, was irgendeinen Wert hatte, um Jims Pflege zu bezahlen.

Ich hab schon eine Ewigkeit nicht mehr an unsere Streifzüge gedacht. Es stimmt mich traurig, dass meine ersten Gedanken an ihn immer seiner Krankheit gelten und nicht dem lebenslustigen, aktiven und witzigen Mann, der er war, bevor die Katastrophe über uns hereingebrochen ist.

»Woran denkst du gerade?«, will Tom wissen.

Während ich im Geist in die Vergangenheit gereist bin, hat der Film geendet. Tom schaltet zu einer Nachrichtensendung, weil ihn die Sportergebnisse interessieren. Als seine Mitbewohnerin hab ich in den letzten Monaten gelernt, dass er wie besessen von allen Mannschaften der Hauptstadt ist und dass das der einzige Grund ist, weshalb er überhaupt Nachrichten schaut.

»Ach, an dies und das«, antworte ich ihm auf seine Frage.

»Irgendwas dabei, worüber du reden möchtest?«

»Heute war ein wunderschöner Tag.«

»Ja, stimmt. Danke, dass ich stundenlang Football gucken durfte. Das ist echter Einsatz fürs Team.«

»Das war kein Opfer, sondern irgendwie schön. Ich hab das schon jahrelang nicht mehr getan. Wobei ich damit nicht sagen möchte, dass es mir großartig gefehlt hätte oder so …«

»Ha, schiebst du das jetzt schnell nach, damit es nicht die ganze Zeit so weitergeht?«

»Kann schon sein.«

»Mir hat es heute auch unheimlich gut gefallen. Ich bin furchtbar gerne im gleichen Zimmer mit dir, doch auf dem gleichen Sofa zu liegen, ist sogar noch besser.«

Unsere Beine berühren sich, und er hat einen Arm um mich gelegt. Ich war mir nicht sicher, ob es in Ordnung wäre, meinen Kopf an seine Brust zu lehnen, bis er mich gedrängt hat, genau das zu tun. »Da tut nichts weh«, hat er mir versichert.

»Ich kuschle gern mit dir.«

»Lexi«, sagt er und atmet dabei lang gezogen aus. »Ich *liebe* es, mit dir zu kuscheln. Genau genommen stelle ich gerade fest, je mehr ich es mache, desto gesünder und kräftiger fühle ich mich.«

Darüber muss ich lachen. »Jetzt übertreibst du aber schamlos.«

»Ich ziehe es vor, es als wahr zu betrachten. Ich möchte, dass du weißt, wie ich empfinde, damit du keine Zweifel daran hast, wie wichtig du mir bist.«

»Du hast mir vom ersten Moment an, in dem wir uns begegnet sind, gezeigt, wer du wirklich bist, und an jedem einzelnen Tag seitdem.«

Er streckt eine Hand aus, streichelt mein Gesicht, ehe er meine Lippen ganz sachte mit seinen berührt. »Alles, woran ich denken kann, ist, dich wieder zu küssen. Ich hab keine Ahnung, was gerade in dem Film passiert ist oder ob die Commanders gewonnen haben oder ob überhaupt noch Sonntag ist.«

Seine Worte treffen mich direkt ins Herz. »Du weißt, dass die Commanders gewonnen haben.«

»Das rangiert ganz unten auf der Liste der coolen Sachen, die heute geschehen sind, und ein Sieg der Commanders befindet sich eigentlich nie irgendwo im unteren Bereich meiner Prioritätenliste. Das geschieht nur, wenn du dich an mich schmiegst und sich meine Gedanken um ganz andere Dinge drehen.«

»Was denn zum Beispiel?«

Er rollt sich auf die Seite und sieht mich an. Seine Finger gleiten weiter über mein Gesicht, lösen ein wahres Feuerwerk von Empfindungen in mir aus. »Sachen, die zu hören du noch nicht bereit bist.«

»Vielleicht doch.«

»Ich geb mir solche Mühe, zu respektieren, wie schwierig es

für dich sein muss, auch nur in Erwägung zu ziehen, eine neue Beziehung zu beginnen.«

»Du bist nichts als respektvoll gewesen, und bloß damit du's weißt: Ich hab nicht ein einziges Mal daran gedacht, eine neue Beziehung mit jemandem zu starten, der nicht du ist.«

Er grinst. »Sag nicht so was. Das verkraftet mein angeknackstes Herz nicht.«

Ich mustere ihn mit gespielt finsterer Miene. »Wir erwähnen tunlichst nicht, dass dein Herz angeknackst ist.«

»Entschuldigung. Wird nicht wieder vorkommen.«

Ich merke, dass er überrascht ist, als ich ihm eine Hand an die Wange lege und mich über ihn beuge, um ihn zu küssen. »Mehr nicht, bis es dir besser geht.«

»Aber dich zu küssen, sorgt dafür, dass es mir besser geht.«

»Ganz bestimmt.«

»Nein, wirklich. Ich hab mich, seit es geschehen ist, nie so gut gefühlt wie jetzt.«

»Du musst dich ausruhen und entspannen und brauchst ganz sicher keine Aufregung.«

»Ich spreche morgen mit meinem Kardiologen darüber.«

»Und der wird dir sagen, dass du sechs bis acht Wochen nach dem Eingriff warten musst.«

»Das stimmt doch gar nicht. Wo hast du das her?«

»Ich hab im Internet recherchiert, während du vorhin geschlafen hast.«

»Das möchte ich mit eigenen Augen sehen.«

»Ich schick dir den Link.«

»Das ist eine gute und eine schlechte Nachricht.«

»Wieso?«

»Die gute Nachricht ist, dass du nachgeschaut hast, wie lange wir warten müssen, bis wir Sex haben dürfen. Die schlechte Nachricht ist, dass es sechs bis acht Wochen sind. Ich glaub nicht, dass ich es so lange aushalte, nachdem ich jetzt weiß, wie wundervoll es ist, dich zu küssen und im Arm zu halten.« Er streicht mit seinen Lippen über meinen Hals und entzündet mehr Feuerwerk in mir, sodass ich mich frage, wie *ich* das wohl aushalten soll.

»Es gibt noch mehr gute Nachrichten«, verrate ich ihm. »Auf derselben Seite steht, dass Küssen und Kuscheln und Händchenhalten völlig in Ordnung ist, solange es dein Herz nicht belastet. Außerdem wird dazu geraten, dass du erst mal passiv bleiben solltest.«

Sein ganzer Körper spannt sich. »O mein Gott. Das Bild, das mir gerade durch den Kopf geschossen ist, hat mir beinah einen weiteren Herzinfarkt beschert.«

»Tom!« Ich muss lachen, auch wenn das überhaupt nicht komisch ist. »Hör auf.«

»Sorry, aber es stimmt. Der Gedanke an Lexi Nelson, wie sie die Führung übernimmt, ist das Heißeste, was ich mir vorstellen kann.«

»Lexi Nelson ist ganz schön aus der Übung, also schraub deine Erwartungen nicht zu hoch.«

»Zu spät, sind sie schon.«

Ich ermahne mich, nicht hinzuschauen, kann es mir jedoch nicht verkneifen. Oje. »Ist das denn gut für dein Herz?«

»Meinem Herzen ging es nie besser als genau jetzt.« Er nimmt meine Hand und zieht sie zu der gewaltigen Ausbuchtung in seiner Jogginghose. Wow. Tom Hammett ist riesig.

Wie ein Kind in einem Süßigkeitenladen möchte ich alles erkunden, ihn berühren, aber dann komme ich zur Vernunft und ziehe meine Hand weg.

Er stöhnt laut.

»Ich hab solche Angst, etwas zu tun, das deine Genesung beeinträchtigt.«

»Mich in diesem Zustand zurückzulassen, beeinträchtigt die auf jeden Fall empfindlich.«

»Unsinn.«

»Doch.«

Ich fühle mich, als würde ich eine komplett neue Seite an ihm entdecken, seit unsere Beziehung sich von »freundschaftlich« zu »romantisch« gewandelt hat. Diese sexy Version von ihm, die mit mir flirtet, untergräbt meine Verteidigungswälle, die ich gegen ihn errichtet hatte.

»Ich sollte zu Bett gehen. Morgen muss ich wieder arbeiten.« Nichts kann meine Laune schneller ruinieren als Gedanken an den Job, den ich hasse.

»Komm und schlaf bei mir. Kuscheln ist gut für mich.«

Ich möchte gern. Himmel, wirklich. Aber ich hab Sorge, dass er sich zu viel zumutet. »Heute Nacht nicht. Lass uns das aufheben für den Zeitpunkt, zu dem du wieder ganz bei Kräften bist.«

»Ich verspreche, ich bin die Ruhe selbst.«

Ich lache. »Alles nur heiße Luft.«

»Hier sind noch ganz andere Dinge heiß.«

Ich versetze ihm einen sanften Stoß, damit er mich aufstehen lässt, auch wenn das eigentlich das Letzte ist, was ich tun möchte.

Er lässt mich los, und ich richte mich auf, fahre mir über die Locken, die von dem Tag auf dem Sofa außer Rand und Band sind. Ich strecke ihm die Hand hin.

»Ich akzeptiere deine Hilfe nur, weil ich dich berühren möchte, nicht weil ich sie brauche.«

»Vermerkt.«

Als er steht, zieht er meine Hand an seine Lippen. »Schlaf gut.«

»Du auch.«

»Das würde garantiert viel besser klappen, wenn du dich an mich schmiegst.«

»Nein, würde es nicht.«

»Doch.«

»Nein.«

»Doch.«

Unser Streit geht weiter, während ich in der Küche verschwinde, um das Geschirr in die Spülmaschine zu stellen und die Kaffeemaschine vorzubereiten, damit ich morgen früh möglichst schnell eine Tasse Kaffee bekomme. Da es nicht ratsam ist, sein zentrales Nervensystem und seinen Puls künstlich zu stimulieren, gibt es für Tom in der nächsten Zeit kein Koffein. Ich hab echtes Mitgefühl mit ihm wegen all der Veränderungen, die er vornehmen muss, um sein Herz zu schonen, aber ich glaube ihm, wenn er sagt, dass er sich an jede Regel hält. Nur bei der bezüglich Sex scheint er eine Ausnahme zu machen.

Glücklicherweise kann im Moment immerhin einer von uns in dem Punkt klar denken.

»Ich möchte heute in einem Bett schlafen.« Er hat die letzten paar Nächte auf seinem Relaxsessel verbracht.

»Ich begleite dich zu deinem Zimmer.« Meins befindet sich über der Garage und ist über eine andere Treppe erreichbar als sein Schlafzimmer.

»Das musst du nicht.«

»Doch.«

»Also gut.«

Er geht die Stufen langsam und vorsichtig hoch, was ein weiteres Zeichen dafür ist, dass er noch lange nicht für all das bereit ist, was er sich selbst zutraut. »Himmel, das ist echt Mist. Ich hasse es, so schwach zu sein.«

»Halte dich daran fest, dass es ja nicht so bleibt.«

»Ich möchte nicht, dass du mich so siehst.«

»Tom, wirklich. Ich urteile nicht über dich.«

»Ich urteile selbst über mich und bin nicht zufrieden. Ich hasse es, dass ich dir weitere medizinische Probleme zumute, nachdem du bereits mehr als deinen Anteil daran zu bewältigen hattest.«

»Mach dir deswegen bitte keine Gedanken. Alles, was für mich zählt, ist, dass du dich weiter erholst und in wenigen Wochen wieder ganz bei Kräften bist.«

Während er kurz im Bad ist, stecke ich sein Handy in die Ladestation auf dem Nachttisch, schlage die Bettdecke zurück und schüttle seine Kissen auf.

Nachdem er sich hingelegt hat, gebe ich ihm einen Gutenachtkuss.

»Bist du sicher, dass ich dich nicht überreden kann, zu bleiben?«, erkundigt er sich hoffnungsvoll.

»Ganz sicher. Vielleicht bin ich morgen früh schon weg, wenn du aufwachst, aber ich melde mich den Tag über, in Ordnung?«

»Darauf freue ich mich beinah so sehr wie auf den Zeitpunkt, zu dem du wieder zurück bist.«

Lächelnd streiche ich ihm das Haar aus der Stirn. »Heute war ein wunderschöner Tag. Der beste seit Jahren. Danke.«

»Danke *dir*. Für mich war es der beste Tag, den ich je hatte, nur dass ich noch so schwächlich bin, hat genervt.«

»Du bist nicht schwächlich. Du erholst dich von einem Herzinfarkt, und damit bist du nicht schwächlich, sondern einfach bloß menschlich.«

Er spielt weiter mit einer meiner Locken. »Es gefällt mir trotzdem nicht.«

»Ja, ich glaub, das hast du schon mal erwähnt.«

»Ich bin in meinem ganzen Leben kaum je krank gewesen.«

»Dann hast du einfach Riesenglück gehabt. Ein paar Krankheitstage werden dich nicht umbringen, doch wenn du es übertreibst, bevor du wiederhergestellt bist, das vielleicht schon. Also unterlass das tunlichst. Wir wollen schließlich keine Rückschläge.«

»Genau. Keine Rückschläge. Und auf der Website steht tatsächlich: sechs bis acht Wochen?«

»Ja, und wenn du die Anweisungen liest, die sie dir im Krankenhaus mitgegeben haben, findest du es da auch.«

»Du bist ein echter Spielverderber, weißt du das?«

»Ein grummeliger Tom ist irgendwie niedlich.«

»Ich bin nicht grummelig.«

»Wenn du das sagst.« Ich gebe ihm einen letzten Kuss und stehe auf, um in mein Zimmer zu gehen. »Ruf mich an, falls du mich während der Nacht brauchst.«

»Was, wenn ich noch einen Kuss brauche?«

»Dafür nicht.«

»Ach, menno!«

»Gute Nacht, Tom.«

»Gute Nacht, Lexi. Du fehlst mir bereits.«

Auf dem Weg nach unten muss ich die ganze Zeit lächeln, und auch, während ich die Lichter ausmache und dann die Treppe zu meinem Zimmer über der Garage hochlaufe.

Mein Lächeln verblasst, als mir bewusst wird, wie weit ich

von ihm entfernt bin. Was, wenn er während der Nacht wirklich Hilfe braucht? Als er in seinem Sessel übernachtet hat, befand er sich direkt am Fuß der Treppe zu meinem Zimmer. Jetzt ist er ein ganzes Haus von mir entfernt.

Mist.

Ich schlüpfe in meinen Pyjama, putze mir die Zähne, greife mir mein Handy, auf dem der Wecker für morgen früh eingestellt ist, und kehre auf seine Seite des Hauses zurück.

Als ich an seiner Tür ankomme, scrollt er gerade auf seinem Handy. »Kann ich Ihnen helfen, Ma'am?«

»Mir ist aufgefallen, dass ich in meinem Zimmer ziemlich weit von dir entfernt bin, und solltest du wirklich etwas benötigen, würde ich mindestens eine Minute brauchen, um bei dir zu sein. Die Sorge deswegen würde mich wach halten.«

»Ich glaub, ich hab versucht, dir genau das zu erklären.«

Ich gehe ins Zimmer und auf die andere Seite seines großen Doppelbettes. »Nein, du hast versucht, mir klarzumachen, dass du mit mir im Arm schlafen willst, aber das wird nicht passieren.«

Er beobachtet mich interessiert. »Was passiert denn sonst?«

»Ich schlafe hier und du da drüben bei dir, und es wird keinerlei Berührungen geben. Habe ich mich klar genug ausgedrückt?«

»Leider ja.«

Ich verkneife mir ein Lachen. Er ist eindeutig grummelig.

Ich mach es mir in seinem herrlich bequemen Bett gemütlich und zieh die Decke bis zu meiner Brust hoch. Als ich zu ihm schaue, stelle ich fest, dass er sich auf die Seite gedreht hat und mich betrachtet.

»Was ist?«

»Lexi Nelson ist in meinem Bett. Du kannst drauf wetten, dass ich das hier nach Kräften genießen werde.«

»Knips das Licht aus, Tom.«

»Noch nicht, Lexi. Ich brauch ein paar Minuten, um mir den Anblick einzuprägen.«

Ich seh ihn an und verdrehe die Augen.

»Außerdem ist dein Pyjama zu niedlich.«

Ich muss kurz nachdenken, welchen ich im Moment anhabe. Ach richtig, den mit den Glückskatzen, den mir Jim vor vielen Jahren zu Weihnachten geschenkt hat, weil er ihn an die Katze erinnerte, die wir abgeben mussten, als wir zu meinen Eltern gezogen sind. Wir konnten nicht riskieren, dass er über sie stolpert – eine weitere Entscheidung, die uns das Herz gebrochen hat.

»Warum bist du jetzt traurig?«

»Du sollst schlafen.«

»Das kann ich nicht, solange Lexi Nelson traurig ist.«

Ich mag es, wenn er meinen vollständigen Namen benutzt. »Jim hat mir den Schlafanzug gekauft, weil wir genau so eine Katze hatten wie die auf dem Stoff.«

»Das ist doch eine schöne Erinnerung. Warum macht dich das traurig?«

»Weil wir uns von der Katze trennen mussten, da wir Sorge hatten, Jim könnte über sie stolpern, denn sie hat es geliebt, einem um die Beine zu streichen.«

»Ach, Lex, das tut mir leid. Das muss wirklich schwer gewesen sein.«

»Sie war für uns beide das erste Tier, das uns gehört hat, und es war furchtbar, sie wegzugeben. Glücklicherweise konnten wir sie bei Freunden unterbringen, sodass wir sie oft gesehen haben. Trotzdem war es nicht das Gleiche wie zuvor.«

Ich hab schon eine Weile nicht mehr an Lola gedacht, und die Erinnerung an den Moment, als ich begriffen habe, dass wir uns von ihr trennen mussten, schmerzt auch heute noch.

»Wie hieß sie?«

»Lola.«

»Lebt sie noch?«

»Nein, sie ist auf den Tag genau ein Jahr nach Jim gestorben.«

»Ach, das tut mir leid, Süße.«

»Danke.« Ich sehe zu ihm hinüber. »Trauer ist manchmal echt fies. Da haben wir beide heute diesen rundum schönen Tag verlebt, und du machst eine völlig unschuldige Bemerkung über meinen Pyjama, und schon spült es Sachen hoch, die noch wehtun.«

Er streckt übers Bett die Hand zu mir aus.

Ich komm ihm auf halbem Weg entgegen, und wir verschränken unsere Finger. Ich weiß es zu schätzen, dass er mir Trost bietet und nicht Plattitüden oder irgendwas von den anderen dümmlichen Sachen, die immer wieder zu trauernden Menschen gesagt werden und die in dem Betreffenden den Wunsch wecken, Ohrfeigen zu verteilen.

»Wenn es nach mir ginge, dürfte dich für den Rest deines Lebens nie wieder etwas verletzen.«

»Es ist lieb von dir, das zu sagen.«

»Und ich werde alles in meiner Macht Stehende tun, damit es auch passiert.«

Wynter

Ich kann den Blick einfach nicht von dem perfekten Gesicht meiner kleinen Tochter losreißen.

Ich habe eine *Tochter*. Und sie sieht genauso aus wie ihr Daddy. Zuerst war das ein Riesenschock. Es ist ja nicht so, als hätte ich nicht gewusst, dass das möglich ist, trotzdem war es schwer zu glauben, wie sehr sie Jaden gleicht. Seine Mutter und ich haben ein paarmal darüber geredet, wie unglaublich erstaunlich und zugleich schwierig das ist.

Aber so ist das mit der Trauer. Sie ist immer ein fieses Miststück, selbst zu den besten Zeiten.

Wenn man meine süße Willow anschaut, würde man nie glauben, dass da tatsächlich auch meine DNA drin ist. Meine Mutter sagt, sie sei Jadens Ebenbild.

Adrian kommt in das Kinderzimmer, das wir so liebevoll für sie eingerichtet haben und das früher unser Gästezimmer war. Er trägt nur die eng sitzenden Boxerbriefs, bei deren Anblick mir weiterhin jedes Mal das Wasser im Mund zusammenläuft, selbst lange nachdem ich ihn das erste Mal darin gesehen habe.

In den Wochen unmittelbar vor der Geburt waren wir wie die Karnickel. Die Schwangerschaft hatte meine Lust auf Sex befeuert, und Adrian war stets gern bereit, sich meinen

Wünschen zu fügen. Gewöhnlich würde mir diese Aufmachung (oder noch besser: er ohne einen einzigen Faden am Leib) ganz schön einheizen, doch das ist erst mal ausgeschlossen, solange ich frisch genäht, wund und mit anderen nachgeburtlichen Schrecken gesegnet bin.

Zum Beispiel Hämorrhoiden.

Was für ein Albtraum. Aber hey, ein Kind auf die Welt zu bringen, ist ja das Natürlichste auf der Welt. Tja, von wegen … Trotzdem werde ich mich über nichts beschweren, was mit Willows Geburt zu tun hat. Am Ende waren Mutter und Baby gesund, was alles ist, worauf es ankommt, nachdem Adrians erste Frau Sadie direkt nach der Geburt ihres Sohnes Xavier an einer seltenen Komplikation gestorben ist.

»Bist du immer noch wach?«, fragt er flüsternd.

»Ich kann mich einfach nicht von ihr trennen.«

»Du sollst doch die Zeit nutzen, in der sie schläft, um dich zu erholen.«

»Ich weiß, aber ich will nichts verpassen.«

»Wynter, du musst auch mal schlafen. Unser kleines Mädchen braucht dich gut ausgeruht. Ich bring sie in ihr Bettchen.«

Ich möchte das eigentlich nicht, doch er kennt sich viel besser mit Neugeborenen aus als ich, daher überlasse ich sie ihm.

»Und komm du mit ins Bett.«

»Okay.«

Ich folge ihm in unser Zimmer und schaue zu, wie behutsam er unsere schlummernde Tochter in das Bettchen legt, das schon Xavier benutzt hat. Es fühlt sich komisch an, sie nicht zuzudecken, aber ich sage mir, dass sie keine Decke braucht, solang sie den Schlafsack anhat und nicht frieren wird. Man hat uns ans Herz gelegt, überhaupt nichts zu ihr ins Bettchen zu geben, damit ihr nichts passiert. Jadens Großmutter hat eine wunderschöne Decke für sie gehäkelt, die ich aufhebe, bis sie etwas älter ist.

»So, Mommy«, flüstert Adrian, als er mich auf meine Seite

unseres Bettes führt und dann zudeckt. »Brauchst du noch was?«

»Nur deine Arme um mich.«

»Kommt sofort.«

Ich muss mir ein Lachen verkneifen, weil er so aufgeräumt klingt.

Er schlüpft auf seiner Seite ins Bett und rutscht direkt zu mir rüber. Da er genau weiß, wie weh mir alles tut, ist er ganz vorsichtig, als er einen Arm um mich legt. »Ist das so in Ordnung?«

»Mhm, ja. Danke für alles, was du getan hast, um es mir leichter zu machen.«

»Dich in der Mutterrolle zu sehen, ist für mich das Schönste überhaupt. Bei Sadie hab ich das ja nicht erlebt.«

»Stimmt es dich traurig, wenn du daran denkst, was sie alles versäumt hat?«

»Ich werde deswegen immer traurig sein, aber die Freude über unser süßes Mädchen – und die Erleichterung, dass das Ganze hinter uns liegt und es allen gut geht – überwiegt.«

»Du warst jedenfalls großartig, Liebster. Ich bin so stolz darauf, wie du deine Ängste beiseitegeschoben hast, um für mich da zu sein.«

»Ich bin mir nicht sicher, dass ich das Lob verdiene.«

»Doch, absolut. Du bist mir nie für mehr als ein paar Minuten von der Seite gewichen, die ganze Zeit, während ich Wehen hatte, und als ich schwanger war, hast du mich wie eine Königin behandelt.«

Er küsst mich auf die Wange. »Du *bist* meine Königin.«

»Ich liebe dich so sehr.«

»Ich liebe dich mehr.«

»Nope.«

»Aber so was von!«

Manchmal versetzt es mich immer noch in Erstaunen, dass ich mit Adrian im selben Bett liege, während sein Sohn und meine Tochter friedlich unter demselben Dach schlummern. Dann frage ich mich, wo Jaden jetzt wohl ist, und ich weiß, Adrian schaut sich auch nach beinahe zwei Jahren immer noch unwillkürlich nach Sadie um. Das Leben ist unerbittlich weitergegangen, seit wir unsere Liebsten verloren haben, und jetzt haben wir diese völlig neue gemeinsame Familie, die uns beide so glücklich macht, obwohl wir weiterhin um die Menschen trauern, die wir einst geliebt und dann verloren haben.

»Ich fass es einfach nicht, wie sehr sie Jaden gleicht.«

»Und wie ist das für dich?«

»Ich liebe es. Wirklich. Es ist nur irgendwie … Ich weiß nicht mal, wie ich es beschreiben soll.«

»Vor ein paar Tagen hat Xavier das Gesicht exakt so verzogen, wie Sadie das immer getan hat. Das war einer ihrer typischen Gesichtsausdrücke, und es war wie aus dem Nichts plötzlich da. Es hat mich für volle fünf Minuten praktisch umgehauen. Das war echt irre.«

»Das hast du gar nicht erwähnt.«

»Du warst ein bisschen abgelenkt, Babe.«

»Trotzdem hättest du's mir sagen sollen.«

»Es war ja was Gutes. Alle finden, er sieht aus wie ich, doch für diesen kurzen, flüchtigen Moment war er praktisch sie, und das hab ich geliebt, nachdem es aufgehört hatte, so wehzutun.«

»Ja, das ist es … Ich bin so glücklich, dass sie ihm wie aus dem Gesicht geschnitten ist, aber es tut auch weh. Dann fehlt er mir noch mehr als sonst. Könnte er sie erleben, würde er völlig ausflippen, und er wäre restlos begeistert davon, dass sie ihm bis aufs i-Tüpfelchen gleicht.«

»Nachdem ich mir ein paar von deinen Videos von ihm angeschaut habe, kann ich mir seine Reaktion auf sie bildhaft vorstellen. Ich bin sicher, er wäre genauso schockverliebt in sie, wie wir es sind.«

»Danke, dass du mein kleines Mädchen in dein Herz geschlossen hast.«

»Sie ist *unser* kleines Mädchen, und ich werde sie immer so lieben, wie du Xavier liebst. Er ist so glücklich über seine kleine Schwester.«

»Das Leben ist schon ziemlich furchtbar, völlig irre und gleichzeitig wunderschön und unglaublich, oder?«

»Absolut. Nachdem du mir jetzt bewiesen hast, dass ich mir

keine Sorgen um dich, über eine Schwangerschaft oder eine Geburt machen muss, sollten wir ein gemeinsames Kind bekommen.«

Ich stöhne, während er lacht. »Lass uns noch mal darüber sprechen, wenn ich wieder aufs Klo gehen kann, ohne vor Schmerz schreien zu wollen.«

»In Ordnung.«

»Schau dich nur an, du hast deine Ängste besiegt und lebst dein bestes Leben.«

»Das hab ich dir und unseren Babys zu verdanken. Ich lieb dich so, so sehr, Wynter.«

»Ich liebe dich auch, Adrian.«

Lexi

Ich hasse meinen Job aus tiefster Seele. Er ist unerträglich langweilig. Alles, was ich acht Stunden am Stück tue – mit einer halben Stunde Mittagspause dazwischen –, ist, Daten in Formulare einzugeben. Ich hab keine Ahnung, was die Zahlen bedeuten oder wie die Informationen von der Firma genutzt werden. Sie beziehen mich in keins der Meetings ein, in denen sie die Daten, die ich importiere, durchsprechen. Das stört mich auch gar nicht, denn es ist mir herzlich egal, was sie mit dem Zeug anstellen.

Ich verstehe nicht mal, was die Firma eigentlich genau macht. Irgendwas mit dem Zusammenbringen von Unternehmen mit den passenden Dienstleistern oder so was.

Was auch immer. Ich erledige meine Arbeit und bekomme dafür alle zwei Wochen meinen dringend benötigten Lohnscheck. Außer mit einer Kollegin, die so was wie eine Freundin geworden ist, rede ich kaum mit jemandem, was ebenfalls völlig in Ordnung ist. Ich bin nicht auf der Suche nach neuen Freunden.

Meine Chefin Erika ist zwar ganz nett, andererseits habe ich nicht viel mit ihr zu tun, außer per E-Mail, wenn sie mir die Tagesberichte schickt, aus denen ich die Daten entnehme, die ich in die Formulare eintrage. Wenn ich nie wieder in meinem Leben so ein Formular sehen muss, wäre mir das äußerst recht.

Kopfhörer sind entscheidend für den Erhalt meiner geistigen Gesundheit. Ich höre Musik oder Podcasts, was mir hilft, die langen Tage durchzustehen. Ich glaube, ich kenne inzwischen jeden Trauerpodcast, den es gibt, was sowohl hilfreich ist als manchmal auch deprimierend. Was immer nötig ist, um acht Stunden hirntötend öder Arbeit zu überleben, selbst wenn ich an meinem Schreibtisch sitze und schluchze. Niemand achtet darauf, was ich da treibe, daher kann ich dabei weinen, so viel ich will.

Ich habe gerade drei Stunden von einem Tag hinter mir, der verspricht, sich endlos in die Länge zu ziehen, weil ich extrem müde bin, nachdem ich heute Nacht gefühlt alle paar Minuten wach geworden bin, um mich zu vergewissern, dass Tom noch atmet. Es ging ihm gut, doch ich war trotzdem unruhig. Mir seinetwegen Sorgen zu machen, hat mich getriggert. Ich hab beschlossen, mich nicht dagegen zu wehren und es einfach zuzulassen, bis er wieder ganz gesund ist. Sollte die Angst danach noch ein Problem sein, kann ich mich bei der Therapeutin melden, die mir während Jims Krankheit und nach seinem Tod geholfen hat. Ich war jetzt eine ganze Weile nicht bei ihr, was ihr zufolge gut ist. Es beweist nämlich, dass ich sie nicht mehr so brauche, wie es früher der Fall war.

Erika erschreckt mich, indem sie plötzlich an meinem Schreibtisch auftaucht. Ich habe sie seit zwei Wochen nicht mehr gesehen, daher zucke ich zusammen.

Ich nehme meine Kopfhörer ab. »Hallo.«

»Hallo, Lexi. Kann ich Sie kurz in meinem Büro sprechen?«

Was zur Hölle bedeutet das? Ich war seit meinem Einstellungsgespräch nicht mehr in ihrem Büro. »Äh, klar.« Bevor ich aufstehe und ihr folge, speichere ich meine aktuelle Datei ab, denn ich möchte auf keinen Fall irgendwas davon noch mal eingeben müssen.

»Schließen Sie bitte die Tür.«

Nachdem ich das getan habe und mich auf einen der Stühle vor ihrem Schreibtisch gesetzt habe, seufzt sie tief.

»Es tut mir furchtbar leid, Ihnen mitteilen zu müssen, dass uns massive Kostenreduzierungen ins Haus stehen, da wir unsere Unternehmensziele in den letzten beiden Quartalen nicht erreicht haben. Daher sehen wir uns gezwungen, Ihren Arbeitsvertrag aufzulösen. Ihre Krankenversicherung läuft noch drei Monate weiter, und Sie erhalten einen Monatslohn als Abfindung, sind aber ab sofort freigestellt. Außerdem werden Ihnen die bisher nicht genommenen Urlaubstage ausgezahlt.« Sie reicht mir zwei Zettel. »Auf dem einen Blatt sind all Ihre noch ausstehenden Leistungen und Entschädigungen aufgelistet. Auf dem anderen finden Sie ein persönliches Empfehlungsschreiben von mir, zudem bekommen Sie natürlich ein Arbeitszeugnis. Sie dürfen selbstverständlich alle zukünftigen Arbeitgeber für Referenzen an mich verweisen, ich werde Sie allen wärmstens ans Herz legen.«

Ich stehe unter Schock. Nachdem sie »Ihren Arbeitsvertrag aufzulösen« gesagt hat, habe ich kaum noch etwas mitgekriegt. Ich hasse den Job, aber ich brauche ihn. Verzweifelt.

»Lexi … Geht es Ihnen gut? Ich fühle mich hierbei ganz furchtbar.«

Als sie mich angerufen hat, um mir den Job anzubieten, habe ich ihr erzählt, dass ich verwitwet bin und es Zeiten geben könnte, in denen ich unkonzentriert und abgelenkt wirke. Ich wollte, dass sie weiß, weshalb.

»Ich hasse es, Ihnen das nach allem, was Sie hinter sich haben, anzutun …«

»Schon in Ordnung.« Ich will hier raus, bevor ich die Fassung verliere, daher antworte ich, was sie hören möchte. »Ich komm damit klar.«

Es hat auch etwas Gutes. Ich werde nie wieder acht Stunden lang Zahlen in Formulare eingeben müssen, die mir absolut nichts bedeuten.

Es klopft leise an der Tür.

»Herein.«

Da steht ein Mann mit einem Karton in den Händen. Mir will sein Name einfach nicht einfallen. An meinem ersten Tag hier hat man ihn mir vorgestellt, doch seither habe ich ihn nicht mehr gesehen.

»Justin hat all Ihre persönlichen Gegenstände zusammengeräumt und begleitet Sie jetzt nach draußen.«

Ich hab schon gehört, dass so was anderen Leuten passiert ist, aber bis es mich persönlich trifft, war mir nicht bewusst, wie bedrückend und kränkend es ist, dass einem nicht mal zugetraut wird, selbst zusammenzupacken und auf dem Weg nach draußen nicht noch irgendwelchen Schaden anzurichten. Um so was zu tun, müsste es mir ja etwas bedeuten.

Ich stehe auf, nehme den Karton von Justin entgegen und gehe an ihm vorbei aus dem Büro und zum Ausgang. Er muss mir den Weg nicht zeigen, denn der gehörte zu den absoluten Highlights meiner Arbeitstage hier – das Gebäude zu verlassen, war stets mit enormer Erleichterung verbunden.

Es ist gut so, versuche ich mir einzureden, während ich durch die Türen ins Freie trete und zu meinem Auto laufe. Der Job hat zwar geholfen, genug Geld zu verdienen, um mit der Abzahlung unserer Schulden zu beginnen, doch ich habe jede Minute davon gehasst.

Zumindest haben sie mir eine Abfindung zugestanden sowie übergangsweise die Beiträge zur Krankenversicherung, was wichtig ist.

Nachdem ich den Karton auf den Beifahrersitz gestellt habe und hinter dem Lenkrad Platz genommen habe, sitze ich lange da, starre durch die Windschutzscheibe und verarbeite diesen jüngsten Rückschlag.

Was jetzt?

Ich hab mich monatelang auf jede Stelle beworben, für die ich halbwegs qualifiziert war, bevor es mit der hier geklappt hat, und sosehr ich den Job auch gehasst habe, kann ich es mir eigentlich nicht leisten, ihn zu verlieren. Bevor Jim krank geworden ist, war ich Grundschullehrerin. Aber als er schließlich gestorben war, hatte die Aussicht, den ganzen Tag lang zwanzig Achtjährige zu beaufsichtigen, allen Reiz verloren. Um bei der Wahrheit zu bleiben, hatte sich das schon vor Jims Diagnose abgezeichnet.

Mein Handy vibriert, es ist eine Textnachricht von Brielle. *Liebe Single-Ladys … Steht unsere Verabredung zum Dinner heute Abend? Und Lex, wie geht es Tom?*

Brielle, Naomi, Hallie, Joy und ich unternehmen manchmal etwas ohne die anderen Wilden Witwen, die inzwischen wieder in einer Beziehung sind. Wir bezeichnen uns halb im Scherz als die »Verweigerer«. Ich bin die Standhafteste unter uns, da ich seit Jims Tod vor beinahe drei Jahren keine einzige Verabredung hatte.

Allerdings behaupten die anderen, ich hätte, seit ich bei Tom eingezogen bin, ein einziges monatelanges Date mit ihm, komplett mit romantischen Dinnern im Kerzenschein an den allermeisten Abenden. Ich hab das immer weit von mir gewiesen, nur bin ich mir da jetzt nicht mehr so sicher. Vielleicht haben sie doch recht.

Ihn beinah zu verlieren, hat mich aus meiner jahrelangen Benommenheit wachgerüttelt und daran erinnert, dass das Leben kurz ist und wir jeden Tag auskosten müssen. Wenn ich mit ihm zusammen bin, fühle ich mich gut, und das ist der bestmögliche Grund, mich für ihn bereit zu machen, nachdem ich mich so lange so schlecht gefühlt habe. Er ist wie eine dringend benötigte frische Brise in meinem Leben.

Tom geht es prima, antworte ich. *Kann ich mich später melden und Bescheid geben, ob ich es schaffe? Ich will mich erst vergewissern, dass er nichts braucht.*

Klar, erwidert Brielle. *Am gewohnten Ort zur gewohnten Zeit. Hoffentlich klappt es.*

Wir sind immer beim selben Mexikaner – und jedes Mal reden wir davon, dass wir unseren Horizont erweitern müssen, landen das nächste Mal aber trotzdem wieder dort. Joy erklärt dann, es gebe keinen Grund, das Schicksal herauszufordern, solange wir da glücklich sind, wo wir sind.

Diese Argumentation gilt für mehr als nur das Restaurant.

Warum das Schicksal herausfordern? Schließlich haben wir mehr als genug Herzschmerz hinter uns.

Obwohl ich jetzt, nachdem ich meinen Job verloren habe, andere Sorgen habe als die, ob ich den Mut aufbringe, mich erneut zu verlieben. Der Schuldenberg verringert sich nicht von allein, und längere Zeit arbeitslos zu sein, ist einfach keine Option.

Ich starte den Wagen und fahre nach Hause, nehme das generelle Gefühl der Ungewissheit mit. Andererseits bin ich froh, dass ich jetzt für Tom da sein kann, während er sich erholt. Seine Schwester wollte heute vorbeikommen, um nach ihm zu sehen. Mit etwas Glück hab ich, wenn er fit genug ist, um sich wieder seinem Unternehmen zu widmen, schon eine neue Arbeitsstelle ergattert.

Als ich zu Hause eintreffe, steht sein Pick-up in der Garage, und die Einfahrt ist leer. Ich hasse die leise Beklommenheit, die sich in mir regt, als ich den Karton mit meinen Bürosachen aus dem Kofferraum hebe und auf die Haustür zusteuere. Ich hoffe sehr, ihn in seinem Relaxsessel zu entdecken und nicht bewusstlos auf dem Boden.

Als ich die letzten Stufen zum Wohnzimmer hochlaufe, fällt mein Blick gleich als Erstes auf den leeren Sessel. »Tom?«

»Hier drüben.«

Ich folge dem Klang seiner Stimme in die Küche ganz hinten im Haus. »Was tust du hier?«

Er trägt Jogginghosen und ein T-Shirt, und sein Haar ist feucht vom Duschen. »Ich mach mir einen Smoothie.«

»Lass mich das übernehmen.«

»Ich hab alles unter Kontrolle.« Er wirft mir über die Schulter einen Blick zu, der prompt auf dem Karton landet, den ich trage. »Wieso bist du eigentlich schon so früh zu Hause?«

»Ich bin entlassen worden.«

Auf seinem Gesicht malt sich Bestürzung. »O nein, Lex. Das tut mir leid.«

Ich zucke die Achseln. »Zumindest muss ich nie wieder eins dieser blöden Formulare ausfüllen.«

»Stimmt auch wieder. Kommst du damit klar?«

»Das wird schon. Im Moment bin ich etwas aus der Bahn geworfen und in Sorge wegen der finanziellen Folgen. Immerhin krieg ich ein Monatsgehalt als Abfindung, und sie zahlen drei weitere Monate lang meine Krankenversicherung. Es könnte also schlimmer sein.«

»Trotzdem ist es Mist.«

»Hast du geduscht, während du allein zu Hause warst?«

»Könnte sein.«

»Solltest du das denn schon tun?«

»Ich fühle mich super, das schwör ich.«

»Und was, wenn du dich auf einmal nicht mehr gut fühlst, während du unter der Dusche stehst, und außer dir niemand hier ist?«

Meine Sorge schießt jäh in die Höhe.

Das spürt er offenbar, denn er durchquert den Raum und legt mir die Hände auf die Schultern. »Mir geht es bestens, Lex. Dir auch?«

»Ich … äh … Na ja, ich bin einmal nach Hause gekommen und habe Jim hilflos in der Dusche vorgefunden. Er war ausgerutscht, hatte sich den Kopf angeschlagen und konnte allein nicht wieder aufstehen. Also musste er dort drei Stunden ausharren, bis ich ihn entdeckt habe. Das Wasser war kalt geworden, daher war er … Er hatte eine Gehirnerschütterung und war unterkühlt.«

»Himmel, Lexi. Tut mir furchtbar leid, dass ich etwas getan habe, das dich daran erinnert.«

»Hast du ja nicht. Es ist nur … Ich will nicht, dass dir so was passiert.«

»Das wird es nicht. Versprochen. Wenn ich mich nicht wirklich stark genug gefühlt hätte, hätte ich es nie getan. Ich will auf keinen Fall noch mal im Krankenhaus landen, das kannst du mir glauben.« Ich merke erst, dass ich zittere, als er mich in seine Arme zieht. Jims unglücklicher Sturz in der Dusche kennzeichnet den Punkt, an dem wir begriffen haben, dass wir nicht länger ohne die Hilfe anderer leben konnten und zu meinen Eltern ziehen mussten.

Und dann frage ich mich, ob ich vielleicht zittere, weil Tom mich so hält, wie es ein Liebhaber tun würde, und nachdem er mich gestern so geküsst und umarmt hat, ist klar, dass unsere Beziehung über kurz oder lang darauf zusteuert.

Jede Nervenfaser in meinem Körper ist auf ihn konzentriert, während ich den frischen, sauberen Duft seines Duschgels einatme.

»Halt dich an mir fest, Süße. Ich hab dich.«

All meine Muskeln sind angespannt, daher dauert es einen Moment, bis ich mich darauf einlassen und seinen Trost annehmen kann.

Ich bin mir nicht sicher, wie lange wir so dastehen, aber schließlich hören wir draußen eine Autotür zuschlagen und lösen uns zögernd voneinander.

Er schaut mir in die Augen. »Das … Das hat sich gut angefühlt. Wirklich, wirklich gut.«

Ich kann nur nicken.

»Lass uns das bald wiederholen, okay?«

»Ja, okay.«

»Alles in Ordnung mit dir?«

»Ja, danke.«

»Du musst mir nicht für etwas danken, das so wunderbar war.«

»Tom …«

»Guten Morgen!« Cora kommt mit Einkaufstaschen beladen die Treppe hoch, ohne zu ahnen, dass sie in eine emotionale Feuersbrunst platzt.

Zumindest gilt das für mich.

»Was tust du denn hier, Lexi? Ich dachte, du arbeitest heute.« Sie beginnt die Taschen auszupacken. »Alles okay?«

Tom blickt mich an, als wüsste er nicht so recht, ob er sie einweihen darf.

»Mir wurde gekündigt.«

Cora unterbricht ihre Tätigkeit und dreht sich zu mir um. »O nein. Das tut mir leid.«

»Schon gut. Ich versuche, es als Segen zu betrachten. Schließlich hab ich den Job gehasst.«

»Wen kennen wir, der gerade Leute einstellt?«

»Danke, doch das ist nicht nötig«, erkläre ich ihr. »Ich werde mir etwas Zeit gönnen, um mir zu überlegen, wie der nächste Schritt für mich aussehen sollte.«

»Cora«, schaltet sich Tom ein. »Lass es gut sein. Lexi braucht eine kurze Pause, um mal durchzuatmen.«

»Natürlich. Sorry. Das ist nur die Mutter in mir. Ich erfahre von einem Problem und möchte es sofort lösen.«

»Das ist total lieb von dir.«

»Sag Bescheid, wenn ich dir Sachen weiterleiten darf. Wir kennen viele Leute mit eigenen Unternehmen, die immer auf der Suche nach guten Mitarbeitern sind.«

»Das behalte ich im Hinterkopf. Noch mal danke.«

Cora richtet ihre Aufmerksamkeit auf Tom. »Du siehst heute besser aus.«

»Ich fühl mich auch besser.«

»Das ist schön.«

Ich kenne sie nicht sehr gut, aber selbst ich kann spüren, dass sie total angespannt ist und den Schreck, dass ihr Bruder so knapp dem Tod entronnen ist, noch nicht verarbeitet hat. Ich kann mir kaum vorstellen, was für ein Trauma dieser Vorfall bei ihm und seinen Schwestern ausgelöst haben muss, nachdem sie ihren Vater auf ganz ähnliche Weise verloren haben.

So ist es, das liebe alte Trauma. Es lauert stets darauf, dir vor Augen zu führen, wie machtlos du gegen Erinnerungen an Dinge bist, die du am liebsten für immer vergessen würdest.

»Ich bin mindestens bis zum Abendessen hier«, unterrichte ich Cora. »Nur falls du heute noch anderes zu tun hast.«

»Ich könnte einen Tag zu Hause gut gebrauchen«, entgegnet Cora. »Bei mir daheim herrscht das totale Chaos.«

»Dann fahr ruhig«, meint Tom. »Wir haben hier alles unter Kontrolle.«

»Ich hab Zutaten für Power-Bowls besorgt, mit Grünkohl und Quinoa und anderen gesunden Sachen.«

»Mhm, lecker«, erwidert Tom mit einer Grimasse. »Grünkohl. Mein Lieblingsgemüse.«

Ich lache über das Gesicht, das er zieht.

»Schon klar«, antwortet Cora. »Es mag eklig sein, trotzdem ist es gut für dich.«

Tom küsst sie auf die Wange. »Danke für alles. Du bist wunderbar gewesen, aber du kannst jetzt aufatmen. Ich komm wieder in Ordnung, und dafür werde ich sogar Grünkohl und Quinoa essen und all die anderen gesunden Sachen, damit mein Herz alles hat, was es braucht, und ich euch in den Wahnsinn treiben kann, wenn ich hundertzwei bin und keine eigenen Zähne mehr habe.«

Cora lacht, obwohl in ihren Augen Tränen glitzern. »Wehe, wenn nicht.«

Tom umarmt sie. »Keine Sorge. Und jetzt steig ins Auto, und fahr heim, putz und schrubbe alles, bis es glänzt, und danach lehn dich zurück, und atme tief durch. Alles ist einfach wunderbar.«

»In Ordnung. Dann eben so.« Sie wischt sich Tränen aus dem Gesicht. »Wenn du mir das noch einmal antust, werde ich dir das niemals verzeihen.«

»Okay, ich hab's verstanden.«

Cora drückt meinen Arm. »Auch dir danke für alles.«

»Ich hab doch gar nichts getan.«

»Natürlich hast du das. Du hast ihm das Leben gerettet, und das werden wir dir nie vergessen.«

»Oh, na ja … Ich bin froh, dass ich da war, als es drauf ankam.«

»Dafür sind wir alle dankbar.« Sie nimmt ihre Handtasche und ihre Einkaufsbeutel. »Okay, dann bin ich weg. Ruft mich an, wenn irgendwas gebraucht wird.«

Tom bringt sie zur Tür. »Wir brauchen nichts außer einem Besuch von dir, nachdem du dir ein paar Tage für dich gegönnt hast.«

»Wenn du dich nicht regelmäßig meldest, werde ich mir Sorgen um dich machen.«

»Ich melde mich. Und jetzt ab mit dir. Verschwinde und lass mich in Ruhe.«

Sie lächelt, gibt ihm einen Kuss auf die Wange und geht.

»Puh.« Nachdem er ihr gewinkt hat, kommt er die Treppe wieder hoch, immer eine Stufe nach der anderen statt zwei auf einmal, wie er das sonst immer getan hat. »Eine Minute lang hatte ich Angst, sie will hier einziehen.«

»Du kannst dich echt glücklich schätzen, dass du sie und Lydia hast.«

»Ist mir bewusst.«

»Ich wünschte, ich hätte Geschwister. Ich hab das Gefühl, dann wäre alles einfacher.«

»In gewisser Weise vielleicht, in anderer Hinsicht kann es auch echt lästig sein. Trotzdem bin ich froh, sie zu haben. Und nie mehr als in dieser Woche.«

»Eigentlich solltest du ununterbrochen dankbar für sie sein.«

»Ich weiß.« Er lächelt. »Was meinst du, was sollen wir mit diesem unerwarteten freien Tag anfangen?«

»Keine Ahnung.«

»Sollen wir eine kleine Spritztour unternehmen? Mir fällt hier bald die Decke auf den Kopf, außerdem muss ich einen Blick auf ein paar Baustellen werfen.«

»Du darfst noch nicht wieder arbeiten.«

»Ich will ja nur gucken.«

»Na, dann mal los.«

13

Tom

Ich bin so froh, aus dem Haus zu sein. Sofort lasse ich das Fenster runter, damit etwas frische Spätsommerluft reinströmen und ich die Sonne auf meinem Gesicht spüren kann. Ich denke darüber nach, was Lexi mir erzählt hat: wie Jim in der Dusche gestürzt ist und sich eine Gehirnerschütterung zugezogen hat und, nachdem er drei Stunden dort gelegen hatte, eine Unterkühlung hatte.

Was für ein Albtraum für sie beide.

Ich hasse es, dass ich bei ihr diese Erinnerung geweckt habe.

Aber ich hasse es nicht, dass ich sie im Arm haben, sie trösten, ihr wieder nah sein durfte. Himmel, es hat sich so gut angefühlt, sie zu halten. Sie ist so weich und süß und wunderbar. Wenn sie im selben Raum ist wie ich, kann ich mich gar nicht sattsehen an ihr. Ich werde es nie müde werden, sie zu betrachten und mit ihr zu reden. Sie ist einfach perfekt für mich, und das hab ich von Anfang an gewusst.

Es ist unglaublich, dass die Gefühle, die ich vor über zwanzig Jahren für sie hatte, mit einem Schlag wieder da waren, sobald ich sie in der Bar entdeckt hatte. Je besser ich sie kennengelernt habe, desto stärker sind diese Gefühle geworden. Sie war früher meine Traumfrau, eine Fantasie. In den neun Monaten, die sie jetzt bei mir wohnt, habe ich festgestellt, dass das Zusammenleben mit ihr tatsächlich noch sehr viel besser ist, als ich es mir ausgemalt hatte.

Ich liebe es, mich mit ihr zu unterhalten und ihre Anmerkungen zu jedem Thema zu hören, das wir gerade besprechen. Sie hat immer etwas Interessantes beizutragen oder bringt mich mit ihrer Mimik zum Lachen oder treibt mir die Tränen in die Augen, wenn ihr Kummer wieder durchbricht. Ich würde alles tun, um diesen Schmerz zu lindern, doch das ist etwas, was sie für immer mit sich herumtragen wird, weil sie Jim so sehr geliebt hat. Es wäre ein Riesenglück für mich, wenn sie mich ebenso lieben würde.

Ich weise ihr den Weg nach Fairfax County, wo meine Firma ein neues Bürogebäude errichtet, das etwa halb fertig ist, was bedeutet, dass wir etwa einen Monat hinter dem Plan liegen. Wir haben in letzter Zeit ein paar Aufträge aus dem Gewerbebau angenommen, und ich bereue es jetzt schon, dass wir uns das zusätzlich zu dem boomenden Geschäft mit Einfamilienhäusern aufgebürdet haben. Dass ich von einem Herzinfarkt ausgebremst werde, war wirklich das Letzte, was wir zu diesem kritischen Zeitpunkt gebraucht haben. Ich bin nur froh über meine hervorragenden Mitarbeiter, die meine Aufgaben übernehmen können, solange ich außer Gefecht gesetzt bin. Aber jetzt möchte ich mir selbst ein Bild davon machen, wie sich alles während meiner Abwesenheit entwickelt hat.

»Die Nächste rechts.«

Nachdem sie abgebogen ist, navigiere ich sie zur Baustelle in der hinteren Ecke eines großen Gewerbeparks.

»Da ist es.«

»Wow. Das ist ja riesig.«

»Sechs Stockwerke.«

»Ich kann nicht glauben, dass du weißt, wie man so was errichtet.«

»Wenn man die Grundlagen verstanden hat, ist es keine Raketenwissenschaft.«

Ich sage ihr, sie soll vor dem Wohnwagen parken, den wir

als Büro vor Ort benutzen, und schreibe meinem Vorarbeiter Ryan eine Nachricht, dass ich da bin.

Mit einem Schutzhelm unter dem Arm kommt er aus dem Büro und die Stufen herunter. Er tritt an die Beifahrerseite von Lexis Auto und lächelt. »Hey, Boss. Gut, dich hier zu sehen.«

»Gut, hier zu sein.«

»Wie geht's dir?«

»Immer noch genauso wie vor drei Stunden, als du mich das letzte Mal gefragt hast.«

Ryan, ein großer, muskulöser Mann Anfang dreißig, grinst. »Sorry. Du hast uns echt einen Heidenschreck eingejagt, Mann.«

»Alles gut. Das ist hier meine Freundin Lexi. Lex, das ist Ryan, einer meiner Vorarbeiter.«

Ryan beugt sich runter, sodass er sie anschauen kann. »Nett, Sie kennenzulernen.«

»Danke gleichfalls.«

»Sieht ja alles ziemlich gut aus«, bemerke ich.

»Viel besser als noch vor einer Woche.«

»Danke, dass du mehr als deinen Anteil übernommen hast. Ich weiß das zu schätzen.«

»Kein Problem. Ich halt dich auf dem Laufenden.«

»Danke, Mann.«

Ryan winkt, während er zu dem Gebäude geht, an dem gebaut wird.

»Ich hab gedacht, du errichtest Wohnhäuser. Daher der Name Hammett-Hausbau.«

»Neunzig Prozent unseres Geschäfts drehen sich auch genau darum, aber in den letzten Jahren haben wir ein paar Aufträge für gewerbliche Bauten angenommen. Allerdings denke ich darüber nach, aus dem Sektor wieder auszusteigen, denn da gibt es jedes Mal von Anfang bis Ende nur Schwierigkeiten. Ich hasse das.«

»Dann solltest du dringend damit aufhören. Vielleicht hat das eine Rolle dabei gespielt, dass dein Herz gestreikt hat.«

»Das würde mich nicht überraschen. Der Stresslevel bei dem hier ist gar nicht zu beschreiben.«

»Das ist nicht gut für dich.«

»Ich weiß. Und ich hatte schon vor der ganzen Aufregung erwogen, da was zu ändern. Ich hab diese und noch zwei weitere Gewerbeimmobilien in Arbeit. Danach war's das für uns in dem Bereich.«

»Hört sich nach der richtigen Entscheidung an.«

»Ganz bestimmt. Es ist bei Weitem nicht so befriedigend, wie mit Privatkunden alles zu entwerfen und ihnen dann ihr Traumhaus zu bauen.«

»Das hört sich toll an. Ich gucke liebend gern die Bau-Shows im Fernsehen und denke darüber nach, was von den verschiedenen Möglichkeiten ich mir aussuchen würde. Meistens ist das nichts von dem, was diesen Designern gefällt.«

»Ich bin nicht gut darin, solche Entscheidungen zu treffen, doch wir haben ein tolles Design-Team, das die Kunden unterstützt.«

»Das wäre ein Traumjob.«

Ich werfe ihr einen Blick zu. »Die Abteilung hält immer nach Verstärkung Ausschau, wenn du interessiert bist.«

»Was? Nein. So was könnte ich niemals. Ich habe da keinerlei Ausbildung oder Erfahrung.«

»Du würdest ja angelernt werden.«

»Ich bin dafür nicht geeignet, und ich hab so was noch nie in meinem Leben gemacht.«

»Aber du weißt, was dir gefällt, oder?«

»Ja, schon. Ich hab nur keine Ahnung, wie ich andere dabei beraten soll, das zu finden, was *sie* wollen.«

»Das ist es ja: Die meisten von ihnen wollen die Meinung von jemand anderem hören, um sich darüber klar zu werden, was sie wollen, und machen dann von dort aus selbst weiter.«

»Ich bin mir sicher, Profi-Designer wären total begeistert davon, mit jemandem, der keinerlei Ahnung von ihrem Beruf hat, zusammenzuarbeiten.«

»Vielleicht solltest du mal mit ihnen reden. Das kann nicht schaden.«

»Ich verstehe, was du hier versuchst, Tom, und ich weiß das

wirklich zu schätzen. Doch sie würden es hassen, eine Freundin vom Boss einstellen zu müssen.«

»Ich glaube trotzdem, dass es ein Gespräch wert ist.«

»Und ich bleibe dabei: Danke für das Angebot, aber nein. Das ist nichts für mich. Ich suche diesmal etwas, das mich ausfüllt, und nicht wieder das Erstbeste, was sich anbietet. Jetzt, da ich erlebt hab, wie kräftezehrend es ist, im falschen Job zu arbeiten, werde ich mich erst zufriedengeben, wenn ich das Richtige hab.«

»Das ist vermutlich vernünftig.«

»Nachdem Jim gestorben ist, war ich so besorgt wegen den vielen Schulden, die wir hatten, dass ich den ersten Job angenommen hab, der mir angeboten wurde. Seitdem hab ich gelernt, dass die Schulden nicht verschwinden, also ist es egal, ob ich mir Zeit dafür lasse, eine Arbeit zu finden, die mich erfüllt, statt eine anzunehmen, einfach bloß um die Rechnungen zu bezahlen.«

»Es tut mir leid, dass du dich damit herumschlagen musst. Ich bin mir nicht sicher, ob ich dir je gesagt habe, wie sehr ich dich für das bewundere, was du für ihn getan hast.«

»Bitte mach mich nicht zur Heldin der Geschichte. Der wahre Held war er. Ich hab nur das getan, was jeder für einen geliebten Menschen tun würde.«

»Ganz sicher nicht jeder. Ich kenne Leute, die kranke Verwandte in dem Moment, wo es ihnen ein bisschen viel wird, irgendwohin abschieben. Ich meine, wir haben das mit meiner Mom schließlich nicht anders gehandhabt, als sie die ersten Anzeichen von Demenz zeigte. Keiner von uns konnte die Pflege – und Aufsicht – leisten, die sie benötigte, weil wir genug mit unseren Familien und unseren Jobs zu tun hatten. Wir haben uns natürlich schlecht gefühlt, doch wir wollten auch, dass sie gut und sicher aufgehoben ist.«

»Ich habe gelernt, dass die Leute in solchen Situationen normalerweise die bestmögliche Entscheidung treffen. Ihr habt für eure Mom die richtige getroffen, selbst wenn es sich furchtbar angefühlt hat.«

»Sie dort hinzubringen, war das Zweitschlimmste in meinem Leben. Sie war noch klar genug, um zu verstehen, was passierte, und sie hat uns angefleht, sie nicht dortzulassen. Es war schrecklich. Wir konnten alle nur daran denken, dass sie so viel für uns getan hat, nachdem unser Vater gestorben war. Sie hat zwei Jobs gleichzeitig gehabt, damit wir alles hatten, was wir brauchten, und zum Dank haben wir sie gegen ihren erklärten Willen in ein Heim gesteckt. Ich kann nicht mal an diesen Tag denken, ohne dass ich am liebsten losheulen würde.«

Als wir an einer Ampel anhalten, schaut Lexi mich an und legt ihre Hand über meine. »Es tut mir so leid, dass ihr keine andere Wahl hattet, aber du weißt, dass es die richtige Entscheidung war, oder?«

»Ja, das hat dem Tag allerdings nichts von seinem Schrecken genommen. Jedenfalls ist es mit ihr danach sehr schnell bergab gegangen, und jetzt erkennt sie uns nicht mehr, was im Licht der kürzlichen Ereignisse ein Segen ist. Zu hören, dass ich einen Herzinfarkt hatte, würde sie schrecklich aufregen, nachdem sie meinen Dad auf diese Weise verloren hat.«

Sie blickt wieder zurück auf die Straße, lässt jedoch meine Hand nicht los. »Sie hätte vermutlich schnell abgebaut, egal, wo sie gewesen wäre.«

»Das werden wir niemals genau wissen.«

»Ich bin mir sicher, dass eine Mutter, die euch so sehr geliebt hat, nicht wollen würde, dass ihr euch mit Vorwürfen wegen etwas quält, was zu der Zeit die richtige Entscheidung zu sein schien.«

»Würde sie nicht, trotzdem empfinde ich das so. Genau wie meine Schwestern auch. Wir haben uns wie Monster gefühlt, obwohl wir dafür gesorgt haben, dass sie die beste Versorgung erhält, die man mit Geld kaufen kann.«

»Wo lebt sie?«

»In Herndon.«

»Möchtest du sie gern besuchen fahren?«

»Was, jetzt?«

»Ich hab nichts anderes vor. Du?«

»Es ist okay, Lex. Wir müssen da nicht hin.«

»Ganz ehrlich, es macht mir nichts aus. Ich würde sie sehr gern kennenlernen, und dir tut es vielleicht gut, sie zu sehen. Natürlich nur, wenn du das möchtest.«

»Es ist leider nie einfach.«

»Das verstehe ich. Was immer du möchtest, ist für mich in Ordnung.«

Ich denke einen Moment darüber nach, wäge ab, ob ich heute die emotionale Energie dafür habe, meine Mutter zu besuchen. Hab ich nicht, aber ganz ehrlich, ich hab die nie. »Ich glaube tatsächlich, es wäre nicht verkehrt. Wenn du dir sicher bist, dass das in Ordnung für dich ist.«

»Auf jeden Fall. Wo geht's hin?«

Lexi

Tatsächlich bin ich ziemlich nervös bei dem Gedanken, Toms Mom zu kennenzulernen, doch das würde ich ihm gegenüber niemals zugeben. Ich will, dass er die Gelegenheit bekommt, sie zu sehen, vor allem nach dem, was in den letzten Wochen geschehen ist. Aber ich kann von der Sekunde an, in der ich den Besuch vorschlage, die Spannung fühlen, die von ihm ausgeht. Ich weiß nur zu gut, wie schwierig es ist, mitzuerleben, wie ein geliebter Mensch allmählich verschwindet, daher fühle ich mit ihm und seinen Schwestern. Er hatte schon erwähnt, dass seine Mutter dement ist, doch er spricht nicht viel darüber, und ich habe nicht weiter nachgefragt.

»Weißt du«, beginne ich nach einer längeren Pause, in der wir einfach schweigen, »das, was du für deine Mutter in ihrem jetzigen Zustand empfindest, ist eine Form von Trauer. Auch wenn sie noch lebt, hast du die Person verloren, die sie früher war.«

»Ja, das stimmt. Das ist das Schwierigste überhaupt. Sie hatte so viel Lebensenergie, und die Demenz hat sie zu einem Schatten ihres früheren Selbst reduziert.«

»Das muss furchtbar für dich und deine Schwestern sein.«

»Ist es.«

»Es tut mir so leid, Tom.« Ich fühle mich schuldig, weil sich unsere gesamte Freundschaft nur auf meinen Schmerz konzentriert hat, ohne dass mir bewusst gewesen wäre, dass er selbst ebenfalls sein Päckchen zu tragen hat – wegen seiner beiden Eltern.

»Du musst kein Mitleid mit mir haben. Ich spreche nicht viel darüber, weil es einfacher ist, das nicht zu tun.«

Nach einer lange Pause frage ich: »Darf ich offen sein?«

»Natürlich. Das solltest du mittlerweile doch wissen.«

»Das ist ein heikles Thema, also wollte ich ganz sichergehen.«

»Ich möchte hören, was immer du zu sagen hast – jederzeit.«

»In der Zeit nach Jims Tod hab ich mich ziemlich intensiv mit dem Thema Trauer beschäftigt, damit, wie sie funktioniert und wie man damit fertigwird. Ich habe viel von Leuten gelernt, die sich schon länger damit befassen und schlimmere Verluste erlitten haben als ich.«

»Jeder Verlust ist ein schlimmer Verlust.«

»Das stimmt, aber mein Freund Gage hat seine Frau und seine beiden Zwillingstöchter bei einem Unfall mit einem betrunkenen Fahrer verloren.«

»O Gott.«

»Ja, er ist unser Yoda. Wir sehen ihn an und denken, wenn er es schaffen kann, dann können wir das auch, weißt du?«

»Ich kann mir nicht vorstellen, wie man so was überleben kann.«

»Das konnte er ebenfalls nicht, bis ihm keine andere Wahl blieb, als es zu lernen. Auf Instagram postet er jeden Tag Gedanken zum Thema Trauer, und die meisten von uns lesen sie täglich.«

»Ich werde mir das auf jeden Fall auch mal anschauen.«

»Ich schick dir den Link. Was ich eigentlich sagen möchte, ist, dass du es dir, indem du nicht darüber sprichst, vermutlich selbst schwerer machst, als es sein müsste. Es gibt so viele

Menschen da draußen, die genau verstehen, was du und deine Schwestern gerade mit eurer Mom erlebt – oder wie es für euch war, als ihr so jung euren Vater verloren habt. Das soll nicht heißen, dass man mit Fremden darüber reden muss, doch überhaupt darüber zu reden, ist bestimmt eine gesündere Art des Umgangs damit, falls das Sinn für dich ergibt.«

»Tut es.«

»Aber?«

»Nichts aber. Nur ist das Sprechen darüber blöderweise sehr schmerzhaft.«

»Ich weiß. Doch genau darum geht es. Dem Schmerz Platz einzuräumen, hilft dabei, ihn zu lindern.«

»Wirklich?«

»Ja. Bevor ich bei den Wilden Witwen gelandet bin, hing ich tief in meiner Trauer um Jim fest, in der Verzweiflung und der Ungerechtigkeit des Ganzen. Ich habe keinen Ausweg aus diesen Gefühlen gesehen. Ich habe es gehasst, über ihn und seine Krankheit zu reden, und über all das, was wir in jenen vier fürchterlichen Jahren aushalten mussten. Ich hatte praktisch alles in mir weggesperrt, und ich bin unterdessen der Meinung, dass es mich langsam umgebracht hat. Sie haben mir gezeigt, wie wichtig es ist, mit Leuten darüber zu sprechen, die nachvollziehen können, wie man sich fühlt und wie man selbst in tiefster Dunkelheit wieder zum Licht finden kann.«

»Das ist ziemlich tiefgründig.«

»Es hat eine Weile gedauert, bis ich daran geglaubt habe, dass es möglicherweise funktioniert, aber ich konnte ja beobachten, wie es das Leben von Menschen verändert hat. Meine Freundin Wynter war erst zwanzig, als ihr Ehemann an Knochenkrebs gestorben ist, nur vier Tage nach ihrer Hochzeit. Allerdings waren sie schon seit Jahren zusammen. Sie war unglaublich wütend und total verbittert, bis ihre Mutter sie genötigt hat, zu unseren Treffen zu gehen. Sie wollte gar nicht hin und hat daraus auch keinen Hehl gemacht. Doch wir sind drangeblieben – und sie bei uns –, und jetzt kommt sie viel besser mit allem klar, obwohl sie um Jaden noch genauso tief trauert wie vorher.«

»Sie waren noch so schrecklich jung.«

»Ich weiß. Sie ist ein wunderbarer Mensch und unglaublich witzig. Anfangs dachte ich, ich würde sie nicht leiden können, weil sie sich total zickig benommen hat. Jetzt ist sie eine wirklich gute Freundin. Am Abend deines Herzinfarkts kam ich gerade aus dem Krankenhaus, wo sie ihre Tochter zur Welt gebracht hatte.«

»Oh, wow.«

»Die Kleine ist von Jaden, denn ein Jahr nach seinem Tod hat sie rausgefunden, dass er vor seiner Krebsbehandlung Sperma hatte einfrieren lassen, ohne ihr oder seiner Familie davon zu erzählen. Seine Eltern haben die Dokumente dazu in seinen Unterlagen gefunden.«

»Das muss eine ganz schöne Überraschung gewesen sein.«

»Absolut. Sie war natürlich geschockt, aber auch fasziniert von der Möglichkeit, sein Kind zu kriegen. Zu der Zeit hat sie sich um den kleinen Sohn von Adrian gekümmert, der ebenfalls bei den Wilden Witwen ist. Seine Frau ist direkt nach Xaviers Geburt gestorben. Jetzt sind Wynter und Adrian zusammen und lassen die Kinder wie Geschwister aufwachsen.«

»Toll. Das freut mich sehr für sie. Sie haben dir beim Umzug geholfen, richtig?«

»An dem Tag waren sie alle da. Sie sind die besten Freunde, die ich je hatte, und ich denke, das gilt für uns alle untereinander. Unsere anderen Freunde haben wir nicht weniger gern, doch die Witwen sind etwas ganz Besonderes. Sie sind diejenigen, die uns wieder ins Leben zurückgeholt haben.«

»Das kann ich sehen. Ich bin so froh, dass ihr euch habt.«

»Genau wie ich. Ich kann mir nicht vorstellen, wo ich ohne sie und ihren Mut und ihren Optimismus wäre. Man kann nicht so viel Zeit mit ihnen verbringen, ohne von ihren Geschichten inspiriert zu sein.«

»Bevor ich dich wiedergetroffen habe, hab ich nie auch nur einen Gedanken daran verschwendet, wie es sein muss, den Lebenspartner in jungen Jahren zu verlieren.«

»Warum auch? Die meisten Leute haben das Glück, gar keine jungen Witwen zu kennen.«

»Die Frau eines meiner Collegefreunde ist vor ein paar Jahren an Brustkrebs gestorben. Sie hatten zwei kleine Kinder.«

»Und wie geht es ihm?«

»Das weiß ich nicht. Ich hab ihn seit ihrer Beerdigung nicht mehr gesehen.«

»Du solltest dich mal bei ihm melden. Ich bin mir sehr sicher, dass er sich freuen würde, von dir zu hören.«

»Würde er mich nicht für einen totalen Blödmann halten, weil ich nicht schon längst Kontakt aufgenommen hab?«

»Vermutlich nicht. Wenn ich raten müsste, würde ich sagen, er freut sich, dass du an ihn denkst und ihn anrufst. Die meisten Bekannten verschwinden nach so einer Katastrophe schnell in der Versenkung, was die Hinterbliebenen ziemlich einsam zurücklässt. Jim und ich hatten so viele Freunde, bevor er krank geworden ist. Als es richtig kritisch wurde, haben wir herausgefunden, welche von ihnen wahre Freunde waren. Viele sind einfach abgetaucht und haben nie sich wieder blicken lassen.«

»Das ist ziemlich armselig.«

»Stimmt, aber ich versteh das schon. Die Leute können damit nicht umgehen. Sie erleben, dass jemanden ein schwerer Schicksalsschlag ereilt, und wollen nichts damit zu tun haben … vermutlich aus Angst, dass es sie ebenfalls treffen könnte.«

»Tut mir leid, dass das mit deinen Freunden passiert ist.«

»Ich war ziemlich verbittert deswegen, bis meine Witwen mir erzählt haben, dass ihnen das Gleiche passiert ist, und mir erklärt haben, warum. Wenn die Leute nicht wissen, was sie tun sollen, tun sie häufig nichts.«

»Dessen bin ich bei meinem Freund dann schuldig, doch du hast recht damit, dass ich mich mal bei ihm melden sollte, was ich tun werde.«

»Und wirst du auch über deine eigene Trauer sprechen? Es muss nicht mit mir sein, aber du solltest mit irgendjemandem darüber reden. Es ist nicht gesund, das alles in sich verschlossen zu halten.«

»Wäre es okay, wenn ich mit dir darüber spreche? Oder würde das deine eigene Trauer schlimmer machen?«

»Nein, das ist okay. Erlebnisse mit anderen zu teilen, kann uns beiden helfen, unseren Kummer zu verarbeiten.«

»Ich finde es schwierig, darüber zu reden, was mit ihnen beiden passiert ist. Als mein Vater gestorben ist, hat meine Mom versucht, Therapieplätze für uns zu finden. Wir haben das allerdings alle abgelehnt. Wir konnten uns nicht vorstellen, mit jemand Fremdem darüber zu sprechen. Im Rückblick wünschte ich, sie hätte uns dazu gezwungen.«

»Das waren noch andere Zeiten. Damals wurde Trauer anders als heute nicht thematisiert.«

»Das stimmt vermutlich.«

»Es ist nie zu spät dafür, sich jemandem anzuvertrauen, Tom. Du trägst das schon eine lange Zeit mit dir herum.«

»Richtig. Darf ich dir etwas Seltsames erzählen?«

»Natürlich.«

»Ein paar Tage nach meinem Herzinfarkt hab ich mich an etwas erinnert, was passiert sein muss, während ich bewusstlos war.«

»Okay …«

»Er war dort. Mein Dad.«

»Was?«

»Im Krankenhaus bin ich mitten in der Nacht aufgewacht, mit der Erinnerung daran, dass ich ihn gesehen hatte und dass das nur während meiner Bewusstlosigkeit passiert sein kann. Ich weiß, dass es sich verrückt anhört, doch er *war* da.«

»Wow. Hat er irgendwas gesagt?«

»Ja. Er hat gesagt, meine Zeit sei noch nicht gekommen und ich solle schauen, dass ich wieder nach Hause komme.«

»Tom. O mein Gott.«

»Ich hatte Angst, das jemandem zu erzählen, weil es sich so verrückt anhört – sogar für mich selbst.«

»Aber was für ein Geschenk! Kannst du es als solches betrachten?«

»Definitiv. Auch wenn ich es anfangs ein bisschen unheimlich fand.«

»Das würde vermutlich jedem so gehen. Ich frage mich, ob er wirklich da war oder ob es ein Traum war.«

»Es war anders als im Traum. Ich bin mir nicht sicher, wie ich es beschreiben soll, doch es war nicht wie im Traum.«

»Wirst du es deinen Schwestern sagen?«

»Ich befürchte, dass sie dann Angst kriegen, weil es zeigt, wie knapp ich davor war, mich zu ihm zu gesellen.«

Ein dicker Kloß bildet sich in meiner Kehle, als mir genau das bewusst wird, wovor er seine Schwestern schützen möchte. »Gott sei Dank hat er dich zurückgeschickt«, sage ich, als ich wieder sprechen kann.

»Tut mir leid. Ich hätte dir das nicht erzählen sollen.«

»Nein, ist schon Ordnung. Ich bin froh, dass du es mir anvertraut hast.«

»Wenn ich nicht an dich denke und überlege, wann ich dich wieder küssen kann, ist das das Einzige, was mich beschäftigt.«

Bei dem Gedanken daran, ihn erneut zu küssen, durchströmt es mich sengend heiß, und ich frage mich, ob man es mir wohl ansehen kann. Ich fühle mich, als wäre ich aus einem langen Schlaf erwacht. Es kribbelt an Stellen, die seit Jahren wie tot gewesen sind.

Glücklicherweise erreichen wir in diesem Moment das Pflegeheim, in dem seine Mutter untergebracht ist, und die frische, kühle Luft hilft dabei, mich zu beruhigen.

Während wir das Gebäude betreten, legt er mir eine Hand auf den unteren Rücken. »Tut mir leid, falls es dich stört, wenn ich mit dir flirte. Ich scheine dagegen machtlos zu sein.«

»Es stört mich nicht.«

»Bist du dir sicher?«

Ich zwinge mich, ihm in das attraktive Gesicht zu schauen. »Völlig sicher.«

Er bleibt kurz vor der Tür stehen und wendet sich mir zu. »Also was ist es dann?«

»Ich fühle … etwas … was ich schon sehr lange nicht mehr gefühlt habe. Und das kommt sehr überraschend für mich, weil ich völlig vergessen hatte, wie das ist.«

»Was genau fühlst du denn?«

Ich sage das erste Wort, das mir durch den Kopf schießt und das es angemessen beschreibt. »Verlangen.«

Er macht einen Schritt auf mich zu. »Lexi.«

»Später.«

»Nein, genau jetzt.«

»Tom …«

Sein tiefer Seufzer spricht Bände. »Okay, aber Fortsetzung folgt.«

14

Lexi

Der Geruch im Heim erinnert mich an eine Reha-Klinik, in der
Jim mal eine Zeit lang war, als man noch versucht hat, festzustellen, was ihm eigentlich fehlt. Er hatte von Anfang an
befürchtet, dass es ALS sein könnte, doch ein Arzt nach dem
andern hat ihn beruhigt und ihm gesagt, er solle keine vorei-
ligen Schlüsse ziehen, ohne dass eindeutige Ergebnisse
vorliegen.

Er wusste es, lange bevor er die Bestätigung hatte.

Tom meldet uns am Empfang an und erhält Besucheraus-
weise. Während wir zum Zimmer seiner Mutter am Ende eines
langen Flures gehen, nimmt er beiläufig meine Hand, als wäre
das ganz normal. Und vielleicht wird es das ja mal.

»Vergiss nicht, dass sie sich nicht an mich erinnern wird.
Das kann unangenehm und beunruhigend sein, selbst für Leute,
die sie gar nicht kennen.«

»Verstehe.« Zumindest glaube ich das. Gott sei Dank hatte
ich in meinem Umfeld noch nicht viel mit Demenz zu tun.

Er klopft leise an die Tür und betritt den freundlichen,
hellen Raum dahinter. Es gibt ein Bett, einen Fernseher an der
Wand, gerahmte Familienfotos an einer anderen und ein Fenster
mit Aussicht auf einen Garten, der im Sommer wunderschön

sein muss. Toms Mutter sitzt auf einem bequem wirkenden Sessel und starrt auf den Fernseher. Sie reagiert überhaupt nicht auf unsere Ankunft.

Tom lässt meine Hand los und stellt sich in ihr Blickfeld. »Hi, Ma. Ich bin dein Sohn Tommy, und ich hab meine Freundin Lexi mitgebracht, damit du sie kennenlernen kannst.«

Seine Worte treffen mich tief. Man stelle sich vor, dass man seiner eigenen Mutter erklären muss, wer man ist.

»Mein Sohn ist gestorben.«

»Nein, Ma, das war Dad. Ich bin noch da.«

»Nein, Tommy ist tot.«

Ich will nicht, dass er das weiter ertragen muss, daher mach ich einen Schritt nach vorn. »Hallo, Mrs Hammett. Ich bin Tommys Freundin Lexi. Ich freue mich, Sie kennenzulernen.«

Sie mustert mich vorsichtig und schaut dann wieder zu ihm. »Tommy ist nicht gestorben?«

»Nein, Ma. Ich bin genau hier.«

Sie beginnt zu weinen.

Als er sich vor sie kniet, um sie zu trösten, verliere ich den Rest meines Herzens an ihn. Wenn man einen Mann danach beurteilen kann, wie er seine Mutter behandelt, kriegt er eine Eins mit Sternchen.

»Tommy, ich möchte nach Hause.«

»Die Leute hier kümmern sich so gut um dich.«

»Ich hasse das hier.«

»Ich weiß, Ma.«

»Wer bist du noch mal?«

»Ich bin dein Sohn Tommy.«

Mein Herz schmerzt für ihn. Es ist unerträglich, aber er ist endlos geduldig mit ihr, während er immer und immer wieder die gleichen Fragen beantwortet.

Eine Pflegerin kommt mit einem Rollstuhl herein, um Mrs Hammett zum Dinner abzuholen.

Ich sehe kurz auf meine Armbanduhr. Es ist erst halb fünf, doch im Heim findet alles früher statt. Daran erinnere ich mich noch aus der Zeit, als Jim in einer ähnlichen Einrichtung untergebracht war.

Nachdem Tom und die Pflegerin seiner Mutter in den Rollstuhl geholfen haben, beugt er sich vor und küsst sie auf die Wange.

»Ich besuch dich bald wieder, Ma.«

Sie mustert ihn ausdruckslos. »Okay.«

Die Pflegerin lächelt mir zu, während sie Toms Mutter aus dem Zimmer schiebt.

Ich gehe zu ihm und breite meine Arme aus.

Er tritt zu mir, lehnt seinen Kopf an meine Schulter und hält sich an mir fest.

»Du bist so ein guter Sohn.«

»Nein, bin ich nicht. Sie muss an einem Ort leben, den sie hasst.«

»Hier ist sie in Sicherheit, alles ist sauber, sie kriegt gutes, nahrhaftes Essen, sie hat einen wunderschönen Raum für sich allein, für den du und deine Schwestern sicher nicht wenig bezahlt. Ich hab keinen Zweifel daran, dass ihr alles Menschenmögliche tut, damit sie es hier angenehm hat.«

»Trotzdem wünschte ich, es wäre mehr.«

»Das Gefühl kenne ich nur zu gut.«

»Ja, vermutlich.« Er hebt den Kopf und blickt mir in die Augen. »Danke, dass du mitgekommen bist und mir geholfen hast, als ich es gebraucht habe.«

»Ich bin sehr froh, dass ich sie kennengelernt hab.« Ich zwinge mich zu einem kleinen Lächeln. »Tommy.«

Er schaut mich schief von der Seite an. »Das benutzen nur meine Mutter und meine allerältesten Freunde.«

»Ach ja?«

»Absolut.«

»Ich kenn dich schon seit zwanzig Jahren. Damit bin ich ja wohl einer deiner ältesten Freunde.«

»Moment mal …«

Mit einem Lachen drehe ich mich zur Tür um, erleichtert, dass ich ihm beistehen konnte, als das nötig war. Es fühlt sich gut an, ihm etwas zurückzugeben, nachdem er in den vergangenen neun Monaten so unbeschreiblich großzügig mir gegenüber war.

Wenn ich ehrlich sein soll, fühlt sich alles hieran gut an. Das ist sowohl angsteinflößend als auch wunderbar, entscheide ich, während ich ihn nach Hause fahre. Ich hoffe immer noch, dass ich mich heute Abend mit den Mädels treffen kann, die die Bedeutsamkeit dieses Moments besser als alle anderen zu würdigen wissen werden.

Tom

Nach dem Besuch bei meiner Mutter bin ich innerlich aufgewühlt, doch das ist nichts Neues. Bei ihr zu sein, ist immer deprimierend. Dass sie geglaubt hat, ich sei tot, hat den Besuch dieses Mal besonders schwierig gemacht. Hat sie irgendwie gespürt, wie knapp es bei mir war? Lexi hingegen war ganz wunderbar, wie sie eingeschritten ist und mir beigestanden hat. Dass sie dabei war, um mich hinterher zu trösten, hat mir sehr geholfen.

Durch sie wird alles besser.

Zu Hause angekommen, begebe ich mich direkt zu meinem Sessel, erschöpft von dem Ausflug und den emotionalen Turbulenzen, die auf jeden Besuch bei meiner Mutter folgen.

»Kann ich dir was bringen?«, fragt Lexi.

»Nein, danke. Alles gut. Vielleicht gönne ich mir ein Nickerchen.«

»Stört es dich, wenn ich heute Abend nicht da bin? Ein paar von den Wilden Witwen treffen sich zum Essen.«

»Natürlich nicht. Mach dir eine schöne Zeit.«

»Du schaffst das?«

»Klar.«

»Und kein Duschen, während du allein zu Hause bist?«

»Ich werde darauf verzichten, bis ich vollständig wiederhergestellt bin. Großes Ehrenwort.«

»Danke. Soll ich dir was zu essen mitbringen?«

»Ich nehme, was wir hier haben.« Ich kann sehen, dass sie hin- und hergerissen ist, ob sie mich allein lassen kann. »Keine Sorge, Lex. Genieß den Abend mit deinen Freundinnen. Ich werde mich nicht vom Fleck rühren und genau hier sein, wenn du später heimkommst – im Sessel diesmal.«

»Zu früh, Tommy. Viel zu früh.«

Ich lache kurz, bereue das aber sofort. Langsam hab ich diese Schmerzen, die in jede Faser meines Körpers ausstrahlen, gründlich satt.

Nachdem sie in ihr Zimmer gegangen ist, um sich fertig zu machen, döse ich vor dem Fernseher ein. Ich wache auf, als sie neben mir auftaucht. Sie sieht wunderschön aus und riecht einfach zu gut, um wahr zu sein.

»Wow. Du bist umwerfend.«

»Danke.«

Ich liebe ihr schüchternes Lächeln und dass sie so leicht verlegen wird, obwohl es dafür gar keinen Grund gibt. Ich bin verrückt nach ihr und total erleichtert, dass ich ihr endlich zeigen kann, was ich für sie empfinde, ohne Angst haben zu müssen, sie zu verschrecken. Sofern sie der Herzinfarkt und die Stent-OP nicht schon verschreckt haben. Ich kann es nicht erwarten, dass sie aufhört, mich so anzuschauen, als fürchtete sie, mir könnte irgendwas Schreckliches zustoßen, wenn sie mich unbeaufsichtigt lässt.

Hoffentlich vergeht das mit der Zeit, denn ich will, dass sie mich so anschaut wie vor dem Pflegeheim, als sie zugegeben hat, Verlangen nach mir zu verspüren. Ich möchte von ihr mehr Verlangen und weniger Angst.

Nachdem sie ihre Jacke angezogen und sich ihre Tasche und die Schlüssel genommen hat, zögert sie oben an der Treppe, als fühlte sie sich immer noch nicht wohl damit, mich mir selbst zu überlassen.

»Zisch ab. Mein Gott, du gönnst mir keine fünf Minuten ohne dich.«

»Okay, du knallharter Typ. Ich verschwinde. Ruf mich an, wenn du etwas brauchst.«

»Alles, was ich brauche, ist, dass du nach einer tollen Zeit mit deinen Freundinnen irgendwann wieder nach Hause kommst.«

»Bis später.«

»Fahr vorsichtig.«

Kurz nachdem sie weg ist, steh ich auf, um meine Entlassungspapiere zu suchen. Da gibt es ein besonders wichtiges Detail, das mich brennend interessiert. Der Unterlagenstapel ist eineinhalb Zentimeter dick und gespickt mit Regeln, Vorschriften und Verboten für Patienten, die sich von einer Stent-OP erholen. Auf Seite zwölf finde ich das, wonach ich gesucht habe.

Die Wiederaufnahme sexueller Aktivität kann zwischen zwei und acht Wochen nach dem Eingriff erfolgen, abhängig vom Schmerzlevel und vom allgemeinen Gesundheitszustand des Patienten.

»Ja!«

Das ist viel besser als sechs Wochen oder neunzig Tage oder irgendeine andere zufällige Zeitvorgabe, die sie meinem Zustand hätten zuweisen können. Da ich mich zunehmend kräftiger fühle, kann ich mit zwei Wochen arbeiten. Eine ist rum, eine weitere liegt noch vor mir. Ich kann es kaum erwarten, Lexi davon zu erzählen.

Lexi

Der Verkehr ist wie gewohnt furchtbar, und ich bin ungefähr eine Viertelstunde zu spät dran für mein Treffen, doch das wird die anderen nicht stören. Ich hatte in der Vergangenheit Freunde, die sauer waren, wenn irgendjemand zu spät zu einer Verabredung gekommen ist, und sobald ich Jim in Vollzeit gepflegt habe, sind diese Freunde nach und nach verschwunden, weil sie keine Lust hatten, sich von der sich langsam entfaltenden Katastrophe in meinem Leben den Spaß verderben zu lassen.

Viele andere hingegen waren direkt an meiner Seite, haben mir unter die Arme gegriffen, so gut sie eben konnten, und haben sich nie von dem Schrecken seiner Krankheit abgewandt. Diese Freunde sind mir immer noch lieb und teuer, auch wenn ich sie nicht mehr so oft sehe wie früher, bevor sich alles geändert hat. In diesen Tagen fühle ich mich zu Menschen hingezogen, die in einer ähnlichen Situation wie ich sind, die einen Tag nach dem andern ihr in Scherben gegangenes Leben wieder zusammensetzen. Obwohl ich meine alten Freundinnen immer noch treffe, fällt es mir schwer, Verständnis für sie aufzubringen, mit den Kindern und Fußballspielen, ihren Karrieresorgen, dem Genörgel ihrer Ehemänner und all den alltäglichen Dingen, die ihnen durchaus nachvollziehbar den letzten Nerv rauben.

Gewöhnlich ertappe ich mich dabei, dass ich mir in ihrer Gegenwart auf die Zunge beiße, weil ich kurz davor stehe, mit meiner Meinung herauszuplatzen: *Seid still. Ich konnte nie Kinder mit meinem Mann haben, weil er zu krank für Sex war, und seit seinem Tod kann ich mir ohnehin keine Kinder mehr leisten, weil mich der Schuldenberg von seiner Behandlung fast erdrückt und ich genau weiß, dass ich ihn nie werde abzahlen können.*

Ich möchte sie an all das Gute in ihrem Leben erinnern, selbst an den Tagen, an denen alles schwierig und außer Kontrolle zu sein scheint, wenn ihre Kinder einen Wutanfall nach dem anderen kriegen und der Ehemann trotzdem zum Golfspielen gefahren ist – zum wiederholten Mal. Sie haben keine Ahnung, was für ein Glück sie haben, dass sie sich über ihr völlig normales Leben aufregen können.

Nur wer will das schon hören?

Niemand, und da ich mir praktisch ununterbrochen auf die Zunge beißen muss, wenn ich mit ihnen zusammen bin, treffe ich sie nicht mehr so oft.

Meine verwitweten Freundinnen hingegen regen mich nie so auf. Sie sind dankbar und voller Zuversicht, nachdem sie das Schlimmste überlebt haben. Sie beschweren sich nie über die alltäglichen Sachen in einem normalen Leben, weil sie genau wissen, wie schnell so ein normales Leben vorbei sein kann. Sie betrachten nichts – und niemanden – als selbstverständlich, und sie ärgern sich nicht über Kleinigkeiten, wie zum Beispiel dass jemand eine Viertelstunde zu spät kommt.

»Oh, hey, schön, dass du's geschafft hast.« Joy springt auf und umarmt mich, sobald sie mich entdeckt.

Ich drücke sie fest. Joys Umarmungen sind die besten. »Genau, ich hab's geschafft.«

Brielle zieht mich ebenfalls an sich und rutscht dann auf der Bank weiter, um mir Platz zu machen. »Das freut uns sehr.«

»Wie geht es Tom?«, erkundigt sich Naomi.

»Prima. Heute Nachmittag war ich mit ihm unterwegs, damit er auf ein paar Baustellen nach dem Rechten sehen konnte, und danach haben wir noch seine Mutter im Pflegeheim besucht. Sie hat Demenz.«

»Musst du nicht eigentlich arbeiten?«, fragt Hallie, während sie einen Chip in das Salsaschälchen taucht.

»Na ja … Mir ist heute gekündigt worden.«

»O nein«, sagt Joy. »So ein Mist.«

»Was verrät es über den Job, dass ich über die Entlassung hauptsächlich erleichtert bin?«

»Du hast den Job gehasst«, erklärt Brielle rundheraus.

»Es tut mir nicht leid, ihn verloren zu haben, weil mich das dazu zwingt, mir was zu suchen, wo ich nicht das Gefühl habe, als wäre ich innerlich tot, nachdem ich den Tag dort verbracht habe.«

Joy hebt ihr Margarita-Glas, um mir zuzuprosten. »Das ist die richtige Einstellung. Du wirst einen großartigen Job finden, das weiß ich einfach.«

»Jetzt aber genug von mir. Erzählt mir, was bei euch so los ist.«

»O nein, auf keinen Fall«, protestiert Brielle. »Ich will mehr darüber erfahren, was mit dem Highschool-Schwarm läuft.«

»Inzwischen ist er mein Erwachsenenschwarm. Am Wochenende könnte es den einen oder anderen Kuss gegeben haben.«

»Lexi!«, ruft Naomi gespielt vorwurfsvoll. »Das verkraftet sein Herz doch gar nicht.«

»Er behauptet, seinem Herzen ginge es nie besser, als wenn ich in der Nähe bin.«

Ein Chor von »Ah« und »Oh« ertönt.

»Ich freu mich so für dich«, meint Joy. »Und ich mag ihn. Wie er es dir möglich gemacht hat, bei deinen Eltern auszuziehen, als du das so dringend gebraucht hast, und dass er sich all diese Monate so lieb um dich gekümmert hat, ohne dich irgendwie zu bedrängen … Damit hat er sich einen festen Platz in meinem Herzen verdient.«

»In meinem auch«, antworte ich ihr mit einem Lächeln. Sie ist die liebevollste, großzügigste Frau überhaupt, und wenn sie sagt, sie wünscht sich für uns alle nur das Beste, dann glauben wir ihr das. »Und was ist mit dir und deinem neuen Typen?«

»Nun … Es könnte sein, dass er vor Kurzem bei mir übernachtet hat.«

Das sind großartige Neuigkeiten. Seit Craigs Tod hat sie sich mit niemandem getroffen.

Wieder sprechen wir wie aus einem Mund. »Und?«

»Wir sind tatsächlich in die Kiste gestiegen.« Obwohl sie das so flapsig formuliert, glänzen Tränen in ihren Augen.

»Ach, Süße.« Brielle legt einen Arm um sie. »Alles so weit in Ordnung?«

»Ja, schon. Und weißt du, das ist das Problem. Alles daran fühlt sich falsch an, und trotzdem war es in dem Moment einfach komplett richtig, und ich bin …« Joy nimmt die Serviette, die ich ihr reiche. »Ach, es ist alles so kompliziert und schwierig.«

»Es ist ein wichtiger Schritt nach vorn«, erklärt Hallie. »Das weißt du, oder?«

»Ja, schon«, sagt Joy mit einem Seufzen. »Aber auf einmal vermisse ich Craig wieder mehr als seit einer halben Ewigkeit. Ich meine, ich vermisse ihn immer furchtbar, doch in letzter Zeit ist es schlimmer geworden.«

Naomi nickt verständnisvoll. »Was ebenfalls komplett normal ist.«

»Was ist überhaupt noch normal?« Ich stelle die Frage, bevor ich zu viel darüber nachdenken kann. »Ich schau auf mein Leben heute, und es hat keinerlei Ähnlichkeit mit dem, wie es war, bevor Jim krank geworden ist. Ich meine … mir ist heute gekündigt worden, und es beunruhigt mich praktisch gar nicht, obwohl ich das Geld dringend brauche.«

»Weil du genau weißt, dass es Schlimmeres gibt, als einen

Job zu verlieren, den du von Anfang an gehasst hast«, entgegnet Hallie.

Brielle nickt zustimmend. »Allerdings.«

»Du hast recht«, sage ich zu Hallie. »Ich bin für Katastrophen abgestumpft.«

»Das hier zählt nicht mal als Katastrophe«, wirft Joy ein. »So im großen Plan der Dinge.«

»Nein, tut es nicht. Es ist maximal eine kleine Unannehmlichkeit, und ich werde eine Lösung finden. Wie geht es mit Robin, Hallie?«

»Bislang gut«, erwidert sie mit einer Grimasse. »Das war echt eine Meisterleistung von mir, jemanden zu finden, der wunderbar zu mir passt, aber gleichzeitig metastasierten Brustkrebs hat. Das ist doch mal ein tolles zweites Kapitel.«

Joy legt eine Hand über Hallies. »Niemand verlangt, dass du dir ihren Kampf auflädst.«

»Ich weiß, aber irgendwie kann ich der Sache zwischen uns nicht den Rücken kehren, ebenso wenig wie ihr. Sie ist wunderbar und witzig, und vorgestern hab ich ihre Kinder kennengelernt, die auch großartig sind. Sie waren so nett und freundlich.«

»Wie alt sind sie?«, erkundigt sich Naomi.

»Elf und dreizehn.«

»Das ist ja gewöhnlich nicht das freundlichste und aufgeschlossenste Alter«, stellt Joy fest.

»Nein, doch diese Kinder sehen zu, wie ihre Mutter gegen eine Krankheit kämpft, die sie schon vor Jahren hätte umbringen können. Sie wissen, worauf es ankommt und worauf nicht. Sie wollen, dass sie glücklich ist, selbst wenn das bedeutet, dass sie eine Beziehung mit einer Frau beginnt, nachdem sie den Vater ihrer Kinder verlassen hat.«

»Wie ist ihr Verhältnis zu ihrem Vater?«, möchte ich wissen.

»Sehr gut, aber sie können selbst erkennen, dass ihre Eltern getrennt glücklicher sind als miteinander, daher ist es für sie okay.«

»Sie klingen wirklich toll.«

»Das sind sie auch. Es ist alles gut, außer dass Robin eben

sterben und mich erneut am Boden zerstört zurücklassen könnte. Du glaubst, mit dir ist was nicht in Ordnung, weil es dir egal ist, dass du entlassen worden bist, Lex. Doch was für eine Masochistin muss man sein, um sich auf das einzulassen, was mir vermutlich bevorsteht?«

»Ach, Hölle«, meint Joy. »Das steht uns allen bevor.«

»Siehst du, das weiß ich«, antwortet Hallie. »Und ich denke daran, was mit meiner Gwen passiert ist und mit deinem Craig, als Beispiel dafür, dass es einen jederzeit wie ein Blitz aus heiterem Himmel treffen kann, ohne Vorwarnung. Alles ist ein Risiko. Jede verdammte einzelne Sache. Bloß sind manche Sachen riskanter als andere.«

»Sehr wahr«, sagt Brielle. »Was bedeutet, dass du entscheiden musst, ob du es erträgst, wenn tatsächlich erneut das Schlimmste eintritt.«

»Ich würde es vermutlich besser verkraften als beim ersten Mal. Schließlich bin ich dieses Mal vorgewarnt, wisst ihr?«

Gwens Selbstmord hatte Hallie bis ins Mark getroffen und sie so schockiert, dass sie Jahre benötigt hat, um überhaupt den Gedanken an Dating oder eine neue Beziehung zulassen zu können.

»Sich darüber im Klaren zu sein, dass etwas bevorsteht, macht es nicht unbedingt leichter, es zu akzeptieren.«

»Lexi hat recht«, erwidert Joy. »Meine Großmutter war jahrelang krank, bevor sie dann tatsächlich gestorben ist, und ich war trotzdem todtraurig. Und dabei ist das ja noch nicht mal vergleichbar damit, deinen Seelengefährten zu verlieren.«

»Verlust ist Verlust«, pflichtet ihr Brielle bei. »Und es ist immer Mist. Ich würde auch jetzt lieber darüber reden, wann Lexi vorhat, mit dem tollen Tom den nächsten Schritt zu wagen.«

Ihr Spitzname für ihn entlockt mir ein Lachen. »Wo hast du denn bitte diese Bezeichnung her?«

»So nenne ich ihn im Geiste, seit er dir das Zimmer bei sich angeboten und dich dann über ein halbes Jahr lang von vorne bis hinten bekocht hat, während er darauf gewartet hat, dass du bereit für ihn bist.«

»Denkst du, dass es das war, was er getan hat?«

»Äh, Süße«, wirft Joy mit einem breiten Grinsen ein. »Das denken wir alle.«

»Wirklich?«

»Lexi, Liebes«, erklärt Naomi. »Kein Mann kocht einer Frau sechs Tage die Woche Abendessen und serviert es ihr bei Kerzenschein, macht ihr morgens Kaffee und ein Lunchpaket für die Mittagspause und lässt auch sonst keine Gelegenheit aus, alles in seiner Macht Stehende zu tun, um ihr das Leben zu erleichtern, ohne die Hoffnung zu hegen, dass sie eines Tages mehr in ihm sieht als einen Mitbewohner. Du bist so lange raus, dass du das selbst nicht erkennen kannst, oder?«

»Nein, aber …«

»Kein Aber, Süße«, sagt Joy. »Der Mann ist verrückt nach dir und war es von Anfang an. Ich hab ihn ja erst am Umzugstag kennengelernt, doch ich finde es großartig, wie er dich umsorgt, ohne im Gegenzug auch nur das Geringste zu erwarten. Wenn du mich fragst, hat er ultimativ gezeigt, wie man erfolgreich eine Witwe umwirbt, ohne dass sie es überhaupt merkt.«

Über ihre Einschätzung muss ich lachen. »Ich bin so blöd.«

»Nein, bist du nicht!« Brielle lacht zusammen mit den andern. »Du warst nur noch nicht so weit, es zu bemerken. Erst als du ihn beinahe verloren hättest und dir das Leben ohne ihn vorstellen musstest, ist es dir klar geworden.«

»Eigentlich war ich nicht so auf den Kopf gefallen. Früher mal.«

»Trifft das nicht auf uns alle zu?«, fragt Joy. »Schieb das auf das Witwenhirn. Das ist ja wissenschaftlich nachgewiesen.«

Wir bestellen unser Essen und die anderen auch weitere Margaritas, da sie sich nachher ein Uber rufen. Ich halte mich an Wasser, denn ich muss meine fünf Sinne zusammenhaben, wenn ich zum tollen Tom zurückkehre. Der Name ist wirklich komisch, und ich finde es klasse, dass Brielle ihn so nennt, denn sie hat recht: Das hat er sich echt verdient.

Meine Chicken-Enchiladas sind köstlich, aber die Portionen sind riesig, sodass ich bloß die Hälfte schaffe. Ich lass mir den

Rest einpacken, den ich allerdings vor Tom verstecken muss, denn er liebt mexikanisches Essen, was für seine Ernährung nur leider gar nicht ideal ist.

Die Mädels haben mir viel Stoff zum Nachdenken geliefert, und das tue ich dann auch, während ich durch Nieselregen und Nebel nach Hause fahre, was wegen des Wetters länger als sonst dauert.

15

Lexi

Als ich um kurz nach zehn ins Wohnzimmer komme, schaut Tom seine Lieblingssendung *SportsCenter*.

»Hallo, Schatz. Du bist wieder zu Hause.«

»Jap.« Ich verstaue die Essensreste im Kühlschrank und hänge meine Jacke im Flur in den Schrank, bevor ich mich zu Tom geselle. »Wie geht's dir?«

»Viel besser, seit meine wunderschöne Mitbewohnerin wieder zurück ist. Hattest du einen schönen Abend?«

»Wir hatten wie immer jede Menge Spaß miteinander. Wir haben viel gelacht. Ich zieh mich nur rasch um. Bin sofort zurück.«

»Keine Sorge, ich hau nicht ab.«

Oben putze ich mir die Zähne, schminke mich ab und schlüpfe in meinen bequemen Pyjama. Ich überlege, ob ich den BH ausziehen oder lieber anlassen soll, und entscheide, dass ich ihn nicht mehr brauche. Schließlich streife ich mir noch ein Sweatshirt über mein T-Shirt. Ich wünschte, ich hätte interessantere Nachtwäsche, doch in der Beziehung bin ich nicht gut ausgestattet. Vielleicht sollte ich mal einen Einkaufsbummel machen.

Oh, Moment. Du hast heute deinen Job verloren, also fällt Einkaufen erst mal flach.

Ich vergesse immer wieder, dass ich heute entlassen wurde, was echt komisch ist. Man könnte fast meinen, dass ich finanziell abgesichert und nicht bis über beide Ohren verschuldet wäre. Aber in den beinahe drei Jahren seit Jims Tod ist etwas Komisches passiert. Die Schulden sind einfach zu etwas Weiterem geworden, womit ich mich befassen muss. Sie bestimmen nicht mehr mein Leben, wie sie es früher getan haben, und das hauptsächlich dank des Tapetenwechsels, den Tom mir ermöglicht hat.

Bei jedem normalen Vermieter hätte ich eine Bonitätsprüfung über mich ergehen lassen müssen, und ich hätte die erste und die letzte Miete sowie eine Kaution hinterlegen müssen, sodass ich für immer in der Kellerwohnung im Haus meiner Eltern hätte bleiben müssen. Wegen seines enormen Gefallens spielen meine Schulden keine so beherrschende Rolle mehr, wie sie es früher getan haben. Das bedeutet nicht, dass sie mich nicht mehr belasten, denn das tun sie. Sogar sehr. Doch es ist nicht mehr der erste und der letzte Gedanke eines jeden Tages, und das macht vieles leichter.

Morgen fange ich mit der Suche nach einem neuen Job an. Jetzt will ich allerdings erst mal Zeit mit dem Mann verbringen, der mein Leben langsam, aber sicher ein weiteres Mal auf den Kopf stellt.

Das lasse ich zu und bin mir dessen bewusst, was das bedeuten könnte. Ich fand das Gespräch vorhin über Hallies neue Freundin Robin extrem spannend. Hallie ist diese Beziehung mit dem Wissen eingegangen, dass Robin bald sterben könnte, und lässt sich trotzdem darauf ein. Bei Tom und mir ist das ganz ähnlich, auch wenn er genauso gut noch fünfzig Jahre leben könnte. Und sollte das der Fall sein, würde ich diese Jahre mit ihm verbringen wollen?

Ich denke schon. Das letzte Dreivierteljahr mit ihm unter einem Dach hat mir eine Betrachtungsweise ermöglicht, zu der ich sonst vermutlich nicht gefunden hätte. Er hat mir wieder und wieder gezeigt, wie er wirklich ist, und ich glaube, er ist genauso ehrlich, wie er auf mich wirkt.

Selbst mit einem gesunden Partner weiß man nicht, ob man ein Jahr oder fünfzig miteinander hat. Jederzeit kann etwas dazwischenkommen. Im Leben geht es darum, dass man die Zeit, die einem bleibt, auf eine Art verbringt, die einen glücklich macht. Tom macht mich glücklich. Allein der Gedanke an ihn tut das, seit ich etwa fünfzehn war. Und in echt hat er sich als noch viel umwerfender herausgestellt, als es sich selbst meine lebhafte Teenager-Fantasie hätte ausmalen können.

Ich steige die Treppe runter, möchte dringend mit ihm zusammen sein, ihn vielleicht wieder küssen, schauen, was sich für uns beide ergibt.

Er ist aufs Sofa umgezogen und scheint auf mich zu warten.

Ich setze mich neben ihn und ergreife die Hand, die er mir hinhält. »Du hast mir gefehlt, während du weg warst.«

»Du mir auch.«

»Wie geht es deinen Freundinnen?«

»Gut. Es war lustig wie immer. Und ich hab erfahren, dass sie dir einen Spitznamen verpasst haben.«

»Mir?«

»Jap.«

»Wirst du ihn mir verraten?«

Über seine komische Miene muss ich lachen. »Ich bin mir nicht sicher, ob ich das sollte. Er könnte sich ungut auf dein Ego auswirken.«

An seinen Augenwinkeln bilden sich kleine Fältchen, als er langsam lächelt. »Okay, jetzt will ich's wissen.«

»Der tolle Tom.«

»Okay. Na ja, auf jeden Fall besser als der törichte Tom, denke ich.«

Das entlockt mir ein Lachen. »Als ob du jemals töricht sein könntest.«

»Du weißt, was das heißt, oder?«

»Ich trau mich kaum zu fragen …«

»Du musst deinen Freundinnen ja großartige Dinge über

mich erzählt haben, wenn sie mir so einen Spitznamen verleihen.«

»Ich hab vielleicht das eine oder andere erwähnt, die Abendessen und die Lunchpakete, den Kaffee am Morgen und ganz allgemein, wie wunderbar du zu mir bist.«

Er zieht meine Hand an seinen Mund und streicht mit seinen Lippen über meine Haut, was ich überall am Körper spüre.

»Sie meinen außerdem, dass wir eigentlich seit meinem Einzug hier ein einziges langes Date haben, ohne dass mir das aufgefallen wäre.«

Er dreht meine Hand um und küsst die empfindliche Innenseite meines Handgelenks. »Ach, wirklich?«

»Mhm.«

»Das wäre ja ziemlich geschickt eingefädelt von mir.«

»Ich habe alles abgestritten!«

»Ich hab gar nichts, geschickt oder anders, eingefädelt, Lex. Ich hab es einfach genossen, dich hier bei mir zu haben und dich besser kennenzulernen – wie du hoffentlich umgekehrt auch mich.«

»Du hast alles richtig gemacht.«

»Wirklich?«

»Absolut. Du hast mir Zeit gelassen, mich an die Vorstellung zu gewöhnen, ohne mich zu überfordern oder Druck auf mich auszuüben, etwas zu tun, zu dem ich noch nicht bereit war.«

»Ich hoffe, du weißt, dass ich mich nicht anders verhalten hätte, selbst wenn ich gemerkt hätte, dass zwischen uns nichts sein kann. Und ich würde auf keinen Fall Bedauern verspüren, weil ich dir angeboten habe, hier zu wohnen.«

»Genau das ist es ja, was so toll an dir ist.«

»Ich mag diesen Spitznamen wirklich sehr.«

»Das hab ich mir schon gedacht.«

»Ich hab übrigens gute Neuigkeiten für dich. Wenigstens denke *ich*, dass sie gut sind.«

»Was denn?«

»Während du weg warst, hab ich mir den Arztbrief

genommen und ihn genau studiert. Ich hab tatsächlich die Stelle gefunden, an der steht, dass man nach zwei bis acht Wochen wieder Sex haben darf, sofern der Patient schmerzfrei ist.«

»Oh. Nun …«

»Eine Woche ist schon rum.«

»Tatsächlich?«

Er stößt mich mit der Schulter an. »Das weißt du ganz genau. Und ich fühle mich großartig.«

»Mal langsam, Tiger.«

Er dreht sich so, dass er mich ansieht. »Macht dir der Gedanke Angst?«

»Nicht so sehr, wie es bei jemand anderem der Fall wäre.«

»Irgendjemand Konkretes?«

»Hör auf! Du weißt genau, dass es niemanden gibt.«

Er lacht leise. »Ich liebe es, wenn du so energisch wirst.«

»Da ist niemand.«

»Ja, ich weiß. Ich versuche die ganze Zeit rauszufinden, ob wir den nächsten Schritt in Angriff nehmen sollen und ob du das ebenfalls möchtest. Auf keinen Fall sollst du dich zu irgendetwas genötigt fühlen, denn das wäre das Letzte, was ich will.«

»Ich fühle mich zu nichts genötigt. Ich fühle mich … Ich meine, *Sex mit Tom Hammett.*« Ich fächele mir mit der Hand Luft zu. »Die fünfzehnjährige Lexi wäre allein bei der Vorstellung ausgeflippt.«

Lächelnd fragt er: »Und wie sieht es mit der fünfunddreißigjährigen Lexi aus?«

»Ihr geht es ziemlich gut, wenn sie bei dir ist, und zwar schon recht lange.«

»Das ist das Netteste, was je jemand zu mir gesagt hat.«

»Unmöglich.«

»Doch!«

»Bevor wir, du weißt schon«, beginne ich und zwinge mich, ihn anzuschauen, »ist da noch was, was du wissen solltest.«

»Worüber?«

»Über mich.«

Während er mich voller Zärtlichkeit betrachtet, verschränkt

er unsere Finger miteinander. »Ich will alles über dich wissen, was es überhaupt zu wissen gibt.«

»Manches davon ist merkwürdig.«

»Das ist oft das Beste. Das Merkwürdige.«

Ich werfe ihm einen skeptischen Blick zu. »Das denkt niemand.«

»Doch, klar. Unsere Merkwürdigkeiten sind es, die uns von allen anderen unterscheiden.«

»Okay ...«

»Sag es mir, Lex. Erzähl mir alles über dich.«

»Meinetwegen. Aber vergiss nicht: Ich hab dich gewarnt.«

»Alles ist gut.«

Und da ich weiß, dass das stimmt, fällt es mir nicht schwer, ihm sogar das anzuvertrauen, was mir schwerfällt. »Solange ich zurückdenken kann, hab ich eine irrationale Angst davor, dass mein Vater sterben könnte. Ich bin mir nicht sicher, wieso. Es gab kein auslösendes Moment oder so was. Da war nur dieses Gefühl, das für einige Zeit die Oberhand gewonnen hat. Ich erinnere mich daran, dass ich ganz klein war und mitten in der Nacht ins Zimmer meiner Eltern geschlichen bin, um zu über- prüfen, ob er noch atmet.«

»Ach, Lex.«

»Dabei war er immer gesund, daher ist es so seltsam. Es war nicht so, dass er irgendwelche Probleme gehabt hätte.«

»Das war bei meinem Dad genauso, bis er plötzlich tot umgefallen ist.«

»Das war immer meine größte Sorge. Dass er irgendwohin geht und nicht wiederkommt. Er war beruflich viel unterwegs, und wenn er weg war, hab ich nicht schlafen können.«

»Lexi ... Ernsthaft?«

»Die ganze Zeit. Einmal eine ganze Woche lang.«

»Was hat deine Mutter dazu gesagt?«

»Sie weiß bis heute nichts davon und er auch nicht. Ich hab das jahrelang vor ihnen geheim gehalten.«

»Wie hast du vor deiner Mom geheim halten können, dass du eine ganze Woche nicht geschlafen hast?«

»Ich bin mir nicht sicher, wie ich das geschafft habe, doch genau so war es.«

»Das ist eine echte Angsterkrankung.«

»Heute weiß ich das und nehme Medikamente dagegen. Aber damals … Das war damals noch nicht so bekannt, dass es jemand auf dem Schirm gehabt hätte. Einmal hatte sein Flug Verspätung, sodass er nicht wie geplant zu Hause war. Er hatte meine Mom angerufen, um sie zu informieren, doch das hab ich nicht gewusst. Ich war felsenfest davon überzeugt, dass er tot war.«

»Am liebsten würde ich die kleine Lexi in die Arme schließen und sie ganz doll festhalten.«

Das ist das Süßeste, was er hätte sagen können. »Ich hab diese Angst nie wirklich abgelegt, komme jetzt allerdings besser damit klar. Das Ironische ist, während ich mir solche Sorgen um ihn gemacht habe, wurde bei meiner Mutter Hautkrebs festgestellt, als ich noch auf der Highschool war. Da konnte ich mir also um beide Sorgen machen.«

»Aber jetzt ist alles in Ordnung?«

»Ja, doch nach ihrer erfolgreichen Behandlung war ich mir bestimmt fünf Jahre lang sicher, dass der Krebs wiederkehren würde. Das hat alles dazu beigetragen, dass es mir solche Schwierigkeiten bereitet hat, als sich unser Verhältnis nach Jims Tod verschlechtert hat. Denn ich liebe sie sehr und will mich nicht mit ihnen streiten.«

»Das wissen sie.«

»Jedenfalls war ich so damit beschäftigt, mich um sie zu sorgen, dass es mir im Traum nicht eingefallen wäre, dass ich viel eher Grund dazu hatte, mich um Jim zu sorgen. Nicht ein Mal in all den Jahren, in denen wir zusammen waren, hab ich einen Gedanken daran verschwendet, dass *er* sterben könnte.«

»Warum auch? Er war jung und fit und hätte normalerweise noch Jahrzehnte weiterleben sollen.«

»Ich war so lange glücklich mit ihm, dass ich nie darauf gekommen wäre, ihn mit auf meine Liste von geliebten Menschen zu setzen, um die ich Angst haben müsste.«

»Es ist schön, dass ihr so glücklich gewesen seid.«

»Ja, das stimmt. Er war einfach wundervoll. Jedes Jahr, wenn ich meine Klassenliste erhalten hab, hat er sich eine Kopie gemacht und die Namen aller Kinder auswendig gelernt. Er kannte all ihre Eigenheiten und wusste, womit sie sich schwergetan haben. Beim Abendessen hat er sich dann mit mir über sie unterhalten und sich nach ihnen erkundigt: ›Wie steht es mit Emmas Lesefähigkeiten?‹, oder: ›Ist Clifton nach dem Tod seines Großvaters schon zurück in der Schule?‹ Oder: ›Wie geht es mit Daisys Sprachförderung voran?‹ Am letzten Schultag hat er mich in all den Jahren, in denen ich unterrichtet habe, mit seinem restaurierten Mustang-Cabrio abgeholt und ist mit offenem Verdeck mit mir den Skyline Drive entlanggefahren. Ich hab mich nie so frei gefühlt wie bei diesen Touren, wenn ich wusste, dass ich die nächsten zwei Monate nicht arbeiten musste.«

»Das ist wirklich eine schöne Tradition.«

»Ich hab mich das ganze Jahr lang darauf gefreut.«

»Was hat er beruflich gemacht?«

»Er war Ingenieur und Leiter einer Maschinenhalle in der Nähe von Tysons. Ab und zu war er auch in der Schule, um meinen Kids vorzulesen, und sie haben ihn geliebt. Er hat immer verschiedene Stimmen benutzt und die Charaktere richtig zum Leben erweckt. Er wäre ein wunderbarer Vater gewesen.«

»Ohne Frage. Habt ihr Kinder gewollt?«

»Wir hatten gerade begonnen, darüber zu reden, als sich die ersten Anzeichen für die drohende Katastrophe bemerkbar gemacht haben.«

»Was ist geschehen?«

»Als ich nach der Schule bei einer Lehrerkonferenz war, wurde ich von einer der Schulsekretärinnen rausgeholt. Erst dachte ich, sie müsse jemand anders meinen, aber sie hat direkt auf mich gezeigt. Natürlich war mein erster Gedanke, dass etwas mit meinem Vater sei.« Ich lächle selbstironisch. »Alte Gewohnheiten sind schwer abzulegen. Also hab ich meine Sachen zusammengepackt, mich entschuldigt und den Raum verlassen. Auf dem Flur hat mir Linda dann mitgeteilt, die Polizei habe versucht, mich auf dem Handy anzurufen, was jedoch wegen der Besprechung nicht geklappt hat, weshalb die Schule kontaktiert wurde. Jim war nach der Arbeit eine Betontreppe runtergefallen.

Linda hat mir gesagt, er wollte, dass ich über den Sturz informiert bin, und dass er im Krankenhaus sei. Sie hat gefragt, ob sie mich hinfahren soll, aber ich hab abgelehnt. Ich dachte, das schaffe ich, doch da hatte ich mich verschätzt. Ich hatte etwa zwei Blocks zurückgelegt, als mir klar wurde, dass ich vermutlich nicht hinterm Steuer sitzen sollte, denn meine Hände zitterten wie verrückt. Ich war der Meinung, es sei ein gutes Zeichen, dass er jemanden bitten konnte, mich zu benachrichtigen. Er hatte der Polizei meine Nummer nennen und ihnen mitteilen können, wo man mich erreichen konnte.

Daran hab ich mich geklammert, während ich mich durch den Verkehr zum Krankenhaus gequält habe. Irgendwie ist es mir gelungen, meine Eltern anzurufen und ihnen zu erzählen, was passiert war, und meine Mom hat erklärt, sie würden zum Krankenhaus kommen. Ich hab erwidert, dass das nicht nötig sei. Ich dachte: Wie schlimm kann es schon sein? Es war bei Bewusstsein, konnte sprechen und war offenbar klar im Kopf. Außerdem wollte ich ihnen keine unnötige Mühe machen. Sie sollten nicht *Glücksrad* oder *Jeopardy!* verpassen oder die Abendnachrichten, die sie jeden Tag schauen.

Aus irgendeinem Grund bin ich gar nicht darauf gekommen, ihn selbst anzurufen. Das ist mir erst hinterher eingefallen. Ich meine, warum hab ich nicht versucht, *ihn* zu erreichen? Ich hab wohl vermutet, dass er beschäftigt sein müsste, wenn er so schwer verletzt war, dass er ins Krankenhaus eingeliefert werden musste. Ehrlich gesagt hab ich gar nicht so recht gewusst, was ich denken sollte. Ich konnte mir nicht vorstellen, was passiert sein könnte. Jim war niemand, der zu Stürzen neigte oder über seine eigenen Füße stolperte. Das war eher meine Spezialität. Dafür war ich in unserer Freundesgruppe geradezu berüchtigt. Wenn es etwas gab, über das man stolpern konnte, war ich diejenige, die das hinkriegte. Niemals Jim. Ich hab mir gedacht, jemand müsste ihn geschubst oder irgendwie zu Fall gebracht haben. Oder vielleicht hatte er es besonders eilig gehabt, um endlich mal nicht die Rushhour zu erwischen und vor mir zu Hause zu sein. Nicht für eine Sekunde bin ich darauf gekommen, dass dieser Sturz das Ende des Lebens kennzeichnen würde, wie es gewesen war, selbst wenn es noch eine ganze Weile gedauert hat, bis das klar war.«

Tom reicht mir das Glas mit Eiswasser, das ich ihm vorhin gebracht habe.

»Tut mir leid, ich rede zu viel.«

»Nein, ich will das hören. Erzähl mir auch den Rest.«

Ich atme tief ein und langsam wieder aus, bevor ich weiterspreche. »Er war voller Blut. Er war am Kopf und an den Händen verletzt, außerdem hatte er eine Gehirnerschütterung und überall Prellungen und blaue Flecke. Als ich ihn gefragt habe, was passiert ist, hat er geantwortet, er sei sich nicht sicher. Im einen Moment sei er auf der Treppe gewesen, und im nächsten habe er auf dem Bürgersteig gelegen, umgeben von Leuten, die ihm zu Hilfe geeilt waren. Eine Frau, die direkt hinter ihm war und alles beobachtet hat, meinte, es habe gewirkt, als hätte sein linkes Bein plötzlich nachgegeben.

Nachdem ich das gehört hatte, ist mir das Herz in die Hose gerutscht. Sein linkes Bein hatte ihm zu dem Zeitpunkt schon eine Weile Probleme bereitet. Er hatte eine Schwäche in seiner Wade und ein merkwürdiges Zittern im Oberschenkel. Immer mal wieder hat es einfach nachgegeben, sodass er fast hingefallen wäre. Doch das war das erste Mal, dass er sich ernsthaft verletzt hatte. Und es war das erste Mal, dass ich mich gefragt habe, ob nicht was Schlimmeres dahintersteckt. Die Ärzte haben sich die gleiche Frage gestellt.

Er ist vier Tage lang im Krankenhaus geblieben. Es wurden jede Menge Tests durchgeführt, die allerdings alle keine aussagekräftigen Ergebnisse geliefert haben. Immerhin konnte manches Schreckliche ausgeschlossen werden. Er hatte weder MS noch Parkinson. Es war kein Hirntumor. Ich erinnere mich, wie erleichtert ich jedes Mal war, wenn eins dieser Dinge von der Liste gestrichen werden konnte.«

»Natürlich warst du das.«

»Nachdem alle Tests durchgeführt waren, hat man ihn ohne Antworten nach Hause geschickt, und nachdem er sich von dem Sturz erholt hatte, haben wir irgendwie dort weitergemacht, wo wir aufgehört hatten. In dem Sommer sind wir für eine Woche ans Meer gefahren, Freunde haben uns zum Grillen besucht, und wir sind mit einem seiner Collegefreunde in der Chesapeake Bay gesegelt. Es war einfach wunderbar, trotz der Schwierigkeiten, die er noch immer mit seinem linken Bein hatte. Er hat wie verrückt trainiert und versucht, es zu kräftigen. Er hat in dem Sommer an zwei Triathlons teilgenommen, aber er hat sich geärgert, dass seine Zeiten so viel schlechter waren als die vom Jahr zuvor, und konnte nicht verstehen, warum das so war.«

»Das muss sehr frustrierend für ihn gewesen sein.«

»Das war es. Er ist immer superfit gewesen, und das so schnell zu verlieren, hat ihn schwer getroffen. Damals war es nicht immer leicht mit ihm. Er war oft schlecht gelaunt und mürrisch. Wir haben uns in dem Jahr mehr gestritten als in all den Jahren zuvor zusammen. Jede Kleinigkeit hat zu einem emotionalen Ausbruch geführt, und ich hab versucht, mir zu sagen, dass er nicht er selbst war. Doch das hat mir wenig geholfen, wenn er seinen Frust an mir ausgelassen hat. Dann ist er wieder gestürzt, diesmal mit seinem Fahrrad mitten im Straßenverkehr, und wäre beinahe von einem Pick-up überfahren worden.«

»O Gott.«

»Ja, das war ziemlich furchtbar. Weißt du, was noch schlimmer ist?«

»Was?«

»Dass ich mir im Rückblick manchmal gewünscht habe, dass der Pick-up ihn erwischt und ihm erspart hätte, was danach kam.«

»Das ist nicht schlimm, Lex. Ich kann nachvollziehen, warum du so was gedacht hast.«

»Ich hab mich furchtbar gefühlt, als mir klar geworden ist: So schlimm das auch gewesen wäre, zumindest wäre es besser gewesen als der endlose Albtraum, den er erleiden musste.«

»Ihr habt beide gelitten.«

»Mein Leid war nichts im Vergleich zu seinem.«

»Sag das nicht. Versuch bitte nicht kleinzureden, was für eine Riesenbelastung seine Krankheit auch für dich gewesen ist.«

»Der Held dieser Geschichte war eindeutig er.«

»Ich hab keinen Zweifel, dass du genauso heldenhaft warst.«

»Na, ich weiß nicht. Wie auch immer, ein paar Monate nach seinem Fahrradunfall ist er in der Dusche gestürzt, und danach ist es dann wirklich übel geworden. Sein Hausarzt war derjenige, der zuerst die Diagnose ALS in den Raum gestellt hat. Jim hatte zu dem Zeitpunkt schon einige Zeit vermutet, dass es das sein könnte, hatte das aber mir gegenüber nie erwähnt. Glaub mir ... diese Buchstabenkombi zu googeln, war der größte Fehler meines Lebens.«

Tom verzieht das Gesicht.

»Doch als ich mich durch die ganzen Informationen gelesen hatte, passte plötzlich alles zusammen, was in den zwei Jahren davor passiert war. Die offizielle Diagnose hat er dann in dem Jahr in der Woche vor Weihnachten erhalten, kurz nach dem Sturz in der Dusche. Meine Eltern haben vorgeschlagen, dass wir in ihren Keller ziehen, damit wir auf einer Ebene wohnen können. Wir haben zu der Zeit in einem zweistöckigen Town-house gelebt, in dem das Schlafzimmer oben war. Jim hat geweint, als ich ihm gesagt habe, wir sollten ihr Angebot annehmen, weil wir ihre Hilfe brauchen würden.«

Ich hab die ganze Geschichte nicht mehr erzählt, seit ich zu den Wilden Witwen gestoßen bin. Ich hatte vergessen, wie anstrengend und bedrückend es ist, gedanklich in diese Zeit zurückzukehren. »Aber wenigstens hatten wir jetzt eine Antwort, weißt du? Selbst wenn es die schlimmstmögliche Antwort überhaupt war. Wir befanden uns nicht mehr im Blindflug. Wir haben viel Hilfe von der ALS Association erhalten, die entscheidend war. Ich bin dort weiter aktiv, auch nach Jims Tod. Sie helfen Menschen, die mit dieser schrecklichen Diagnose fertigwerden müssen.«

»Wann seid ihr bei deinen Eltern eingezogen?«

»Im darauffolgenden März. Es waren ein paar schwierige Monate, in denen wir uns an den Gedanken gewöhnen mussten, dass unsere gemeinsame Zeit vorzeitig enden würde. Ich habe wirklich damit gekämpft, das Schuljahr noch zu Ende zu bringen, bevor ich pausiert habe. Jim hat darauf bestanden, so lange wie irgend möglich zu arbeiten. Nachdem die Ärzte ihm dringend davon abgeraten hatten, selbst Auto zu fahren, was schrecklich für ihn war, weil er das wirklich geliebt hat, hat ihn ein Kollege, der bei uns in der Nähe wohnte, jeden Tag mitgenommen. Alle waren so unglaublich nett.«

Ich wische mir eine Träne weg, die erste, die fällt, seit ich angefangen habe, was erstaunlich ist. Die ersten paar Male, als ich darüber gesprochen habe, hab ich ununterbrochen geschluchzt. Nach der Diagnose habe ich monatelang ständig geweint. Jedes Mal, wenn ich allein war, bin ich in Tränen ausgebrochen.

»Und weißt du, was das Verrückteste ist?«

»Nein, was?«

16

Lexi

»Selbst mitten in dieser Krise hab ich mir noch Sorgen gemacht, dass mein Dad sterben könnte.«

»Angst ist in der Beziehung merkwürdig. Eine von Coras Töchtern hat mit Angstattacken zu kämpfen.«

»Ja, du hast recht, und das mit deiner Nichte tut mir leid.«

»Inzwischen geht es ihr schon besser. Gute Medikamente sind da hilfreich.«

»Absolut.«

»Also seid ihr bei deinen Eltern eingezogen.«

»Ja. All unsere Freunde haben geholfen. Das Schwierigste war, die Dinge wegzugeben, die Jim so geliebt hatte, von denen aber feststand, dass er sie nie wieder würde benutzen können, wie zum Beispiel seinen Baseballhandschuh, seine Eishockey-Schlittschuhe und den Mustang. Das hab ich erst gemacht, als wir bei meinen Eltern gewohnt haben, damit er es nicht mit ansehen musste.«

»Das muss auch für dich schlimm gewesen sein.«

»Wenn ich auf den gesamten Albtraum zurückblicke, dann sticht dieser Tag definitiv als einer der schwersten heraus. Wir haben Jims Leben abgewickelt, während er noch da war. Eine meiner Freundinnen hat ein Händchen dafür, Dinge online an den Mann zu bringen. Sie hat alles verkauft und so viel wie möglich dafür rausgeholt, was seinerzeit ein wahrer Segen war, da wir beide nicht mehr gearbeitet haben.«

»Danke, dass du mir das erzählt hast. Es bedeutet mir viel, dass du mir so weit vertraust.«

»Ich würde es verstehen, wenn meine Neurosen und meine Trauer dir zu viel werden.«

»Es ist nicht zu viel. Du weißt schon, was ich bei alldem ganz klar gehört habe?«

»Was denn?«

»Wie tief und innig du die Menschen liebst, die dir am Herzen liegen. Wie viel Glück dein Vater hat, dass du ihn so liebst, dass du dir ein Leben ohne ihn nicht vorstellen kannst. Was für ein Glückspilz Jim war, dass er eine Ehefrau hatte, die sich um all seine Bedürfnisse gekümmert und ihn während einer entsetzlichen Krankheit bis zum bitteren Ende gepflegt hat. Eine Menge Leute wären vor der Verantwortung davongelaufen, doch du hast nicht einmal mit der Wimper gezuckt, sondern die Ärmel hochgekrempelt.«

»Mag sein, aber ich habe oft mit der Wimper gezuckt. Es gab so viele Tage, an denen ich dachte, ich könnte nicht mehr.«

»Trotzdem bist du nie davor weggelaufen. Nicht ein einziges Mal.«

»Vielleicht ein- oder zweimal.«

»Doch du bist jedes Mal zurückgekommen.«

»Ja.«

»Dann zählt es nicht als Weglaufen.«

»Ich hätte ihn niemals für länger verlassen können.«

»Die Menschen, die du liebst, haben ein Riesenglück, Lexi. Ich hoffe, das kannst du erkennen.«

»Danke.«

»Ich fand es sehr schön, diesen kleinen Einblick in dein Leben mit Jim zu erhalten, sodass ich ihn jetzt auch ein bisschen besser kenne. Ich muss immer wieder daran denken, dass er sich jedes Jahr die Namen deiner Schüler eingeprägt hat.«

»Als er das das erste Mal getan hat, war ich schockiert. Er hatte den Ausdruck der Klassenliste auf meinem Schreibtisch gefunden und sich alles gemerkt. Ich glaube, er konnte die Namen vor mir.«

»Das ist so süß.«

»Er würde wollen, dass ich dir erzähle, dass er manchmal auch ein Blödmann sein konnte.«

Tom lacht. »Das zu glauben, finde ich schwer.«

»Wir hatten ein paarmal spektakulär Streit. Vor allem weil er trotz seiner Fitness immer noch gern so viel getrunken hat wie auf dem College. Das hat mich schier wahnsinnig gemacht, und ich habe es gehasst.«

»Ich kann mir vorstellen, dass das problematisch war.«

»Nach seiner Diagnose hat er keinen Tropfen mehr ange-rührt. Die Ärzte haben ihm ans Herz gelegt, sich komplett von Alkohol fernzuhalten, denn sonst würde die Wahrscheinlichkeit von Stürzen größer werden. Zu dem Zeitpunkt hatte er sich schon dreimal ernsthaft verletzt, daher mussten sie ihm das nicht zweimal sagen. So hat er eine Sache nach der anderen eingebüßt.«

»Aber nicht dich. Ich bin sicher, er würde sagen, dass du das Wichtigste in seinem Leben warst.«

»Ja, das stimmt vermutlich. Ich hab nie eine Sekunde daran gezweifelt, dass er mich wie verrückt geliebt hat.«

»Ich hoffe, du zweifelst auch nicht daran, dass ich das tue.«

»Tom …«

»Vielleicht ist dies nicht der richtige Moment, um es auszu-sprechen, doch es stimmt, Lexi. Ich liebe dich. Ich freu mich, zu hören, wie sehr du Jim geliebt hast und wie schön dein Leben mit ihm gewesen ist, und ich will, dass du weißt, er wird immer ein Teil von dem sein, was du und ich zusammen haben. Er gehört unverbrüchlich zu dir, und ich liebe alles an dir.«

Jetzt laufen mir ungehindert die Tränen über das Gesicht, während dieser Mann, der so ein wunderbarer Freund für mich gewesen ist, mir sein Herz offenbart. »Ich liebe dich auch.«

»Du musst das nicht sagen, bloß weil ich dir meine Liebe gestanden habe.«

»Das würde ich nie tun, wenn ich es nicht auch so meinen würde. Ich empfinde so. Was du darüber gesagt hast, dass Jim ein Teil von dem zwischen uns sein wird, verrät mir alles, was ich darüber wissen muss, inwiefern du verstehst, was es bedeutet, mit einer Witwe zusammen zu sein.«

»Das verstehe ich wirklich, Lex. Er gehört so sehr zu dir wie deine Locken und das süße Grübchen, das immer genau hier erscheint, wenn du lächelst.« Er berührt die Stelle mit dem Finger. »Er ist in deinem Herzen und in deiner Seele, und ich liebe dein Herz und deine Seele. Ich glaube, ich hab dich geliebt, seit ich achtzehn war.«

»Tom …«

»Ich hab dich nie vergessen. Ich habe viel häufiger an dich gedacht, als ich das hätte tun sollen, sogar nachdem ich erfahren hatte, dass du verheiratet warst. Ich hab mich gefragt, was gewesen wäre, wenn ich mich über das Verbot meiner Mutter hinweggesetzt und dich auf der Highschool um eine Verabredung gebeten hätte.«

»Ich wäre vermutlich in Ohnmacht gefallen oder hätte irgendwas ähnlich Peinliches getan, wenn du mich damals gefragt hättest.«

Darüber muss er laut lachen. »Ich glaub, du hättest es prima verkraftet.«

»Ich wäre dahingeschmolzen, so viel steht fest. Da kannst du all meine Freundinnen von der Highschool fragen.«

»Das mach ich glatt das nächste Mal, wenn wir sie sehen.«

»Sie werden dir das bestätigen … Ich hätte mit dem Rettungswagen zum nächsten Krankenhaus transportiert werden müssen, wenn du mich auch nur länger angeschaut hättest, und was gewesen wäre, wenn du mich angesprochen oder gar um ein Date gebeten hättest, möchte ich mir lieber gar nicht vorstellen.«

»So schlimm war es?«

»Ja, es war echt heftig.«

»Und jetzt? Wie sieht es mit dem Schwarmometer aus?«

»Das bewegt sich ziemlich direkt auf den Gefahrenbereich zu. An manchen Tagen kann ich immer noch nicht glauben, dass ich mit Tom Hammett unter einem Dach lebe, dass ich mit

Tom Hammett befreundet bin, dass ich Tom Hammett geküsst habe.«

»Du bist mit Tom Hammett *engstens* befreundet, und er kann es gar nicht erwarten, dich so oft zu küssen wie nur möglich, und das für den Rest seines Lebens.«

»Das könnte ganz schön lang sein.«

»Ich hoffe, es geht so lang, dass wir noch im Altersheim nicht die Finger voneinander lassen können und mit unserem unmöglichen Verhalten einen Skandal nach dem andern verursachen.«

Über das Bild, das er da malt, muss ich lachen.

»Sicher.«

»Willst du noch Kinder?«

»Puh, also früher hab ich mir das mehr als alles andere gewünscht, aber jetzt? Ich weiß nicht. Nachdem ich jahrelang einen geliebten Menschen gepflegt habe, erschreckt mich die Vorstellung, für das Wohl und Wehe eines kleinen Wesens verantwortlich zu sein. Im Grunde genommen scheue ich sogar davor zurück, mir ein Haustier zuzulegen.«

»Verständlich.«

»Und du?«

»Ich hab mir immer vorgestellt, dass ich eines Tages eine Familie haben werde, doch je näher die Vierzig rückt, desto unsicherer bin ich mir, ob ich wirklich mit sechzig Kinder am College haben möchte.«

»Ich hab gehört, Sechzig sei das neue Vierzig.«

»Klar, ganz bestimmt. Das heißt nur auch, dass ich bis siebzig arbeiten muss, um das alles finanziert zu kriegen.«

»Stimmt auch wieder.«

»Aber wenn du interessiert bist, wäre ich dabei. Ich würde dir nie etwas abschlagen, was du dir wünschst.«

»Ich hab schon so lange nicht mehr darüber nachgedacht, dass ich mir nicht sicher bin, wie ich dazu stehe. Irgendwie fühlt es sich so an, als wäre das eine weitere Sache, die Jims Krankheit zum Opfer gefallen ist.«

»Ich verstehe, was du meinst, doch wir sind beide noch jung genug dafür, wenn wir es möchten. Ich würde arbeiten, bis ich achtzig bin, wenn das dafür sorgt, dass du deine Träume verwirklichen kannst.«

»Nur dass du es weißt: Wer auch immer deine Texte schreibt, trifft genau den richtigen Ton. Jedenfalls weiß der Betreffende, was du mir sagen musst.«

»Haha, das ist alles original ich, das kannst du mir glauben.«

Mein Handy vibriert, als eine Textnachricht von Iris eintrifft. Sie schickt nur ganz selten so spät noch was. »Stört es dich, wenn ich kurz nachsehe, was sie will?«

»Natürlich nicht. Schau nach.«

Der Text geht an die ganze Wilde-Witwen-Gruppe. *Wir haben zwei Neuzugänge, die Interesse haben, bei uns mitzumischen. Ich hab gedacht, es könnte nett sein, wenn wir eins unserer Treffen mal irgendwie offen gestalten. Das bedeutet, wir bringen Freunde mit und reden nicht nur über Witwenthemen, um sie in unserer Gruppe einzuführen. Gage und ich hatten ohnehin überlegt, nächstes Wochenende was für alle anzubieten, dazu könnten wir sie einladen. Was haltet ihr davon?*

Brielle hat schon geantwortet. *Ich finde die Idee großartig. Auf diese Weise können sie sehen, wie gut wir uns verstehen und wie gern wir neue Gesichter willkommen heißen, und wir anderen können so die neuen Partner von Gruppenmitgliedern kennenlernen. Hallo, toller Tom, ich rede von dir!*

Iris erwidert: *Warte mal, »toller Tom«? Was hab ich versäumt?*

Joy: *Das ist von heute, als wir Single-Witwen uns zum Essen getroffen haben. Das ist der Spitzname für Lexis »Mitbewohner«.*

Iris: *Oh, das ist prima. Das gefällt mir. LOL*

Darauf schreibe ich: *Er auch. Haha. Die Idee ist klasse, Iris. Wir kommen auf jeden Fall, und sag, was wir mitbringen sollen.*

Ich drehe mich zu Tom um. »Was hältst du davon, am Samstagabend zu einer Party der Wilden Witwen zu gehen?«

»Davon halte ich eine Menge. Ich würde liebend gern deine Freunde kennenlernen.«

»Und sie wollen den tollen Tom dringend persönlich treffen.«

»Den Spitznamen werde ich nicht wieder los, oder?«

»Kann mir nicht vorstellen, wie. Und PS, du hast ihn dir verdient, also genieß es.«

»Das habe ich vor.«

Tom

Der heutige Abend war einer der besten meines Lebens, dabei haben wir nur geredet, nachdem sie von dem Essen mit ihren Freundinnen zurückgekommen ist. Ich hatte mit anderen Frauen romantischere Verabredungen, die im Bett geendet haben, doch keine von ihnen hat mich je so tief berührt wie Lexi. Was sie mir über ihre Beziehung zu Jim erzählt hat und was sie im Lauf seiner Krankheit alles durchmachen mussten, werde ich nie vergessen.

Wir versuchen, einen Film zu schauen, an dem keiner von uns wirklich Interesse hat, und ich muss daran denken, wie er die Betontreppe runtergefallen ist und sie die Nachricht davon in der Schule erhalten hat.

Sie hat ihren Kopf auf meine Schulter gelegt, und ich fahre ihr geistesabwesend mit den Fingern durch die Locken. Ich liebe es, sie so nah bei mir zu haben, selbst wenn wir nur kuscheln. Während ich den Duft einatme, der so einzigartig wie sie ist, ist alles, was ich will, mehr. Ich möchte *alles* mit ihr.

Ich möchte sie vor allem beschützen, was sie je verletzen könnte, insbesondere wenn ich das bin. Ich werde nie wieder Pommes anfassen oder Pizza essen, wenn ich auf diese Weise dafür sorgen kann, dass ich gesund bleibe, damit sie nicht noch einmal den Verlust des Mannes erleben muss, den sie liebt. Ich gehe sogar sieben Tage die Woche ins Fitnessstudio, wenn es sein muss. Was auch immer nötig ist, um so lange wie möglich bei ihr zu sein.

Nachdem ich mehrmals gegähnt habe, hebt Lexi den Kopf von meiner Schulter. »Du gehörst ins Bett.«

»Kommst du mit?«

»Wenn du das gerne möchtest.«

»Darauf kannst du wetten.«

Ich liebe dieses Lächeln. Ich werde alles dafür tun, es jeden Tag so oft wie möglich zu sehen. Ich möchte sie lächelnd, glücklich, fröhlich, dass sie sich voller Zuversicht auf die Zukunft freut und auf alles, was sie an Schönem für uns bereithält.

Wir lösen uns voneinander und stehen auf, um in mein Schlafzimmer zu gehen. Oder ist es schon *unser* Schlafzimmer? Ich mag, wie sich das anhört. Ich, der es nie leiden konnte, wenn jemand anders in meine Privatsphäre eindringt, war sofort bereit, ihr die Schlüssel zu meinem Reich auf dem Silbertablett zu präsentieren.

Sie legt sich ins Bett, während ich noch im Bad bin und mir die Zähne putze.

Als ich mich neben ihr ausgestreckt habe, drehe ich mich zu ihr. »Du bist ganz schön weit weg da drüben.«

»Du brauchst deine Ruhe.«

»Ich brauch dich viel mehr.«

Sie rutscht näher, allerdings nicht nah genug. Ich strecke die Hand nach ihr aus, und endlich schmiegt sie sich in meine Arme.

»Gut?«

»Viel besser. Wenn du mich jetzt noch küsst, wäre es praktisch perfekt.«

»Du sollst dich ausruhen, damit du wieder zu Kräften kommst.«

»Nirgendwo in den Anweisungen für die Zeit nach einer Stent-OP steht etwas davon, dass Küssen verboten sei.«

»Aber sexuelle Aktivität ist verboten. Küssen zählt zu den sexuellen Aktivitäten.«

»Sag bitte noch einmal ›sexuelle Aktivität‹.«

»Stopp!«

»Zwing mich doch. Es gibt nur eine Möglichkeit, dafür zu sorgen, dass ich den Mund halte, daher liegt es ganz in deiner Hand.«

»Dann muss ich wohl tun, was getan werden muss, wenn auch nur die geringste Chance darauf bestehen soll, heute Nacht Schlaf zu finden.«

»Ganz genau.«

Sie lächelt, als sie sich auf einen Ellbogen stützt und ihre Lippen auf meinen Mund presst. »So. Und jetzt sei still und schlaf.«

Bevor sie mir entwischen kann, lege ich ihr einen Arm um den Nacken und drehe mich mit ihr um, sodass ich über ihr liege und in ihr wunderschönes Gesicht blicke. »Nicht so schnell, Liebste.« Ich streiche mit meinen Lippen zärtlich über ihre, bin extra vorsichtig, denn ich weiß genau, ich bin der erste Mann, mit dem sie nach dem Tod ihres Mannes auf diese Weise zusammen ist. Ich möchte mir sicher sein können, dass sie sich bei dem, was wir tun, wohlfühlt.

Daher achte ich darauf, nichts zu überstürzen, sondern ganz langsam zu machen und behutsam zu sein, bis sie mir die Arme um den Hals schlingt und die Lippen öffnet. Dann gibt es kein Halten mehr.

Sie zu küssen, ist, wie an einen vertrauten Ort zurückzukehren, an dem zu sein mir immer schon vorherbestimmt war. Ich kann nicht anders, es muss Schicksal oder Kismet sein oder wie auch immer man das bezeichnen möchte, was dafür gesorgt hat, dass wir uns zur selben Zeit am selben Ort aufgehalten haben. Dass wir uns, Jahre nachdem wir insgeheim ineinander verknallt waren, wiedergetroffen haben.

Vielleicht war es sogar ihr geliebter Jim, der dafür verantwortlich war, dass sich unsere Wege gekreuzt haben, weil er wusste, dass ich sie so lieben würde, wie er das getan hat. Was auch immer es war, was uns zu diesem Moment gebracht hat, ich bin unglaublich dankbar dafür.

»Tom.«

»Hmm.« Ich küsse sie auf den Hals und beginne zärtlich an ihrer Haut zu knabbern.

Sie keucht leise und legt ihre Beine um meine Hüften. »Das sollten wir nicht tun.«

»Alles in Ordnung, das schwöre ich. Mir geht es super, und mir wird es auch weiter super gehen. Nichts ist je besser gewesen, als auf diese Weise mit dir zusammen zu sein, Lex.«

Ich kann erkennen, dass sie hin- und hergerissen ist. Einerseits will sie das Gleiche wie ich, andererseits möchte sie auf keinen Fall, dass ich mir zu früh zu viel zumute. Ich werde mich an die Anweisungen der Ärzte halten. Es wird keinen Sex geben, zumindest bis zwei Wochen nach dem Eingriff. Trotzdem gibt es jede Menge, was wir in der Zwischenzeit tun können.

Sie lässt ihre Hände unter mein T-Shirt und auf meinen Rücken gleiten, woraufhin ich vor Verlangen erschauere. »Ich verspreche, ich werde es nicht übertreiben, okay?«

»Okay.«

Ich schiebe ihr das T-Shirt hoch, enthülle ihren vollen Busen mit den dunkelrosa Spitzen.

Ich richte mich auf und streife mir mit einer einzigen Bewegung mein Pyjamashirt über den Kopf, ehe ich ihr beim Ausziehen ihres Oberteils helfe. »Gott, das ist so gut.« Das Gefühl ihres Busens an meiner Brust ist himmlisch, und meine Erektion kommt genau an der heißen Stelle zwischen ihren Oberschenkeln zu liegen.

So muss sich das Paradies anfühlen, entscheide ich, während ich mit der Zunge über ihre linke Brustspitze fahre und sie dann in den Mund nehme.

Sie packt mich an den Haaren und stößt einen Laut aus, der pures Verlangen ist.

Himmel. Ich begehre sie, wie ich noch nie irgendjemand in meinem Leben begehrt habe.

Dann sind ihre Hände in meinen Pyjamahosen, und sie zieht mich enger an sich, während sie sich an mir reibt. Sie stöhnt meinen Namen und erreicht mit einem Schluchzen ihren Höhepunkt.

Ich habe noch nie etwas Erregenderes erlebt.

Ich bewege mich weiter an ihr, spüre die Wellen ihrer Erfüllung, gestatte mir jedoch nicht, ihr zu folgen. Ich hab versprochen, mir nicht zu viel zuzumuten.

Sie atmet tief ein und langsam und stockend wieder aus. »Wow.«

»Genau das hab ich auch gedacht.«

»Du hast aber nicht … Ich meine, vermutlich solltest du nicht …«

Ich küsse sie. »Keine Sorge. Du kannst es ein andermal wiedergutmachen.«

Sie lacht. »Schreibst du an?«

»Darauf kannst du wetten.«

Lexi

Am Tag nach dem erotischen Zwischenspiel in Toms Bett bin ich die ganze Zeit wie aufgedreht. Es ist, als würde ich nach einem langen, kalten, einsamen Winter wieder zum Leben erwachen. Seine Berührung setzt mich in Flammen, was ich natürlich schon wusste, weshalb ich ihm ja überhaupt erst erklärt habe, wir sollten Abstand halten. Ich wusste genau, was passieren würde, wenn ich zu ihm rutsche, trotzdem kann ich nicht behaupten, ich würde es bereuen.

Wenn ich mich nur nicht so wegen eines Rückfalls sorgen würde.

Heute beginnt er mit der Herz-Reha und fährt selbst hin, wobei ich mir nicht ganz sicher bin, ob mir das gefällt. Doch er besteht darauf, dass er sich großartig fühle und mehr als bereit sei, zur Normalität zurückzukehren.

Zuzuschauen, wie er in seinem Pick-up davonbraust, weckt die Erinnerung daran, dass Jim, noch lange nachdem er das eigentlich nicht mehr sollte, darauf bestanden hat, sich hinters Lenkrad zu setzen. Ein Beinaheunfall mit einem Minivan voller Kids war nötig dafür, dass er endlich zugeben konnte, was andere zu dem Zeitpunkt schon eine Weile gewusst hatten: Es war nicht mehr sicher für ihn, ein Fahrzeug zu steuern.

Toms Situation unterscheidet sich natürlich grundlegend von Jims Situation damals. Anders als bei ALS, wo jeder Verlust einer Fähigkeit dauerhaft ist, kann man bei Tom davon ausgehen, dass er sich wieder vollständig erholt. Wenn er sagt, er fühle sich gut, muss ich versuchen, ihm zu glauben, und aufhören, mit einem Desaster zu rechnen. Angst und Sorge sind Teil meiner DNA geworden. Ich muss mir immer wieder versichern, dass es nicht das Gleiche wie bei Jim ist, was gar nicht so leicht ist.

Um mich zu beschäftigen, während er weg ist, stelle ich eine Waschmaschinenladung für uns beide an und nehme mir dann meinen Laptop, um meine E-Mails zu überprüfen und erneut mit der verhassten Jobsuche zu beginnen.

Ich lese die E-Mail von der Personalabteilung meiner früheren Firma, in der die Bestimmungen zu Abfindung und Krankenversicherungsbeiträgen aufgeführt sind, die Erika mir gestern bereits mitgeteilt hatte. Ich bedanke mich bei der Frau, die mir das alles geschickt hat, bevor ich mich der E-Mail von Nora zuwende, die die Arbeit der Ehrenamtlichen in unserer ALS-Selbsthilfegruppe koordiniert. Ich hab bei einigen Treffen mitgewirkt und mich an verschiedenen Spendenaktionen beteiligt. Die Organisation war während Jims Krankheit eine unschätzbare Hilfe für uns, sodass ich das Gefühl habe, dass es das Mindeste ist, was ich tun kann, um etwas zurückzugeben.

Hi, Lexi,

ich möchte dich darüber informieren, dass ich zum Monatsende meine Arbeit niederlegen werde, weil ich meine ersten Kinder erwarte (Zwillinge, zwei Mädchen – wünsch mir Glück!). Ich wende mich hier an dich als eine unserer besonders engagierten Freiwilligen, um herauszufinden, ob du vielleicht Interesse an meinem Job hättest. Wir sind auf der Suche nach einem Ersatz für mich, aber auch nach Mitarbeitern für andere Stellen, die in letzter Zeit frei geworden sind. Deine Unterstützung sowohl in der Selbsthilfegruppe als auch beim Einwerben von Spendengeldern ist sehr wertvoll gewesen, und deine Erfahrung aus erster Hand mit ALS würde dich zu einer großartigen Hilfe für Familien machen, die gerade erst diese entsetzliche Diagnose erhalten haben.

Diesen Absatz lese ich zweimal, weil ich es kaum glauben kann, dass man mir einen Job anbietet, ausgerechnet jetzt, nachdem ich meinen alten gerade verloren habe. Ist das wieder Jim, der da seine Finger im Spiel hat? Zuzutrauen wäre es ihm. Allerdings bin ich mir nicht sicher, ob ich es emotional verkrafte, mich in Vollzeit einer Arbeit im Umfeld von ALS zu widmen.

Nora geht auf diese Möglichkeit in ihrem zweiten Absatz ein.

Ich verstehe es natürlich, wenn du dich dem nicht gewachsen fühlst. Für dich als jemanden, der es aus nächster Nähe miterlebt hat, könnte es durchaus besser sein, anderen nur gelegentlich mit deiner Erfahrung beizustehen. Wie auch immer, ich möchte, dass du weißt, wie dankbar ich dir für all das bin, was du getan hast, und dass deine Geschichte – und die deines Ehemanns – eine ist, die mich noch lange begleiten wird, nachdem ich die Arbeit hier hinter mir gelassen habe.

Wenn du daran interessiert bist, mehr über den Job zu erfahren, melde dich bitte schnellstmöglich. Der Vorstand hofft darauf, jemanden kurzfristig für meine Nachfolge zu gewinnen, sodass noch eine Einarbeitung durch mich möglich ist. Leider besteht der Bedarf an unserer Arbeit weiter.

Beste Grüße
Nora

Ich bin sprachlos und fühle mich geehrt, dass sie an mich gedacht hat, zögere jedoch auch, zuzusagen. Ich hab keine Ahnung, was ich ihr erwidern soll, daher speichere ich die Nachricht ab, damit ich mich später noch mal damit befassen kann, nachdem ich Zeit hatte, das gründlich zu durchdenken.

17

Lexi

Während ich online bin, beschließe ich, etwas zu recherchieren, worüber ich mehr wissen möchte: den sogenannten Witwenmacher-Herzinfarkt. Ich hab den Begriff schon vorher gehört, aber bisher nie groß darüber nachgedacht. Seit Tom erwähnt hat, dass sein Vater an einem gestorben ist, muss ich allerdings dauernd daran denken. Als ich das Wort ins Suchfeld eintippe, ist mir bewusst, dass ich es vermutlich bereuen werde. Trotzdem drücke ich die Enter-Taste.

Auf dem Bildschirm erscheint: »Bei einem Witwenmacher-Herzinfarkt kommt es zum kompletten Verschluss der auf der linken Vorderseite des Herzens abwärts verlaufenden Koronararterie (*Ramus interventricularis anterior*, RIVA), die zu den Hauptblutgefäßen gehört, die das Herz versorgen.«

Mein eigenes Herz schlägt mir bis zum Hals, während ich weiter runterscrolle und lese, dass die Überlebensrate bei erschreckend niedrigen zwölf Prozent liegt. Ich schaue zu Toms Entlassungspapieren auf dem Küchentresen, und bevor ich es mir anders überlegen kann, stehe ich auf und gehe hin, um einen genaueren Blick darauf zu werfen.

Auf Seite vier finde ich die Beschreibung seines aktuellen Zustands: fünfundneunzigprozentiger Verschluss der RIVA.

Ich atme tief durch. *O mein Gott.* Er hatte den gleichen Herzinfarkt, der seinen Vater das Leben gekostet hat. Ist ihm das klar? Das muss es wohl. Sie hätten ihm das im Krankenhaus erzählt, als er – oder seine Schwestern – von der medizinischen Vorgeschichte der Familie berichtet hat.

Ich wusste, dass es extrem ernst war, doch schwarz auf weiß zu lesen, dass es genau das Gleiche war, woran sein Vater gestorben ist, erschüttert mich zutiefst. Ich brauche mehr Informationen. Ich möchte mit Tom darüber reden, bin mir aber nicht sicher, wie ich es ansprechen soll. *Also, Tom, ich hab deine Entlassungspapiere gesehen und dabei ganz zufällig gelesen, dass du einen Witwenmacher-Herzinfarkt hattest, genau wie dein Vater. War dir das klar?*

Das kann ich ihn unmöglich fragen.

Mein Handy klingelt, es ist meine Mutter.

»Hey, Mom. Alles in Ordnung bei euch?«

»Wir können nicht klagen. Und bei dir? Wie geht's Tom?«

Ich verstaue das Wort »Witwenmacher« für den Moment in der hintersten Ecke meines Verstandes. »Insgesamt okay. Heute Vormittag ist er bei der Herz-Reha.«

»Sollte er denn schon Auto fahren?«

»Er meint, er fühle sich gut, also was hätte ich tun sollen? Ich muss mir immer wieder vor Augen führen, dass es sich bei ihm um eine komplett andere Gesamtlage handelt als bei Jim. Er wird wieder gesund.«

»Das Ganze muss für dich sehr schwierig sein.«

»Ist es, doch er wird sich erholen, und das ist der entscheidende Unterschied.«

»Natürlich, trotzdem muss es stressig für dich sein.«

»Eigentlich geht es. Er fühlt sich gut, und er ist wieder ganz der Alte. Er darf sich nur nicht übernehmen.« *Zum Beispiel beim Sex.* Der Drang, bei dem Gedanken wie verrückt zu grinsen, wird durch das Wort »Witwenmacher« gedämpft, das mir ungebeten durch den Kopf schießt. Ich wusste, dass ich es nicht hätte googeln sollen.

»Es freut mich, dass er sich so schnell erholt. Das erleichtert mich ungemein.«

»Ja, mich auch.«

»Dad und ich haben uns gefragt, ob ihr beide heute vielleicht zum Abendessen vorbeikommen wollt.«

»Sehr gerne. Allerdings muss Tom extrem auf gesunde Ernährung achten.«

»Ich wollte Lachs mit grünen Bohnen und Salat machen.«

»Klingt ganz wunderbar. Das wird er mögen.«

»Vermutlich hätte er lieber ein Steak.«

Ich lache. »Ja, vermutlich. Aber da muss er durch.«

»Ich freue mich, zu hören, dass er die Sache ernst nimmt.«

»Das tut er. Er sagt, dass es viel gibt, wofür es sich zu leben lohnt.«

»Gehörst dazu auch du?«

»Offenbar stehe ich mit auf der Liste, ja.«

»Das ist ganz wunderbar, Lex. Ich freu mich so für euch. Er ist ein echt netter Mann.«

»Er ist der Allerbeste, und er ist mir so ein guter Freund gewesen. Und obwohl er die Hoffnung hatte, dass später mehr als eine WG aus uns werden könnte, hat er nie irgendwelchen Druck auf mich ausgeübt.«

»Ist ihm klar, dass er dein Highschool-Schwarm war?«

»Ja, und weißt du, was? Er war damals auch total verknallt in mich! Er hatte vor, mich zum Abschlussball einzuladen, doch seine Mutter hat ihm das rundheraus verboten, weil ich zu jung war. Daher hat er ihn komplett ausfallen lassen.«

»O mein Gott. Wie süß ist das denn?«

»Die Highschool-Lexi wäre ohnmächtig geworden, wenn er sie gebeten hätte, ihn zum Abschlussball zu begleiten.«

Moms Lachen freut mich so sehr. Wir haben Jahre mit wenig Grund zum Lachen hinter uns.

»Gibt es was Neues von der Jobsuche?«

»Interessanterweise bin ich gefragt worden, ob ich mich nicht bei der ALS Association bewerben will. Die Stelle zur Koordination der freiwilligen Helfer soll neu besetzt werden.«

»Wow. Wie geht es dir damit?«

»Ich bin erschüttert, dass sich mir so eine Chance bietet,

und frage mich unwillkürlich, ob Jim da aus dem Jenseits wirkt.«

»Das würde ich ihm durchaus zutrauen, aber Lex … ALS … Ich meine, wie fühlst du dich dabei?«

»Ich bin hin- und hergerissen und bin mir nicht sicher, ob das wirklich eine gute Idee ist. Einerseits hab ich viel Erfahrung, die anderen zugutekommen könnte. Andererseits …«

»Handelt es sich um ALS.«

»Genau. Ich weiß noch nicht, wie ich dazu stehe.«

»Du würdest das ohne Zweifel großartig hinkriegen, doch ob es auch großartig für dich wäre, steht auf einem ganz anderen Blatt.«

»Richtig.«

»Überleg es dir ganz in Ruhe. Schau mal, wie du in ein, zwei Tagen dazu stehst.«

»Das werde ich. Ich werde Nora antworten, ihr danken, dass sie mich für geeignet hält, und sie um etwas Bedenkzeit bitten.«

»Klingt vernünftig.«

»Was können wir heute Abend mitbringen?«

»Nichts weiter. Wir haben alles da.«

»Danke für die Einladung.«

»Ich freu mich schon. Bis nachher. Hab dich lieb, Süße, und falls ich das mal an einem Tag zu sagen vergesse: Ich bin so, so stolz auf dich.«

»Oh, danke. Das bedeutet mir viel. Ich hab dich auch lieb.«

Nach dem Gespräch mit meiner Mom verdränge ich alle Gedanken an Witwenmacher, bringe meinen Lebenslauf auf den neusten Stand und logge mich bei den größeren Online-Jobbörsen ein, wo ich Accounts habe, um zu sehen, was sonst noch infrage käme. Das Angebot der ALS Association geht mir nicht aus dem Kopf, aber bevor ich mich da entscheide, muss ich wissen, welche anderen Möglichkeiten sich mir bieten. Ich bewerbe mich auf ein paar Sachbearbeiter-Stellen, allerdings nur, weil in den Beschreibungen weder Dateneingabe noch Tabellenkalkulation erwähnt wird. Eine Event-Assistentin wird gesucht, die Beschreibung hört sich interessant an, also schicke ich dafür ebenfalls eine Bewerbung los, auch wenn mir eigentlich die nötigen Qualifikationen fehlen.

Hoffentlich sind meine Erfahrungen als Grundschullehrerin Beweis genug, dass ich mit praktisch allem fertigwerde, was der Job mir so vor die Füße werfen könnte.

Aus Neugier sehe ich auch auf mehreren Websites von Schulbezirken nach, wo mir auffällt, dass fast überall verzweifelt Springer gebraucht werden. Gut zu wissen. Es würde mir nichts ausmachen, wieder an einer Schule zu arbeiten, doch es wäre nicht mehr meine erste Wahl. Ich verfüge nicht mehr über die nötige Belastbarkeit, um für zwanzig Kinder mit zwanzig verschiedenen Bedürfnissen und Lernstilen da zu sein. Die Tür zu einer Laufbahn im Schuldienst ist mit Jims Erkrankung zugefallen, und ich bin mir nicht sicher, ob ich die Kraft habe, sie wieder aufzustoßen.

Aber falls alle Stricke reißen, ist es gut, zu wissen, dass dort immer jemand gebraucht wird. Bei meiner letzten Jobsuche hab ich nicht mal einen Blick auf die Seiten mit freien Lehrerstellen geworfen, weil ich wusste, dass ich es nicht schaffen würde, wieder in einem Klassenzimmer zu stehen. Jims Tod liegt jetzt drei Jahre zurück, und ich bin stärker, als ich damals war, das stimmt. Trotzdem hab ich mich seither verändert, bin jetzt ein anderer Mensch als zu der Zeit, als ich noch täglich vor einer Klasse gestanden habe. Einen beruflichen Neustart auf einem ganz anderen Feld würde ich eindeutig vorziehen.

Außerdem, wie soll ich je wieder eine neue Klasse begrüßen ohne Jim an meiner Seite, der sich all die Namen der Schüler und ihre Macken einprägt? Das wäre eine größere Belastung, als ich sie gerade verkraften könnte.

Ich bewerbe mich insgesamt auf über ein Dutzend Stellen. Wenn es wie beim letzten Mal läuft, hab ich Glück, wenn sich auch nur bei ein Einziger meldet.

Als Tom von der Reha zurückkommt, bin ich gerade dabei, mir ein Puten-Sandwich zum Mittagessen zu machen. »Hungrig?«

»Am Verhungern.«

Also bereite ich ihm auch eins zu, ersetze jedoch die Chips, die er sonst immer dazu gegessen hat, durch Karottensticks.

»Danke«, sagt er, als ich den Teller vor ihm auf dem Küchentresen abstelle.

»Wie war's?«

»Ganz okay. Sie haben mich an ein EKG angeschlossen und ein paar Übungen machen lassen. Übermorgen ist der nächste Termin, und dann treffe ich auch den Ernährungsberater.«

»Wie häufig musst du da hin?«

»Dreimal die Woche, was interessant wird, wenn ich übernächste Woche wieder in die Firma will.«

»Ist das nicht ein bisschen früh?«

»Glaub ich nicht. Ich fühle mich eigentlich ziemlich gut.«

»Ich hab die Sorge, dass du dir zu früh zu viel zumutest.«

»Weiß ich, aber du musst dir keine Gedanken machen. Glaub mir, das Letzte, was ich will, ist ein weiterer medizinischer Notfall.« Er nimmt meine Hand und haucht einen zärtlichen Kuss darauf. »Ich hab viel bessere Dinge zu tun, als krank zu sein.«

Mir wird klar, was er meint, und mir wird überall ganz warm.

Ich hatte vergessen, wie das ist, wenn man sich so stark zu jemandem hingezogen fühlt und weiß, was kommt – bald. Die Vorfreude ist beinahe so gut wie die Sache selbst.

»Woran denkst du gerade?«, will er wissen.

»An Vorfreude.« Woran ich hingegen ganz dringend nicht denken will, ist das Wort »Witwenmacher«. Ich bin schon Witwe. Ich kann das nicht noch mal. Das geht einfach nicht.

Er hält inne und hebt die Brauen, während er nach seinem Wasserglas greift. »Was ist damit?«

Ich schiebe die Angst, dass ich ihn ebenfalls verlieren könnte, für den Moment beiseite und antworte: »Vorfreude kann genauso aufregend sein wie das, worauf sie zielt.«

»Verdammt, Lexi. Rede nicht davon, bis du so weit bist, es durchzuziehen. Dieses Auf und Ab ist nicht gut für mein Herz.«

Ich verbeiße mir ein Lachen, als mir klar wird, dass er nicht wirklich über sein Herz spricht. »Ich bin bereit. Du bist derjenige mit Einschränkungen.«

»Das war jetzt echt gemein.«

Ich pruste los, erinnere mich daran, dass er bei mir ist, gesund und am Leben. Als Witwe hab ich auf die harte Tour gelernt, dass wir nur das Hier und Jetzt haben, und mein Hier und Jetzt ist gerade echt wunderbar, dank ihm. »Wieso?«

»Ich muss noch vier Tage durchhalten.«

»Also heißt das, dass ich so lange nicht darüber reden darf?«

»Genau.«

»Dann also keine weiteren Küsse oder anderen vorgeschalteten Maßnahmen?«

»Wann hab ich so was behauptet?«

»Du bist echt unmöglich. Nicht dass ich das Thema wechseln will oder so, aber meine Eltern haben uns heute zum Abendessen eingeladen.«

»Gut. Sprich bitte weiter über deine Eltern. Das ist der ultimative Lustkiller.«

Wieder lache ich laut auf. »Ich kann nicht glauben, dass du das gerade über meine Eltern gesagt hast.« Plötzlich stehen mir Tränen in den Augen, als mir klar wird, dass dieses Geflachse fast so ist wie das, was ich mit Jim hatte, und wie sehr mir das gefehlt hat.

Er rutscht mit seinem Stuhl neben meinen, legt die Arme um mich und zieht mich an sich. »Was ist los, Lexi? Das war doch nur Spaß. Ich liebe deine Eltern, wie du ja genau weißt.«

Während ich seinen Duft einatme, einen Duft, der mir während des letzten Jahres so wunderbar vertraut geworden ist, wedele ich mit einer Hand vor meinem Gesicht, verlegen und überwältigt zur selben Zeit. »Tut mir leid.«

»Muss es nicht. Was ist los?«

»Es ist so dumm.«

»Ganz sicher nicht. Nicht wenn es dich traurig macht. War es das, was ich über deine Eltern gesagt habe? Ich mag sie wirklich.«

»Das weiß ich, und sie mögen dich auch.«

Er küsst mir die Tränen vom Gesicht. »Was dann, Süße?«

»Es ist nur, dass mich das eben mit dir daran erinnert hat, wie es bei Jim und mir war, und da hat er mir auf einmal so gefehlt, dabei bin ich so glücklich mit dir.«

»Ach, Süße, es tut mir leid, dass du ihn so vermisst. Ich wünschte, es gäbe etwas, womit ich dir den Schmerz nehmen könnte.«

»Du hast schon unglaublich geholfen, und es ist jetzt viel besser, als es war, bevor du in mein Leben getreten bist. Das steht mal fest.«

»Freut mich zu hören, aber ich wünschte trotzdem, ich könnte mehr tun.«

»Das ist alles, was ich brauche, Tom. *Du* bist alles, was ich brauche. Es ist nur so, dass beides nebeneinander existiert in diesem irren Mix aus ›traurig‹ und ›glücklich‹, Kummer und Freude. Manchmal ist das emotional zu viel. Und dann kommen die Tränen.«

»Die Tränen sind unverbrüchlich ein Teil von dir, und es beweist nur, was für ein Mensch du bist, wenn du nach all diesen Jahren immer noch um ihn weinst.«

»Ich werde immer um ihn weinen und darum, dass ihm nicht das lange Leben vergönnt war, das ihm eigentlich zugestanden hätte. Niemand sollte so was erleiden müssen.«

»Nein, das stimmt wohl.«

Ich wische mir die Tränen weg, dankbar für Toms Unterstützung und Liebe. Witwe zu sein, ist nie einfach, doch mit seinen verständnisvollen Worten trifft er immer genau den richtigen Ton. »Apropos ALS: Die örtliche Gruppe der ALS Association hat mir einen Job angeboten.«

»Wann?«

»Ich hab heute Morgen eine E-Mail von ihnen im Posteingang gehabt.«

»Wow. Das ist ja ein unglaubliches Timing.«

»Ja, hab ich auch gedacht.«

»Was ist das für ein Job?«

»Koordinatorin der ehrenamtlichen Helfer für die Region Nord-Virginia.«

»Lexi … Das ist großartig. Das würdest du toll hinkriegen.«

»Meinst du?«

»Auf jeden Fall. Wer könnte anderen besser helfen als jemand, der das selbst durchgestanden hat? Obwohl … Es könnte schwierig für dich sein, oder?«

»Das ist meine größte Befürchtung. ALS den ganzen Tag, jeden Tag. Ich bin nicht sicher, ob ich das schaffe.«

»Ja, ich kann mir vorstellen, dass das zu viel sein könnte. Was hast du geantwortet?«

»Ich hab mir Bedenkzeit ausgebeten.«

»Gute Idee. Wie auch immer, es ist nett, das Angebot erhalten zu haben.«

»Das nimmt der Entlassung auf jeden Fall den Stachel. Ich hab mich auf mehrere andere Stellen beworben. Mal sehen, was passiert.«

»Ich bin mir sicher, dass du schnell einen Job findest, der zu dir passt.«

»Das wäre schön. Letztes Mal hat sich die Suche monatelang hingezogen.«

Sein Handy summt wegen einer eintreffenden Textnachricht, die er rasch überfliegt. »Ich muss mich kurz um was Geschäftliches kümmern.«

»Nicht zu lang, hoffe ich.«

»Nein, nein. Bloß Zeug, das nur ich erledigen kann. Man wartet bei einigem auf meine Entscheidung. Ich verspreche, es nicht zu übertreiben.«

»Das will ich auch hoffen.«

Er küsst mich zärtlich. »Kommst du klar?«

»Ja, es geht mir gut, versprochen. Trauer lässt mich nur manchmal etwas merkwürdig werden.«

»Du bist nicht merkwürdig. Du liebst aus vollem Herzen und ganzer Seele. Das macht Jim und mich zu echten Glückspilzen – und das wissen wir auch.«

»Danke, dass du das verstehst.«

»Ich werde nie wirklich verstehen können, was du erlebt hast, oder die Tiefe deiner Trauer, aber ich respektiere die Art, wie du ihn weiter in Ehren hältst. Er wäre so stolz auf dich.«

»Das ist lieb von dir. Er hat mir immer wieder versichert,

wie stolz er auf mich sei, weil ich ihn so gut versorgt und nie nachgelassen habe, selbst wenn es ihm das Herz gebrochen hat, dass mein Leben nur noch daraus bestand, ihn zu pflegen. Er hätte das Gleiche für mich getan, was ich ihm jedes Mal gesagt habe, wenn er damit angefangen hat.«

»Man muss schon ein ganz besonderer Mensch sein, um sich so um jemanden zu kümmern, wie du es bei ihm getan hast.«

»Der schwerste Job, den ich je hatte, allerdings auch der, der mir am meisten gegeben hat. Auf diese Weise haben wir ihm zusätzliche Zeit verschafft. Wir haben dieses andere Paar gekannt … Bei der Frau wurde die Diagnose etwa zur gleichen Zeit gestellt wie bei Jim, also sind wir ihnen ab und zu bei Terminen im Krankenhaus oder bei Ärzten begegnet. Zuerst stand der Ehemann hinter seiner Frau, doch mit der Zeit hat er sich immer weiter von ihr zurückgezogen. Letzten Endes haben sie sich scheiden lassen. Sie hat uns erzählt, er habe nicht damit umgehen können.«

»Ach, der arme Kleine …«

»Das hab ich auch gesagt, aber Jim hat gemeint, es wäre jedem zu viel und er könne ihm keinen Vorwurf machen, selbst wenn er persönlich eine andere Entscheidung getroffen hätte. Wir haben viel darüber gesprochen, dass man nie weiß, wie man in einer bestimmten Situation reagiert, bis man tatsächlich damit konfrontiert ist. Wir reden uns alle gerne ein, wir wüssten es, doch das stimmt nicht.«

»Ich weiß ohne jeden Zweifel, dass du für mich da wärst, wenn ich dich je auf diese Art brauchen würde, und ich kann dir versichern, dass ich auch für dich da wäre. Man verlässt nicht den Menschen, den man liebt, wenn es hart auf hart kommt. Das ist im Gegenteil der Zeitpunkt, zu dem man noch einen drauflegt.«

»Das nimmt man sich vor, aber ich hab festgestellt, dass es nicht alle Menschen schaffen, egal wie sehr sie es ursprünglich wollten.«

Er küsst mich auf die Stirn und dann auf den Mund. »Ich

werde dich niemals verlassen, egal wie schwer die Zeiten werden. Das ist nichts, weswegen du dich sorgen musst.«

Ich will ihm versichern, dass das umgekehrt genauso gilt, doch das Wort »Witwenmacher« schießt mir durch den Kopf, bevor ich irgendwas sagen kann.

»Ich muss an die Arbeit. Wann sollen wir heute Abend zu deinen Eltern fahren?«

»Halb sechs.«

»Das klappt.« Er stiehlt sich einen weiteren Kuss, schnappt sich einen Apfel aus der Schale auf dem Tresen und macht sich auf den Weg ins Büro, während ich ihm hinterherschaue und mir wünsche, ich hätte mir die Google-Suche verkniffen.

18

Lexi

Meine Angst ist schon den ganzen Nachmittag dicht am Anschlag. Daher beschließe ich, die Therapeutin zu kontaktieren, die mir während Jims Krankheit und im ersten Jahr als Witwe geholfen hat. Ich hatte so lang Termine bei ihr, wie meine Krankenversicherung das übernommen hat, und hab erst damit aufgehört, als ich es mir nicht mehr leisten konnte.

Antonia, die von allen nur Toni genannt wird, hat sich danach weiter regelmäßig nach mir erkundigt.

Ich schreibe ihr also eine lange Textnachricht, in der ich ihr von den neuesten Ereignissen berichte und davon, dass ich den Riesenfehler begangen habe, den Begriff »Witwenmacher« zu googeln.

Sie antwortet mir eine Stunde später, als ich gerade in meinem Zimmer bin und mich nach dem Duschen anziehe.

Kannst du reden?

Ja!

Sie ruft an.

»Danke, dass du dich gleich gemeldet hast.«

»Ist doch selbstverständlich. Wow. Ich kann es kaum fassen, was deinem Freund Tom passiert ist. Geht es ihm inzwischen besser?«

»Ja, alles gut. Die Ärzte sagen, dass er sich vollständig erholen wird, was für mich schwierig zu glauben ist, nachdem ich so lange mit jemandem zusammengelebt habe, für den es keine Aussicht auf Heilung gab.«

»Ich kann mir vorstellen, dass du da bei Tom erst mal umdenken musst.«

»Daran arbeite ich.«

»Was zur Hölle hast du dir dabei gedacht, das bei Google einzugeben?«

Ich muss über ihre Formulierung lachen. »Ich weiß! Und dabei bin ich immer diejenige, die den anderen einschärft, dass sie auf keinen Fall im Internet recherchieren sollen, wenn sie irgendeine Diagnose erhalten.« Jim und ich haben festgestellt: Je mehr Informationen wir über seine Krankheit hatten, desto verängstigter und verschreckter waren wir. Also haben wir uns damals geschworen, uns immer nur so viel zuzumuten, wie in dem Moment tatsächlich nötig war. Das war eine gute Herangehensweise, die ich auch bei Tom hätte anwenden sollen.

»Und von all den möglichen Namen, die es haben könnte, muss es ausgerechnet dieser sein. Argh.«

»Aber echt.«

»Lexi, du verstehst, dass er nicht in akuter Gefahr schwebt, so einen Herzinfarkt wieder zu bekommen, oder? Das Problem, das den ersten ausgelöst hat, ist behoben, und er wird in Zukunft engmaschig überwacht. Er wird regelmäßige Kontrolltermine haben.«

»Ja, ich weiß, und trotzdem mach ich mich verrückt vor Angst.«

»Es kann natürlich sein, dass dir das, was beinah geschehen wäre, erst jetzt, wo die eigentliche Krise vorbei ist, in vollem Umfang bewusst wird.«

»Möglich. Das mit ihm ist intensiver geworden seit seinem Herzinfarkt. Wir haben uns Sachen gesagt und Dinge getan, durch die wir eindeutig auf eine Beziehung zusteuern.«

»Fühlst du dich denn dafür bereit?«

»Ich möchte es zumindest gerne. Ich glaube, man kann mit

Fug und Recht behaupten, ich habe mich in ihn verliebt, genau wie er sich in mich.«

»Es freut mich sehr, das zu hören, Lexi. Ich bin so froh für dich.«

»Ich möchte selbst auch gern froh darüber sein.«

»Dann solltest du dich von Google fernhalten!«

Ich lache. »Ich weiß, glaub mir. Das war ein Riesenfehler.«

»Wenn du mich fragst, ist das die Reaktion darauf, dass dir in vollem Umfang klar geworden ist, wie ernst das mit dem Herzinfarkt war und wie dicht du davor gestanden hast, ihn zu verlieren. Bevor du das eingegeben hast, war sein Zustand eher abstrakt. Sicher, du weißt, dass man einen Herzinfarkt nicht auf die leichte Schulter nehmen darf, der Witwenmacher rangiert allerdings noch mal auf einem ganz anderen Level.«

»Du hast recht. Ich bin mir sicher, das ist es, was für die Angst verantwortlich ist.«

»Würde es dir helfen, wenn du mit ihm darüber sprichst?«

»Das weiß ich nicht.«

»Vielleicht ginge es dir besser, wenn du ihm sagen würdest, was du dabei gedacht und empfunden hast.«

»Ich versuche mir vorzustellen, dieses Gespräch anzufangen, wo er doch nichts mehr möchte, als das Ganze endlich hinter sich zu lassen.«

»Würde er denn wollen, dass du unter deiner Sorge um ihn leidest?«

»Auf keinen Fall.«

»Dann solltest du mit ihm reden. Ich vermute, es wird dich beruhigen.«

»Manchmal frag ich mich, ob ich je wieder auf irgendwas normal reagieren werde.«

»Hast du das Gefühl, ›normal‹ ist, wie du vor Jims Krankheit und Tod reagiert hättest?«

»Schon, ja.«

»Dann nein, wirst du nicht. Denn du kannst nie dahin zurück, wo du warst, bevor das alles passiert ist. Inzwischen bist du eine andere, gewissermaßen eine neue Version von dir selbst, und deine aktuellen Reaktionen sind eben für den Menschen normal, der du jetzt bist.«

»Das ist eine interessante Betrachtungsweise.«

»Ich treffe eine Menge Patienten in meiner Praxis, die unbedingt zu dem Leben zurückkehren möchten, das sie vor dem traumatischen Ereignis hatten. Sie wollen zurück zu der Unkompliziertheit jener Tage, als sie noch unberührt waren von Verlust oder Trauer. Ich muss sie erst behutsam mit der Tatsache vertraut machen, dass sie nie wieder in diese Zeit zurückkehren und zu der Person werden können, die sie zuvor waren.«

Bei ihren Worten schießen mir Tränen in die Augen. »Woher weißt du immer, was ich hören muss?«

»Es ist lieb von dir, das zu sagen. Und es tut mir leid, dass meine Worte auf deine Lage zutreffen.«

»Dieses Gespräch hat mir schon unglaublich geholfen. Danke, dass du für mich da bist.«

»Ich bin gern bereit, mit dir zu reden, wann immer du es brauchst, Lex.«

»Du hast keine Ahnung, was mir das bedeutet.«

»Pass gut auf dich auf. Versuch, dich mehr auf die neue Liebe und die Freude in deinem Leben zu konzentrieren als auf die Sorge darum, wie es vielleicht enden könnte.«

»Ich geb mir Mühe. Noch mal danke, Toni.«

»Jederzeit gern.«

Ich leg mein Handy hin und geh ins Bad, um mich weiter zurechtzumachen, denke dabei weiter über die Unterhaltung mit Toni nach.

Tom würde das mit meiner Angst wissen wollen, selbst wenn er der Grund dafür ist. Ich hasse es nur, ihm noch mehr aufzubürden, wo er mit seinen eigenen Befürchtungen und Sorgen doch schon genug zu tun hat.

»Hallo? Ich komm jetzt hoch! Bist du angezogen? Bitte sag Nein.«

Und er bringt mich zum Lachen, wie ich schon seit vielen Jahren nicht mehr gelacht habe. »Sorry, ich bin leider komplett bekleidet.«

»Verdammt.« Er läuft die Treppe hoch, gar nicht so wie ein Mann, der sich von einem … *Sag es nicht, Lexi. Denk es noch nicht mal.* »Du siehst wunderschön aus, wie immer. Ich liebe es, wenn du dein Haar so trägst.«

Ich habe es mir mit einem Clip hochgesteckt, weil ich keine Stunde Zeit habe, um die Lockenfülle glatt zu kriegen. »Es ist völlig wirr.«

»Finde ich nicht.« Er legt den Kopf schief und mustert mich eindringlich. »Was ist los?«

»Hm? Nichts.«

»Schwindel mich nicht an, Lex. Seit ich von der Reha zurück bin, bist du total angespannt. Was bedrückt dich?«

Es hat in meinem Erwachsenenleben nur einen einzigen anderen Menschen gegeben, der mich so gut verstanden hat wie Tom. Nach Jims Tod hab ich mich eine Zeit lang gefragt, ob ich so etwas wohl je wieder erleben würde. Jetzt, wo es passiert, ist die Vorstellung, es womöglich erneut zu verlieren, überwältigend. »Vorhin hab ich was getan, was nicht klug gewesen ist.«

Er tritt näher zu mir, fährt mir mit einer Hand über den bloßen Arm und löst damit eine Kettenreaktion aus, die ich am ganzen Körper spüre. »Was hast du getan, Süße?«

»Ich habe Witwenmacher-Herzinfarkte gegoogelt.«

Er verzieht das Gesicht wie im Schmerz. »Warum hast du das getan?«

»Ich wollte verstehen, was es ist. Und dann hab ich in deinen Entlassungspapieren gesehen, dass das genau das war, was du hattest.«

»Und jetzt bist du außer dir vor Angst.«

»Ich will das gar nicht, denn ich weiß, dass das Problem behoben ist und du in Zukunft engmaschig überwacht werden wirst …«

Er legt die Arme um mich und zieht mich an sich. »Genau, ich habe ständig Kontrolluntersuchungen, und ich bin bereit, mein gesamtes Leben umzukrempeln, wenn mir das dabei hilft, gesund zu bleiben, damit ich so viele Jahre lang mit dir zusammen sein kann, dass du dir irgendwann wünschen wirst, dass ich tot umfalle.«

»Tom! Das werde ich mir nie wünschen.«

»Man soll niemals ›nie‹ sagen.«

»Nun, ich sage es trotzdem.«

»Es tut mir so leid, dass ich dir das zugemutet habe. Ich wünschte, ich könnte jeden Burger, jede Portion Pommes und jede Pizza, die ich gegessen habe und die zur Verstopfung meiner Arterie beigetragen haben, ungeschehen machen. Ich wünschte, ich hätte besser darauf geachtet, was mit meinem Vater passiert ist, damit ich meine eigene Gesundheit hätte schützen können. Und mehr als alles andere wünsche ich mir, dass es nicht ausgerechnet du gewesen wärst, die mich gefunden hat.«

»Ich bin so froh, dass ich das getan hab, selbst wenn es furchtbar traumatisch war.«

»Ich wollte nie die Ursache für mehr Kummer für dich sein, nachdem du schon so viel davon hattest.«

»Es ist nicht deine Schuld.«

»Doch, irgendwie schon. Aber von hier an halte ich mich an alle Regeln für ein gesundes Leben. Wir haben noch eine Menge vor, und ich möchte das alles mit dir.«

»Was haben wir denn noch vor?«

»Romantische Abendessen, Unmengen großartigen Sex, faule Vormittage im Bett, lange Spaziergänge im Wald, viele coole Reisen, und dann, wenn der Zeitpunkt richtig ist, kriegen wir vielleicht sogar ein Baby. Und möglicherweise gefällt uns das so gut, dass wir gleich ein zweites möchten.«

Ich lache, obwohl mir Tränen über die Wangen laufen. Das, was er mir da beschreibt, klingt himmlisch.

»Wo auf der Welt wolltest du schon immer mal hin und hast es bislang nur nicht geschafft?«

Meine Antwort kommt wie aus der Pistole geschossen. »London.«

»Okay, wir schöpfen also gleich aus dem Vollen.«

Ich lache etwas verlegen. »Ich bin völlig verrückt nach der königlichen Familie und grundsätzlich allem Britischen.«

»Dann fliegen wir, sobald es irgendwie geht, nach London.«

»Einfach so?«

»Einfach so. Was immer meine Liebste sich wünscht.«

»Manchmal hab ich das Gefühl, als befände ich mich in einem Traum, und zwar seit dem Abend, an dem wir uns wiederbegegnet sind, in der Bar, in der ich vorher eigentlich nie war.«

»Das war Schicksal. Oder vielleicht war es auch dein Jim, der dafür gesorgt hat, dass du jemanden findest, den du lieben kannst und der dich ebenso liebt, wie er es getan hat.«

»Ich mag die Vorstellung, dass er dabei die Finger im Spiel hatte.« Da fällt mir plötzlich etwas ein, was ich fast vergessen hatte. »Ich hab ihm sogar mal von dir erzählt.« Ich muss ziemlich in meiner Erinnerung kramen, um das noch richtig zusammenzukriegen. »Wir waren eines Abends essen und haben uns darüber unterhalten, für wen wir in der Highschool geschwärmt haben und dass wir davon überzeugt waren, dass uns niemand je wahrnehmen würde, weil diese Menschen es nicht getan haben.«

»Nur zur Richtigstellung: Dein Schwarm hat dich definitiv wahrgenommen.«

Lächelnd erwidere ich: »Das wusste ich damals ja nicht.« Er schaut mich mit solcher Zärtlichkeit und Zuneigung an, dass sich meine Angst legt. Genau jetzt ist er hier, er ist gesund, und er ist mein. »Schon komisch, wenn ich darüber nachdenke, dass Jim vielleicht genau wusste, wen er mir schicken musste.«

»An dem Abend wäre ich beinahe an der Bar vorbeigefahren. Doch ich war spät dran, hatte Hunger und keine Lust darauf, mir etwas zu kochen, also hab ich angehalten und bin reingegangen.«

»Ich bin so froh, dass du das getan bist.«

»Selbst mit diesem Witwenmacherzeugs?«

»Solange du mich demnächst nicht tatsächlich zur Witwe machst, ist alles in Ordnung.«

Er hält mich eng an sich gedrückt. »Ich bin hier noch lange nicht fertig, weil ich endlich Lexi Nelson im Arm halte. Nichts war je besser als das.«

Mein Gespräch mit Tom hat mich tatsächlich beruhigt. Ansonsten bin ich total aufgekratzt vor Vorfreude auf die atemberaubende Liebesaffäre, die er mir versprochen hat, sobald er die ärztliche Erlaubnis dazu hat. Es ist erstaunlich, dass zu dem Zeitpunkt, als Tom und ich uns wiedergefunden haben, Sex mit irgendjemand anders als Jim – selbst mit dem früheren Mann meiner Träume Tom Hammett – noch völlig unvorstellbar war.

Aber ein Dinner nach dem andern, eine Unterhaltung nach der anderen, einen Tag nach dem anderen unter dem gleichen Dach ist mit dem Mann, von dem ich einmal glaubte, ich sei unsterblich in ihn verliebt, was Komisches passiert. Ich hab ihn damals gar nicht wirklich geliebt. Ich hab ihn ja nicht mal gekannt. Doch jetzt kenne ich ihn, und jetzt liebe ich ihn.

Bevor ich bei Tom eingezogen bin, hatte ich nicht mal eine einzige Verabredung oder habe auch nur daran gedacht, mir eine der Dating-Plattformen anzuschauen oder irgendetwas in der Richtung. Freunde haben mir angeboten, mich zu »verkuppeln«, sobald ich dafür bereit wäre. Aber das war ich nie. Das war einfach kein Thema für mich, außer wenn eine meiner Witwenfreundinnen eine neue Beziehung begonnen hat. Da hab ich mich ein oder zwei Sekunden lang gefragt, ob mir das wohl irgendwann auch passieren würde.

Dann haben mir Iris und unsere anderen Freunde klargemacht, dass Tom und ich im Grunde genommen seit Monaten auf eine Beziehung zusteuern. Kein Mann bekocht eine Frau jeden Abend, wenn er nicht daran interessiert ist, mehr als ein Mitbewohner für sie zu sein. Das haben mir in letzter Zeit alle irgendwann erklärt, und das war wie eine Erleuchtung. Da hab ich angefangen, genauer darauf zu achten, wie er mich behandelt, wie er mich umsorgt. Und ich konnte erkennen, was Iris sofort erkannt hatte.

Er war interessiert an mir.
Sogar sehr.
Ich war jedoch noch nicht bereit. Damals.
Jetzt hingegen …
Jetzt bin ich bereit, oder zumindest glaube ich das.

»Worüber grübelst du gerade nach?«, will er wissen, während er uns in seinem Pick-up zum Haus meiner Eltern fährt.

»Über Timing und darüber, dass alles davon abhängt.«

»Inwiefern?«

»Was du vorhin gesagt hast, was du für uns in der Zukunft siehst …«

»Ich hoffe, es war für dich in Ordnung, dass ich das so offen ausgesprochen habe.«

»Ich fand es sehr schön, von deiner Sicht auf die Dinge zu erfahren, die die Zukunft für uns bereithält. Und wie sich, auch wenn ich anfangs für nichts hiervon bereit war, aus unserer Freundschaft diese neue, aufregende Sache entwickelt hat.«

»Falls du immer noch nicht bereit bist, kein Grund zur Eile, Lex. Ich hoffe, du weißt das.«

»Ja, und es bedeutet mir unheimlich viel. Ich glaube, ich bin bereit, allerdings nur, weil du es bist, mit dem ich diesen Schritt tue.«

Sein Stirnrunzeln ist süß und komisch zugleich. »Das will ich doch stark hoffen, dass ich das bin.«

»Ganz bestimmt. Keine Sorge.«

Er blickt zu mir herüber, wirkt fast ein wenig unsicher.

»Was denn?«

»Ich möchte, dass du Folgendes weißt: In all dieser Zeit hab ich so gehofft, dass wir dorthin gelangen, wo wir jetzt sind, aber ich war willens, beiseitezutreten, solltest du dich in einen anderen verlieben. Ich hätte dir das nie verwehrt.«

»Das ist total lieb von dir.«

»Trotzdem hätte ich ihn natürlich umbringen wollen.«

Mein Lachen hallt durch die Fahrerkabine des Pick-ups. Ich lache so heftig, dass es mich schüttelt. Ich hatte völlig vergessen, wie das ist. Und auch, wie wunderbar es sich anfühlt.

»Nur damit du Bescheid weißt«, fügt er hinzu, als ich wieder zu Atem gekommen bin.

»Du bist furchtbar.«

»Ich mag es, wenn du lachst.«

»Ich auch. Es ist eine ganze Weile her, dass ich irgendwas so lustig gefunden habe.«

»War mir eine Freude, dir zu Diensten zu sein.«

»Hör bitte nicht auf. Lachen ist gut für die Seele.«

Und gut gegen meine Angst, die schon viel weniger schlimm ist als vorhin. Reden und Lachen helfen. Ich darf nicht vergessen, damit weiterzumachen. Während Jims Krankheit hat Reden nichts genützt, denn es gab nichts, was man sagen konnte, um die Lage zu verbessern. Und viel zu lachen gab es da ohnehin nicht.

Wobei wir ab und zu schon in den schwarzen Humor abgeglitten sind, den wir so genossen haben, bevor die Katastrophe über uns hereingebrochen ist. Allerdings war es lange nicht so lustig, als die Situation derart ernst war und jeden Tag nur schlimmer wurde.

Meine Eltern sind begeistert, dass Tom mich begleitet, und begrüßen ihn mit Umarmungen und Ausrufen, wie gut er aussieht und wie froh sie sind, dass er sich so schnell erholt.

Ich glaube nicht, dass sie einen weiteren Verlust verkraftet hätten, selbst wenn sie Tom nicht annähernd so nah stehen wie seinerzeit Jim. Sie wissen, er ist ein wichtiger Freund von mir, und sind dankbar, dass er für mich da ist, auch wenn sie anfangs wegen seines Angebots, bei ihm einzuziehen, Bedenken hatten.

In den Monaten seither haben sie jedoch festgestellt, dass er mich immer genau so behandelt hat, wie es sich Eltern für ihre Tochter wünschen, und dafür lieben sie ihn.

Daher hätten auch sie gelitten, wenn er gestorben wäre.

Meine Eltern sind ein absolut süßes Paar. Sie haben einander in Puerto Rico kennengelernt, als mein Vater bei der Marine und dort stationiert war. Meine Mom heißt Valentina – oder besser Val, wie alle sie nennen –, und sie war zwanzig Jahre alt, als sie sich Hals über Kopf in den fünf Jahre älteren, attraktiven Seemann verliebt hat. Von ihr habe ich die hellbraune Hautfarbe und die Locken ebenso wie die braunen Augen und das Spanisch, das ich nahezu fließend spreche. Von meinem Dad habe ich die Sportlichkeit geerbt, dank derer ich in der Schule eine ausgezeichnete Leichtathletin war.

Ich wollte immer eine Ehe wie ihre führen – liebevoll, lustig, voller Lachen und Abenteuer –, und genau das hatte ich mit Jim. Und vielleicht werde ich es eines Tages wieder haben – mit Tom. Der Gedanke hätte mich vor einem Jahr noch restlos überfordert. Jetzt hingegen erscheint es mir nicht mehr so unvorstellbar, was an und für sich schon bemerkenswert ist.

Der Lachs ist schmackhaft und zart, die grünen Bohnen stammen aus dem Garten und wurden nach der letzten Ernte eingefroren, und der Salat ist knackig und lecker.

»Gesunde Ernährung ist gar nicht so schlecht, wenn das Essen derart köstlich ist«, stellt Tom fest.

Meine Mom lächelt erfreut. Sie hat früher so gern für Jim gekocht, der alles gegessen hat, was nicht bei drei auf den Bäumen war, wie wir immer im Scherz behauptet haben. Als er das erste Mal bei uns übernachtet hat, während wir noch auf dem College waren, hat sie ihm morgens sechs verschiedene Sorten Frühstücksflocken angeboten. Er hat nur gesagt: »Klingt super.« Als sie nachgefragt hat, welche er wolle, hat er geantwortet: »Alle.« Darüber haben wir bis zum Schluss immer gelacht.

»Was ist so witzig, Lex?«, erkundigt sich mein Dad.

»Ich musste nur daran denken, dass Jim alle Sorten Frühstücksflocken essen wollte.« Ich erkläre es rasch Tom und merke, dass meine Eltern ihn angespannt mustern, als seien sie in Sorge, wie er wohl auf eine Geschichte über Jim reagieren wird.

Tom lächelt. »Das ist großartig. Meine Mom hat immer behauptet, als Kind hätte ich allein mit meinem Verbrauch dafür gesorgt, dass Kellogg's nicht pleitegeht.«

Meine Eltern wirken erleichtert darüber, dass es ihn nicht zu stören scheint, wenn wir von Jim reden.

»Leute …« Ich hab das Gefühl, ich muss das aussprechen. »Tom weiß, dass ich Jim immer lieben werde und wie glücklich wir beide waren. Er weiß auch, dass es mir wichtig ist, über ihn reden zu können.«

»Ich höre sogar sehr gerne Sachen über ihn«, fügt Tom hinzu. »Es tut mir furchtbar leid, dass ich ihn nie persönlich kennengelernt habe, denn ich glaube, wir wären gute Freunde geworden.«

Es gibt nichts, was er hätte sagen können, das mir oder meinen Eltern mehr bedeutet hätte.

»Das kann ich mir gut vorstellen«, meint Dad leise.

Mom hebt ihr Weinglas zu einem Toast. »Auf unseren Jim.«

Tom und ich stoßen mit unseren Wassergläsern mit ihnen an. »Auf Jim.«

19

Lexi

Wir schicken meine Eltern in ihr gemütliches Wohnzimmer, damit sie dort die Nachrichten schauen können und ihre Lieblingsgameshow, während wir das Abräumen übernehmen. Als wir die Spülmaschine beladen und alle Oberflächen abgewischt haben, dreh ich mich zu Tom um. »Ich würde dir gerne zeigen, wo wir gewohnt haben. Falls dich das interessiert.«

»Mich interessiert alles, was du mir zeigen willst, doch bist du dir sicher, dass du dich dem gewachsen fühlst?«

Ich erinnere mich, dass ich ihm mal gesagt habe, nach meinem Auszug wollte ich diese Kellerräume nie wieder sehen. »Es sind noch ein paar Dinge da, die ich zurückgelassen hab, daher werde ich mich dem irgendwann stellen müssen.«

»Ich bin bei dir.«

»Was glaubst du, weshalb ich bis jetzt gewartet habe?«

Er beugt sich vor und gibt mir einen zärtlichen Kuss. »Dann los.«

Ich nehme seine Hand und gehe zur Kellertür, die sich im Flur des Hauses befindet. Aus dem Wohnzimmer kann ich meine Eltern über irgendwas mit Russland und Iran diskutieren hören, während im Hintergrund die Nachrichten laufen. Am Anfang von Jims Krankheit hab ich das aktuelle Geschehen ausgeblendet und mich seither auch nicht mehr damit befasst, was auf der Welt passiert. Ich habe nicht länger die Kraft, mich mit mehr auseinanderzusetzen als meinen eigenen Problemen. Nachdem ich in einem Haus groß geworden bin, in dem man Zeitungen liest, die Nachrichten schaut und täglich über die Meldungen spricht, denke ich, dass ich mich irgendwann wieder damit beschäftigen werde, aber nicht heute.

Tom und ich steigen die Treppe runter, die mir so vertraut ist. Wenn ich einen Dollar für jedes Mal bekäme, das ich sie hoch- oder runtergelaufen bin, könnte ich meine Schulden auf einen Schlag bezahlen.

Ich knipse das Licht am Fuß der Treppe an, und eine ganze Flut von Erinnerungen bricht über mich herein. Vielleicht bin ich doch noch nicht bereit. Wohin ich auch blicke, sehe ich Jim. In dem Sessel am Fenster, von wo aus er so gerne die Vögel an den Futterstellen beobachtet hat, die mein Vater das ganze Jahr über befüllt hat, damit dort immer was los war. Auf dem Rollstuhl, mit dem wir ihn nach draußen bringen konnten, um ihn ein bisschen Sonne tanken oder in dem Van, den wir bei Bedarf rufen konnten, zu Arztterminen fahren zu lassen. Allerdings hat jede Fahrt vierhundert Dollar gekostet, daher haben wir uns bemüht, den Dienst nicht zu oft in Anspruch zu nehmen.

Ich sehe ihn in dem eigens für ihn umgebauten Badezimmer, in dem er mit Unterstützung seiner wunderbaren Verbindungsbrüder regelmäßig duschen konnte. Ich hab sie gehasst, als wir auf dem College waren, aber nachdem sie uns so wunderbar zu Hilfe gekommen sind und bei allem für ihn da waren, sind sie fast so was wie eine Familie für mich.

»Lex? Sprich mit mir. Erzähl mir, was du denkst.«

»Ach, nur wie furchtbar ich Jims Verbindungsbrüder fand, als wir noch am College waren. Es gab niemanden, der so doof war wie sie – genau wie Jim selbst, wenn er mit ihnen zusammen war.«

Tom lacht. »Ich kannte auch ein paar Leute aus Studentenverbindungen. Die waren nichts für jedermann.«

»Nein, wirklich nicht, doch dann … Wie unersetzlich sind sie für uns gewesen! Sie waren da, als wir sie gebraucht haben,

haben sich abgewechselt, sodass zwei Jahre lang jeden Tag einer von ihnen hier war, der Jim beim Duschen geholfen hat. Manche von ihnen mussten dafür zwei Stunden herfahren und dann natürlich wieder zurück. Es gab nichts, was von ihnen zu viel verlangt gewesen wäre. Sie waren meine Helden – und seine auch.«

»Wow. Das ist großartig.«

»Sie waren so ein Segen, und ich liebe sie alle bis zum heutigen Tag wie Brüder. Schon komisch, wie sich Leute ändern, oder?«

»Das Leben ändert sie. Als ihr Freund und Kumpel an der schlimmstmöglichen Krankheit litt, sind sie daran gewachsen und geworden, was er gebraucht hat.«

»Genau so war es. Wenn ich an diese Jahre denke, sind sie ein echter Lichtblick in einem Meer aus Dunkelheit. Die Jungs, mit denen er Softball gespielt hatte, sind jede Woche zum Pokern gekommen, sogar lange nachdem er selbst keine Karten mehr halten konnte. Meine Freundinnen aus der Verbindung an der UVA haben uns jedes Wochenende was zu essen vorbeigebracht. Unsere Nachbarn, die Freunde meiner Eltern, Cousinen und Cousins, weiter entfernte Familienmitglieder ... Sie alle haben getan, was sie nur konnten, um eine unerträgliche Situation für uns leichter zu machen.«

»Ich bin so froh, dass ihr diese Unterstützung hattet.«

»Es war unbezahlbar.« Ich blinzle und merke, dass wir immer noch auf der untersten Stufe stehen. »Ich wollte dir zeigen ...«

»Lass es, wenn es dir zu viel ist. Deine Mom kann dir alles holen, was du brauchst, oder?«

»Ja, aber ich möchte es selbst tun. Ich *muss* es selbst tun. Ich hab ihn hier zurückgelassen, weißt du? Ich hab irgendwie das Gefühl, als müsste ich Hallo sagen oder so.«

»Was immer du möchtest.«

»Danke, dass du meine Absonderlichkeiten erträgst. Ich weiß, das ist manchmal echt viel verlangt.«

»Mich stört das nicht. Ich würde sagen, ich verstehe es, doch das stimmt natürlich nicht, daher folge ich einfach deiner Führung, Süße.«

Er berührt mich so tief mit seiner Freundlichkeit und seinem Einfühlungsvermögen. Nein, er hat nicht erlebt, was ich erlebt habe, aber er gibt mir den Raum dafür, genau das zu sein, was ich bin – eine Witwe, die immer noch ihren Mann liebt, den sie an eine brutale, gnadenlose Krankheit verloren hat.

Ich lege meine Hand in seine Armbeuge. »Hier entlang.« Gemeinsam betreten wir den großen Wohnbereich, und ich deute auf die Küche, die mein Vater für uns eingebaut hat, komplett mit Kühlschrank, Spüle, Herd und Backofen sowie einer Mikrowelle, damit wir unabhängiger waren. »Eines Tages ist mein Vater hier mit all diesen Geräten aufgetaucht. Er und zwei seiner Freunde haben es in vier Stunden aufgebaut. Er hat es extra so geplant, dass alles möglichst schnell über die Bühne ging, damit sie uns nicht so lange stören. Während die Männer da waren, haben sie auch das Badezimmer behindertengerecht ausgestattet. Durch die Tür dahinten konnte Jim mit seinem motorisierten Rollstuhl auf die Einfahrt gelangen. Das war einer der Gründe, weshalb es so vernünftig war, hier zu wohnen. Wir hatten einen barrierefreien Zugang.«

»Lauter Dinge, an die man erst denkt, wenn man sie braucht.«

»Genau. Als ich ein Teenager war, haben meine Freundinnen und ich hier unten abgehangen und durch ebendiese Tür heimlich mehr Leute reingelassen. Ich hätte mir niemals vorstellen können, wie wichtig diese Tür in Zukunft für mich werden würde.«

»Da läuft es mir eiskalt den Rücken runter.«

»Tut mir leid. Ich wollte das nicht dramatisieren.«

»Das hast du gar nicht. Was du mir über die Tür erzählt hast, wirft nur ein so bezeichnendes Licht auf das, was du durchmachen musstest. Welche Rollen sie zu verschiedenen Zeiten deines Lebens gespielt hat.«

Viele Menschen geben vor, es zu verstehen. Nur wenige tun es wirklich. Vielleicht liegt es daran, dass er seinen Vater verloren hat, als er noch viel zu jung war, um mit so was fertigzuwerden. Immerhin war ich schon erwachsen und konnte auf eine gewisse innere Reife zurückgreifen, um mit der frühen Witwenschaft umzugehen, auch wenn mir diese Reife nicht wirklich geholfen hat, wenn ich am liebsten alles kurz und klein geschlagen hätte.

»Jim hat mal gesagt, er würde sich gern Fotos anschauen, daher hat einer unserer Freunde alles in ein YouTube-Video gepackt, das dann auf dem Fernseher abgespielt wurde. Es war mit seiner Lieblingsmusik unterlegt, und er hat es in Endlosschleife laufen lassen, hat so seine Kindheit noch einmal erlebt, Skiurlaube, Angelausflüge, Highschool-Football und -Basketball, das College, die Jahre, die wir zusammen waren, unseren Hochzeitstanz, unsere Flitterwochen, unsere erste Wohnung, die Katze, die wir so geliebt haben, aber nicht behalten konnten.«

Er verzieht das Gesicht, als er das Letzte hört. »Es ist toll, dass ihr einen Weg gefunden habt, dass er die Fotos sehen konnte.«

»Stimmt, war es, bis er mich eines Tages gebeten hat, es auszumachen, weil er es nicht ertrug, ständig an alles erinnert zu werden, was er nicht mehr konnte. Er hat es nie wieder angeschaut.«

»Das tut mir so leid für ihn, obwohl ich ihn gar nicht gekannt habe.«

»Du kennst ihn durch mich.«

Wir wandern weiter in den Bereich, der in den beiden letzten Jahren seines Lebens Jims und mein Zuhause war und wo ich nach seinem Tod noch etwa zwei Jahre lang gewohnt habe. Meine Eltern hatten die nach meinem Weggang ans College frei gewordenen Zimmer oben in ein Hobbyzimmer für meine Mom und ein Arbeitszimmer für meinen Dad umgewandelt, und ich hatte nicht das Herz, sie zu fragen, ob ich eins davon zurückhaben könnte. Und so bin ich im Keller geblieben. Es hat mich schier umgebracht, hier zu sein, solange Jim krank war, und nachdem er gestorben war, wurde es nicht besser.

»Wie bist du mit dem ganzen Stress fertiggeworden?«

»Laufen. Jeden Tag. Viele Kilometer. Meine Mom ist jeden Nachmittag um drei runtergekommen, wenn Jim gewöhnlich geschlafen hat. Sie hat sich hingesetzt, den Fernseher einge-schaltet und *General Hospital* geguckt, damit ich laufen gehen konnte. Ich hab ihr jedes Mal gesagt, sie soll mich anrufen, wenn irgendwas ist. Ich hatte mein Handy stets bei mir, sodass ich mir ein Taxi oder ein Uber bestellen konnte, um möglichst schnell wieder zu Hause zu sein. Aber sie hat das kein einziges Mal getan, selbst ein paarmal nicht, als es vermutlich sinnvoll gewesen wäre.«

Er seufzt tief.

»Es gab Zeiten, da habe ich mit dem Gedanken gespielt, einfach weiterzulaufen und nicht zurückzuschauen.« Ich blicke auf den Kunstdruck, den wir auf unserer Hochzeitsreise gekauft hatten und haben rahmen lassen. Wir haben die Sonnenunter-gänge in Jamaika geliebt und wollten uns immer an sie erin-nern. Ich habe dieses Bild hassen gelernt und alles, wofür es steht. All die Reisen, die wir nicht mehr machen konnten. Den Sex, den wir nicht mehr haben konnten. Die hirntötende Monotonie, tagein, tagaus immer das Gleiche zu sehen. Ich habe es absichtlich hier zurückgelassen.

»Doch diesem Impuls hast du nie nachgegeben.«

»Nein, aber jeden einzelnen Tag hab ich darüber nachge-dacht, wie es wohl wäre, einfach nicht zurückzukehren.«

»Jeder hätte das so empfunden.«

Ich zucke die Achseln. Was weiß ich darüber, wie andere Leute empfinden?

»Ich kann nicht sagen, ob ich hätte tun können, was du getan hast.«

»Das traut sich niemand zu, bis einem nichts anderes übrig bleibt.«

»Nun, das stimmt wohl. Jedenfalls möchte ich so für dich da sein, wie du es für ihn gewesen bist.«

»Ich hoffe nur, dass ich dich nie so brauchen werde – und umgekehrt.« Ich schalte das Licht im Schlafzimmer an. »Meis-tens hab ich hier allein geschlafen, allerdings immer mit offener Tür, damit ich ihn hören konnte, wenn was war.« Ich bin mir nicht sicher, weshalb ich ihm all das erzähle, aber da es ihn nicht zu stören scheint, rede ich weiter. »Ungefähr drei Monate nach unserem Einzug hier haben wir für Jim einen elektrisch verstellbaren Liegesessel besorgt, der für ihn bequemer war. Zu dem Zeitpunkt fiel es ihm schon schwer, aus dem Bett zu kommen und wieder hinein. Es war zu niedrig für ihn. Das Bett hatten wir uns als Frischverheiratete zusammen mit den dazu passenden Nachttischen gekauft. Außerdem gehörte noch eine Kommode dazu. Die anderen Schlafzimmermöbel haben wir verkauft, weil hier kein Platz dafür war. Eine Weile schien es so, als würden wir jeden Tag etwas Neues verlieren. Ob es jetzt unsere geliebte Katze war oder ein Gegenstand, der uns viel bedeutete, oder ein Freund, der mit der Situation nicht zurechtkam, oder irgendwas anderes, das wir als selbstverständlich betrachtet hatten, wie sich selbst die Zähne zu putzen, zu schlucken oder zu sprechen. Es war wie eine schreckliche Spirale ins Verhängnis, die kein Ende zu haben schien und keinen Boden, an dem der Tiefpunkt erreicht gewesen wäre.«

Erst als er mir mit den Fingerspitzen ganz zart über das Gesicht streicht, merke ich, dass ich weine.

Ich lache zittrig. »Tut mir leid. Vermutlich hätte ich doch noch nicht runterkommen sollen.«

»Warum holst du dir nicht einfach, was du brauchst, damit wir wieder zurück nach oben können?«

»Ja, das ist wahrscheinlich am besten.« Ich gehe zu dem Schrank in der Ecke und nehme mir meine Laufschuhe und die Sporttasche, in der Leggins, Sport-BHs, Thermounterwäsche, Mütze und Handschuhe sind, die ich zu dieser Jahreszeit zum Laufen trage. Alles, was mit Jims Krankheit zu tun hatte, war nach seinem Tod zu schmerzhaft, um mich damit zu befassen, und dazu gehörte auch mein Lieblingssport. In letzter Zeit hab ich den Wunsch verspürt, wieder damit anzufangen, aber alles, was ich dafür benötige, war noch hier. In meiner Hast, dem Ganzen den Rücken zu kehren, hatte ich es zurückgelassen. »Das ist alles.«

Er nimmt mir die Tasche ab, nicht weil ich sie allein nicht tragen könnte, sondern weil er immer Wege findet, es mir leichter zu machen.

Wir gehen nach oben, und ich stelle alles neben die Tür,

damit ich nachher nicht vergesse, es mitzunehmen. Mein Witwenhirn ist leider nicht besonders zuverlässig.

Als ich mich umdrehe, ist Tom da und zieht mich in seine warme Umarmung, die ich so dringend brauche. Die Stippvisite unten hat mich aufgewühlt und aus der Bahn geworfen. Der Anblick allein hat gereicht, einen Trauma-Tsunami auszulösen.

Ich genieße seine Zärtlichkeit ein paar Minuten lang, bevor ich das Schweigen schließlich breche. »Tut mir leid, dass ich dir das zugemutet habe.«

»Du hast mir nichts zugemutet, womit ich nicht klarkäme. Alles, was du mir über dein Leben mit Jim erzählst, hilft mir, dich besser kennenzulernen. Deine Stärke und dein Mut sind eine Inspiration.«

»Er war der Held unserer Geschichte.«

»Wen, denkst du, würde *er* wohl zum Helden erklären?«

Ich kann nicht anders, ich muss grinsen. »Du hältst dich für so clever.«

»Nein, ich bin mir nur ziemlich sicher, dass er selbst sagen würde, du warst die Heldin.«

»Das würde er, doch da würde ich ihm widersprechen. Was er erleiden musste … Niemand sollte so was aushalten müssen. Wir haben mehr Erbarmen mit unseren kranken Tieren als mit unseren Mitmenschen. Warum können wir einen sterbenden Hund mit einer Spritze erlösen, aber Jim, der genau wusste, was ihm bevorstand, und bei klarem Verstand war, durfte sich nicht für einen friedlichen, schmerzlosen Tod entscheiden? Das ist eine himmelschreiende Ungerechtigkeit.«

»Wäre das für ihn denn eine Option gewesen?«

»Wir haben darüber gesprochen, und er hat es ernsthaft in Erwägung gezogen. Allerdings … nach ein paar Jahren mit merkwürdigen Symptomen kam die Verschlimmerung seines Zustands irgendwie unerwartet plötzlich. Selbst in den Bundes-staaten, wo es erlaubt ist, hätte er sich das Mittel selbst verabrei-chen müssen, sodass das ausschied, lange bevor wir bereit waren, diese Entscheidung zu treffen.«

»Wir glauben immer, wir hätten mehr Zeit.«

»Das stimmt. Jim hat gesagt, wenn er gewusst hätte, dass er

jung sterben würde, hätte er das College ausfallen lassen und nach seinem achtzehnten Geburtstag das Leben bis zur Neige ausgekostet. So habe er viel zu viel Zeit an Kurse und Unterrichtsstunden verschwendet, die er nie brauchen würde. Das hat ihn wirklich beschäftigt, und er hatte das Gefühl, nicht klug gehandelt zu haben.«

»Späte Einsicht kann quälend sein.«

»Doch er hat immer hinzugefügt, dass er, wenn er nicht zum College gegangen wäre, mich nie getroffen hätte, daher sei es das auf jeden Fall wert gewesen.«

»Wie wär's jetzt mit Dessert?«, fragt meine Mom.

Wir lassen einander los, als hätte sie uns bei etwas Verbotenem ertappt. Teenager-Gewohnheiten legt man nur schwer ab.

»Ich wollte nicht stören«, meint Mom mit einem Lachen. »Wann immer ihr bereit seid. Ich hab Frozen Yogurt da, weil das gesund ist, oder?«

»Das ist perfekt, Mom. Danke.«

»Ja, danke«, stimmt Tom mit ein. »Das ist sehr nett.«

»Wir wollen dich noch lange bei uns behalten, junger Mann. Schließlich können wir selbst sehen, wie glücklich du unsere Lexi machst.«

Sie ist fort, bevor ich ihre Worte verarbeitet habe. »Argh. Aber kein Druck.«

»Alles in Ordnung. Sie ist sehr nett, und natürlich möchte sie, dass du glücklich bist. So wie ich auch.«

»Danke, dass du mir zugehört hast. Es hilft so sehr, mit dir darüber sprechen zu können und zu spüren, dass ich mich bei dir wegen Jim nicht sorgen muss.«

»Das ist auch so. Bis in alle Ewigkeit.«

***

Am Mittwoch bin ich auf dem Weg zu meinem Treffen mit den Wilden Witwen, die Brownies im Gepäck, die ich vorhin eigens dafür gebacken habe. Ich hab außerdem eine Gemüsepfanne für Tom vorbereitet, die er sich nur warm machen muss, wenn er vom Büro heimkommt, wo er nach der Herz-Reha zwei Stunden arbeiten darf. Er hat hoch und heilig geschworen, dass er es nicht übertreiben wird und sich nachher zu Hause ausruht.

Ich kann nicht anders, als mich um ihn zu sorgen. Ich hab allerdings zu Beginn von Jims Krankheit gelernt, wie wichtig es war, seiner Führung zu folgen und ihm das Gefühl zu vermitteln, dass er die Dinge in der Hand hatte. Das Letzte, was er gewollt hat, war, dass seine Frau in die Rolle seiner Mutter schlüpft. Tom will das ebenfalls nicht, daher achte ich darauf, meine Gedanken für mich zu behalten, damit er nicht den Eindruck hat, zu sehr eingeengt zu werden.

Trotzdem ist es schwer, diese Denkweise abzulegen, vor allem wenn man jahrelang darin festhing.

Tom braucht keine Krankenschwester. Er will eine Partnerin, die sein Leben teilt und nicht wegen jeder Kleinigkeit in Panik ausbricht.

Ich arbeite daran, doch ich muss mich sehr zusammenreißen und mir auf die Zunge beißen, wenn ich ihm am liebsten sagen würde, er soll sich endlich hinsetzen und sich ausruhen.

Iris erzählt uns heute von den beiden neuen Mitgliedern, bevor wir sie am Samstag kennenlernen. Sosehr ich mich auch auf unsere Mittwochstreffen freue, ist es eine besondere Freude, wenn alle zusammenkommen, die Kinder eingeschlossen, die mir samt und sonders ans Herz gewachsen sind, als wären es Nichten und Neffen, die ich als Einzelkind nie haben werde. Jim hatte Brüder, die bisher nicht geheiratet haben, insofern ist da der Zug noch nicht abgefahren. Seine Familie hält weiter Kontakt zu mir, aber es ist nicht mehr so eng wie früher, als er noch gelebt hat.

Seine Eltern erkundigen sich regelmäßig, wie's mir geht, und mindestens einmal im Monat laden sie mich zum Lunch oder Brunch ein, doch unser Verhältnis ist belastet von den Anforderungen von Jims Pflege und ein paar Entscheidungen, die ich für ihn treffen musste, mit denen sie nicht einverstanden gewesen sind. Es hat ihnen nicht gefallen, ihre Rolle als nächste Verwandte an mich abzutreten, die Ehefrau, die er sich ausgesucht hat. Alles, was ich getan habe, war in seinem

Interesse, aber zu dem Zeitpunkt haben sie das anders gesehen.

Dadurch haben sie eine bereits furchtbare Situation noch stressiger gemacht, und obwohl ich ihnen mittlerweile verziehen habe, werde ich nie vergessen, dass etwas aufgrund ihres Verhaltens schwerer war, als es hätte sein müssen. Und das wissen sie auch ganz genau. Es ist ein ständiger Eiertanz, wann immer wir uns treffen. Wir wollen den Kontakt nicht abreißen lassen, spüren jedoch die Anspannung, die immer Teil unserer Beziehung sein wird.

Alles ist merkwürdig im Danach. Jede einzelne Sache. Früher haben wir uns großartig verstanden, bis sie zur schlimmstmöglichen Zeit angefangen haben, an mir zu zweifeln und mir das auch zu sagen. Ich hab mir die Einmischung verbeten, selbst von den Menschen, die ihm das Leben geschenkt haben. Eine der letzten Sachen, die Jim zu mir gesagt hat, als er noch sprechen konnte, war, dass ich immer tun sollte, was ich für richtig hielt, und mir nicht den Kopf darüber zerbrechen, was irgendjemand anders wollte. Das hat geholfen, die Schuldgefühle beiseitezuschieben und meine Entscheidungen nach bestem Wissen und Gewissen zu treffen – selbst wenn es seine Eltern verärgert hat.

Himmel, daran hab ich schon eine Ewigkeit nicht mehr gedacht. Es fühlt sich an, als sei das Teil einer weit zurückliegenden Vergangenheit, die zum Leben eines anderen gehört. Ich versuche, mich auf das Gute an seiner Familie zu konzentrieren, darauf, wie sie immer sofort zur Stelle waren, wann immer ich ihre Hilfe gebraucht habe, wie sehr ihre Besuche ihn gefreut und wie tief sie nach seinem Tod um ihn getrauert haben.

Ich bin die Erste, die bei Iris eintrifft. Es ist schön, sie eine Minute lang ganz für mich zu haben, denn Gage ist noch oben und duscht. Ihre Kinder übernachten heute bei Iris' Mutter.

»Was gibt's Neues und Aufregendes?« Sie gießt mir ein Glas Wein ein und mustert mich interessiert. »Du strahlst förmlich.«

Ich hebe meine Hände an die Wangen. »Wirklich?«

»Definitiv. Ist das deinem Freund, dem tollen Tom, zu verdanken?«

Über den Spitznamen muss ich immer noch lächeln. »Teilweise. Das mit ihm entwickelt sich großartig und wird ständig besser.«

»Oh, ich finde es so schön, wenn das passiert!«

»Ich mag es auch. In letzter Zeit schlafen wir jede Nacht zusammen in seinem Bett.«

Sie zieht die Augenbrauen hoch. »Nur Schlafen?«

»Und ein bisschen was anderes, aber nichts wirklich Anstrengendes für ihn, weil er das erst ab Freitag wieder darf.«

»Das ist also der große Tag?«

Ich grinse darüber, wie sie das ausdrückt. »Könnte sein.«

»Und wie geht es dir damit?«

»Gut. Ich bin bereit. Glaub ich zumindest …«

Wir verziehen beide das Gesicht, denn wir wissen, wie schwierig es ist, das mit Sicherheit zu sagen, bis es wirklich geschieht.

»Alles wird gut. Er zeigt dir jetzt schon seit Monaten, wie es in seinem Herzen aussieht, und du weißt, dass du bei ihm sicher bist.«

»Stimmt, und das ist das Entscheidende.«

»Es fühlt sich an, als müsste ich so was wie ein Diplom oder eine Plakette vergeben, wenn eins unserer Mitglieder sein zweites Kapitel startet. Wenn ich so was hätte, würde ich es dir heute Abend überreichen.«

»Das ist eigentlich eine lustige Idee für die Zukunft.«

»Ich überleg's mir. Doch das mit dem Diplom heißt nicht, dass du uns verlassen darfst, verstanden?«

»Ich werde mich nie von den besten Freundinnen abwenden, die ich je hatte, die mir geholfen haben, mich nicht ganz zu verlieren, sondern Stück für Stück zu mir zu finden, und die mich auf das vorbereitet haben, was nun kommt.«

Sie greift nach meiner Hand. »Ich hab dich sehr lieb.«

»Ich dich mehr.«

»Ausgeschlossen.«

»Aber so was von.«

»Worüber streitet ihr euch, meine Damen?« Gage läuft frisch geduscht die Treppe runter, das noch feuchte Haar aus dem attraktiven Gesicht gekämmt. Wahre Geschichte: Das erste Mal, als ich ihn gesehen habe, fand ich ihn sexy, was eine Riesenüberraschung für mich war, denn ich hatte seit Jahren nicht so über jemanden gedacht außer über Jim.

»Wir sind uns nicht einig, wer wen lieber hat«, erzählt Iris ihrem Verlobten.

»Iris liebt jeden mehr als irgendeiner von uns sie. Ihr Herz ist das größte der Stadt.«

»Dem kann ich nicht widersprechen, also gewinnst du«, erwidere ich.

»Leute … Reicht jetzt.«

Gage tätschelt ihr den Po und gibt ihr einen Kuss. »Die Wahrheit tut manchmal weh, Liebste.«

Ich grinse. »Wo er recht hat, hat er recht.«

20

Lexi

Die anderen trudeln nach und nach ein, erst Brielle, dann Naomi, Roni, Derek, Joy, Christy, Kinsley und schließlich Hallie.

»Kommen Wynter und Adrian auch?«, frage ich Iris.

»Heute nicht, aber am Samstag sind sie dabei.«

»Oh, gut«, erwidert Joy. »Ich brauche dringend ein bisschen Babykuscheln.«

»Dylan liebt es, mit seiner Tante Joy zu kuscheln«, sagt Roni und meint ihren kleinen Sohn.

»Ich hab Liebe genug für alle Babys, Süße.«

Wir füllen uns die Teller und nehmen im gewohnten Stuhlkreis im Wohnzimmer Platz.

Iris eröffnet das Treffen. »Ich hab ja schon erwähnt, dass wir bald zwei neue Mitglieder begrüßen dürfen, und ich dachte, ich erzähle euch heute ein bisschen was über sie, damit ihr am Samstag schon ein wenig Bescheid wisst.« Sie blickt Roni auffordernd an.

»Die eine heißt Angela und ist die Schwester meiner Chefin«, beginnt die.

Ihre »Chefin« ist unsere First Lady und toughe Mordermittlerin Sam Holland Cappuano. Der überraschende Tod ihres

Schwagers in Camp David während der Weihnachtsfeiertage letztes Jahr hat weltweit für Schlagzeilen gesorgt.

»Sam hat vor einer Weile den Kontakt zwischen Angela und mir hergestellt«, fährt Roni fort. »Ihr Ehemann Spencer ist ja an gestrecktem Fentanyl gestorben, und wir haben seither oft miteinander gesprochen.«

Es ist überall durch die Nachrichten gegangen, dass er sich das gefährliche Schmerzmittel bei einem Straßendealer besorgt hatte. Es war ihm ursprünglich gegen unerträgliche Rückenschmerzen verschrieben worden, doch irgendwann haben seine Ärzte sich geweigert, ihm weiter Rezepte auszustellen, sodass er es sich auf andere Weise beschafft hat. Sam und ihr Team haben die Dealer zur Strecke gebracht und dafür gesorgt, dass sie wegen der durch sie verursachten Todesfälle des mehrfachen Mordes angeklagt wurden.

»Sein Tod war so eine Tragödie.« Christy seufzt.

»Ja, und Angela ist nun mit drei kleinen Kindern allein, was, wie hier ja einige wissen, das Schlimmste ist. Ihr Sohn Jack hatte ein sehr enges Verhältnis zu seinem Vater, und ihm in seiner Trauer zu helfen, ist für sie unglaublich kräftezehrend.«

»Das kann ich so gut nachempfinden«, bemerkt Iris. »Es ist wirklich unheimlich schwierig. Ich bin froh, dass sie sich entschlossen hat, zu unseren Treffen zu kommen.«

»Das hatte sie schon eine Weile vor«, erklärt Roni. »Sie hat sich dazu bisher allerdings nicht in der Lage gefühlt.«

»Ich freu mich schon darauf, sie zu kennenzulernen und alles zu tun, um ihr zu helfen«, sage ich, und die anderen nicken zustimmend.

»Ihr werdet sie mögen«, versichert uns Roni. »Sie ist eine von uns.«

»Und ich denke, Luke werdet ihr ebenfalls mögen«, fährt Iris fort. »Sein Sohn Beckham geht mit meinem Sohn Tyler in die Schule. Lukes Frau ist vor einem Jahr an Darmkrebs gestorben und hat ihn mit vier kleinen Kindern zurückgelassen. Beck ist der Älteste.«

»Oje«, meint Joy. »Der Mann braucht uns.«

»Das stimmt«, bestätigt Iris. »Ich bin so froh, dass wir ihn überzeugen konnten, es mal mit uns zu probieren. Gage hat viel dazu beigetragen und hat ihn wissen lassen, dass es hier auch andere Männer und alleinerziehende Väter gibt.«

»Das hat geholfen«, ergänzt Gage.

»Wir werden uns gut um ihn kümmern«, verspricht Kinsley.

»Es ist schon erstaunlich«, beginne ich zögernd. »Im Rückblick erkennen wir alle, dass sich dieser Gruppe anzuschließen das Beste war, was wir je für uns getan haben, aber am Anfang ...«

»War es angsteinflößend«, beendet Brielle den Satz für mich. »Was um alles in der Welt sollte ich bei einer Gruppe Witwen, wo ich es doch selbst kaum geschafft habe, den Kopf über Wasser zu halten?«

»Ganz genau.« Ich lächle Brielle an. »Ich musste auch dazu überredet werden. Aber als ich dann erst einmal hier war, hab ich sofort erkannt, wie sehr es mir hilft. Endlich hab ich Leute getroffen, die verstanden haben, wie es für mich war, die nachfühlen konnten, wie schmerzhaft zum Beispiel die ›Wenigstens hattet ihr keine Kinder‹-Kommentare waren oder Plattitüden wie ›Er ist jetzt an einem besseren Ort‹.«

Alle stöhnen auf. Diesen Spruch hassen wir ganz besonders. Der einzige Ort, an dem er – oder sie – sein sollte, ist schließlich bei uns.

»Kann ich euch wegen etwas um Rat fragen, Leute?«, erkundige ich mich vorsichtig.

»Dafür sind wir ja da, Süße«, antwortet Joy. »Was ist los?«

»Ich hab euch doch erzählt, dass ich entlassen worden bin.«

»Gott sei Dank«, meint Gage. »Der Job hat dich fertiggemacht.«

»Ich versuche es als Segen zu betrachten.«

»Das ist es auch«, bekräftigt Gage. »Du hättest nie aus eigenem Antrieb gekündigt, weil du auf das Geld angewiesen bist. Aber jetzt hast du die Chance, etwas zu finden, was du wirklich tun willst.«

»Und genau dafür benötige ich euren Rat. Mir ist eine Stelle bei unserer örtlichen Gruppe der ALS Association angeboten worden.«

»Oh«, sagt Iris in einem langen Ausatmen. »Und wie fühlst du dich bei dem Gedanken?«

»Einerseits würde es mir erlauben, Leuten zu helfen, für die das, was die Association anbietet, unglaublich wichtig ist. Ich weiß ja, wie es für uns war, und sie haben uns unterstützt, als wir es am dringendsten brauchten. Mein Job wäre es, die Ehrenamtlichen zu betreuen und dafür zu sorgen, dass Patienten Geräte und Hilfsmittel zur Verfügung gestellt werden. Ich wäre außerdem dafür verantwortlich, dass wir Freiwillige für Spendensammelaktionen haben. Wie ihr wisst, hab ich selbst schon bei einigen mitgeholfen, also weiß ich, was alles dazugehört.« Wir haben letztes Jahr gemeinsam eine der Benefizveranstaltungen besucht.

»Trotzdem, Süße«, wendet Roni vorsichtig ein. »Es ist ALS.«

»Ich weiß. Meine Mom hat das auch gesagt. Ich bin mir nicht hundertprozentig sicher, ob ich damit klarkomme, täglich mit der Krankheit zu tun zu haben, die meinen Ehemann das Leben gekostet hat. Aber … ich muss immer daran denken, wie sehr ich allen helfen könnte, die gerade erst damit konfrontiert sind.«

»Deine Hilfe wäre von unschätzbarem Wert«, erklärt Iris. »Das steht ganz außer Frage. Die einzige Überlegung ist, ob es für dich gut wäre, wenn du dich jeden Tag damit befassen musst.«

»Die einzige Möglichkeit, das herauszufinden«, meldet sich Gage zu Wort, »ist, es auszuprobieren. Wenigstens würdest du deine Zeit in etwas investieren, das dir am Herzen liegt, statt den ganzen Tag bedeutungslose Zahlen in eine Formularmaske einzutippen.«

Ich bin ganz seiner Meinung. »Alles ist besser als das.«

»Du bist sehr viel stabiler, als du warst, als wir uns kennengelernt haben«, stellt Christy fest. »Du warst damals quasi wie in einem Nebel versunken, hattest gerade erst begonnen, die Erschöpfung der Jahre intensiver Pflege und tiefer Trauer zu überwinden. Damals hattest du nicht viel zu sagen. Ich hab mir deinetwegen mehr Sorgen gemacht als wegen aller anderen.«

»Ach, wirklich?«

»O ja. Du warst so zerbrechlich. Doch jetzt … Jetzt bist du wie ein Schmetterling, der seine Flügel ausbreitet, bereit loszuflattern.«

Ihre lieben Worte rühren mich beinahe zu Tränen. »Das verdanke ich alles euch.«

»Und dir selbst, Lex«, ergänzt Derek. »Du hast hart an dir gearbeitet.«

»Das mag sein, allerdings ohne es selbst so recht zu merken.«

»So funktioniert das«, meint Iris. »Man macht weiter, weil einem nichts anderes übrig bleibt, aber an irgendeinem Punkt fängt man an, mehr nach vorne als zurück zu schauen.«

»Du hast die Gabe, Dinge bewundernswert auf den Punkt zu bringen, Iris«, verkündet Brielle.

Ich nicke. »Ich könnte dir nicht mehr beipflichten.«

»Oh, danke. Ich denke, irgendwie bin ich Expertin für Witwenschaft geworden, auch wenn das das Letzte war, was ich im Sinn hatte, als Christy, Taylor und ich unsere Selbsthilfegruppe ins Leben gerufen haben. Als Taylor ihren jetzigen Ehemann kennengelernt hat, hat sie erklärt, sie wolle nicht länger im ›Dorf der Witwen‹ sein, doch ich konnte mir nicht vorstellen, das aufzugeben, nachdem Gage und ich ein Paar geworden sind.«

»Geht mir genauso«, erwidert er und lächelt sie an. »Ich schreibe weiter meine Instagram-Posts, weil ich weiß, dass sie Leuten helfen, selbst wenn mein eigener erster Gedanke des Tages sich nicht mehr darum dreht, wie beschissen mein Leben ist oder wie ungerecht das war, was mir zugestoßen ist, selbst wenn das immer noch stimmt. Es hilft mir, anderen zu helfen, also mache ich es weiter.«

»Das sind alles gute Argumente. Jeder von euch hätte diese Gruppe schon vor einer ganzen Weile verlassen und prima allein zurechtkommen können. Aber ihr habt euch dazu entschlossen, anderen bei einer Sache zu helfen, die euch in der Vergangenheit große Schmerzen bereitet hat. Wenn ihr das könnt, kann ich es vielleicht ebenfalls.«

»Du könntest das ganz sicher, Lex«, ermutigt mich Kinsley. »Die Frage ist nur, ob du es auch tun solltest.«

Ich lasse mir einen Moment Zeit, um meine Antwort zu formulieren und mich zu fassen, was etwas ist, was im Lauf der Jahre leichter geworden ist. »Als die Sache mit Jim richtig schlimm wurde, sind die Leute von der ALS Association sofort eingesprungen und haben dafür gesorgt, dass wir uns in unserer schrecklichen neuen Realität weniger alleingelassen gefühlt haben. Ich bin mit einigen der ehrenamtlichen Helfer, die wir am häufigsten gesehen haben, immer noch gut befreundet. Sie haben uns so wunderbar unterstützt, und der Gedanke, das an andere Familien weitergeben zu können, fühlt sich gut und richtig an, versteht ihr?«

»Absolut«, stimmt mir Joy zu. »Wer kann hilfreicher für einen neuen Patienten oder einen neuen Betreuer sein als jemand, der das Gleiche durchgemacht hat und aus eigenem Erleben weiß, was am ehesten gebraucht wird? Und außerdem ein Herz aus Gold hat?«

»Ja, wirklich«, sagt Brielle. »Du würdest das ganz toll hinkriegen, und vielleicht verliert die Krankheit auch etwas von ihrer Macht über dich, wenn du den Job annimmst. Deine Erfahrung wird sich für dich mit etwas Positivem verbinden, selbst wenn es das für die Leute, mit denen du arbeitest, nicht ist.«

»Wow, so hab ich das noch gar nicht betrachtet. Ihr seid wirklich die weisesten Menschen, die mir je begegnet sind. Ehrlich. Danke für eure Meinung. Ich denke, ich werde es mit dem Job versuchen und das Beste hoffen.«

»Und wir haben ein achtsames Auge auf dich und sorgen dafür, dass es nicht zu viel für dich wird«, verspricht Roni.

»Das würde ich auch gar nicht anders haben wollen.«

»Und jetzt zu anderen wichtigen Neuigkeiten«, fährt Iris mit einem kleinen Lächeln fort. »Wie steht es mit dem tollen Tom?«

Natürlich ist es Iris, die uns alle zum Lachen bringt.

»Das ist der Spitzname, den die Mädels Lexis ›Mitbewohner‹ gegeben haben«, fügt sie für die hinzu, die das noch nicht wissen.

»Wem der Schuh passt«, meint Joy mit einem fröhlichen Funkeln in den Augen.

»Dieser Schuh passt ganz eindeutig«, antworte ich.

»Also Moment, heißt das, ihr habt es, na ja, getan?«, will Derek zögernd wissen.

Seine Verlegenheit ist einfach zu komisch, und alle brechen in Gelächter aus.

»Manchmal hasse ich euch«, brummt er.

»Gar nicht«, widerspricht Iris.

»Doch, ganz im Ernst.«

Als ich nach meinem Lachanfall wieder Luft bekomme, erlöse ich ihn. »Noch nicht, aber es kann nicht mehr lange dauern.«

»Na, war es jetzt wirklich so hart, das auszusprechen?«, fragt Derek in einem Tonfall, der erneutes Gelächter provoziert.

»Du hast ›hart‹ gesagt«, stellt Gage mit einem Grinsen fest.

Derek funkelt ihn entrüstet an. »Von dir erwarte ich eigentlich Besseres.«

»Ich geb mir alle Mühe mit ihm«, versichert Roni mit einem Lächeln für Derek. »Es ist ein Prozess.«

Ihr Liebster wirft ihr einen Blick zu, der einen erneuten Heiterkeitsausbruch auslöst.

»Okay, wir haben eindeutig die Kontrolle über dieses Treffen verloren«, erklärt Gage.

»Wann haben wir die je in irgendeiner Form gehabt?«, gibt Iris zurück.

»Guter Einwand.«

»Lexi«, fährt Gage mit seiner Strenger-Vater-Stimme fort. »Wie fühlst du dich angesichts der Tatsache, dass Sex mit dem tollen Tom quasi unmittelbar bevorsteht?«

Es folgt weiteres Gelächter.

»Gut. Er ist tatsächlich ziemlich toll und genau das, was ich in diesem letzten Jahr gebraucht habe, in dem ich mich neu gefunden und mir den Wind um die Nase hab wehen lassen.«

»Ich fand es so wunderschön, zu hören, wie wunderbar er sich um dich gekümmert hat, ohne im Gegenzug irgendwas anderes als Freundschaft zu erwarten«, sagt Iris. »Ich war von Anfang an im Team ›Toller Tom‹.«

»Wir brauchen T-Shirts!«, verkündet Brielle.

»O mein Gott, ja!«, ruft Joy und reißt die Faust in Sieger-
pose hoch.

»O mein Gott, nein!«

Alle lachen über mein Entsetzen.

»Bist du glücklich, Lex?«, fragt mich Naomi leise.

»Glücklicher, als ich seit Jims Tod gewesen bin. Allerdings
schwebt eine Sache wie ein riesiges Damoklesschwert über
allem.«

»Was denn?«, will Hallie wissen.

»Sein Gesundheitszustand. Es geht ihm jetzt wieder gut,
aber technisch betrachtet hat er einen Witwenmacher-Infarkt
überlebt, und allein dieses Wort weckt unverhältnismäßige
Angst in mir.«

»Das kann ich verstehen«, erwidert Hallie. »Je weiter sich
meine Beziehung mit Robin vertieft, desto mehr frage ich mich,
ob ich noch ganz richtig im Kopf bin, weil ich zugelassen habe,
dass ich mich in jemanden mit Brustkrebs im vierten Stadium
verliebe.«

»Du kannst besser als jeder andere nachvollziehen, in was
für einer Situation ich mich befinde.«

»Tu ich. Doch was ich gelernt habe«, fügt sie hinzu, »ist:
Das Herz will, was es will, und wenn das Schicksal ein weiteres
Mal zuschlagen sollte, bin ich diesmal zumindest besser darauf
vorbereitet. Ich habe Hilfe am Start, unter anderem euch alle,
eine gute Therapeutin und ein Unterstützungssystem, das mir
komplett gefehlt hat, als Gwen plötzlich gestorben ist. Es wäre
immer noch extrem schmerzhaft, aber ich vertraue auf meine
Fähigkeit, das zu überleben – und ich vertraue genauso auf
deine Fähigkeit, das zu überleben, falls das Schlimmste eintreten
sollte, was Gott verhüten möge.«

»Hallie hat recht«, sagt Gage. »Als bei Iris Brustkrebs im
Frühstadium festgestellt wurde, hab ich das nicht so gehandhabt, wie es richtig gewesen wäre, wie ihr ja alle wisst. Und das
aus genau den Gründen, die es jetzt Lexi erschweren, sich auf
das mit Tom einzulassen.« Er lächelt Iris liebevoll an. »Doch
wenn ich darüber nachdenke, was ich verpasst hätte, einfach

weil ich Angst vor dem hatte, was passieren könnte … Das wäre eine verdammte Schande gewesen.«

»O ja, das wäre es«, bestätigt Iris mit einem anzüglichen Lächeln.

»Mein kleiner Heißsporn.«

»Solltet ihr euch nicht vielleicht besser ein Zimmer nehmen?«, erkundigt sich Derek unter erneutem Gelächter.

»Wir haben eins«, erinnert ihn Gage. »Direkt hier im Haus, und die Kinder sind heute bei ihrer Oma. Sobald ihr alle weg seid, werden wir uns dorthin begeben. Und es wird laut werden.«

Iris bedeckt ihr Gesicht mit den Händen. »Bringt ihn zum Schweigen.«

Danach bricht vollends Chaos aus. Wir füllen uns Getränke nach, holen den Nachtisch und lachen weiter, während die »Team Toller Tom«-T-Shirt-Idee intensiv diskutiert wird.

Ich liebe sie alle so unglaublich, dass es nicht mehr lustig ist.

Tom

Ohne Lexi ist es im Haus still und langweilig. Ich, der ich jahrelang glücklich und zufrieden als Single gelebt habe, hasse es nun plötzlich, allein zu Hause zu sein. Alles ist besser, wenn sie hier ist, was mir praktisch sofort klar geworden ist, nachdem sie eingezogen war. Schon mit achtzehn hab ich genau gewusst, was ich wollte, und daran, dass sie die Richtige für mich ist, hat sich in den letzten zwanzig Jahren nichts geändert.

Cora ruft an, die ihr Versprechen gehalten hat, mal einen Gang zurückzuschalten und mir ein bisschen Luft zum Atmen zu lassen.

»Ja?«

»Wie wär's mit ›Hallo‹?«

»Okay. Hallo, liebe Schwester. Was willst du?«

»Du bist doof.«

»Du liebst mich!«

»Wirklich?«

»Gibt's einen Grund für deinen Anruf?«

»Ich wollte nur nachfragen, wie es dir geht, aber da scheint ja alles gut zu sein.«

»Bitte hör auf, dir Sorgen zu machen.«

»Leichter gesagt als getan.«

»Lexi und ich haben Mom besucht.«

»Und wie war sie so?«

»Wie üblich. Aufgebracht, unruhig und verwirrt.«

Coras tiefer Seufzer spricht Bände. Wir haben uns häufig gefragt, ob die schwere Last, die Mom auf sich genommen hat, als Dad gestorben war, zu ihrer Demenz geführt hat. Wir werden das niemals abschließend klären können, haben jedoch unsere Vermutungen. »Das war nett von dir.«

Wir hassen es alle, dorthin zu fahren, weil wir wissen, dass es überhaupt keinen Unterschied für sie macht, aber wir tun es trotzdem, egal wie schmerzhaft es jedes Mal ist.

»Wie geht's Lexi?«

»Gut. Sie ist heute bei ihren Wilden Witwen.«

»Sie hat wilde Witwen?«

»Das ist eine Selbsthilfegruppe. Der Name ist inspiriert von einem Gedicht von Mary Oliver, in dem es heißt: ›Sag mir, was willst du anfangen mit deinem einen wilden und kostbaren Leben?‹«

»Oh, das gefällt mir. Ich bin so froh, zu wissen, dass es solche Unterstützung für Leute gibt, die sie brauchen.«

»Offenbar ist es noch mal schwieriger, wenn man jung Witwe wird, und die Gruppe hat ihr sehr weitergeholfen. Mittlerweile sind es ihre besten Freunde.«

»Es ist komisch, dass ich nie darüber nachgedacht habe, wie es gewesen wäre, Paul zu verlieren, als wir frisch verheiratet und die Kinder noch klein waren.«

»Dein Leben hätte komplett anders ausgesehen, so viel steht fest. Einige ihrer Witwenfreunde haben kleine Kinder.«

»Ich kann mir nicht mal vorstellen, wie schwierig das sein muss.«

»Sei dankbar, dass du das nie herausfinden wirst.«

»Ja, wirklich. Nun, ich bin froh, dass du wieder so vorlaut

und nervig bist wie sonst. Das erleichtert mich, ob du mir das nun glaubst oder nicht.«

»Ich glaube es. Alles ist gut. Leb dein Leben. Ich schreib dir morgen.«

»Versprochen?«

»Ja, Cora. Versprochen.«

»Gute Nacht, Thomas.«

»Gute Nacht.«

Ich liebe sie. Das tu ich wirklich, und wenn sie diejenige gewesen wäre, die den Herzinfarkt erlitten hätte, wäre ich genauso aufgescheucht wie sie jetzt. Der Vorfall hat jede Menge Unbewältigtes in uns hochgespült, und ich mache meinen Schwestern keinen Vorwurf daraus, dass sie extrem verunsichert sind. Verdammt, das bin ich ja selbst. Es gibt doch kaum etwas, das einem so drastisch vor Augen führt wie ein Herzinfarkt, dass das Leben keine Durchlaufprobe hat, und ja, ich weiß, dass wir alle irgendwann sterben müssen, aber ich bin noch nicht bereit für meinen Abgang, vor allem nicht in dem Moment, in dem die Dinge mit meiner Traumfrau interessant werden.

Und wo wir gerade von ihr sprechen: Draußen sehe ich Scheinwerfer und höre dann das Geräusch des sich öffnenden Garagentors.

Meine Liebste ist wieder zu Hause, und mein Herz vollführt vor Freude einen Hüpfer.

Ich hatte nie in meinem Leben solche Gedanken oder diese Form von körperlicher Reaktion auf irgendeine Frau, außer bei ihr.

Ich hatte Spaß mit anderen, sicher, doch ich hatte nie solche Gefühle.

»Hallo, Schatz, ich bin wieder zu Hause«, ruft sie, als die die Treppe von der Garage hochkommt.

»Hallo, Schatz, ich hab dich vermisst. Wie war euer Treffen?«

»Großartig. Wir haben wahnsinnig viel gelacht.«

»Nicht unbedingt das Erste, was ich über ein Wilde-Witwen-Treffen zu hören erwarte.«

Sie zieht ihre Jacke aus und hängt sie in den Flurschrank,

ehe sie sich neben mich aufs Sofa setzt und ihre Beine unter sich zieht. »Bei uns wird mehr gelacht als geweint. Zumindest derzeit. Wenn es frisch ist, gibt es mehr Tränen.«

»Sag mir die Wahrheit. Habt ihr über mich gesprochen?«

»Ich nicht, aber die anderen. Jemand hat ›Team Toller Tom‹-T-Shirts ins Spiel gebracht.«

»Nicht wirklich.«

Sie hebt beschwichtigend die Hände, während sie sich das Lachen verkneifen muss. »Es war nicht meine Idee, ich hab allerdings auch nichts dagegen.«

»Lexi, ernsthaft …?«

Jetzt lacht sie – laut. »Ich dachte, ich warn dich besser vor, falls jemand das wirklich durchzieht.«

»Danke für die Warnung, doch ich glaube, ich werde am Samstagabend einfach beschäftigt sein.«

»Bist du nicht. Reiß dich zusammen! Du lässt dich ja wohl nicht von einem Haufen Wilder Witwen in die Flucht schlagen.«

»Ich bin mir nicht sicher …«

Sie greift nach meiner Hand und verschränkt ihre Finger mit meinen. »Hast du was gegessen?«

»Ja. Die Gemüsepfanne war sehr lecker. Danke.«

»Freut mich, dass es dir geschmeckt hat. Ich hab genug gemacht, dass es noch für morgen reicht.«

»Das ist schön.«

»Behauptest du das nur, während du eigentlich am liebsten ein Steak hättest?«

»Am liebsten hätte ich dich, und wenn das bedeutet, dass ich für den Rest meines Lebens bloß noch Gemüse esse, ich dieses Leben aber mit dir verbringe, bin ich spontan der totale Gemüse-Fan.«

Sie fächelt sich mit der Hand Luft zu. »Mit dem Kommentar hast du dir das T-Shirt verdient.«

Ich funkle sie an. »Keine T-Shirts. Das ist mein Ernst.«

»Leider liegt das nicht in meiner Hand.«

»Du erweckst nur leider kein Stück den Eindruck, als würde dir das leidtun.«

»Ich kann ja auch nichts dafür, dass dir dein Ruf vorauseilt.«

»Können wir ins Bett gehen? Wenn ich dich küsse, bist du vielleicht nicht mehr so gemein zu mir.«

Als sie lächelt, strahlt ihr wunderschönes Gesicht auf. Sie ist überaus zufrieden mit sich selbst, genau wie ich es auch bin.

Ich hab mich oft gefragt, ob ich je die große Liebe finden würde. Ich hab mitgekriegt, wie Freunde von mir sich in Frauen verliebt und sie geheiratet haben und mit diesem glücklichen Gesichtsausdruck durch die Gegend gelaufen sind, der mich einfach nur verwirrt hat. Ich will ehrlich sein. Ich war irgendwie ganz froh, dass mir dieses Schicksal erspart geblieben ist, wenn einer von ihnen mir erzählt hat, dass er nicht mit zum Golf könne, weil er zur Babyparty eines Freundes eingeladen sei, oder ein anderer gesagt hat, es gehe seiner Frau nicht gut und es fühle sich nicht richtig an, sie den ganzen Tag allein zu lassen.

Was? Na, okay, wenn du meinst, hab ich gedacht.

Doch jetzt, wo ich ihr zum Bett folge … Jetzt versteh ich das. Es gibt nichts, was ich lieber tun würde, als so viel Zeit wie möglich mit Lexi zu verbringen. Die Hobbys, die mir Spaß machen, selbst Golf, sind nichts dagegen. Ich schulde vermutlich einigen meiner verheirateten Freunde eine Entschuldigung, weil ich sie wegen der Beziehungen zu ihren Frauen geneckt habe. Würde Lexi noch mal vor den Traualtar treten? Ich hab keine Ahnung. Wir haben über Kinder gesprochen, aber würde sie auch heiraten wollen? Ich bin mir nicht sicher, möchte es plötzlich allerdings ganz dringend wissen.

21

Tom

Als wir in meinem Bett liegen, Händchen halten und uns anschauen, entscheide ich, dass ich jetzt die Antwort wissen möchte. »Kann ich dich was fragen?«

»Klar.«

»Würdest du noch mal heiraten?«

»So ganz allgemein oder dich im Speziellen?«

»Willst du mich absichtlich quälen?« Ich liebe alles an ihr, aber besonders ihre verspielte Seite, die erst nach und nach zum Vorschein gekommen ist, seit sie hier eingezogen ist.

Sie lacht. »Tut mir leid. Ich war mir nicht ganz sicher.«

»Ich werde dir ja wohl kaum raten, mit einem anderen vor den Altar zu treten.«

Bei meiner entrüsteten Antwort zittern ihre Lippen amüsiert. »Ich hab es geliebt, mit Jim verheiratet zu sein, und sollte mir der richtige Mann begegnen, wäre ich vermutlich schon willens, es noch mal zu tun.«

»Sollte dir der richtige Mann begegnen?«

»Das ist das Entscheidende.«

»Wieso wusste ich bislang eigentlich nicht, wie gemein du sein kannst?«

Sie bricht in Gelächter aus.

Ich liebe es, sie so fröhlich zu sehen. Sie ist schon lange nicht mehr die stille, ernste, verletzte Frau, die anfangs bei mir gewohnt hat. Das ist nicht mein Verdienst. Das hat sie ganz allein geschafft – mit harter Arbeit und der Entschlossenheit, sich ein neues Leben aufzubauen. Ich bin einfach nur froh, hier zu sein und die Früchte dieser Mühen genießen zu können.

»Du bist so verdammt schön«, flüstere ich, überwältigt von einer Million Gefühle, die alle neu für mich sind.

»Unsinn, bin ich nicht.«

»O doch, bist du. Und auch schon immer gewesen.« Ich wickle mir eine ihrer Locken um den Finger. »Ich hab früher ein paarmal bei Wettkämpfen der Leichtathletik-Mannschaft zugeschaut.«

»Was? Hast du nicht.«

»Aber sicher.«

»Ich wäre gestorben, wenn ich gewusst hätte, dass Tom Hammett im Publikum sitzt.«

»Dann bin ich froh, dass ich es nie irgendjemandem verraten habe. Ich hätte es gehasst, wenn du gestorben wärst, bevor ich dich im Arm halten und küssen kann, dich so lieben kann, wie ich es damals wollte. Und immer noch will.« Ich zieh sie an mich und geb ihr einen Kuss auf den Hals. »Du warst so sexy, wenn du gerannt bist, als wäre wer weiß was hinter dir her. Niemand konnte dich einholen.«

»Das und Querflöte-Spielen waren die einzigen Dinge, in denen ich damals gut war.«

»Du warst schnell wie der Wind, und ich hab den Blick nicht von dir nehmen können.«

Sie legt ihre Hand an mein Gesicht und zieht mich zu dem erotischsten Kuss bislang an sich, voller Verlangen und Hitze, sodass ich das Gefühl habe, es versengt mich. Dann bin ich über ihr, und sie umklammert mich, während ich sie mit einer Leidenschaft küsse, die sich zwei Jahrzehnte lang in mir aufgestaut hat und sich jetzt Bahn bricht. Ich habe begonnen, mich zu fragen, wie ich all die Zeit ohne sie in meinen Armen überleben konnte.

Es gibt kein Halten mehr, für keinen von uns ... Ehe ich es recht begreife, sind wir beide nackt.

»Lex ... Ich begehre dich so sehr. Ich habe noch nie irgendjemanden so begehrt wie dich.«

»Es ist noch zu früh. Du solltest nicht ...«

»Das unerfüllte Verlangen ist für mein Herz garantiert gefährlicher, als es endlich zu tun.«

»Woher willst du das wissen?«

Ich nehme ihre Hand und ziehe sie auf meine Brust, direkt über das fragliche Organ. »Spürst du das?«

Sie leckt sich über die Lippen, und ich werde noch härter. »Ja.«

»Das kann nicht gesund sein.«

»Sei nicht so albern.«

»Ich liebe dich. Ich will Sex mit dir. Genau jetzt.«

»Wenn dir irgendwas geschieht ...«

»Wird es nicht. Versprochen.« Ich küsse sie erneut und spüre den Moment, in dem sie ihre Entscheidung fällt. »Müssen wir verhüten?« Für alle Fälle hab ich vorgestern nach der Reha eine Packung Kondome gekauft. Die Absurdität dieses Satzes würde mich unter anderen Umständen zum Lachen reizen, doch jetzt kann mich nichts ablenken, nicht wo ich so kurz davor stehe, mit Lexi Nelson zu schlafen.

Endlich.

Sie schüttelt den Kopf. »Ich trage eine Spirale. Und ich war nach Jim mit niemand mehr zusammen.«

»Ich weiß. Und seit meinem letzten Test hatte ich auch keinen Sex mehr. Und seit dem Abend, an dem ich dich in der Bar aufgegabelt habe.«

Sie schneidet eine Grimasse. »Musst du das so ausdrücken?«

»Nun ... Irgendwie ist es nun mal unsere Geschichte, oder?«

»Ja, da hat es angefangen.«

Ich schüttle den Kopf und schaue ihr tief in die wunderschönen Augen. »Es hat schon vor Jahrzehnten begonnen, mit dem heftigsten Verknalltsein aller Zeiten, woraus die Liebe meines Lebens geworden ist.«

Wir küssen uns und versuchen, einander näher zu kommen,

wollen beide mehr, was genau das ist, was ich mir immer erhofft hatte. Es musste nur von ihr ausgehen, nicht von mir. Aber jetzt, wo wir so weit sind, möchte ich, dass es unglaublich gut für sie ist.

Ich küsse mich von ihrem Hals abwärts zu ihrem Busen, necke beide Brustspitzen, während sie mich mit kleinen sinnlichen Lauten wahnsinnig macht und damit, wie sie an meinem Haar zieht. Ich wandere an ihrem Körper abwärts, und sie erbebt unter den Küssen, die ich ihr auf den Bauch und die Innenseite der Oberschenkel hauche. »Entspann dich, Süße. Lass dich von mir lieben.«

Mit ihren Beinen über meinen Schultern streichle und errege ich sie mit Fingern und Zunge, bis sie zweimal den Höhepunkt erreicht hat. Sie ist noch atemlos und erschauert unter dem Nachbeben, als ich mich über sie schiebe und unsere Körper vereine. Dabei löse ich einen weiteren Orgasmus bei ihr aus, bei dem ich jeden Funken Selbstbeherrschung aufbringen muss, damit dieser wahr gewordene Traum nicht vorzeitig vorbei ist.

Ich beobachte sie genau, um sicher sein zu können, dass dieses erste Mal mit einem anderen als ihrem geliebten Mann ihr keine Schwierigkeiten bereitet. Doch alles, was ich erkenne, sind Lust und Hingabe. Gott sei Dank.

Ich versuche, es möglichst in die Länge zu ziehen, bevor ich dem Verlangen nachgebe, das wie ein zweiter Herzschlag in mir pulsiert.

Jede Sekunde hiervon war das zwanzigjährige Warten darauf wert, dass ich auf diese Weise mit ihr zusammen sein kann. »Wow«, flüstere ich und presse meine Lippen erst auf ihren Hals und dann auf ihren Mund.

Ihre Augen sind geschlossen, sie atmet weiter hektisch, und ihre Wangen sind gerötet. »Mmm.«

»Alles in Ordnung?«

»In bester Ordnung.«

Ich bin überglücklich, das zu hören.

Sie schlägt die Augen auf, als würde ihr plötzlich klar werden, dass sie sich um mich sorgen müsste. »Und bei dir?«

»Ging mir noch nie in meinem gesamten Leben besser.«

Lexi

Jetzt ist es also passiert. Ich hatte Sex mit Tom Hammett, und es war einfach wunderbar. Ich möchte die Lexi von früher hochleben lassen, die ihn auf der Highschool mit sicherem Griff erwählt und nie vergessen hat, was für Gefühle er in ihr ausgelöst hat. Sie wusste, was sie tat, als sie ihn sich in den Kopf gesetzt hat, und sie wäre durchgedreht, wenn sie gewusst hätte, dass sie irgendwann großartigen Sex – und viele andere tolle Sachen – mit ihm erleben würde.

Ich werde nie die Zeit mit Jim bereuen. Ich beginne allerdings zu erkennen, dass ich ein völlig anderes, längeres Leben mit Tom haben könnte. Vor ein paar Jahren hätte ich das gar nicht mit irgendwem haben wollen. Aber jetzt bin ich hier, liege nackt in den Armen eines anderen Mannes, den ich liebe und mit dem ich mir eine Zukunft vorstellen kann.

»Nun«, erklärt er, »kann ich als glücklicher Mann sterben.«

Bei dieser Aussage zucke ich zurück, obwohl ich vorhin erst selbst einen Witz über das Sterben gemacht habe. Doch seine Worte haben eine völlig andere Wirkung, weil sie von jemandem kommen, der nur dank einer gehörigen Portion Glück noch am Leben ist.

»Oh, Mist, Lexi. Das war ein furchtbar schlechter Witz. Ich nehme ihn zurück.«

Ich rolle mich von ihm weg und springe aus dem Bett, verschwinde ins Badezimmer und knalle die Tür hinter mir zu. Ich bin so jäh von »glückselig« zu »fuchsteufelswild« gewechselt, dass es mich förmlich schüttelt.

Er klopft an die Tür. »Lex, Süße, tut mir so leid. Ich hab nicht nachgedacht.«

Nein, offensichtlich nicht. Das war das Allerletzte, was du ausgerechnet zu mir hättest sagen dürfen.

»Bitte komm raus, und sprich mit mir. Bitte?«

Ich schlüpfe in einen Bademantel von ihm, der mir viel zu

groß ist, aber das ist mir völlig egal, als ich die Tür aufreiße und mir nicht die geringste Mühe gebe, meine Wut zu verbergen.

»Tut mir leid, Süße. Ich hätte das auf keinen Fall sagen dürfen. Doch ich hab nicht nachgedacht – außerdem ist es nichts als die reine Wahrheit. So mit dir zusammen zu sein, macht mein Leben perfekt.«

»Wie schön für dich.« Ich stürme an ihm vorbei, raffe meine Kleidung zusammen und marschiere zur Tür.

Er ist direkt hinter mir, fasst mich sachte am Arm. »Bitte geh nicht. Es tut mir wirklich entsetzlich leid. Das war unverzeihlich unsensibel von mir.«

»Ja, war es.« Ich hasse es, dass meine Stimme bebt und mir Tränen in die Augen schießen. Ich möchte stark sein in meiner Wut, aber seine Worte haben mich zu tief getroffen.

Er legt von hinten die Arme um mich. »Ich werde nicht abtreten, solang ich dich habe, um dich zu lieben.«

»Das hat Jim auch gedacht.«

»Ich weiß, Süße, und im Licht der jüngsten Ereignisse hätte ich nicht so flapsig übers Sterben reden dürfen.«

»Bitte tu das in meiner Gegenwart nie wieder.«

Er lässt seinen Kopf auf meine Schulter sinken. »Auf keinen Fall. Versprochen. Und verzeih mir, dass ich unseren perfekten Abend ruiniert habe.«

Ich beginne mich angesichts seiner aufrichtigen Reue ein bisschen zu entspannen.

»Komm bitte zurück ins Bett.«

Ich lass mich von ihm auf die Seite führen, auf der ich in den letzten Nächten geschlafen habe. Er hilft mir aus dem Bademantel und deckt mich zu, beugt sich über mich und küsst mich, bevor er auf seiner Seite unter die Decke schlüpft und sich an mich schmiegt. »Ich möchte dir etwas erzählen, das dir hoffentlich hilft, meinen Galgenhumor besser zu verstehen.« Er schlingt einen Arm um mich und zieht mich noch enger an sich. »Nachdem mein Vater so plötzlich gestorben war, hatte ich lange Zeit Probleme, es zu glauben. Selbst ihn im Bestattungsinstitut aufgebahrt zu sehen, hat mich nicht überzeugt, dass es wirklich passiert war. Daher habe ich angefangen, bei meinen

Freunden Witze darüber zu reißen, die wie die Idioten, die sie waren, darüber gelacht haben. Bis einer von ihnen welche davon in Hörweite meiner Mutter wiederholt hat, die völlig entsetzt war. Sie hat mich zur Trauerbegleitung geschleppt, wo ich dann gezwungen war, darüber zu reden, weshalb ich den Tod meines Vaters so unfassbar komisch fand. Ich brauche nicht eigens zu erwähnen, dass es nicht lange gedauert hat, bis ich mir die Augen ausgeheult habe. Es sind Monate vergangen, bis ich zur Kenntnis nehmen konnte, was geschehen war, und das könnte auch jetzt wieder der Fall sein. Wenn man es zu einem Witz verarbeitet, kann man vielleicht so tun, als wäre es gar nicht passiert, verstehst du?«

»Ja, irgendwie schon …«

»Mir ist bewusst, es klingt wahrscheinlich völlig durchgeknallt, über etwas so Traumatisches Scherze zu machen, und vielleicht ist es das auch, doch jeder verarbeitet so was anders. Der Tom im Teenageralter ist mit dem urplötzlichen Tod seines Vaters nicht gut klargekommen. Trotz dieser armseligen Entschuldigung für schlechten Humor ist es etwas, was ich niemals zu dir hätte sagen dürfen.«

»Ich weiß, dass du es als Kompliment gemeint hast.«

»Ja, hab ich. Dich zu lieben, war, wie den Ort zu erreichen, an dem ich immer sein wollte.«

»Wenn du nur das gesagt hättest statt des anderen …«

»Lass uns das andere einfach vergessen und durch diese Worte ersetzen als die ersten, die ich zu dir gesagt habe, nachdem ich mit dir solches Glück erlebt habe, okay?«

»Okay.«

»Ich möchte außerdem hinzufügen, dass ich dich liebe, Lexi.«

»Ich dich auch.«

Nachdem ich das erwidert habe, scheint er aufzuatmen, erleichtert, dass die Krise überstanden ist. Ich kann mich nicht erinnern, wann ich das letzte Mal so sauer und wütend wegen irgendwas gewesen bin, wobei ich vermute, dass es ziemlich gesund ist, dass er mich so wütend machen kann und wir es dann ausdiskutieren.

Manchmal war ich auch auf Jim so sauer, allerdings war er nicht gut darin, dafür eine Lösung zu finden. Er ist immer lieber weggegangen, bis ich »drüber weg« war. Oder bis ich es leid war, verärgert zu sein. Das war eine der Sachen, die in unserer Beziehung nicht perfekt waren und mit denen wir insbesondere als Frischverheiratete zu kämpfen hatten.

Toms Reaktion, seinen Fehler sofort zuzugeben und sich aufrichtig und wortreich dafür zu entschuldigen, ist deutlich besser als das, was ich gewohnt war. Ich möchte gerne glauben, dass Jim so ein Ehemann geworden wäre, wenn er lang genug gelebt hätte, aber ich bin mir da nicht ganz sicher.

Ich möchte die beiden eigentlich nicht miteinander vergleichen, weil es nicht fair ist, für keinen von beiden, doch ich möchte auch, dass Tom weiß, wie hilfreich ich seine Vorgehensweise finde.

»Danke dafür, wie du darauf reagiert hast.«

»Du meinst, nachdem ich mit Anlauf ins Fettnäpfchen gesprungen bin?«

»Ja«, antworte ich lächelnd. »Du hast es sofort eingesehen und dich entschuldigt. Das bedeutet mir viel.«

»Ich möchte nie irgendwas sagen oder tun, das dich aufwühlt oder dir Kummer bereitet. Ich hasse es, dass ich das getan habe.«

»Schon in Ordnung. Ich vermute, irgendwann musste es auch bei uns beiden mal haken.«

»Ich wünschte nur, es wäre nicht ausgerechnet jetzt passiert.«

Ich drücke die Hand, die er auf meinen Bauch gelegt hat. »Es mindert ja nichts von dem davor.«

»Ich bin nicht mal dazu gekommen, dich zu fragen, wie du dich fühlst, bevor ich es so in den Sand gesetzt habe.«

»Ich fühl mich gut. Ich hab Freundinnen, die ebenfalls Witwen sind, sagen hören, es sei am besten, das erste Mal mit jemand Neuem irgendwie hinter sich zu bringen, damit man es hinter sich hat, aber das mit dir hat sich nicht angefühlt wie etwas, das von einer Liste gestrichen werden muss.«

»Das ist gut, nehme ich an.«

»Sehr gut sogar. Manche von meinen Freundinnen hatten One-Night-Stands oder bedeutungslosen Sex, um das aus dem Weg zu haben. Doch so bin ich nicht. Jim war mein erster Liebhaber, und du bist mein zweiter.«

»Ich hab mich schon gefragt, ob das wohl so sein könnte.«

»Na, jetzt weißt du's.«

»Muss ich nun auch meine sexuelle Vorgeschichte mit dir teilen?«

»Auf keinen Fall. Gütiger Himmel, wag es bloß nicht.«

Er lacht über meine entschiedene Reaktion. »Puh.«

»Ich bin sicher, es liegt im höheren zweistelligen Bereich.«

»Es erreicht nicht mal die Zwanziger, daher kannst du mir mit deinen Krallen vom Leib bleiben, Cujo.« Er rollt sich mit mir herum, sodass er über mir ist, und schaut mich an wie ein verliebter Mann. »Und nicht eine von ihnen konnte sich mit Lexi Nelson messen, dem ultimativen Traummädchen. Wobei ich lieber ›Frau‹ sagen sollte. Das wunderschöne, sexy Mädchen meiner Träume, das zu einer atemberaubenden Frau herangewachsen ist.«

»Okay, wenn du darauf bestehst. Ich mach es noch mal mit dir.«

»Mehr braucht es nicht?«

»Scheint so.«

Er schiebt sich über mich und blickt mir tief in die Augen. »Gut zu wissen.«

***

Am nächsten Morgen schlafen wir aus, da keiner von uns irgendwelche Termine hat, denn Toms Herz-Reha ist wegen einer Mitarbeiterfortbildung abgesagt. Immerhin hat es auch einige Vorteile, arbeitslos zu sein und sich von einem Herzinfarkt zu erholen. Kurz nach zehn klingelt mein Handy und weckt uns.

Auf dem Display steht »Joy«, was seltsam ist. Unsere Unterhaltungen finden normalerweise über Textnachrichten statt. Einen kurzen Moment lang verspüre ich Sorge, bevor ich mich melde. *Bitte, lieber Gott, lass es nichts Schlimmes sein.* »Hey, was gibt's?«

»Tut mir leid, wenn ich dich störe, aber ich hab mich gefragt, ob ich kurz bei dir vorbeischauen könnte. Ich hab was für dich.«

Ich bin fast schon lachhaft erleichtert, dass nichts passiert ist. »Äh, sicher, wann?«

»In ungefähr einer halben Stunde?«

»Klingt gut.«

»Fantastisch. Wir sehen uns dann.«

»Was ist?« Tom liegt auf dem Bauch im Bett, das Gesicht im Kissen.

»Meine Freundin Joy kommt in einer halben Stunde. Ich geh rasch duschen.«

»Möchtest du Gesellschaft?«

Wie aus heiterem Himmel fallen mir einige gemeinsame Duschen mit Jim ein.

Weil er mich so gut kennt, erklärt Tom: »Du kannst gerne Nein sagen.«

»Ich sag nicht Nein. Ich hab nur gerade ein paar Erinnerungen.«

Er greift nach meiner Hand. »Wenn du fürs Erste genug neue Erinnerungen geschaffen hast, ist das völlig in Ordnung.«

»Ich bin bereit für ein paar weitere, doch wir müssen uns beeilen.«

Er drückt sich von der Matratze hoch und ist mit einer Affengeschwindigkeit aus dem Bett. »›Schnell‹ kann ich.«

Früher mal konnte auch Jim sich so bewegen. Es betrübt mich, dass ich fast nie an ihn als gesunden Mann denke.

Ich habe von meinen Witwenfreundinnen viel über die Absonderlichkeiten des Trauerprozesses gehört und darüber, wie schwierig es sein kann, das Leben, das wir geführt haben, mit dem in Einklang zu bringen, das wir uns jetzt aufbauen. Und dass eine so harmlose Sache wie ein kräftiger, viriler Mann, der sich schwungvoll vom Bett hochstemmt und aufspringt, eine Lawine schmerzlicher Gedanken lostreten kann.

Statt darüber nachzugrübeln, beschließe ich, mich darauf zu

konzentrieren, dass Tom sich kräftig genug fühlt, um so das Bett zu verlassen, vor allem nachdem wir vor dem eigentlich erlaubten Datum Sex hatten. Ich wünschte, ich könnte die Sorge einfach abschütteln, und steige zu ihm unter die Dusche.

Er besteht darauf, mich zu waschen, während er meine Haut mit Küssen bedeckt, wobei er meinem Busen besondere Aufmerksamkeit schenkt.

Als er mit mir fertig ist, zittere ich vor Verlangen, um das wir uns jetzt leider nicht kümmern können.

»Später, Baby.« Er gibt mir einen zärtlichen Kuss. »Jetzt geh, gleich ist deine Freundin da. Ich rasier mich noch.«

22

Lexi

Ich bin mir nicht sicher, ob meine Beine mich aus der Dusche und zum begehbaren Kleiderschrank tragen können, aber es klappt, und ich ziehe mir eine Jogginghose und eins von Toms Hammett-Hausbau-Sweatshirts an. Ich liebe den dunklen Bordeauxton, sodass es nicht ausgeschlossen ist, dass ich es meiner Garderobe einverleibe. In der Küche hab ich gerade die Kaffeemaschine angeworfen, als es klingelt.

Ich laufe die Treppe runter, um Joy reinzulassen.

Sie ist für die Arbeit zurechtgemacht und lächelt breit. Sie ist die am besten gekleidete Frau, die ich je getroffen habe. Jedes Detail ist perfekt. Der Farbton ihrer Nägel und Lippen ist genau auf das leuchtende Saphirblau ihrer Bluse und ihrer Pumps abgestimmt. »Wie gelingt es dir nur, stets so auszusehen, als kämst du gerade vom Set eines Hollywood-Films – und das auch noch so früh am Morgen?«

»Kleines, es ist beinahe elf. Ich bin schon seit sechs Stunden auf. Nicht jeder ist arbeitslos und kann es sich leisten, bis zum Mittag im Bett zu faulenzen.«

Ich muss lachen, während ich vor ihr die Stufen hoch- und in die Küche gehe. Erst mal brauch ich Kaffee, um überhaupt klar im Kopf zu werden.

»Tut mir leid, dass ich bei dir und dem tollen Tom so reinplatze«, flüstert sie. »Ich hoffe, ich hab euch nicht bei irgendwas gestört.«

»Hast du nicht. Letzte Nacht hingegen … wäre das anders gewesen.«

»Ihr habt es jetzt schon getan!«

»Und ich fühl mich schuldig, weil ich mich von ihm dazu hab überreden lassen.« Ich gieße uns beiden Kaffee ein und hole Sahne aus dem Kühlschrank. »Nicht dass viel Überredung notwendig gewesen wäre.«

»Zur Hölle mit den Schuldgefühlen. Wie war's?«

»Göttlich.«

»O verdammt.« Sie fächelt sich Luft zu. »Wenn ich das höre, wird mir ganz heiß.«

»Und wie ist es mit deinem neuen Mann?«

»Er entwickelt sich zum Problem.«

»Inwiefern?«

»Ich mag ihn mehr, als mir lieb ist.«

Ich lache wieder. Was für eine wunderbare Art und Weise, in den Tag zu starten. »Hast du gehört, wie dumm das klingt?« Ich liebe es, dass es sich so anfühlt, als würden wir einander schon unser ganzes Leben lang kennen, und dass wir alles offen aussprechen können, ohne Angst haben zu müssen, dem andern zu nahe zu treten.

»Natürlich ist mir das klar. Es treibt mich in den Wahnsinn, doch ich bin nicht hergekommen, um über mich zu sprechen. Ich muss dir ein Geständnis machen, liebe Freundin.«

Ich habe keine Ahnung, wovon sie redet, aber ihr Lächeln verrät mir, dass es nichts Schlimmes ist. »Ein Geständnis? Was denn?«

»Ich hab etwas Anmaßendes getan, das unethisch ist und an der Grenze zu ›illegal‹, doch in bester Absicht und für einen guten Zweck.«

»Okay, sprich weiter.«

»Also … Du weißt ja, dass ich in meiner Kanzlei viele soziale Projekte betreue, Leute in Mietangelegenheiten unterstütze, bei Gesundheitsproblemen, in der Kinder- und Jugendhilfe sowie bei psychischen Schwierigkeiten. Was auch immer es da gibt, ich hatte es schon auf dem Schreibtisch.«

»Du bist eine Staranwältin mit einem Herzen aus Gold.«

»Ich kann mir nicht vorstellen, die Gaben, mit denen der Herrgott mich ausgestattet hat, nicht dafür zu nutzen, anderen nach Kräften zu helfen. Wobei es ja nicht so ist, als gefiele es mir nicht, Geld zu verdienen, denn das tut es.«

»Davon gehen wir aus.«

»Wie auch immer, durch eine meiner Mandantinnen und ihren Fall hab ich von einer gemeinnützigen Organisation erfahren, die zu dem einen Zweck ins Leben gerufen wurde, Menschen wie dir und meiner Mandantin unter die Arme zu greifen, die ein Familienmitglied hatten, das an einer schrecklichen Krankheit gelitten hat, und die nun mit einem ebenso schrecklichen Schuldenberg dasitzen.«

Mein Verstand ist wie leer gefegt, während sie mir den Namen der Stiftung nennt, über die Stifter redet und darüber, dass deren Eltern mehrere Krankheiten durchgemacht haben, die sie finanziell ruiniert hätten, wären sie nicht sehr wohlhabend gewesen. »Nun, und das hat die Geschwister dazu veranlasst, sich zu fragen, was eigentlich normale Leute tun, wenn ihnen so was passiert. Also haben sie im Gedenken an ihre Eltern eine Stiftung gegründet, deren einziger Zweck darin besteht, solchen Menschen zu helfen. Jedenfalls hab ich mit der Hilfe deiner Mutter deinen Fall dort eingereicht und …«

Sie schäumt förmlich über vor Freude, als sie drei Blatt Papier vor mir auf den Tisch legt, auf denen die vertrauten Logos von Gesundheitsunternehmen der Gegend prangen, deren Anblick allein ausreicht, um eine Welle der Panik in mir auszulösen.

Sie deutet auf meinen und Jims Namen oben auf den Seiten und auf die Summen unten.

Null.

Null.

Null.

»Joy …« Ich bin wie erstarrt vor Schock, und dann schluchze ich haltlos, als ich begreife, dass sie ein Problem für mich aus dem Weg geräumt hat, das so riesig war, dass ich mich damit abgefunden hatte, es im Leben nicht loszuwerden.

»Tut mir leid, dass ich nicht offen damit umgegangen bin, aber ich wollte dir keine falschen Hoffnungen machen, bis ich sicher war, dass es klappt, und dann ...«

Ich stürze mich auf sie, werfe dabei beide Kaffeetassen um, als ich ihr die Arme um den Hals schlinge, vor Glück und Erleichterung und Dankbarkeit in Tränen aufgelöst bin. Am größten ist die Dankbarkeit dafür, so eine Freundin zu haben.

Tom kommt in die Küche. »Lexi, Süße, was ist los? Alles okay?«

Ich bin so überwältigt, dass ich nicht mal reden könnte, wenn das Haus in Flammen stünde.

»Ich hab ihr gute Neuigkeiten gebracht«, erklärt Joy.

Er blickt über ihre Schulter auf die Seiten auf dem Tisch und schnappt nach Luft, als er die Nullen sieht. »O mein Gott, Joy ... Wie ...?«

Sie wiederholt für ihn noch mal die Geschichte von der Stiftung und allem. »Die Bestätigung habe ich gestern Nacht erhalten, und ich musste mich sehr beherrschen, um nicht sofort herzufahren und euch aus dem Schlaf zu reißen.«

Ich verzichte auf die Bemerkung, dass wir ja gar nicht geschlafen haben.

Als ich mich schließlich von Joy löse, ist ihre wunderschöne Seidenbluse voller Tränenflecken. Ich bin nicht sicher, ob von ihr oder von mir, denn sie weint jetzt ebenfalls.

Sie umfasst mein Kinn und schaut mich eindringlich an. »Im Laufe meiner Arbeit begegnet mir viel verrückter Mist, so viele schlimme Fälle, die nicht so ausgehen, wie es eigentlich richtig wäre. Ich möchte, dass du weißt: Dies hier für dich zu erreichen, hat mir ebenso viel Freude bereitet, wie es das jetzt bei dir tut, also danke dafür, dass ich für dich lügen und vorgeben durfte, deine Anwältin zu sein, um das zu bewerkstelligen.«

Ich zittere am ganzen Körper. »Ich werde dir nie genug danken können.«

»Es sind keine weiteren Worte nötig. Ich hab dich lieb. Ich

wollte dich von dieser enormen Last befreien, und das hab ich geschafft.«

Ich umarme sie erneut, und an irgendeinem Punkt schlingt Tom seine Arme um uns beide. Ich bin mir ziemlich sicher, er ist ebenfalls in Tränen aufgelöst.

Joy muss zurück in ihre Kanzlei, daher bringe ich sie zur Haustür.

»In meinem gesamten Leben«, sage ich ihr, »hat nie irgendjemand etwas Größeres für mich getan als das, Joy. Ich werde dir das nie vergessen.«

»Ich bin genauso froh darüber wie du, dass es geklappt hat. Es ist mir eine große Genugtuung, dies für dich und Jim erreicht zu haben, der es sicherlich gehasst hat, dir so eine Last aufzubürden.«

»Das Wissen, dass er mich mit einem derartigen Schuldenberg zurücklässt, hat ihn förmlich aufgefressen. Das war seine größte Furcht beim Sterben.«

»Hoffentlich kann er jetzt in Frieden ruhen.«

Ich umarme sie noch einmal fest. »Danke.«

»Hab dich lieb.«

»Ich dich mehr, und wag es nicht, mir zu widersprechen.«

Sie lacht, und als wir einander schließlich loslassen, wischen wir uns beide neuerliche Tränen aus dem Gesicht. »Bis Samstag.«

Ich winke ihr hinterher und gehe dann zu Tom zurück.

Er wartet mit ausgebreiteten Armen auf mich.

Ich werfe mich ihm an den Hals und breche wieder in Schluchzen aus.

»Ich freu mich so unendlich für dich, Lex. Du verdienst es, unbelastet und schuldenfrei ein neues Leben zu beginnen und zu genießen.«

»Ich kann es immer noch nicht glauben.«

»Was für eine Freundin.«

»Aber echt, oder? Ich hab dir ja gesagt, meine Witwen sind die besten Menschen, die man sich nur denken kann.«

»So viel steht fest.«

Mein Handy klingelt, und ich sehe, es ist meine Mutter. »Da hat jemand Geheimnisse vor mir gehabt«, begrüße ich sie.

»Ich bin schier geplatzt, als ich es erfahren habe, doch nichts verraten durfte, bis Joy die letzten Bestätigungen hatte. Daddy und ich sind außer uns vor Freude darüber. Du hast da eine großartige Freundin in ihr.«

»Ich weiß. Ich bin überwältigt. Ich werde mindestens ein Jahrzehnt brauchen, um das wirklich zu begreifen.«

»Was für eine unglaubliche Erleichterung.«

»Absolut. Danke, dass du ihr geholfen hast.«

»Ich hab ihr nur gesagt, bei wem die großen Rechnungen offen sind. Von da an hat sie alles übernommen. Sie ist eine Naturgewalt. Es ist nicht ganz glattgelaufen, die Leute haben sich auf Datenschutz berufen und was auch immer, wollten unbedingt mit dir persönlich sprechen. Aber darauf hat sie sich nicht eingelassen und hat ihnen erklärt, sie habe die Vollmacht von dir, alles auszuhandeln.«

Ich muss wieder weinen, als ich mir vorstelle, dass Joy so für mich – und Jim – gekämpft hat.

»Daddy hat heute Morgen zu mir gesagt, dass Jim nun beruhigt sein kann.«

»Wir haben gerade genau das Gleiche gesagt.«

»Du musst außer dir sein vor Freude. Wir konnten es gar nicht erwarten, dass du es erfährst.«

»Es ist eine so große Last, die von mir genommen ist. Ich habe viel öfter darüber nachgegrübelt, als ich es hätte tun sollen, da ich es ja ohnehin nicht in diesem Leben oder dem nächsten hätte abzahlen können.«

»Jetzt kannst du dieses Leben jedenfalls unbeschwert genießen, was genau das ist, was sich Jim für dich gewünscht hätte. Es ist das, was wir uns alle für dich wünschen.«

»Danke für alles, Mom. Ich weiß, ich sage es dauernd, aber ich hätte es ohne euch nie geschafft, und Jim hat das genauso gesehen. Wir hatten Riesenglück, dass wir in den dunkelsten Tagen unseres Lebens euch, eure Liebe und eure Unterstützung hatten.«

»Wir lieben euch beide, und wir hätten nirgendwo anders

sein wollen. Und Lex … Wir wissen, dass du Gefühle für Tom hast, und wir halten ihn für einen wunderbaren Mann.«

»Ich auch.«

»Ich hoffe, du erlaubst es dir, mit ihm glücklich zu sein. Jim würde das wollen. In all den Jahren, in denen er so gelitten hat, war seine größte Sorge, was es dir antut.«

»Ich weiß.« Ich sehe hinüber zu Tom, der am Küchentresen lehnt und auf seinem Handy scrollt. »Und ich bin glücklich. Glücklicher, als ich je war, seit …« Ich muss ihr nicht genauer erklären, was ich meine.

Tom blickt hoch und schaut mich mit einem Lächeln an.

Nachdem meine Mom und ich uns verabschiedet haben, steh ich auf und geh zu ihm. Er legt sein Handy beiseite, ich schließe meine Arme um ihn und lehne meinen Kopf an seine Brust. »Weißt du, was das Beste daran ist, gekündigt und schuldenfrei zu sein und den neuen Mann im Leben bei sich zu haben, der noch krankgeschrieben ist?«

»Nein, was denn?«, fragt er und klingt belustigt.

»Man kann den ganzen Tag im Bett verbringen und muss sich deswegen kein bisschen schuldig fühlen.«

Er ist sofort hart und bereit für das, was mir vorschwebt. »Ich bin hin und weg von der schuldenfreien Lexi.«

»Du hast ja keine Ahnung, mein Freund.«

Tom

Woran erkennt man, dass man jemanden wirklich liebt? Wenn man sich mehr für den anderen als für sich selbst freut. Ich hab mich noch nie in meinem Leben so sehr für jemanden gefreut wie für Lexi, als ich gehört habe, dass ihre erdrückenden Schulden beglichen sind. Nach allem, was sie während seiner Krankheit für ihren geliebten Ehemann getan hat, verdient sie es einfach nicht, für den Rest ihres Lebens unter dieser Last zu ächzen. Ich hatte mir schon selbst Gedanken darüber gemacht, wie ich ihr dabei helfen könnte, auch wenn ich wusste, dass sie ein solches Angebot rundheraus abgelehnt hätte.

Jedenfalls ist es unglaublich, was Joy da für sie getan hat. Dafür wird sie immer einen besonderen Platz in meinem Herzen haben. Ich bin so froh, dass Lexi Freunde wie sie und die anderen Witwen hat, die füreinander da sind, und zwar auf eine Art und Weise, die weit über die Themen Tod und Trauer hinausgeht.

Und als Lexi vorgeschlagen hat, den Tag im Bett zu verbringen, hatte ich fast einen weiteren Herzinfarkt – diesmal allerdings einen guten, einen, der unsere Abmachung besiegelt, nicht dass die noch hätte besiegelt werden müssen. Ich gehöre ganz ihr, und das schon von Anfang an.

Ich kann bereits erkennen, wie sehr sie seit Joys Besuch aufblüht. Sie wirkt beschwingter, unbeschwerter, freier, ihr neues Leben zu genießen, jetzt, da ihre größte Sorge ausgeräumt ist.

Sie steht neben meinem Bett und streift sich das Shirt über den Kopf, während ich sie anstarre, immer noch unfähig, zu begreifen, dass ich das hier mit Lexi Nelson erlebe.

»Willst du nur so dastehen, oder ziehst du dich aus?«

»Äh, definitiv Letzteres.«

»Na, dann beeil dich!«

»Ich mach ja schon.«

Wir fallen ineinander verschlungen aufs Bett, wollen mehr von der intensiven Verbindung von letzter Nacht. Ich kann bereits merken, dass eine sorgenfreie Lexi auch eine hemmungslosere Lexi ist, als hätte sie ein neues Leben geschenkt bekommen, was in gewisser Weise ja tatsächlich der Fall ist.

Wir küssen uns, klammern uns aneinander, sie hat ihre Beine um meine Hüften geschlungen – zu wissen, dass wir nirgendwo anders sein müssen und sonst nichts zu tun haben, als uns dem hier und einander hinzugeben, führt dazu, dass wir das mit uns voll und ganz genießen können.

Ich dringe in sie ein und spüre, wie fest sie mich umschließt, sehe, wie sich ihre Lider senken und ihr Mund sich zu einem stummen Schrei der Lust öffnet. Gott, sie ist wunderschön, sexy, süß und alles, was ich mir je gewünscht habe. Ich stütze mich auf die Arme und bewege mich mit ihr, lasse sie das Tempo bestimmen, das diesmal schnell und wild ist. Ich hab keine Einwände.

»Tom.«

»Ich bin hier, Süße. Was brauchst du?«

»Nur das. Nur dich.« Sie hebt die Lider und erwidert meinen Blick, und ich verliebe mich noch mehr in sie, wenn das überhaupt möglich ist.

Wir schauen einander in die Augen, während wir dem Gipfel entgegenjagen, und erreichen ihn gemeinsam. Das hier übertrifft alles, was ich bisher erlebt habe. Endlich verstehe ich den Unterschied zwischen Sex und »Liebe machen«.

»Ich muss dir etwas gestehen«, sage ich ihr im süßen Nachklang der Leidenschaft.

»Möchte ich das hören? Ich bin gerade richtig gut drauf.«

Lächelnd küsse ich sie auf die Wange und danach auf die Lippen. »Ich glaube, dieses Geständnis wird dir gefallen.«

»Dann schieß los.«

»Früher hab ich über den Ausdruck ›Liebe machen‹ Witze gerissen. Immer wenn jemand Sex so bezeichnet hat, habe ich darüber gespottet. Aber jetzt …«, ich küsse sie zärtlich, »jetzt verstehe ich es. Zum ersten Mal in meinem Leben verstehe ich, warum die Leute es so nennen.«

Ihr Lächeln lässt ihr ganzes Gesicht strahlen. »Du hast recht. Dieses Geständnis gefällt mir.«

»Ich hätte nie gedacht, dass es so sein könnte oder was Liebe alles bewirken kann.«

»Darum nennt man es ja ›Liebe machen‹.«

»Veräppelst du mich etwa?«

»Würde ich das tun?«

»Ja, ich glaube schon.«

Sie kann sich vor Lachen kaum halten. »Na gut, vielleicht ein bisschen.«

»Und dabei wollte ich dir gerade sagen, wie sehr ich dich liebe. Jetzt jedoch …«

»Bitte, sprich weiter.«

»Nein, jetzt bin ich sauer auf dich.«

Sie lacht noch mehr, und von der Welle aus Liebe und Zärtlichkeit und dem allgegenwärtigen Verlangen fühle ich mich leicht benommen – aber auf eine gänzlich gute Art und Weise.

Als ich mich wieder in ihr zu bewegen beginne, ist es mir egal, dass sie sich über mich lustig macht und so viel Spaß dabei hat. Ich liebe sie, bin wie trunken von ihr, und ich will das – und sie – für den Rest meines Lebens.

Lexi

Tom und ich verbringen den gesamten Tag im Bett, verlassen es höchstens mal, um durchzuatmen, zu essen und zu trinken, ehe wir uns wieder unserer neuen Lieblingsbeschäftigung zuwenden. Zwar hab ich noch Angst, dass er sich überanstrengt, doch da er beteuert, er fühle sich großartig, beschließe ich, ihm in dem Punkt zu vertrauen. Zum ersten Mal seit Jahren gibt es nichts, was mir Sorgen bereitet, keine Schuldenlast, die mich drückt, keine Angst vor der Zukunft. Ich kann einfach die wunderbare Gegenwart und meine Liebe zu ihm genießen.

Ich hatte immer die Angst, dass ich nie wieder eine so großartige sexuelle Beziehung mit jemandem haben würde, wie ich sie mit Jim hatte. Auch diese Befürchtung ist vollumfänglich ausgeräumt, nachdem ich mit Tom geschlafen habe.

Mir ist bewusst, was für ein Glück ich hab, das zweimal im Leben zu finden, und ich werde es – oder ihn – nie für selbstverständlich halten.

Nach der dritten Runde »Liebe machen« ist er eingeschlafen, und ja, ich lache immer noch über das, was er über diesen Begriff gesagt hat. Ich nehme mir mein Handy vom Nachttisch und setze eine Nachricht an meine Witwenfreundinnen auf, weil ich allen erzählen will, was für eine wunderbare Sache Joy für mich getan hat.

Ihre Nachrichten treffen eine nach der anderen ein.

Iris: *Joy … Mein Gott. Ich vergieße hier Freudentränen für Lexi und uns alle, weil wir so eine Freundin wie dich haben.*

Derek: *Ich bin so erleichtert für dich, Lexi. Und super, Joy. Du bist die Beste. Einfach großartig. Alles Liebe euch beiden.*

Roni: *Ich kann mich Derek nur anschließen. Ich sitze an meinem Schreibtisch und heule wie ein Schlosshund! Joy, meine Güte ... Du bist ein Schatz.*

Brielle: *Ich hatte noch nie Freunde wie euch. Joy, du bist ein ganz besonderer Mensch. Lexi, ich bin so froh für dich. Ich hoffe, du genießt jede Sekunde dieser neu gefundenen Freiheit von einer so erdrückenden Last.*

Kinsley: *Ich stell mir vor, dass Jim dort oben auf einer Wolke sitzt und breit grinst, weil Lexi eine Freundin hat, die so was für sie erreicht hat. Gut gemacht, Joy!*

Wynter: *Das ist einfach nur wunderbar. Adrian und ich sind überglücklich für dich, Lexi. Und Joy ... Wir sind sprachlos. Du bist die Allerbeste, und wir lieben euch alle.*

In den nächsten paar Minuten melden sich Naomi, Christy, Hallie und Gage mit überschwänglichen Glückwünschen für mich und Lob für Joy, die schließlich auch schreibt: *Ich komme gerade aus dem Gerichtssaal, und ihr rührt mich zu Tränen. Das war das absolute Highlight meiner gesamten Karriere. Ich freue mich so sehr für Lexi (und für den tollen Tom ... Ich hoffe, er profitiert von Lexis neu gewonnener Sorgenfreiheit).*

Meine Erwiderung besteht aus zwei Worten, die für Furore sorgen: *Tut er. <Zwinker-Emoji>*

Wieder einmal lassen die Antworten mein Handy heiß laufen.

Roni: *GO, GIRL!*

Iris: *Ja!*

Gage: *Überanstreng den Armen nicht. Er hatte gerade einen Herzinfarkt. LOL *Nur ein Scherz – ich bin sicher, es geht ihm GUT**

Christy: *Lass es richtig krachen!*

Derek: *Hört auf, sonst muss ich den Chat leider verlassen.*

Ich muss laut lachen, wenn ich mir vorstelle, wie der stellvertretende Stabschef des Präsidenten vom Weißen Haus aus so etwas schreibt.

Wynter: *Ich finde es großartig, dass die entlassene Lexi so die Sau rauslässt!*

Derek: *Okay, reicht. Ich bin raus.*

Naomi: *Ich lach mich schlapp.*

»Was ist so lustig?«, brummt Tom aus den Kissen.

»Das wirkt nur richtig, wenn du es im Ganzen hörst.«

»Dann lies es mir vor.«

Und genau das tue ich.

»Ich kann nicht glauben, dass du ihnen erzählt hast, was wir tun«, meint er lachend.

»Wir Witwen haben keinerlei Geheimnisse voreinander.«

»Das macht mir ein wenig Angst.«

»Nein, keine Sorge, wir gehen dabei nie zu weit.«

»Also ist für dich ›Die entlassene Lexi lässt die Sau raus‹ nicht zu weit?«

»Himmel, das ist nichts im Vergleich zu dem, wozu wir fähig sind.«

»Ich möchte mich Derek anschließen und den Chat verlassen.«

Lachend erwidere ich: »Das schickt er aus seinem Büro im West Wing des Weißen Hauses!«

»Das ist wirklich witzig. Weißt du, was ich nie erwartet hätte, bis ich dich und deine Wilden Witwen kennengelernt habe?«

»Was denn?«

»Wie viel ihr miteinander lacht.«

»Na ja, wenn wir das nicht täten, würden wir mit dem Weinen gar nicht aufhören können. Pietätlosigkeit ist unser zweiter Vorname.«

»Das gefällt mir. Dass ihr nach allem, was euch genommen wurde, noch so was wie Freude und Humor habt. Obwohl ich, wenn ich dich verlöre, nie wieder lachen würde.«

»Doch, würdest du.«

»Glaub ich nicht.«

»Du kannst mir vertrauen … Es ist körperlich unmöglich, für immer in dem tiefen Loch zu bleiben, in das man direkt danach fällt. So eine heftige Trauer kann man einfach nicht durchhalten. Irgendwann schleicht sich Freude ein. Sie findet einen, selbst wenn man denkt, es könnte nie passieren. Es kann etwas ganz Simples sein, wie eine Blume oder ein Sonnenuntergang oder ein hübscher Schmetterling, der am Fenster sitzt. Das Leben ist auf so vielerlei Weise schön. Nachdem der Nebel sich gelichtet hat und du diese Sachen wieder zu bemerken beginnst, wird klar, dass du das scheinbar Unüberstehbare überstehen und vielleicht sogar eines Tages wieder glücklich sein wirst.«

»Das hast du wunderbar ausgedrückt, Lex.«

»Ich behaupte nicht, dass es leicht ist, denn das ist es nicht. Jims Krankheit und sein Tod waren das Schwerste, was ich je durchgemacht habe, aber ich habe es überstanden. Ich werde ihn immer lieben, und er wird immer ein Teil von mir sein, doch sein Tod hat mein Leben nicht so nachhaltig zerstört, wie ich anfangs gedacht habe.«

»Weil du das nicht zugelassen hast. Du hast dir Unterstützung gesucht und einen Weg hindurch gefunden. Dafür war großer Mut nötig.«

»Wir haben unter uns Witwen einen Spruch dafür, wenn Leute uns erzählen, dass sie unsere Kraft bewundern, nämlich dass du nie weißt, wie stark du bist, bis dir keine andere Wahl bleibt.«

»Ich glaube, das stimmt.«

»Als ich mich um Jim gekümmert habe, haben mir so viele Leute erklärt, sie wären nicht dazu in der Lage, was mich jedes Mal geärgert hat, denn natürlich könnten sie es, wenn es sein muss. Sie wollen sich bloß keine Welt vorstellen, in der so etwas von ihnen verlangt wird, was ja nachvollziehbar ist. Wer möchte sich schon selbst in so einem Albtraum sehen?«

»Niemand will das, aber ich stimme dir nicht darin zu, dass jeder schaffen könnte, was du getan hast. Viele könnten das tatsächlich nicht. Bitte stell dein Licht nicht unter den Scheffel. Es war etwas Großes, dass du es Jim ermöglicht hast, bis zum Schluss zu Hause zu bleiben.«

»Ich will das nicht kleinreden, doch es ist das, was die meisten Leute für die Menschen tun, die sie lieben.«

»Vielleicht viele Leute, aber nicht die meisten.«

»Okay, darauf können wir uns einigen.«

»Du hast etwas Außergewöhnliches und Selbstloses für ihn

getan, und ich hoffe, du weißt, was für einen Riesenunterschied das für ihn bedeutet hat.«

»Doch. Dass ich uns beide durch diese Zeit im Leben gebracht habe, ist das, worauf ich am meisten stolz bin, selbst wenn ich es gehasst habe, dass ich am Ausgang nichts ändern konnte.«

»Allein zu hören, wie du mir davon erzählst, hat gereicht, um mir das Herz zu brechen.«

Lächelnd strecke ich die Hand aus und streichle sein Gesicht. »Danke für den heutigen Tag. Er war wunderschön.«

»Ja, war er. Der erste von vielen wunderschönen Tagen, die uns noch bevorstehen.«

»Hast du schon gehört, dass meine Schulden weg sind?«

»Ich hab da gerüchteweise was läuten hören …«

»Ich kann es immer noch nicht glauben. Es ist wie ein Traum, der wahr geworden ist.«

Er senkt den Kopf, um mich zu küssen. »Genau wie du für mich.«

23

Lexi

Am nächsten Morgen wache ich auf und finde eine Textnachricht von Hallie an die gesamte Gruppe auf meinem Handy: SOS. Robins Ex-Mann will zurück zu ihr ins Haus ziehen, um sich um die Kinder zu kümmern – und um sie. Sie behauptet, das beruhe auf rein praktischen Erwägungen und habe überhaupt nichts mit Romantik zu tun und dass sie und ich immer noch ein Paar sind und sich nichts geändert hat. Was zur Hölle?

Es tut mir so leid für sie. Hallie ist eine liebe Freundin, und entsprechend liegt mir die ganze Situation mit Robin schwer im Magen.

Joy antwortet zuerst. *Nein. Einfach nein. Sie kann nicht beides haben. Sie ist entweder mit ihm zusammen oder mit dir.*

Roni: *Stimme Joy 100%ig zu.*

Naomi: *200%ig*

Ich denke einen Moment nach, bevor ich meine Erwiderung tippe. *Als jemand, der sich früher in Vollzeit um einen unheilbar Erkrankten gekümmert hat, übernehme ich mal die Rolle des Advokaten des Teufels ... Macht mal alle ganz langsam, Leute. Ist es möglich, dass der Ex einfach versucht, das Richtige für jemanden zu tun, mit dem er immerhin jahrelang verheiratet war und Kinder hat? Ist es möglich, dass er dabei ihre Bedürfnisse im Sinn hat und nicht seine eigenen? Könnte es sein, dass er vielleicht ebenfalls eine neue Lebenspartnerin hat? Und bist du selbst bereit, Hallie, bei ihr einzuziehen und dich um sie und die Kinder zu kümmern, wenn das nötig werden sollte?*

Adrian: *Ich war eigentlich mit Joy und den anderen einer Meinung, bis ich Lexis Antwort gelesen habe. Jetzt bin ich mir nicht mehr so sicher. Das sind ein paar sehr wichtige Punkte, die sie da anspricht. Was, wenn Robins Zustand sich plötzlich rapide verschlechtert? Ergibt es nicht Sinn, dass der Vater der Kinder in der Nähe ist, wenn es schwierig wird? Inwieweit bist du bereit, ihre Pflege zu übernehmen, wenn es so weit kommt?*

Christy: *Das sind alles wichtige Fragen, Lexi und Adrian. Noch ein Gedanke ... Robins Kinder sind elf und dreizehn. Vertraut mir, das ist nicht das Alter, in dem man plötzlich für sie verantwortlich sein möchte. Ich komme kaum mit meinen zurecht, dabei kenne ich sie seit Jahren.*

Das bringt mich zum Lachen. Christys Kinder sind toll, und das liegt zum großen Teil daran, wie gut sie mit ihrer Trauer umgegangen ist, zusätzlich zu ihrer eigenen.

Wynter: *Warum könnt ihr nicht als große, glückliche Familie zusammenwohnen? Er kümmert sich um die Kinder, du kümmerst dich um sie?*

Gage: *Was verrät es über uns alle, wenn ausgerechnet die Jüngste die beste Idee hat?*

Wynter: *Dass ich schlauer bin als ihr anderen zusammen?*

Brielle: *Hast du nicht ein Baby zu stillen, oder so?*

Derek: *Bitte absolut keine Diskussion über Stillen in dieser Chat-Gruppe.*

Iris: *<Lachendes Emoji> Hallie, ist das hier irgendwie hilfreich für dich, oder macht es alles bloß schlimmer?*

Hallie: *Wynters Vorschlag gefällt mir irgendwie.*

Wynter: *JA!!! Ich gewinne! <Siegerfaust-Emoji>*

Hallie: *Nur dass wir nicht mal ansatzweise schon so weit sind, zusammenzuziehen.*

Kinsley: *Krebs-Witwe hier ... Die Dinge können sich rasch komplett ändern, vor allem im vierten Stadium. Wenn du dich* dafür entschieden hast, eine Beziehung mit ihr zu führen, was du ja offenbar hast, dann zieh es auch für die Zeit, die ihr noch habt, durch. Gib nur bitte deine eigene Wohnung nicht auf …

Gage: *Sehr guter Rat, Kins.*

Hallie: *Danke für all eure Ratschläge. Als sie mir zuerst davon erzählt hat, hab ich gedacht: Auf keinen Fall! Doch das sind alles gute Sichtweisen, und ich fühle mich besser, nachdem ich mit euch darüber gesprochen habe.*

Wynter: *Vor allem mit mir.*

<Lachende Emojis von allen>

Iris: *Hab dich lieb, Hallie. Lass uns wissen, was wir für dich tun können.*

Gage: *Dito. Der Witwenumzugsdienst steht allzeit bereit.*

Hallie: *Danke, Leute! XO*

»Was ist heute im Witwenland los?«, fragt Tom, als er sich umdreht und mich am Handy entdeckt.

»Hallie, deren Frau Gwen Selbstmord begangen hat, ist jetzt mit Robin zusammen. Es ist Robins erste Beziehung mit einer Frau, und sie hat zwei schulpflichtige Kinder und zudem Brustkrebs im vierten Stadium. Ihr Ehemann hat angeregt, dass er wieder bei ihr einzieht, um sich besser um die Kinder kümmern zu können – und um Robin. Man muss vermutlich nicht erwähnen, dass Hallie davon nicht begeistert ist.«

»Wow. Ihr kennt keine Kompromisse, was komplizierte Geschichten betrifft, was?«

»Manchmal ist es nicht einfach. Wie in diesem Fall zum Beispiel, und wir sorgen uns alle um Hallie, selbst wenn sie uns versichert, dass Robin einfach wunderbar ist. Das ist ganz schön heftig für Hallie, nachdem sie schon so viel durchgemacht hat.«

»Aber sie begibt sich doch offenen Auges in diese Situation.«

»Schon, trotzdem wäre es uns lieber, wenn das erste Mal nach dem Tod ihrer Partnerin nicht so kompliziert wäre.«

»Es ist immer kompliziert, oder? Wenn es wirklich drauf ankommt?«

»Es gibt ›kompliziert‹, und dann gibt es Entwicklungen wie diese. Wynter hat gemeint, es sei vermutlich eine gute Idee, wenn der Ehemann einzieht und sich um die Kinder kümmert und Hallie einzieht und sich um Robin kümmert.«

»Das hört sich wie das Exposé zu einer nicht sehr lustigen Sitcom an.«

»Ich weiß.«

»Komm mal her.«

Ich lege mein Handy beiseite und kuschle mich in seine Arme.

»Ich liebe es, dass du dich um deine Freunde sorgst, aber es gefällt mir nicht, wenn du so niedergeschlagen bist, während in deinem eigenen Leben gerade alles so gut läuft.« Er küsst mich auf die Stirn, genau zwischen die Augenbrauen. »Was können wir dagegen tun?«

»Das ist das Schwierige daran, zu den Wilden Witwen zu gehören. Wir machen uns die Probleme der anderen zu eigen. Und ja, wir wissen, dass das für uns vermutlich nicht das Gesündeste ist.«

»Es ist rührend, wie ihr euch umeinander kümmert.«

»Ohne ihre Unterstützung wäre ich sicher nicht bereit für dich gewesen.«

»In diesem Fall bin ich sehr froh, dass du sie hast.«

»Ich auch.«

Hallie

In meinem Magen spüre ich einen schmerzhaften Knoten, während ich auf Robin warte. Dieser Knoten ist da, seit sie diese Bombe von wegen »Mein Ehemann will wieder bei mir einziehen« hat platzen lassen. Einerseits weiß ich es zu schätzen, dass der Ex alles geregelt haben will, falls sich ihr Zustand zum Schlechteren wendet, was vermutlich in nicht allzu ferner Zukunft der Fall sein wird.

Doch ihn wieder im selben Haus zu haben? Das ist mir vielleicht zu viel.

Seit Gwen sich das Leben genommen hat, aus Gründen, die mir immer noch nicht klar sind, habe ich im Überlebensmodus funktioniert. Der Schock des Verlusts hat alle Aspekte meines Lebens erschüttert, hat mich mit Trauer und Bedauern und jeder Menge Fragen zurückgelassen, auf die ich nie eine Antwort erhalten werde. Ich hab Jahre gebraucht, bis ich überhaupt an neue Bekanntschaften gedacht hab, und nach ein paar frustrierenden Flops kam Robin mit ihrem breiten Lächeln und ihrer Lebensfreude, die mich zum ersten Mal nach Gwens Tod auf den ersten Blick bezaubert hat.

Dann blinkten all die Warnzeichen auf, die zum Rückzug hätten führen sollen.

Ich war ihre erste weibliche Lebenspartnerin.

Sie hat Brustkrebs im vierten Stadium, der allerdings stabil ist. Zumindest im Moment.

Und jetzt will ihr Ex-Mann wieder mit ins Haus einziehen.

Das neueste Warnzeichen war für mich Anlass, über die absolute Grenze für mich nachzudenken, die in dieser Situation mit der Zeit etwas verschwommen ist. Dabei hatte ich vorher immer ziemlich klar gezogene Grenzen, die ich niemals überschreiten wollte, wenn es um romantische Partner ging.

An einem Punkt hatte ich eine Liste von Dingen, die ein absolutes Ausschlusskriterium für mich waren, wie homophobe Familienmitglieder, die uns das Leben zur Hölle machen würden. Ich habe zu hart an mir und meiner eigenen Familie gearbeitet, um mich erneut mit Intoleranz und Borniertheit herumzuschlagen. Wenn du dich vor den Leuten verstecken musst, die dir am nächsten stehen, bin ich nicht die Partnerin für dich.

»Sich ausprobieren« ist ein weiteres No-Go für mich. Wenn du es nicht ernst mit dem lesbischen Lebensstil meinst, bin ich nicht die Richtige für dich. Entweder willst du es wirklich oder eben nicht, was ganz deine eigene Entscheidung ist. Aber ich bin nicht interessiert daran, wenn du mit einem Fuß im einen Lager stehst, während du dir gleichzeitig deine Optionen mit Männern offenhältst. Auf keinen Fall.

Aus diesen Gründen hab ich mich von Leuten ferngehalten, mit denen ich eine Verbindung gefühlt habe, daher hab ich alles auf dieser Liste auch so gemeint. Ich habe danach gelebt.

Robin hat all meine alten Regeln in die Luft gejagt.

Ich war ihr erster weiblicher Sexpartner.

Sie hat eine Stunde lang geweint, nachdem wir zum ersten Mal miteinander geschlafen hatten.

»Ich hatte ja keine Ahnung, was ich verpasse«, hat sie gesagt. »Wie kann ich so lange gelebt und nichts davon geahnt haben?«

So was von einer neuen Bettpartnerin zu hören, war schon eine tolle Sache. Ich hab mich riesengroß bei ihr gefühlt, weil ich ihr so ein Erlebnis beschert und dabei selbst so viel Spaß gehabt hatte, selbst wenn sie ein paar Tipps dafür gebraucht hat, wie sie das Vergnügen erwidert. Ich hatte kein Problem damit, ihr sozusagen zu zeigen, wo es langgeht, weil sie sehr wissbegierig war und unbedingt wollte, dass es auch für mich gut war.

Sie ist wunderschön, geistreich und hat einen feinen Sinn für Ironie, ist schicksalsergeben, was ihre schreckliche Krankheit betrifft, und eine tolle Mutter für ihre beiden Kinder – einen Sohn, der elf ist, und eine dreizehnjährige Tochter. Sie weint, wenn sie darüber spricht, sie ohne Mutter zurückzulassen, die sie aufzieht. Mein Herz bricht für sie alle.

Ich habe ihre Kinder kennengelernt, und sie sind ganz und gar wunderbar. Lieb, höflich, hilfsbereit … Überhaupt nicht wie andere Kinder in dem Alter, nach allem, was ich mitbekommen hab. Sie scheinen begriffen zu haben, dass die Zeit, die ihnen mit ihr bleibt, kurz bemessen sein könnte, und sie verschwenden sie nicht mit blödem Mist. Ich bewundere sie dafür und für ihre Freundlichkeit Robin gegenüber – und mir gegenüber.

Ich kann mir nicht vorstellen, wie es sein mag, wenn die eigene Mutter quasi mitten im Spiel die Seiten wechselt, doch Elias und River haben mich in dieser schwierigen Phase in ihrem Leben als die spezielle Freundin ihrer Mutter willkommen geheißen. Dafür werden sie immer einen Platz in meinem Herzen haben, genau wie wegen des Geschenks, das sie ihrer Mutter gemacht haben, indem sie ihre Entscheidung respektieren. Ich gebe mich keinen Illusionen hin, dass ohne den Krebs auch alles so problemlos verlaufen wäre, aber ich bin dankbar, dass es so gewesen ist.

Und jetzt, gerade als ich mich so weit an die ziemlich beschissene Situation von Brustkrebs im vierten Stadium bei meiner neuen Lebenspartnerin gewöhnt habe, will der Ex-Mann wieder mitmischen.

Nach allem, was ich gehört habe, ist er ein netter Kerl. Es gab keinen dramatischen Grund, warum ihre Beziehung in die Brüche gegangen ist, außer dass sie ihr natürliches Ende erreicht hatte und Robin mehr vom Leben wollte als das, was sie mit ihm hatte. Doch der Gedanke an alle vier von ihnen unter einem Dach, wie eine Bilderbuch-Familie, während ich von außen dabei zuschaue, ist einfach ausgeschlossen.

Das ist mir zu viel. Meine Wilden Witwen haben mich darin bestärkt, das Robin zu sagen, was ich mich sonst vielleicht nicht getraut hätte. Wenn ich einer Sache schuldig bin in all meinen Beziehungen, dann dass ich stets mehr gebe, als ich im Gegenzug erhalte. So war es auch mit Gwen. Ich hab mich ständig bemüht, sie glücklich zu machen, und habe manchmal durchaus mein eigenes Wohlergehen für ihres geopfert. Seit ihrem Tod hatte ich jede Menge Therapie und hab gelernt, dass es nichts gab, was ich hätte tun können, um sie umzustimmen, nachdem sie beschlossen hatte, ihrem Leben ein Ende zu setzen.

Ich habe gelernt, damit zu leben, selbst wenn ich in Gedanken noch immer viel zu häufig zu jenen letzten Tagen zurückkehre. Ich suche weiter etwas, was ich anders hätte machen können, irgendein Zeichen dafür, dass sie die Entscheidung getroffen hatte, die mich zerstören würde, aber da gibt es in der Rückschau nichts zu entdecken.

Das ist bei Robin anders, und ich bin entschlossen, diesmal für mich einzustehen, wenn meine Neigung, wegen ihrer Situation ihr Wohl vor mein eigenes zu stellen, die Oberhand gewinnen will.

Ich werde stark bleiben und meine Interessen genauso wichtig nehmen wie ihre.

Um das zu schaffen, muss ich meine Emotionen unter Kontrolle halten, was das Schwierigste daran ist. Ich kann mit meinen Gefühlen nicht hinter dem Berg halten, das bestätigt man mir schon mein ganzes Leben lang. Meine Mutter hat immer erzählt, dass man es mir als Kind immer sofort anmerken konnte, wenn ich aufgebracht oder ängstlich oder glücklich oder was auch immer war. Meine Miene hat stets verraten, wie es in mir aussah.

Ich atme tief ein und langsam wieder aus und wiederhole das so lang, bis ich meine innere Ruhe gefunden habe.

Draußen wird eine Autotür geschlossen.

Na, dann mal los.

Robin kommt herein, eine Flasche von dem Rosé, den wir beide so lieben, in der Hand. Sie wirkt ein wenig angegriffen, so als hätte sie geweint. Sie ist groß und blond und so hübsch, dass es wehtut. Das einzige äußere Anzeichen ihrer Krankheit ist, dass sie dünner ist, als sie wahrscheinlich sein sollte. Sie hatte vor ein paar Jahren eine doppelte Mastektomie mit Rekonstruktion, sodass sie ihre weiblichen Kurven behalten hat, nicht dass mir das wichtig wäre, doch für sie war es das.

Ich wische mir die Hände an einem Geschirrtuch ab, einfach um etwas zu tun.

Normalerweise würde ich sie mit einer Umarmung und einem Kuss begrüßen, heute halte ich mich allerdings zurück.

»Hi«, sagt sie mit einem verlegenen Lächeln, das mich dahinschmelzen lässt. Ich liebe dieses kleine Lächeln. »Das ist ja ein schöner Schlamassel, in dem wir gerade stecken.«

Ich lache, und die Spannung ist gebrochen. Ich liebe das, die Art und Weise, wie sie mit einem Satz alles auf den Punkt bringt.

»Aber echt.«

»Es tut mir so leid, Hallie. Ich weiß, dass du aufgebracht bist, und das aus gutem Grund … Ich hab das nicht kommen sehen. Ich hatte keine Ahnung, dass er darüber nachdenkt oder … Nun, ich hab nicht gewusst, dass er sich Sorgen um die Kinder macht.«

Ich gehe zu ihr, weil ich nicht anders kann.

Wir umarmen einander.

»Ich hatte Angst, dass ich dich deswegen verliere«, gesteht sie leise.

»Das hast du nicht, doch ich habe einiges zu sagen.«

»Ich wäre enttäuscht, wenn das nicht so wäre. Ich bin mir nicht sicher, wann das passiert ist, aber deine Stimme ist diejenige geworden, die mir am wichtigsten ist. Deine Gedanken zu dem hier und allem sind die, die ich am dringendsten hören will.«

Und schon hat sie es wieder geschafft. Ich meine, wie könnte ich sie nicht lieben?

»Lass uns die Flasche öffnen und darüber reden.«

Sie kümmert sich um den Wein, während ich Gläser hole.

Wir nehmen alles mit auf meine Terrasse, wo Lichterketten in den nahen Bäumen hängen und die Atmosphäre schaffen, die Robin so gefällt. Wir haben hier seit der ersten Nacht, in der sie mit zu mir nach Hause gekommen ist, viele Stunden miteinander verbracht. Der herbstliche Geruch von Holzfeuer und welkem Laub hängt schwer in der Luft.

»Ah«, sagt sie mit einem Seufzen, als wir uns auf dem kleinen Sofa niederlassen und die Füße hochlegen. »Ich hab das Gefühl, endlich wieder atmen zu können. Heute war ein schwieriger Tag.«

»Ja, das stimmt.«

Sie schaut mich mit ihren sanften braunen Augen an, in denen jede Menge Gefühle schimmern. »Es tut mir leid, dass ich dir das antun muss, doch ich will ehrlich mit dir sein.«

»Was ich zu schätzen weiß. Bitte glaub mir das.«

»Natürlich tu ich das, aber ich würde dir keinen Vorwurf machen, wenn du nichts mehr mit mir zu tun haben wolltest.«

»Das ist nicht der Fall.«

»Warum nicht?«

»Weil du mir wichtig bist. Vielleicht liebe ich dich sogar ein bisschen, und wenn man jemanden liebt, schmeißt man nicht alles hin und rennt weg, wenn es schwierig wird.«

Sie blinzelt sich Tränen weg.

Ich reiche ihr eine Serviette von dem Stapel, den ich zusammen mit den Crackern und dem Käse rausgebracht habe, die wir bisher nicht angerührt haben.

»Es ist von Anfang an schwierig für dich gewesen. Ich und all meine Probleme. Baby-Lesbe, kürzlich geschieden von einem

Mann, zwei Kinder und austherapierter Krebs. Ich bin einen Schritt davon entfernt, der toxische Partner zu sein, vor dem einen alle warnen.«

Ich lache erneut. »Du bist nicht toxisch. Vertrau mir.«

»Wie denkst du darüber, dass Kevin wieder einziehen will? Bitte sag mir die Wahrheit.«

Ich nehme mir einen Moment, um meine Gedanken zu ordnen, bevor ich antworte. »Ich weiß, dass für ihn die praktischen Aspekte im Vordergrund stehen und keine romantischen Gefühle dahinterstecken.«

»Ich kann natürlich nicht für ihn sprechen, doch für mich ist das definitiv so. Dieser Teil unserer Beziehung ist lange vorbei. Selbst wenn ich dich nicht kennengelernt hätte und so eine unglaubliche Verbindung zu dir verspürt hätte, wäre das so. Er ist ein guter Mann und ein wundervoller Vater, aber unsere romantische und sexuelle Beziehung war schon seit Jahren zu Ende, als wir uns getrennt haben.«

Das hat sie mir schon vorher erzählt, doch es hilft, es ein weiteres Mal zu hören, vor allem angesichts der jüngsten Entwicklungen.

»Danke, dass du das noch mal klarstellst.«

»Ich meine es ernst, Hal. Ich hoffe, das weißt du.«

»Das tu ich, und ich glaube dir. Und ich denke, es wäre gut für die Kinder, wenn er da ist, wenn es schwierig wird.«

Auf ihrer Miene spiegelt sich ihre Verwirrung. »Das tust du? Wirklich?«

»Natürlich. Dein Gesundheitszustand ist bedenklich. Es macht sich Sorgen um seine Kinder, wie das jeder gute Vater tun würde.«

»Okay, wo ist das Aber?«

»Aber ... wenn er einzieht, um sich um sie zu kümmern, ziehe ich ein, um mich um dich zu kümmern.«

Sie starrt mich für einen langen Moment an, bevor sie blinzelt. »Wirklich?«

»Wirklich. Es stört mich nicht, dass er für die Kinder da ist, doch es stört mich schon, wenn er das für dich sein will.«

»Also schlägst du vor, dass ...«

»Wir alle zusammenleben wie eine große, glückliche Familie, solange wir das können.«

»Und du wärst bereit, das zu tun?«

»Das ist genau das, was ich sage.«

»Hallie …« Wieder laufen ihr Tränen über die Wangen.

Ich reiche ihr eine weitere Serviette.

»Ist das wirklich dein Ernst? Warum rennst du nicht schreiend weg?«

»Das frage ich mich auch jeden Tag.«

Diesmal lachen wir beide, wobei sie sich weiter die Tränen wegtupft.

»Ich hasse es, dass ich dir das antue, nach allem, was du schon durchgemacht hast.«

»Ich denke, dass ich ohne das, was ich überstanden habe, nicht dazu in der Lage wäre, mich dem hier zu stellen, wissend, wie es enden kann.«

Sie nimmt einen Schluck von ihrem Wein. »Wie meinst du das?«

»Als Gwen so plötzlich gestorben ist, verfügte ich noch über nichts von dem emotionalen Handwerkszeug, das ich mir seitdem angeeignet habe. Das soll nicht heißen, dass es einfacher wäre, dich zu verlieren, denn das wäre es nicht. Aber es wäre anders. Ich habe Menschen, die mir helfen, die ich damals nicht hatte. Anders als damals weiß ich inzwischen so viel über Trauer und das Trauern. Jeder Verlust eines lieb gewonnenen Menschen ist schmerzhaft und schwierig und so, so traurig, und ich würde genau das empfinden, wenn ich dich verliere. Doch ich hab mir selbst bewiesen, dass ich das überleben kann und wieder auf die Beine komme.«

»Du bist die stärkste Person, die ich kenne.«

»Nein, das bist du. Viele Leute hätten sich im Status quo eingerichtet, wenn sie eine Diagnose wie die deine erhalten hätten. Du hast dein ganzes Leben aus den Angeln gehoben, damit du in der Zeit, die dir noch bleibt, authentisch leben kannst. Ich denke, das macht dich zur stärksten Person überhaupt.«

»Wir können uns gegenseitig nominieren.«

»Wenn du das so siehst.«

»Ich will dich nicht traurig und am Boden zerstört zurücklassen.«

»Ich werde es überstehen. Ich verspreche es.«

»Willst du wirklich bei mir einziehen?«

»Im Moment brauchst du mich dort nicht. Aber wenn es so weit ist, werde ich das tun. Wenn dein Ex wieder zu Hause ist und ich noch nicht gebraucht werde, haben wir einen Babysitter. Du kannst mich besuchen, wenn die Kinder im Bett sind.«

Sie lehnt ihren Kopf an meine Schulter. »Stimmt auch wieder.«

Ich nehme ihre Hand, erleichtert, dass wir beide wie erwachsene Menschen über die Situation geredet und eine Lösung gefunden haben, die für uns beide funktioniert.

»Ich liebe dich auch, Hallie.«

Bei ihren Worten steigen mir Tränen in die Augen. Ich schnappe mir die Serviette von ihrem Schoß, um mir selbst über die Augen zu wischen.

»Danke, dass du bei mir bleibst, obwohl jede andere vor dieser lächerlichen Situation die Flucht ergriffen hätte.«

»Ich gehe nirgendwohin.«

24

Lexi

Ich setze eine E-Mail an Nora von der ALS Association auf, die mich wegen des Jobs kontaktiert hatte. Es dauert viel länger, als es sollte, die vier Sätze zu schreiben, die mein Berufsleben in eine völlig neue Richtung lenken werden, aber es geht ja um keine gewöhnliche Stelle, also will ich es richtig machen.

Hallo, Nora,

vielen Dank für die Zeit, die du mir dafür gegeben hast, über dein großzügiges Angebot nachzudenken. Wie du weißt, war die ALS Association während seiner Krankheit ein Segen für meinen Mann und mich. Obwohl ich glaube, dass einige Aspekte der Arbeit schwierig für mich sein könnten, wäre es mir eine Ehre, die viele Hilfe und all das Positive, das wir von der Association erhalten haben, an andere Patienten und deren Familien weiterzugeben. Bitte lass mich wissen, wie die nächsten Schritte aussehen.

Mit freundlichen Grüßen

Lexi

Ich lese die E-Mail mindestens sechsmal durch, bevor ich auf »Senden« drücke.

Und damit ... ist es vollbracht.

Ich habe mich offiziell für eine Stelle bei der ALS Association beworben. Ich komm damit klar, oder? Ich schätze, ich werde es herausfinden.

Ich informiere meine Witwen im Gruppenchat: *Ich hab die E-Mail an die ALS Association abgeschickt, in der ich mitteile, dass ich für die Position in Betracht gezogen werden möchte. Warten wir ab, was jetzt passiert.*

Sie gratulieren mir und wünschen mir alles Gute.

Ich bin stolz auf dich, Lex, schreibt Wynter mir in einer privaten Nachricht. *Es gibt so viele Jobs, die einfacher wären, doch nur wenige, die für andere so wichtig sind.*

Ach, danke, Wynter. Das bedeutet mir viel. Ich bin auch stolz auf dich, aus so vielen Gründen, vor allem aber wegen dem Mut, den du gezeigt hast, als du dich entschieden hast, Jadens Kind zu bekommen. Er wäre SO stolz auf dich. Ich liebe dich.

Hör auf, mich zum Weinen zu bringen. Mir schießt gerade die Milch ein.

<Lachende Emojis>

»Was ist so lustig?«, fragt Tom, als er in die Küche kommt, wo ich mit meinem Kaffee am Laptop sitze.

»Ich hab mich für den ALS-Job beworben.«

»Okay … Und was ist daran lustig?«

Ich lese ihm meinen Chat mit Wynter vor, und er lacht ebenfalls.

»Sie ist ein Original, oder?«

»Das ist zumindest ein Wort, um sie zu beschreiben. Sie ist die witzigste Person, die ich kenne. Diese Nachricht, die sie mir geschickt hat, war so süß. Es war toll, mitzuverfolgen, wie sie in den letzten Jahren reifer geworden ist und allmählich ihre Bitterkeit darüber, Jaden verloren zu haben, überwunden hat. Jetzt führt sie ein völlig neues Leben mit Adrian und ihren Kindern.«

»Je mehr ich über deine Witwen höre, desto mehr bin ich von ihnen beeindruckt.«

»Sie sind wirklich besondere Menschen. Ich freu mich darauf, dass du sie heute Abend auf der Party triffst.«

Mein Telefon klingelt. Im Display wird eine Nummer angezeigt, die ich nicht kenne. Ich nehme an.

»Hi, Lexi, hier ist Nora. Ich hab gerade deine E-Mail bekommen und mir gedacht, dass ich besser anrufe, statt ein ganzes Manifest über die nächsten Schritte zu verfassen.«

»Oh, cool. Danke, dass du dich an einem Samstag meldest.«

»Ich versuche gerade, alles zu organisieren, bevor mein Mutterschaftsurlaub beginnt, also hab ich keine Zeit zu verschwenden.«

»Glückwunsch zur Schwangerschaft.«

»Ich bin im kompletten Panik-Modus, da es nur noch sechs Wochen bis zur Geburt sind, sofern ich es überhaupt bis dahin schaffe.«

Über die Art und Weise, wie sie das sagt, muss ich grinsen.

»Ich wollte dich anrufen, weil ich schon mit unserer Direktorin Mina und dem Vorstand gesprochen hatte, bevor ich mich an dich gewandt habe. Wir sind uns alle einig, dass die Stelle dir gehört, wenn du sie willst.«

»Oh, wow. Nun ja … Ja, ich will sie. Denke ich.«

Sie lacht. »Ich versteh das, glaub mir. Ich hab es ja nicht so wie du aus nächster Nähe miterlebt, doch ich kann dein Zögern nachvollziehen.«

»Vor ein paar Jahren hätte ich das niemals schaffen können. Aber jetzt bin ich stärker, und ich denke, ich kann allen, die es brauchen, mit Rat und Tat zur Seite stehen.«

»Davon bin ich überzeugt. Du warst als ehrenamtliche Helferin immer großartig, und wir freuen uns, dass du jetzt eine offiziellere Rolle übernimmst.«

Sie nennt mir das Gehalt und die Rahmenbedingungen: »Drei Wochen bezahlter Urlaub, außerdem frei an allen staatlichen Feiertagen, eine Woche an Weihnachten, wenn wir schließen, und sieben bezahlte Krankheitstage.«

Ich bin immer noch überwältigt vom Gehalt, das doppelt so hoch ist wie bei meinem Job als Datentypistin.

»Klingt das alles so weit okay?«

»Es klingt perfekt.«

»Wann würdest du gern anfangen?«

Da dank Joy meine Schulden bezahlt sind, entscheide ich, dass ich noch etwas Zeit für mich haben möchte, bevor ich meine neue Aufgabe übernehme. »Wie wäre es, wenn ich nächste Woche vorbeikomme, um mir alles zeigen zu lassen, und mich schon mal einarbeite? Zum ersten November könnte ich dann offiziell anfangen.«

»Das wäre super. Ich schick dir eine E-Mail mit den Einzelheiten und seh dich hier am Montag gegen neun?«

»In Ordnung, das passt. Und danke für alles, Nora.«

»Danke *dir*. Ich fühle mich besser, wenn ich weiß, dass du für mich übernehmen wirst.«

Wir unterhalten uns noch ein paar Minuten, bevor wir uns voneinander verabschieden.

Tom, der meinen Teil des Telefonats mit angehört hat, lächelt mich an und zeigt mir nach dem Anruf einen erhobenen Daumen. »Herzlichen Glückwunsch!«

»Es ist doppelt so viel Geld, wie ich vorher verdient habe!«

»Tu, was du liebst, und das Geld wird folgen.«

»Werde ich es lieben?« Ich traue der Vorstellung noch nicht so ganz, dass ich tagein, tagaus mit ALS zu tun haben werde, ohne dass es mir Probleme bereitet.

»Vielleicht nicht unbedingt immer, doch ich denke, du wirst es lieben, zu wissen, dass du Menschen hilfst, die es wirklich brauchen.«

»Das werde ich. Ganz sicher. Und es lohnt sich ja durchaus auch finanziell.«

»Das ist auch nicht unwichtig.«

»Wir sollten das feiern.«

»Was schwebt dir vor?«, erkundigt er sich.

»Champagner-Lunch, gefolgt von einem Nickerchen, bevor wir zur Party heute Abend fahren?«

Er kommt zu mir, legt seine Arme um mich und küsst mich. »Von welcher Art Nickerchen sprichst du?«

»Von der guten.«

Ich hatte ganz vergessen, wie es ist, frisch verliebt zu sein und mehr und mehr von einem Mann zu wollen, im Bett und außerhalb. Unser gemeinsamer Lunch war wunderschön, wir haben viel gelacht und uns über meinen neuen Job gefreut. Die Erleichterung darüber, keine Schulden mehr zu haben, versetzt mich in ein konstantes Hochgefühl, wie ich es vorher gar nicht gekannt habe. Selbst zweimal die große Liebe zu finden, kann da nicht mithalten, so groß und befreiend ist es, diese entsetzliche Last los zu sein.

Jetzt liege ich in Toms Armen, nachdem wir uns erneut geliebt haben – ich weiß gar nicht mehr, wie oft wir es jetzt getan haben –, und bin so zufrieden, wie ich im »Danach«, wie Verwitwete die Zeit nach dem Verlust des geliebten Partners nennen, nur sein kann.

Ich bin wieder verliebt, und meine Zukunft erstreckt sich verheißungsvoll vor mir.

»Ich wünsche mir, dass wir heiraten, Lexi. Das ist dir klar, oder?«

»Aus meiner Sicht spricht nichts dagegen.«

»Das hier ist noch nicht der Antrag, denn der muss episch werden. Das hier ist nur ein behutsames Vorfühlen, damit ich weiß, ob so ein Antrag überhaupt willkommen wäre.«

Ich schaue zu ihm hoch, und er sieht so gut aus, so entspannt und glücklich. Ich mag es, dass ich ihn so glücklich mache. »Das wäre er.«

»Du würdest Ja sagen?«

Ich tu so, als müsste ich erst darüber nachdenken, und er piekt mich in die Seite, was mich zum Lachen bringt. »Ich denke, ich würde Ja sagen.«

»Sei nicht derart gemein zu deinem zukünftigen Verlobten. Das ist nicht nett.«

»Tut mir furchtbar leid.«

»Und schwindeln soll man auch nicht.«

»Ich liebe das hier, Tom. Danke, dass du gewartet hast, bis ich für dich bereit war.«

»Manchmal war es schwierig, mich in Geduld zu fassen, weil ich mir so sicher war, dass das mit uns großartig sein würde. Und PS, da hatte ich recht.«

»Ja, hattest du, und ich wusste es auch. Ich hab es die ganze Zeit gewusst.«

»Das hättest du mir aber wirklich sagen können!«

»Wo wäre da der Spaß geblieben?«

»Ich bin mir nicht sicher, was ich von einer gemeinen Lexi halten soll.«

Lächelnd rutsche ich zu ihm und küsse ihn. »Ich war nicht bereit, und ich hätte keinem von uns beiden einen Gefallen getan, wenn ich versucht hätte, mich dazu zu zwingen, bereit zu sein, bevor ich das tatsächlich war.«

»Das versteh ich, Süße. Und ich bin froh, dass es so gelaufen ist.«

»Nur fürs Protokoll: Auf den Herzinfarkt hätte ich verzichten können.«

»Geht mir genauso. Ich werde es immer bereuen, dass ich dir das zugemutet habe.«

»Das musst du nicht, schließlich hast du's ja überlebt.«

»Ich hatte auch den bestmöglichen Grund, es zu überleben. Ich musste achtunddreißig werden, um zu erfahren, was es bedeutet, jemanden zu lieben, und dich zu lieben, ist ein wahr gewordener Traum. Ich hoffe, das weißt du.«

Lächelnd küsse ich ihn wieder. Aus einem Kuss werden zwei, dann sechs, und schließlich reißt uns die Leidenschaft mit. Manchmal verspüre ich den Drang, mich zu kneifen, weil ich tatsächlich nackt in Tom Hammetts Bett gelandet bin. Jedes Mal, wenn wir miteinander schlafen, bin ich atemlos vor Lust, die jede Faser meines Körpers erfasst. Ich hatte völlig vergessen, wie es ist, von Verlangen überwältigt zu werden, doch jetzt bin ich süchtig danach.

Es ist so gut zwischen uns, so perfekt, wie wir es ja beide schon früher vermutet hatten. Aber wir mussten erst ein anderes Leben führen, bevor wir einander wiedergefunden haben. Ich bin unglaublich dankbar für das mit uns und dafür, dass ich mich die ganze Zeit so geliebt fühle.

»Himmel, Lex …«, flüstert er, als er tief in mir ist. »Ich kann nicht genug von dir kriegen.«

Ich halte ihn fest an mich gedrückt. »Geht mir umgekehrt genauso.«

Er stützt sich mit den Armen auf, sodass er mir ins Gesicht sehen kann. »Ich liebe dich.«

Ich ziehe seinen Kopf zu mir herunter, um ihn zu küssen. »Ich liebe dich auch.«

»Das sind die besten Worte, die ich je von irgendjemandem gehört habe.«

***

Nach der besten Woche seit Jahren bin ich hervorragender Stimmung, als wir zum Wilde-Witwen-Treffen in großer Runde bei Iris eintreffen. Ich hoffe, wir überwältigen die beiden Neuankömmlinge nicht mit unserer schieren Anzahl, doch Iris hat erklärt, beide seien daran interessiert, dass auch ihre Kinder uns kennenlernen. Daher machen wir das so.

Tom trägt ein hellblaues Poloshirt, das das Blau seiner Augen strahlen lässt, und khakifarbene Shorts, da wir im Norden von Virginia gerade einen ungewöhnlich warmen Herbst erleben. Nach unserem »Mittagsschläfchen« sieht er erholt und entspannt aus, und ich kann es kaum erwarten, dass er meine besten Freundinnen kennenlernt. Außer an dem Tag, an dem sie mir beim Einzug geholfen haben, hat er noch keine Zeit mit ihnen verbracht. Auf der Fahrt zu Iris erzähle ich ihm von jeder und gehe auch auf ihre Geschichte ein.

»Christy hat die Gruppe zusammen mit Iris gegründet, richtig?«

Ich finde es toll, wie er auf Sachen achtet, die mir wichtig sind, so wie Jim es bei meinen Schülern getan hat. »Ja. Die dritte Gründerin ist nicht mehr bei uns aktiv, seit sie wieder verheiratet ist.«

»Bleiben die Leute in der Regel dabei, nachdem sie einen neuen Partner gefunden haben?«

»Bisher hat nur Taylor die Gruppe verlassen, und ich hoffe, die anderen verzichten darauf, ihrem Beispiel zu folgen. Sie sind wie eine Familie für mich.«

»Also würdest du weiterhin Mitglied sein wollen, selbst wenn wir heiraten?«

Ich schaue zu ihm hinüber. »Ich möchte immer Kontakt zu ihnen haben. Sie sind wie die Geschwister, die ich nie hatte. Ich hoffe, du verstehst, dass ich auch nach unserer Heirat immer noch Jims Witwe sein werde.«

»Natürlich versteh ich das. Ich wollte es nur wissen.«

»Sprich aus, was du auf dem Herzen hast, Tom. Es ist in Ordnung.«

»Es ist nur so, dass ich mich manchmal sorge, dass es zu heftig ist.«

»So ist das Leben eben, oder? Manchmal ist es heftig. Und wie bei meinem neuen Job hab ich jetzt die nötige Erfahrung, um wirklich zu helfen. Nicht dass irgendwas die Sache für gerade frisch Verwitwete einfacher machen könnte, aber die Unterstützung, wie wir sie in unserer Gruppe leisten, war für jeden von uns von entscheidender Bedeutung. Ich liebe alle hier.«

»Das weiß ich, Süße. Und ich werde dich immer bei allem unterstützen, was du tun willst.«

Für einen Moment hatte ich Angst, weil ich dachte, er will vielleicht nicht, dass ich nach unserer Hochzeit weiterhin bei den Wilden Witwen bleibe.

»Denk nicht, dass ich jemals von dir verlangen würde, dass du etwas aufgibst, das dir so viel bedeutet. Das würde ich nie tun. Meine einzige Sorge ist, dass du dir den Kummer anderer auflädst.«

»Damit komm ich klar. Versprochen.«

Er hebt meine Hand an seine Lippen, um sie zu küssen. »Das ist alles, was für mich zählt.«

Als wir bei Iris eintreffen, den Buffalo-Chicken-Dip und die Brownies in der Hand, die mitzubringen ich versprochen hatte, werden wir von einer Horde kreischender Kids empfangen, die durch das Haus rennen. Ich sehe Iris' Kinder Tyler, Sophia und Laney sowie Dereks Tochter Maeve, Ronis Sohn Dylan, Brielles Sohn Charlie und ein paar andere, die ich nicht kenne, die von Christys Tochter Josie gejagt werden.

»Josie, wir bezahlen dich dafür, dass du auf sie aufpasst, nicht dafür, dass du einen Aufstand anzettelst«, ruft ihre Mutter aus der Küche.

Josie, deren dunkles Haar zu einem Pferdeschwanz zusammengebunden ist, grinst verlegen und zuckt die Achseln, als sie an mir vorbeistürmt.

»Willkommen im Irrenhaus«, sage ich zu Tom.

Wie jedes Mal, wenn ich hier bei Iris bin, habe ich ein Gefühl von »Zuhause«, von einem Ort, an dem ich unter meinesgleichen bin.

Mit Tom an der Hand betrete ich die Küche, wo Iris, Gage, Roni, Derek und Christy bei einer Frau und einem Mann sitzen, die ich nicht kenne.

Iris stößt einen Schrei aus. »O mein Gott! Der tolle Tom in meinem Haus!«

Als sie uns entgegengeht, sehe ich, dass sie ein blaues T-Shirt trägt, auf dessen Brust in weißen Buchstaben »#TeamToller-Tom« prangt, und ich kann mich vor Lachen kaum noch halten.

»Oh, bitte«, murmelt Tom, als Iris ihn in eine feste Umarmung zieht.

»Willkommen bei uns, in der Familie der Wilden Witwen, dem lustigsten Haufen Idioten diesseits aller Irrenhäuser.«

»Wenn du Filmzitate aus *Schöne Bescherung* bringst, könnte ich dir vielleicht die T-Shirts verzeihen.«

»Ich war das nicht«, beteuert Iris mit Unschuldsmiene.

»Warum hab ich das Gefühl, dass keiner von euch das gewesen sein will?«, erkundige ich mich, während ich Iris umarme.

»Die Shirts standen eines Tages einfach in einem Karton vor meiner Haustür. Was blieb mir anderes übrig, als sie auszupacken und zu verteilen?« Sie grinst Tom an. »Wir lieben dich jetzt schon, also hoffe ich, dass du die Sticheleien mit Humor nimmst und nicht vor uns die Flucht ergreifst.«

»Ich denke, ich kann damit umgehen«, antwortet er, »wenn das bedeutet, dass ich den Abend heute und jeden anderen Abend mit Lexi verbringen kann.«

Iris fächelt sich Luft zu. »Und du fragst dich, warum wir T-Shirts haben drucken lassen?«

»Leute«, verkündet Christy, »das hier ist Trey.«

»Ich muss dich umarmen«, erkläre ich.

Er streckt mir die Arme entgegen.

»Schön, dich endlich kennenzulernen. Wir brauchen dringend auch ›#TeamTollerTrey‹-Shirts.«

»Bring sie nicht auf dumme Gedanken«, wehrt Trey ab, während er Tom die Hand schüttelt. »Ich nehme an, du bist der Tolle?«

Tom verzieht das Gesicht. »Wenn man einer Frau ein Jahr lang jeden Morgen Kaffee kocht, gerät man offenbar schnell in so ein Licht.«

»Tja, gut gemacht.«

»Komm, erzähl ihnen, was *du* getan hast«, verlangt Christy und strahlt dabei auf eine Weise, wie ich es bei ihr selten gesehen habe.

Ihr offensichtliches Glück rührt mich so sehr, dass mir Tränen in die Augen steigen. Ich bewahre Trey vor der Verlegenheit. »Er hat sich ehrenamtlich in der Jugendhilfe engagiert und mit Teenagern gearbeitet, um besser verstehen zu können, wie er mit Christys Kids umgehen muss.«

»Oh«, meint Tom, »das ist wirklich großartig. Ich finde, das schreit geradezu nach T-Shirts.«

»Und ich dachte schon, wir könnten Freunde werden, Mann.«

Wir lachen gerade alle, als Joy aufkreuzt, in den Händen einen großen Topf, in dem, hoffe ich, ihr Jambalaya ist.

»Ist das das magische Zeug, Joy?«

»Würde ich euch irgendwas anderes bringen?«

»Ja!« Ich reiße die Faust in die Höhe. »Jetzt gibt es was Extraleckeres.«

»Lexi und toller Tom, das hier ist Angela Radcliffe«, sagt Roni.

Ich umarme Angela, weil das bei uns so üblich ist. »Herzlich willkommen. Tut mir furchtbar leid, dass du hier bist.«

Angela lacht, während sie die Geste erwidert. »Mir tut es

auch leid, hier zu sein, aber es freut mich, euch kennenzulernen. Roni hat mir so viel von euch erzählt und war voll des Lobes, und nach allem, was ich bisher gesehen habe, denke ich, dass es mir bei euch gefallen wird.«

»Es ist die scheußlichste Selbsthilfegruppe, der man beitreten kann, doch wenn man sich nun mal in dieser Lage befindet, dann hilft es einem, damit fertigzuwerden.«

»Das hat mir Roni auch versichert.«

Iris ist ins Nebenzimmer verschwunden und erscheint mit einem attraktiven Mann mit vier kleinen Kindern im Schlepptau in der Küche. »Alle mal herhören, das hier ist Luke Freeman mit seinen Kindern Nolan, Beckham, Clarissa und Phoebe.« Sie haben alle hellbraunes Haar und braune oder haselnussfarbene Augen. Die Mädchen haben niedliche Sommersprossen im Gesicht, und alle vier sind unter acht. Gütiger Himmel …

Wir gehen alle zu ihm und stellen uns vor, und er bemüht sich, nicht zu überwältigt zu wirken.

Christys Sohn Shawn stürzt heran und fragt die Jungs, ob sie Lust haben, im Wohnzimmer Xbox zu spielen.

Sie wirken erleichtert, mit ihm abziehen zu können.

»Josie? Hier sind Clarissa und Phoebe«, ruft Christy ihrer Tochter zu.

Die kommt in die Küche gelaufen. »Hey, möchtet ihr mit uns abhängen? Ich versuche zu verhindern, dass die Kleinen das Haus verwüsten.«

Die Schwestern wechseln einen Blick und beschließen, das Angebot anzunehmen.

»Ihr findet mich hier«, ruft Luke ihnen nach, als sie mit Josie abziehen. »Vermutlich habt ihr das vorher so abgesprochen, dennoch danke, dass ihr euch die Mühe gemacht habt, dafür zu sorgen, dass sie sich wohlfühlen.«

»Ist doch selbstverständlich«, meint Christy. »Wir sind für dich da.«

Seine Augen werden feucht, und er schaut verlegen zur Seite.

Iris geht zu ihm und umarmt ihn.

»Danke«, sagt er leise.

»Ich bin Angela, und ich bin ebenfalls neu hier. Drei Kinder unter acht.«

Luke reicht ihr die Hand. »Nett, dich kennenzulernen.«

Sie lächeln sich verständnisvoll an, beide Neuzugänge und zusammengenommen mit sieben kleinen Kindern.

Gage holt ein Bier für Luke und ein Glas Wein für Angela.

»Sind das deine Kinder, Angela?«, fragt Joy.

»Ja, Jack und Ella. Meine Jüngste ist zu Hause bei meiner Mom.«

»Lasst uns nach draußen gehen«, erklärt Iris. »Es ist ein so schöner Abend, und Gage kann das Feuer anzünden.«

25

Lexi

Ich liebe Iris' Garten beinahe so sehr wie ihr wunderbares Haus. Wie alles bei ihr ist er bunt und einladend. Wir beladen unsere Teller mit Crackern, Käse, Dips und anderen Häppchen und lassen uns auf den verschiedenen Sitzmöbeln nieder, die um die Feuerstelle herumstehen. Tom setzt sich auf den Hocker neben mir, den Arm auf mein Knie gestützt, während er aus einer Wasserflasche trinkt, die er mitgenommen hat. Er hatte zum Lunch vorhin ein paar Schlucke Sekt, hat Alkohol jedoch nach dem Herzinfarkt mehr oder weniger aufgegeben.

Naomi und Kinsley treffen zusammen ein, gefolgt von Adrian, Wynter, Xavier und der kleinen Willow.

Wir machen auf dem Sofa Platz, und ich finde mich neben Wynter und Willow wieder.

»Meine Güte, sie ist wirklich zuckersüß, Wynter.«

»Ja, nicht wahr? Ich weiß, ich sollte das nicht selbst sagen, aber egal. Sie ist einfach unwiderstehlich.«

»Stimmt. Und du kannst über sie sagen, was immer du willst.«

»Genau, das meine ich auch.« Sie stößt mich mit dem Ellbogen an. »Das ist also dein Neuer, ja? Dem Vernehmen nach ist er echt toll.«

Tom, der mit Trey, Gage, Derek und Luke geredet hat, dreht sich zu uns um. »Ich kann euch hören.«

»Oh, und er ist auch noch süß«, erklärt Wynter.

»Du musst Wynter sein.«

»Wie hast du das erraten?«

»Du bist doch diejenige, die immer ausspricht, was sie denkt, richtig?«

»Genau so ist es. Und das hier ist meine kleine Tochter Willow. Ich hab eine Tochter!«

»Meinen Glückwunsch«, erwidert Tom lächelnd. »Sie ist wunderschön.«

Adrians Sohn Xavier kommt auf unsicheren Beinen zu Wynter gelaufen und fordert ihre Aufmerksamkeit. Sie erledigt das ganz routiniert, und kurz darauf zieht Xavier glücklich mit einer kleinen Tüte Goldfischli in der Hand wieder ab.

»Du bist wirklich gut in der Mutterrolle.«

»Findest du?«

»Absolut. Du warst auch eine super Tagesmutter für Xavier, und du wirst für ihn und Willow eine großartige Mom sein.«

»Wir haben vor, es ganz offiziell zu machen und unsere Kinder gegenseitig zu adoptieren. Wobei Willow weiter Hartley heißen wird, weil das Jadens Familie wichtig ist – und mir auch. Aber Adrian wird vor dem Gesetz ihr Vater sein.«

»Wie schön.«

»Manchmal kommt es mir immer noch völlig unwirklich vor, weißt du? Jaden ist tot, Willow ist da, Adrian und Xavier sind meine Familie … und wir ihre.«

»Das Leben ist seltsam und wunderbar.« Ich beuge mich näher zu ihr und flüstere: »Ich schlafe mit meinem Schwarm von der Highschool.«

»Und, war es das Warten wert?«

»Unbedingt, doch ich hätte trotzdem nie Jim auslassen wollen, um früher bei Tom zu landen.«

»Das kenne ich. Du musst es nicht mal aussprechen. Vermutlich können wir nichts tun, als den Moment zu genießen, in dem wir gerade sind, und dabei nie Jaden und Jim zu vergessen.«

»Ja, genau.«

Wir lächeln einander an, voller Kummer, Freude, Trauer und Liebe.

Als ich Wynter anfangs kennengelernt habe, hätte ich nie geglaubt, dass ich sie eines Tages als enge Freundin betrachten würde. Sie war so bitter, unausstehlich und schwierig. Wir haben ihr ganz viel Nachsicht entgegengebracht, ihr den Raum für die Trauer um ihren jungen Ehemann gelassen, der an Knochenkrebs gestorben ist. Seither hat sie uns das eine Million Mal zurückgezahlt, indem sie uns allen eine unglaublich gute Freundin ist.

»Da jetzt alle versammelt sind«, beginnt Iris, »sollten sich am besten alle noch mal kurz vorstellen, damit Angela und Luke wissen, mit wem sie es zu tun haben.«

»Ich bin Brielle. Der kleine rothaarige Junge drinnen ist mein Sohn Charlie. Ich war mit ihm schwanger, als mein Mann Mark beim Junggesellenabschied seines Bruders durch einen Ski-Unfall umgekommen ist.«

»Naomi. Mein Verlobter David ist an Lymphdrüsenkrebs gestorben. Ich werde dieser Gruppe bis in alle Ewigkeit dankbar sein, dass sie mich in ihren Reihen aufgenommen haben, obwohl ich streng genommen gar keine echte Witwe bin.«

»Du gehörst zu uns, Naomi«, stellt Iris fest. »Ich bin Iris. Mein Ehemann Mike war Pilot, und es war ein Flugzeugabsturz, der ihn das Leben gekostet hat. Meine drei Kinder sind Tyler, Sophia und Laney. Nach ein paar schwierigen ersten Jahren geht es uns allen inzwischen viel besser. Und der Typ da ist mein Verlobter Gage Collier.«

»Ich habe meine erste Frau und meine achtjährigen Zwillingstöchter bei einem Unfall verloren, der von einem betrunkenen Autofahrer verursacht wurde.«

»Ich liebe deinen Instagram-Account, Gage«, wirft Angela ein.

Luke nickt. »Ich auch. Vor ein paar Wochen hab ich bis ganz an den Anfang zurückgescrollt und alle Beiträge gelesen. Deine Worte haben mir mehr geholfen, als du je wissen wirst.«

»Danke. Es freut mich, das zu hören.«

Iris lächelt Gage an, der wegen dem Lob ganz verlegen wirkt.

»Ich erinnere mich noch, wie es war, dort zu sein, wo ihr jetzt steht.« Gage schaut von Angela zu Luke. »Ich hatte keine Kinder mehr, musste mir aber trotzdem ein neues Leben aufbauen, obwohl ich das, das ich vorher hatte, wirklich mochte. Nichts von dem Fortschritt, den man hier sehen kann, von uns allen, die einen neuen Partner gefunden haben, ist leicht errungen oder schnell passiert oder schmerzlos gewesen.«

»Da hat Gage recht. Ich bin Derek, meine Frau Victoria wurde von Arnie Patterson und seiner Gang ermordet, die auch meine einjährige Tochter Maeve eine Weile lang gekidnappt hatten. Wenn man mich damals gefragt hätte, ob ich es noch einmal mit der Liebe versuchen wollte, hätte ich das weit von mir gewiesen. Maeve und ich haben uns so durchgewurschtelt, was jedoch nur dank der Unterstützung meiner Eltern und ein paar großartiger Freunde sowie eines tollen Kindermädchens geklappt hat. Dann haben wir Roni getroffen, die mit Dylan, dem Sohn ihres verstorbenen Mannes Patrick, schwanger war, und jetzt sind wir verlobt und ziehen zusammen unsere beiden Kinder groß. Wie Gage schon sagte, nichts davon war einfach oder ohne Schmerzen zu erreichen.«

»Mein Mann Patrick wurde auf dem Bürgersteig tödlich von einer verirrten Kugel getroffen, als er sich was zum Lunch kaufen wollte«, fügt Roni hinzu. »Ich bin Derek begegnet, lange bevor ich bereit war für mein zweites Kapitel, wie wir es in Witwenkreisen nennen. Er hat auf mich gewartet, und jetzt habe ich ein völlig neues Leben, das ich gar nicht wollte, bis mir keine andere Wahl blieb. Patrick und Victoria spielen in diesem neuen Leben eine wichtige Rolle. Wir sprechen oft von ihnen, und wir möchten, dass unsere Kinder wissen, ihre leiblichen Eltern haben sie sehr geliebt.«

»Ich fühle mich, als ob ich wieder auf dem College wäre und ihr alle die Lehrer wärt«, meint Luke mit einem schiefen Grinsen.

»Du darfst mich gern Dr. Wynter nennen«, entgegnet sie neben mir, woraufhin alle lachen. »Ich bin das Küken hier.

Mein zwanzigjähriger Ehemann Jaden ist an Knochenkrebs gestorben. Wir hatten eine dieser tragischen Krankenhaus-Hochzeiten, die Leute schließen, wenn ihnen die Zeit davonläuft. Später hab ich herausgefunden, dass er vor seiner Behandlung Sperma hatte einfrieren lassen, und ich hab dann beschlossen, ein Kind von ihm zu bekommen, die kleine Willow hier.« Sie blickt Adrian an. »Ich lebe mit Adrian und seinem Sohn Xavier zusammen, und wir sind eine Familie. Wie die andern schon erzählt haben, ist es auch bei uns kompliziert und unordentlich und perfekt und alles andere.«

»Jemand hier hat mir mal gesagt, das Leben ist das, was passiert, während man noch damit beschäftigt ist, andere Pläne zu schmieden«, erklärt Adrian.

»In Anlehnung an John Lennon«, stellt Gage richtig.

»Dann auf John Lennon.« Adrian hebt seine Bierflasche und stößt mit Gage an. »Ich hatte diese anderen Pläne mit meiner Frau Sadie, bis sie direkt nach der Geburt unseres Sohnes an unerwarteten Komplikationen gestorben ist. Ich werde nie verwinden, dass sie nicht mal das Baby im Arm halten konnte, das sie sich so sehr gewünscht hatte. Der schönste Tag unseres Lebens wurde der schrecklichste – und beste – von meinem.«

»Es tut mir so leid, Adrian«, erwidert Angela. »Das ist so traurig.«

»Es war entsetzlich, und ebenso entsetzlich war es, als ein paar Monate später auch noch Sadies Mutter gestorben ist. Sie war wie eine zweite Mutter für mich und war so entscheidend dafür, dass ich die ersten Monate mit Xavier überhaupt überstanden habe. Als sie plötzlich nicht mehr da war, war das unerträglich.«

Wynter greift nach seiner Hand.

Er lächelt ihr zu. »Inzwischen wird es langsam besser, doch es bleibt die Trauer über das, was Sadie entgeht. Was uns allen entgeht mit ihr und ihrer Mom, die, wenn ihr mich fragt, an gebrochenem Herzen gestorben ist.«

»Es ist ein echtes Wunder, dass das nicht mehr von uns passiert«, bemerkt Luke. »Manchmal frage ich mich, wie wir das überhaupt schaffen.«

Kinsley nickt. »Mein Mann Rory ist zweiundvierzig Tage nach der Diagnose an Bauchspeicheldrüsenkrebs gestorben. Ich blicke auf diese Zeit zurück und sehe einen Tornado aus schlechten und schlechteren Nachrichten. Die Ereignisse haben sich derart überschlagen, dass ich kaum das mit seiner Diagnose verarbeitet hatte, als er auch schon tot war. Ich bin noch nicht bei meinem zweiten Kapitel angelangt, und es ist gut möglich, dass das nie der Fall sein wird. Aber zuzuschauen, wie es meinen Freunden und Freundinnen passiert, gibt mir unglaubliche Hoffnung.«

»Ja, absolut«, pflichte ich ihr bei und lächle ihr zu. »Ich bin eine ALS-Witwe. Mein Mann Jim hat zwei Jahre in der Hölle verbracht, bevor er vor drei Jahren gestorben ist. Der tolle Tom und ich sind erst seit Kurzem zusammen, doch wir kennen uns schon aus der Highschool. Wir haben ein gutes Dreivierteljahr einfach als Mitbewohner verbracht, bevor es romantisch wurde.«

Tom mustert mich belustigt. »Romantisch. Nennen die Kids das heutzutage so?«

Ich zucke die Achseln. »Was auch immer es ist, für mich funktioniert es.« Ich beuge mich vor, um ihn zu küssen, während die anderen johlen und pfeifen und sich insgesamt wie Idioten aufführen.

»Ich bin Christy, und mein Mann Wes hat eine Aortendissektion erlitten und ist daran gestorben, was direkt vor unseren Kindern passiert ist, Josie und Shawn, die ihr drinnen schon kennengelernt habt. Wir hatten ein paar echt schwierige Jahre, aber langsam wird es besser – größtenteils dank dieses unglaublichen Beraterstabs hier, den Iris und ich mit einer weiteren Freundin gegründet haben, die inzwischen wieder verheiratet ist und nicht mehr in der Gruppe aktiv. Das hier neben mir ist Trey, der mich kürzlich dazu überreden konnte, mich auf eine neue Beziehung einzulassen, die mich sehr glücklich macht, obwohl ich immer noch um das trauere, was ich mit Wes' Tod verloren habe.«

»Dich überreden konnte?«, fragt Trey. »Du hast mich ganz schön auf Trab gehalten.«

Christy lächelt, nicht unzufrieden, denn das stimmt.

»Ich bin Hallie, und das hier ist meine Partnerin Robin. Meine Frau Gwen hat vor ein paar Jahren Selbstmord begangen, und vor Kurzem hab ich begonnen, Robin zu daten. Wir planen nicht weit voraus, sondern nehmen jeden Tag, wie er kommt, und ergötzen uns an den vielen, vielen Schwierigkeiten und Komplikationen.«

»Damit meint sie meinen Stadium-IV-Brustkrebs, meinen Ex-Mann und meine beiden Kinder, um nur ein paar zu nennen«, erklärt Robin. »Doch ich bin dankbar für diese Zeit mit Hallie und dafür, dass ich euch alle kennenlernen darf. Sie erzählt so viel von euch, und ausschließlich Gutes.«

»Freut uns ebenfalls, dich persönlich kennenzulernen, Robin«, entgegnet Roni.

»Seid ehrlich, habt ihr um Hallie Angst?«, möchte Robin wissen.

Wir schauen einander an.

»Es ist in Ordnung«, bemerkt Robin. »Ihr müsst das nicht beantworten. Ihr sollt nur wissen, dass ich verstehe, weshalb ihr so empfindet, aber alles, was ich sagen kann, ist, ich werde sie lieben, wie viel Zeit auch immer mir noch bleibt. Und wenn ich dann nicht mehr bin, hoffe ich, ich kann auf euch zählen, dass ihr für sie da seid.«

Verdammt, die Frau hat uns alle zum Weinen gebracht.

»Hölle, ja«, erwidere ich. »Wir sind jetzt für sie da und bis in alle Ewigkeit.«

Joy wischt sich immer noch Tränen weg, als sie das Wort ergreift: »Absolut, und ich bin übrigens Joy, gewissermaßen die Mutter von allen hier. Wenigstens in meiner Vorstellung.«

»Das bist du«, versichere ich ihr. »Tausend Prozent.«

»Mein Mann Craig ist im Schlaf gestorben. Er war vierunddreißig, und es war ein ›natürlicher Tod‹, was auch immer das heißen soll.«

»Ich bin Internist«, schaltet sich Luke ein. »Das heißt, sie haben keine Ahnung.«

»Das hat man mir so gesagt. Ich komm einigermaßen klar, dank dieser Gruppe wunderbarer Irrer.«

»Hey«, ruft Naomi, lacht allerdings mit uns andern.

»Wir sind eine zusammengewürfelte Truppe«, erklärt Iris, »in der wir einander wie verrückt lieben, und wir werden euch, Luke und Angela, hier aufnehmen und euch zu einem Teil von uns machen, wenn ihr das noch wollt, nachdem ihr uns erlebt und ein bisschen kennengelernt habt.«

»Doch bevor ihr irgendetwas entscheidet«, ergreife ich das Wort, »möchte ich kurz berichten, was diese Leute hier für mich getan haben. Joy hat für mich einen Antrag bei einer wohltätigen Stiftung gestellt und durchgeboxt, sodass Hunderttausende Dollar an Schulden von Behandlungskosten meines Mannes, die die Krankenversicherung nicht übernommen hatte, bezahlt wurden. Sie hat mich von einem Leben mit erdrückender Schuldenlast erlöst, und das hat sie einfach deswegen getan, weil sie meine Freundin ist und weil sie helfen wollte. Ich kann noch zahllose andere Beispiele dafür aufzählen, wie diese Menschen hier einander geholfen und unterstützt haben, im Großen wie im Kleinen.«

»Das ist wunderbar, Joy«, sagt Angela.

»Es hat mich gefreut, das zu tun, und wir alle wissen, dass man sich dieser Tage keine Gelegenheit entgehen lassen sollte, glücklich zu sein.«

»Das ist für mich eine echte Herausforderung«, erwidert Angela. »Mein Ehemann Spencer ist an einer unbeabsichtigten Überdosis Fentanyl gestorben, wovon ihr alle sicher schon gelesen habt, denn es ist in Camp David passiert, wo wir mit meiner Schwester und meinem Schwager waren, dem Präsidenten und der First Lady.«

»Oh, verdammt«, entfährt es Luke. »Daran erinnere ich mich noch. Weihnachten letztes Jahr, richtig?«

»Ja. Es fühlt sich so an, als sei es erst gestern geschehen, und gleichzeitig, als sei es schon ein ganzes Leben her.«

Luke nickt. »Das Gefühl kenne ich. Bei meiner Frau Isabella – Bella – wurde Darmkrebs festgestellt, als unsere Jüngste unterwegs war. Sie hat die Behandlung aufgeschoben, um Phoebe auszutragen, und ist achtzehn Monate nach deren Geburt gestorben. Obwohl wir wussten, dass es bevorstand …«

»Das macht es nicht leichter«, werfe ich ein.

»Nein, wirklich nicht.«

»Die Trauer der Kinder aufzufangen, war das Schwierigste für mich«, bemerkt Angela. »Unser Sohn Jack hatte ein besonders enges Verhältnis zu seinem Vater. Es war wirklich furchtbar.«

»Da kann ich dir nur recht geben. Die Trauer der Kids ist heftig. Na ja, irgendwie ist alles heftig. Bella und ich waren zwölf Jahre zusammen, und ohne sie fühle ich mich ziemlich verloren.«

Josie, die zusammen mit Shawn drinnen die anderen Kinder beaufsichtigt, bringt Charlie zu seiner Mutter. »Er war ein bisschen traurig.«

Brielle nimmt ihren Sohn und drückt ihn an sich.

»Was haltet ihr von Abendessen?«, fragt Iris, und sofort stehen mehrere von uns auf, um mit ihr in die Küche zu gehen.

»Das war ganz schön intensiv«, meint Tom leise zu mir, sodass nur ich ihn verstehen kann.

»Ich bin froh, dass du heute dabei bist, um ihre Geschichten zu hören.«

»Ich auch. Der Mut, die Kraft, das Durchhaltevermögen … Das ist beeindruckend.«

»Ja, ist es.« Ich küsse ihn. »Ich helfe kurz Iris, bin aber gleich zurück.«

»Ich werde hier sein.«

Mit Kinsley und Naomi folge ich Iris ins Haus, und auf dem Weg reden wir über die beiden neuen Mitglieder und darüber, dass sie gut zu uns zu passen scheinen. Nicht dass wir riesig viele Ausschlusskriterien hätten, neue Mitglieder werden allerdings gewöhnlich von demjenigen, der sie einlädt, schon vorher ein wenig unter die Lupe genommen. Roni wird Angela erst gründlich kennengelernt haben, und Iris und Gage haben sich mit Luke angefreundet. Es ist schwierig, diese Art von Hilfe Leuten nicht anzubieten, die sie so dringend brauchen.

Iris überträgt mir die Aufgabe, den Salat zu mischen, der schon fertig vorbereitet ist und nur noch vermengt werden muss. Sie ist unglaublich gut darin, viele Leute zu verköstigen, vermutlich weil sie das ständig tut. Tom und ich sollten mal einspringen und alle zu uns einladen, damit sie auch mal eine Pause hat.

Doch kaum habe ich das gedacht, als draußen ein Schrei ertönt und Gage zur Tür rennt.

Ich höre jemanden »Wähl den Notruf« sagen, und mir wird ganz kalt vor Angst. Ich möchte fragen, was los ist und um wen es geht, aber ich stehe wie erstarrt da, während alles um mich herum in rasender Geschwindigkeit geschieht, wie das in echten Notfällen der Fall ist.

Iris kommt in die Küche gelaufen und zu mir. »Es ist Tom.«

Meine Knie geben nach, und ich wäre hingefallen, wenn sie mich nicht gestützt hätte. Bitte, Gott. *Nein. Nein, nein.*

Iris führt mich zu einem Stuhl. Ich sollte bei ihm sein, doch mein Körper weigert sich, den verzweifelten Befehlen meines Gehirns zu gehorchen.

»Josie, nimm die Kinder, und bring sie nach oben, *jetzt.*« Christys Stimme enthält einen Unterton, wie ich ihn von ihr sonst nicht kenne.

Die Rettungssanitäter treffen ein und werden auf die Terrasse geführt, wo Tom, mein Tom, irgendeine Form von gesundheitlicher Krise hat. »Ich muss wissen …«

»Gib ihnen kurz Zeit.«

Sie bleibt an meiner Seite, die Arme um mich gelegt, während mein Verstand zwischen immer neuen Schreckensszenarien und harmlosen Erklärungen hin und her springt.

»Ist er tot, Iris? Bitte, sag es mir einfach, wenn es so ist.«

»Ich weiß es nicht, Süße. Versuch, positiv zu bleiben, bis wir wissen, was los ist, okay?«

Wie soll ich bitte positiv bleiben, wo es gerade erst zwei Wochen her ist, dass er einen Witwenmacher-Herzinfarkt überlebt hat?

Gage kommt in die Küche. »Er ist wieder wach und fragt nach dir, Lex.«

Ich brauche eine Sekunde, bis seine Worte zu mir durchdringen, und dann bin ich auch schon aufgesprungen und laufe durch die Tür, die Stufen hinunter und zu den anderen, die um die Trage herumstehen, auf der Tom sitzt.

Er streckt die Hand nach mir aus. »Es geht mir gut, Baby. Ich bin ohnmächtig geworden. Das ist alles, aber sie wollen mich trotzdem ins Krankenhaus bringen, um sich zu vergewissern, dass es nichts weiter ist. Ich hatte Hunger, und mir war leicht schwindlig, bevor es passiert ist. Doch es ist nichts Ernstes, das schwöre ich.«

Ich falle ihm schluchzend um den Hals.

Er streicht mir mit der Hand über den Rücken.

»Wir würden ihn gern mitnehmen, nur um mögliche Komplikationen nach dem kürzlichen Herzinfarkt auszuschließen«, informiert mich einer der Sanitäter.

Ich höre ihn, bin aber noch nicht bereit, Tom loszulassen.

»Es ist alles in Ordnung«, wiederholt der. »Vertrau mir, ich fühle mich gut. Mir war schwindlig, und das Nächste, was ich sehe, sind die Rettungssanitäter, die sich über mich beugen.«

»Wir bringen dich zum Krankenhaus, Lex«, sagt Iris und hilft mir hoch.

»Ich fahr sie«, erklärt Joy. »Du bleibst hier und verköstigst alle, Iris. Wir sind hoffentlich bald zurück.«

Ich werde zu Joys Auto geführt und angeschnallt. Wie zuvor fühle ich mich seltsam distanziert von allem, was um mich herum passiert, während wir dem Rettungswagen zum Krankenhaus folgen. Wieder das Inova. Ein echtes Déjà-vu.

»Er ist ohnmächtig geworden, Süße. Es geht ihm gut. Vermutlich hat es gar nichts mit dem Herzinfarkt zu tun.«

Ich klammere mich an Joys Versicherungen, doch ich bin unfähig, Worte zu finden oder Gedanken zu formen oder irgendetwas anderes zu verspüren als Panik. Genau in dem Moment, als ich angefangen habe, mich zu entspannen und mich auf das mit ihm einzulassen, auf eine Zukunft mit ihm … Dass es mir in einer einzigen Sekunde entrissen werden könnte, ist einfach zu überwältigend, um es zu begreifen. Bei Jim war ich zumindest ausreichend vorgewarnt. Ich bin nicht sicher, wie ich mit der Möglichkeit klarkomme, dass Tom plötzlich von mir geht.

Was, wenn wir im Krankenhaus eintreffen und er unterwegs gestorben ist?

Ich wünschte, ich hätte nie den Begriff »Witwenmacher« gegoogelt. Das war ein Riesenfehler.

Meine Hände zittern so sehr, dass ich sie zwischen meine Oberschenkel klemme.

Joy umfasst das Lenkrad fester, während sie versucht, den Rettungswagen nicht aus den Augen zu verlieren. »Sprich mit mir, Lex.«

»Ich weiß nicht, was ich sagen soll.«

»Er ist ohnmächtig geworden. Er fühlt sich gut, das hat er selbst bestätigt.«

»Aber *warum* ist er ohnmächtig geworden?«

»Das kann alles Mögliche sein. Leute verlieren dauernd das Bewusstsein. Probleme mit dem Blutzuckerspiegel, Hitze, was weiß ich? Vielleicht war ihm zu heiß, weil er zu nah am Feuer saß.«

»Und was, wenn es nicht nichts ist?«

»Dann werden sie es behandeln, sodass er bald wiederhergestellt ist.«

»Wir hatten Sex. Eigentlich hieß es, er solle zwei bis acht Wochen warten, und wir haben nicht mal zwei geschafft. Und dann war es jede Menge Sex. Was, wenn es das war?«

Joy legt ihre Hand auf mein Bein, und ihre Körperwärme dringt durch den Eisblock, zu dem ich geworden bin. »Das ist es nicht.«

»Woher willst du das wissen?« Ich klinge hysterisch, selbst in meinen eigenen Ohren.

»Süße, dieser Mann hat heute Abend gestrahlt. Das konnten wir alle sehen. Er ist mit der Liebe seines Lebens zusammen, und nichts in dieser Welt wird ihn von deiner Seite holen, solange er es verhindern kann.«

»Ich kann das nicht noch mal, Joy. Ich kann es einfach nicht.«

»Doch, das kannst du. Du hast dir und uns allen bewiesen, dass es nichts gibt, was du nicht überleben wirst. Schau dir Hallie an und was sie sich eingebrockt hat. Robin wird vermutlich eher früher als später sterben, aber Hallie hat entschieden, so viel Zeit wie irgend möglich mit ihr zu verbringen, obwohl sie genau weiß, wie es enden wird. Sie hat den Mut gefunden, es trotzdem zu tun, und das kannst du auch.«

»Da bin ich mir nicht so sicher. Ich bin nicht so stark wie Hallie.«

»Das stimmt nicht. Du bist genauso stark wie sie, wie wir alle. Wenn du dich nur in dem Licht betrachten würdest, in dem wir dich sehen. Was du all die Jahre für Jim getan hast, meine Güte, Lexi! Das hätte ich nicht gekonnt.«

»Doch, natürlich.«

»Nein, ganz im Ernst, das glaub ich nicht. Alles, was mit Medizin zu tun hat, bereitet mir Übelkeit. Mir wird ganz buchstäblich schlecht. Ich könnte das nicht. Ich wäre in so einer Situation völlig nutzlos.«

»Ich hab das Gleiche gedacht, bis ich keine andere Wahl hatte.«

»Und trotzdem hast du getan, was getan werden musste, und das wirst du auch jetzt. Egal, was es ist. Ich habe da vollstes Vertrauen in dich, Lex. Du bist jemand, der alles übersteht.«

»Aber ich bin es so leid, Schlimmes überstehen zu müssen. Ich möchte wieder jemand sein, der gedeiht und aufblüht.«

»Das wirst du auch. Das bist du ja schon. Schau nur auf die Fortschritte, die du letztes Jahr gemacht hast. Du bist aus dem Keller bei deinen Eltern ausgezogen und hast diese tiefe und innige Verbindung zu Tom aufgebaut, aus der inzwischen so viel mehr geworden ist, und jetzt hast du diese neue Gelegenheit, für die ALS Association zu arbeiten. Dein Leben läuft, und Jim ist ganz sicher stolz darauf, wie du dich als Witwe schlägst. Das weiß ich genau.«

Ein Schluchzer löst sich aus meiner Brust, und meine Selbstbeherrschung bricht.

Joy hält hinter dem Krankenwagen an.

Wir können sehen, dass Tom aufrecht auf der Trage sitzt und vermutlich nach mir Ausschau hält.

»Guck dir deinen Mann an«, sagt Joy. »Er wirkt gesund und wach, und er möchte wissen, wo seine Liebste ist. Geh zu ihm,

Lex. Geh zu ihm, und bleib bei ihm, so lang, wie du nur kannst. Genieße jede Sekunde in dem Wissen, dass es die letzte sein könnte, für jeden von uns, zu jedem Zeitpunkt. Leb dein Leben, Süße.«

Ich umarme sie fest. »Ich liebe dich mehr als Eiscreme.«

Sie lacht. »Ich liebe dich mehr als Hunde.«

»Wow.«

»Ja, oder? Und jetzt geh, und sei glücklich mit deinem Mann. Leb dein eines wildes, kostbares Leben.«

»Ich mach ja schon. Danke, dass du die beste Freundin bist, die man sich nur wünschen kann.«

»Gleichfalls.«

»Nicht mal annähernd, doch ich hab jetzt keine Zeit, das auszudiskutieren.«

»Nein, hast du nicht.«

Ich steige aus dem Auto und laufe zu Tom, der gerade von Ärzten in OP-Kleidung in Empfang genommen wird und ihnen erklärt, dass es ihm bestens gehe, er nur kurz ohnmächtig geworden sei und ihm nichts fehle.

Ich ergreife die Hand, die er mir hinstreckt. »Sei still, Tom, und lass sie das beurteilen.«

»Danke«, sagt eine Ärztin und wirft mir über ihre Schulter ein Lächeln zu, während sie ihn in die Notaufnahme rollen, allerdings ohne die Dringlichkeit vom letzten Mal.

»O nein, du hast meinetwegen geweint. Es ist alles gut, Lex. Ich bin völlig in Ordnung.«

»Die Entscheidung darüber überlassen wir den Ärzten.«

»Es tut mir so leid, dass ich dir das angetan habe – wieder einmal. Ich hab nur kurz das Bewusstsein verloren. Das war ehrlich alles. Ich war hungrig, mir war heiß und …«

»Tom, stopp. Atme tief durch.«

»Ich kann dich nicht verlieren, Lex. Ich glaube, das würde mich tatsächlich umbringen.«

»Keine Sorge, ich geh nirgendwohin.«

»Wirklich?«

»Wirklich.«

»Denn ich würde dir keinen Vorwurf daraus machen …«

»Tom?«

»Was?«

»Halt den Mund.«

Wir haben die Tür zum Behandlungsbereich erreicht, und eigentlich rechne ich damit, dass sie mir sagen, ich solle mich ins Wartezimmer setzen und dass sie mich holen werden, wenn sie mehr wissen.

»Bitte kommen Sie mit, und sorgen Sie dafür, dass er uns unsere Arbeit erledigen lässt«, meint die Ärztin. »Ich habe das Gefühl, dass es einfacher für uns alle wird, wenn Sie dabei sind.«

Tom grinst. »Alles ist besser, wenn sie dabei ist.«

EPILOG

Lexi

Die Ärzte kommen zu dem Schluss, dass Tom das Bewusstsein aufgrund von leichter Dehydratation und möglicherweise Überhitzung verloren hat. Sein EKG war perfekt, ebenso seine Blutwerte und alle anderen Tests, die sie wegen seines kürzlichen Herzinfarkts sicherheitshalber durchführen.

Drei Stunden später wird er entlassen.

Als klar war, dass nichts weiter ist, hab ich Joy zu Iris zurückgeschickt, damit sie den Rest der Party genießen kann, nachdem ich mich für die Fahrt und ihre weisen Worte bedankt habe, die mir in diesen bangen Minuten so geholfen haben.

Wir nehmen uns ein Uber für die Heimfahrt zu Tom und werden seinen Pick-up morgen bei Iris abholen.

Während wir gemeinsam das Haus betreten, bin ich so dankbar, ihn hier bei mir zu haben, dass mir kurz die Knie weich werden, als ich daran denke, wie anders dieser Abend hätte enden können.

Er bemerkt es sofort und legt die Arme um mich. »Ich bin hier. Mir geht es gut. Ich werde immer an deiner Seite sein, weil es keinen Ort auf der Welt gibt, an dem ich lieber sein möchte als dort, wo du bist. Wir werden heiraten und eine Familie gründen und nach London reisen und all die anderen Sachen machen. Alles wird gut werden, Lexi. Versprochen.«

Wenn ich irgendwas auf meiner Lebensreise gelernt habe, dann dass nichts von Dauer ist. Selbst die besten Dinge. Alles ist flüchtig. Und wir können nur jede Sekunde des Lebens, das uns gegeben ist, so gut wie möglich genießen, die Liebe, die uns begegnet, und die Freude, die wir unterwegs finden, wohin auch immer uns unser Weg führt.

Nichts ist für ewig, außer die Liebe. Die überlebt uns alle.

»Jetzt ab ins Bett, Mister. Du brauchst Ruhe und Erholung, und das ist es, was du in den nächsten beiden Wochen bekommst.«

»Moment … Das haben sie überhaupt nicht gesagt. Sie haben nur gesagt, ich solle genug trinken und auf ausreichend Elektrolyte achten.«

»Ich achte darauf, dass du genug kriegst und ausreichend Elektrolyte hast, indem ich verkünde, dass das hier in den nächsten zwei Wochen eine sexfreie Zone ist.«

»Ganz bestimmt nicht. So haben wir nicht gewettet.«

»O doch.« Entschlossen löse ich mich von ihm und gehe vor ihm die Treppe hoch. Ich habe vor, ihn zu Bett zu bringen und dann in meinem eigenen Zimmer zu schlafen, damit er ungestört ist.

»Lexi.«

»Ja, Tom?«

»Ich möchte, dass du jetzt den Krisenmodus verlässt und wieder auf ›Normal‹ schaltest. Ich bin kurz ohnmächtig gewesen. Das passiert vielen Leuten, immer wieder.«

»Kurz nach einem schweren Herzinfarkt, nachdem sie mit Sex angefangen haben, bevor es offiziell erlaubt war?«

»Das hatte überhaupt nichts mit meiner Ohnmacht zu tun.«

»Woher willst du das wissen? Vermutlich warst du dehydriert, *weil* du zu viel Sex hattest.«

»Lex.« Er legt seine Hände auf meine Schultern und senkt den Kopf, sodass ich ihn anschauen muss. »Stopp. Einmal tief durchatmen. Alles ist gut, und trotz des vielleicht gegenteiligen Anscheins von heute Abend wird alles auch weiterhin gut sein.

Das schwöre ich dir. Ich hatte ein Herzproblem. Das ist behoben. Ich fühle mich so gut wie seit Langem nicht mehr. Im Nachhinein wird mir klar, dass die Müdigkeit und Kurzatmigkeit, die ich schon eine Weile vor dem Infarkt verspürt habe, an der blockierten Arterie gelegen haben. Aber nachdem das in Ordnung gebracht worden ist, fühle ich mich großartig. Was heute Abend geschehen ist, hatte nichts mit meinem Herzen zu tun oder damit, dass wir zu früh Sex hatten, oder mit irgendwas anderem, als dass ich nicht genug getrunken habe, hungrig war und gleichzeitig überhitzt. Quasi ein perfekter Sturm, wenn du so willst.«

Ich hasse es, dass mein Kinn unkontrollierbar zittert und mir Tränen über die Wangen laufen, obwohl ich mir so verzweifelt wünsche, stark zu sein.

»Keine Tränen mehr.« Er küsst sie fort. »Keine Sorgen mehr, keine Panik und auch sonst nichts anderes als Liebe, Liebe und noch mehr Liebe.«

»Gegen die Liebe hab ich nichts, trotzdem gibt es keinen Sex.«

»Okay, Lexi. Wenn du darauf bestehst.«

»Tu ich.«

Er zieht mich mit sich zu seinem Schlafzimmer und unter die Dusche, wo wir uns den ekligen Krankenhausgeruch abwaschen. Ich hasse diesen Geruch mit Inbrunst.

Da ich jetzt, wo der aus der Panik geborene Adrenalinschub nachgelassen hat, nur noch die Kraft eines Neugeborenen zu haben scheine, seift Tom mich zärtlich überall ein, was die vorhersehbare Wirkung hat.

Unter dem warmen Wasser küssen wir uns leidenschaftlich. An meinem Rücken spüre ich die kühlen Fliesen, und seine Hände schließen sich um meine Brüste.

»Ich liebe dich, Lexi. Mehr als alles andere auf der Welt, und ich werde alles in meiner Macht Stehende tun, um sicherzustellen, dass wir so viele Jahrzehnte miteinander verbringen können, dass du dir am Ende wünschst, ich würde einfach verschwinden und dich in Ruhe lassen.«

Ich lache und weine gleichzeitig. »Das wird nicht passieren.«

»Ich mach es mir zum Ziel im Leben, dich an den Punkt zu bringen, an dem du mich darum anflehen wirst, bitte tot umzufallen, damit du endlich Ruhe vor mir hast.«

Ich gebe ihm einen Klaps auf die Schulter. »Das ist nicht komisch.«

»Ich werde nie aufhören, dich zu lieben, dich zu begehren oder dich zu brauchen. Wenn ich dich habe, hab ich alles, und ich bin klug genug, das zu wissen.«

»Ich liebe dich so sehr. Ich hab vorhin erst herausgefunden, wie sehr, als ich dachte, ich könnte dich verlieren.«

»Du wirst mich nicht verlieren.« Er küsst mich erneut und führt mich aus der Dusche, trocknet mich beinahe andächtig ab.

Ich bin eingehüllt in eine Wolke aus Verlangen und Erschöpfung und einem Zuviel aus Gefühlen, sodass ich mit ihm im Bett liege, er auf mir, bevor mir mein Vorsatz mit den zwei Wochen einfällt.

»Zwei Wochen, Thomas! Das meine ich auch so!«

»Sei still, Lexi, und lass dich von mir lieben.«

Ich hatte wirklich die besten Vorsätze. Das schwöre ich. Doch was kann ich anderes tun, wenn er genau hier ist, hart und bereit und voller Liebe, als mich zu diesem süßen, zärtlichen Liebesspiel verführen zu lassen, das in einem explosiven Höhepunkt für uns beide endet?

»Ich liebe dich bis in alle Ewigkeit«, flüstert er an meinem Hals, während die Lust in uns langsam abebbt. »Ich werde dich nie verlassen. Versprochen.«

Ich schließe die Augen, um weitere Tränen zurückzuhalten, dabei sind das hart errungene Tränen des Glücks. »Ich liebe dich auch. Für immer und bis in alle Ewigkeit.«

In der Zwischenzeit bei Iris zu Hause

Angela

»Das war heftig«, sage ich zu Luke, nachdem der Krankenwagen mit Tom abgefahren ist. Joy und Lexi folgen ihm aus der Einfahrt.

»Aber echt.« Luke reibt sich den Nacken, wie es Leute nach einer stressigen Situation tun. Zuzusehen, wie er in den Arztmodus gewechselt ist, als Tom vornübergekippt ist, war irgendwie sexy. »Als Gage erwähnt hat, dass Tom vor zwei Wochen einen Herzinfarkt und eine Stent-OP hatte … Ich hatte Angst, dass das nicht gut ausgeht. Als er zu sich gekommen ist und sagte, alles sei in Ordnung, war das eine Riesenerleichterung.«

»Die arme Lexi, sie war völlig außer sich.«

»Das ist genau der Grund, warum ich mich nie wieder verlieben will. Ich weigere mich schlicht, mich ein weiteres Mal auf etwas einzulassen, das einem derart das Herz brechen kann. Das ist zu schmerzhaft, und ich könnte es nicht noch einmal ertragen.«

»Ich neige dazu, dir recht zu geben«, antworte ich. »Ich möchte lieber allein bleiben, als mir darum Sorgen machen zu müssen, meinen Partner zu verlieren.«

»Das Einzige, was noch schlimmer wäre, wäre, wenn einem meiner Kinder etwas zustößt.«

»Genau. Das wäre unerträglich, besonders wenn man ganz allein für ihr Wohlergehen, ihre Gesundheit und ihre Sicherheit verantwortlich ist. Ich hätte das Gefühl, als wäre es meine Schuld, auch wenn das natürlich nicht stimmt.«

»Ja, exakt.«

»Jack hat einen Baseball ins Gesicht gekriegt, als er mit einem Freund im Garten Fangen geübt hat, und alles, woran ich denken konnte, war: Wenn er stirbt, wäre es meine Schuld, weil ich nicht dafür gesorgt habe, dass ihm nichts geschehen kann.«

»Clarissa ist zwei Monate nach Bellas Tod vom Fahrrad gefallen und hat sich den Arm gebrochen, und ich hab mich genauso gefühlt. Was, wenn sie gestorben wäre? Was würde ich dann tun?«

»Wir sollten vermutlich zur Kenntnis nehmen, dass diese Neigung, mit dem Schlimmsten zu rechnen, auf den Tod unserer Partner zurückzuführen ist«, entgegne ich. »Die Vorstellung, dass stets das schlimmstmögliche Szenario eintritt, wird mit der Zeit nachlassen.«

»Wird es das? Werden wir je aufhören, uns extra verantwortlich dafür zu fühlen, dass diese Kinder ihre Kindheit unversehrt überstehen, obwohl wir nicht die Unterstützung unserer Partner haben?«

»Vielleicht nicht komplett, aber ich muss einfach daran glauben können, dass es nicht immer so ausgeprägt sein wird.«

»Das hoffe ich auch, denn diese ständige Angst kostet zu viel Kraft.«

»Wir sollten uns mal mit den Kindern treffen«, schlage ich vor. »Es ist bestimmt gut für sie, wenn sie neue Freunde finden, die verstehen, was sie gerade durchmachen.«

»Eine super Idee. Liebend gern.«

Wir tauschen Handynummern aus und einigen uns darauf, einen Termin in den nächsten zwei Wochen zu finden.

Iris und Gage kommen mit Wasserflaschen und einem Tablett mit Dessert aus dem Haus.

»Also, das war jetzt kein typisches Wilde-Witwen-Treffen«, erklärt Iris.

»Das war definitiv unser erster Rettungswageneinsatz«, fügt Gage hinzu.

»Ich hoffe, wir haben euch damit nicht verschreckt«, sagt Iris vorsichtig.

»Nein«, antwortet Luke. »Ich kann natürlich nicht für Angela sprechen, doch ich habe es viel mehr genossen, als ich dachte, und ich freue mich darauf, zu der Gruppe zu gehören – nächstes Mal dann idealerweise ohne Rettungswagen.«

»Ebenfalls«, erwidere ich. »Ohne Rettungseinsatz wäre schön. Und ich würde gerne meinen Freund Brad irgendwann auch mal zu einem Treffen mitbringen, wenn das in Ordnung ist. Er hat seine Frau im Zuge des gleichen Fentanyl-Albtraums verloren wie ich meinen Spencer.«

»Ja, gern«, meint Iris. »Jeder, der uns braucht, ist uns willkommen.«

»Brad hat Schwierigkeiten, sich in seine Rolle als alleinerziehender Vater einzufinden. Ich glaube, es würde ihm helfen, wenn er Leute trifft, die im gleichen Boot sitzen. Ich schau mal, ob ich ihn dazu bewegen kann, mich zu begleiten.« Ich blicke auf meine Armbanduhr und sehe erstaunt, dass es beinah neun ist. »Ich muss nach Hause und meine Kinder ins Bett stecken, sonst sind sie die ganze Nacht lang wach.«

»Ich auch.« Luke steht auf und hält mir eine Hand hin, um mir hochzuhelfen.

Ich nehme sie, ohne nachzudenken, als ob ich das jeden Tag tun würde, obwohl ich so was seit einer gefühlten Ewigkeit nicht mehr getan habe. »Danke.« Warum bin ich auf einmal so verlegen? Was zum Teufel?

Wir gehen rein, um unsere übermüdeten Kinder einzusammeln, zwei Alleinerziehende, sechs Kinder und ein weiteres, das zu Hause auf mich wartet. Wir sind wie die in Lumpen gekleideten Überlebenden einer Naturkatastrophe, ein Bild, das so übertrieben ist, dass ich lachen muss, obwohl es eigentlich gar nicht witzig ist, eine Katastrophe zu überleben – egal ob es sich um eine Naturkatastrophe oder eine andere handelt.

Ich möchte mein altes Leben zurück.

Ich möchte mich auf dem Sofa an Spence kuscheln und einen albernen Film gucken, wobei wir in der Regel eingenickt sind, während unsere Kinder in ihren Zimmern geschlafen haben.

Ich möchte ihn so sehr bei mir haben.

Ich kann mir nicht vorstellen, jemals einen anderen als ihn zu begehren.

Immer noch wache ich an manchen Tagen morgens auf und frage mich, wo er ist.

Als ich die Kinder im Auto in ihren Sitzen anschnalle und ihren aufgeregten Stimmen lausche, während sie mir erzählen, was sie an diesem Abend alles mit Josie und Shawn erlebt haben, kommt Luke zu mir.

»Phoebe sagt, das hier gehört deiner Ella.«

Sie reicht mir Ellas Lieblingsstofftier, einen Hund.

»O Mann, danke. Du hast mich gerade vor einem Zubett-bringen-Albtraum bewahrt.«

»Ich weiß alles über diese Albträume zur Schlafenszeit. Ruf mich an, wenn du darüber reden möchtest.«

»Okay, mach ich. Du aber auch.«

»Oh, ich werde dich definitiv anrufen, Angela. Fahr vorsichtig.«

Er lässt mich sprachlos zurück, während er zu seinem Auto geht.

Was zur Hölle war das?

MEHR VON DEN WILDEN
WITWEN

Ganz vielen Dank, dass Sie Lexis Wilde-Witwen-Geschichte gelesen haben! Ich hoffe, Sie hatten mit ihr, Tom und den anderen Wilden Witwen so viel Spaß, wie ich beim Schreiben hatte. Diese Serie ist mir so ans Herz gewachsen, während ich diese Gruppe mit jedem neuen Buch immer besser kennenlerne. Es war so schön, Angela in die Selbsthilfegruppe einzuführen, selbst wenn ich damit der Handlung der First-Family-Bücher weit vorausgreife. Die Zeitschienen in Übereinstimmung zu bringen, ist das Schwerste am Verfassen von Romanreihen – zumindest für mich –, daher hoffe ich, Sie verzeihen mir die Diskrepanzen zwischen diesen beiden Serien.

Wenn Sie mehr über Angelas Vorgeschichte erfahren möchten (sowie über Ronis und Dereks Chefs, den Präsidenten und die First Lady), schauen Sie sich die Serien »Fatal« und »First Family« an, unter *https://marieforce.com/deutsche/*.

Wenn Sie über Lexis Geschichte sprechen möchten, können Sie der englischsprachigen Lesergruppe »Someone to Watch Over Me« unter *www.facebook.com/groups/someonetowatcho verme/* beitreten, aber Achtung, Spoilern ist ausdrücklich erlaubt. Denken Sie auch daran, sich bei der Wild-Widows-Serie-Gruppe unter *www.facebook.com/groups/thewildwidowsse ries* einzutragen, damit Sie Updates zu neuen Büchern und den Wilden Witwen erhalten.

Ein großes Dankeschön geht wie immer an Dr. Sarah Hewitt, die mich zu den medizinischen Details berät. Sämtliche Fehler in dem Bereich sind mir anzukreiden, nicht ihr. Lieben Dank meinen Lektorinnen Linda Ingmanson und Joyce Lamb sowie meinen Beta-Leserinnen Anne Woodall, Kara Conrad und Tracey Suppo. Vielen Dank an die Beta-Leserinnen der Wilde-Witwen-Reihe: Marianne, Jennifer, Juliane, Gwen, Gina, Rachel, Amy und Karina.

An das Team, das mich jeden Tag unterstützt und ohne das ich es nicht schaffen würde: Julie Cupp, Lisa Cafferty, Jean Mello, Nikki Haley und Ashley Lopez sowie meine Familie, Dan, Emily und Jake: Ohne Euch würde ich es nicht schaffen.

Vor allem bedanke ich mich jedoch bei meinen Leserinnen, die jedes neue Buch mit so viel Liebe und Enthusiasmus begrüßen. Ich weiß Sie alle mehr zu schätzen, als Sie ahnen!

Alles Liebe
Marie

WEITERE TITEL VON MARIE FORCE

Wild Widows

Someone like you – Neues Glück mit dir, Band 1

Someone to hold – Nur mit deiner Liebe, Band 2

Someone to love – Du mein Ein und Alles, Band 3

Someone To Watch Over Me – Mein Weg zu dir, Band 4

First Family

State of Affairs – Liebe in Gefahr, Band 1

State of Grace – Für alle Ewigkeit, Band 2

State of the Union – Du und ich gemeinsam, Band 3

State of Shock - Meine Liebe, mein Leben, Band 4

State of Denial – Riskantes Spiel mit dir, Band 5

State of Bliss – Unser Traum von Liebe, Band 6

State of Suspense – Zwei Seelen, ein Herz, Band 7

State of Alert – Verheißung des Glücks, Band 8

Die Fatal Serie

One Night With You – Wie alles begann (Fatal Serie Novelle)

Fatal Affair – Nur mit dir (Fatal Serie 1)

Fatal Justice – Wenn du mich liebst (Fatal Serie 2)

Fatal Consequences – Halt mich fest (Fatal Serie 3)

Fatal Destiny – Die Liebe in uns (Fatal Serie 3.5)

Fatal Flaw – Für immer die Deine (Fatal Serie 4)

Fatal Deception – Verlasse mich nicht (Fatal Serie 5)

Fatal Mistake – Dein und mein Herz (Fatal Serie 6)

Fatal Jeopardy – Lass mich nicht los (Fatal Serie 7)

Fatal Scandal – Du an meiner Seite (Fatal Serie 8)

Fatal Frenzy – Liebe mich jetzt (Fatal Serie 9)

Fatal Identity – Nichts kann uns trennen (Fatal Serie 10)

Fatal Threat – Ich glaub an dich (Fatal Serie 11)

Fatal Chaos – Allein unsere Liebe (Fatal Series 12)

Fatal Invasion – Wir gehören zusammen (Fatal Serie 13)

Fatal Reckoning – Solange wir uns lieben (Fatal Serie 14)

Fatal Accusation – Mein Glück bist du (Fatal Serie 15)

Fatal Fraud – Nur in deinen Armen (Fatal Serie 16)

Fatal Serie Bände 1-6
Fatal Serie Bände 7-11

Miami Nights

Bis du mich küsst

Bis du mich berührst

Bis du mich liebst

Bis du mich verzauberst

Bis du mit mir träumst

Die McCarthys

Liebe auf Gansett Island (Die McCarthys 1)
Mac & Maddie

Sehnsucht auf Gansett Island (Die McCarthys 2)
Joe & Janey

Hoffnung auf Gansett Island (Die McCarthys 3)
Luke & Sydney

Glück auf Gansett Island (Die McCarthys 4)
Grant & Stephanie

Träume auf Gansett Island (Die McCarthys 5)
Evan & Grace

Sommernächte auf Gansett Island (Die McCarthys 20)

Finn & Chloe

Verführung auf Gansett Island (Die McCarthys 21)

Deacon & Julia

Magie auf Gansett Island (Die McCarthys 22)

Jordan & Mason

Sonnige Tage auf Gansett Island (Die McCarthys 23)

Versuchung auf Gansett Island (Die McCarthys 24)

Cooper & Gigi

Neubeginn auf Gansett Island (Die McCarthys 25)

Jace & Cindy

Sturmwolken über Gansett Island (Die McCarthys 26)

Downeast

Dan & Kara: Downeast – Wie alles begann

Die Green Mountain Serie

Alles was du suchst (Green Mountain Serie 1)

Endlich zu dir (Green Mountain Serie 1/Story *1)*

Kein Tag ohne dich (Green Mountain Serie 2)

Ein Picknick zu zweit (Green-Mountain-Serie/Story 2)

Mein Herz gehört dir (Green Mountain Serie 3)

Ein Ausflug ins Glück (Green-Mountain-Serie/Story 3)

Schenk mir deine Träume (Green-Mountain Serie 4)

Der Takt unserer Herzen (Green-Mountain-Serie/Story 4)

Sehnsucht nach dir (Green-Mountain Serie 5)

Ein Fest für alle (Green-Mountain-Serie 5/Story 5)

Öffne mir dein Herz (Green-Mountain-Serie 6/Story 6)

Jede Minute mit dir (Green-Mountain-Serie 7)

Ein Traum für uns (Green-Mountain-Serie 8)

Meine Hand in deiner (Green-Mountain-Serie 9)

Mein Glück mit dir (Green-Mountain-Serie 10)

Nur Augen für dich (Green-Mountain-Serie 11)

Jeder Schritt zu dir (Green-Mountain-Serie 12)

Ganz nah bei dir (Green-Mountain-Serie 13)

Meine Liebe für dich (Green-Mountain-Serie 14)

Eine Ewigkeit für uns (Green-Mountain-Serie 15)

Die Neuengland-Reihe

Vergiss die Liebe nicht (Neuengland-Reihe 1)

Wohin das Herz mich führt (Neuengland-Reihe 2)

Wenn das Glück uns findet (Neuengland-Reihe 3)

Und wenn es Liebe ist (Neuengland-Reihe 4)

Für immer und ewig du (Neuengland-Reihe 5)

Die Quantum Serie

Tugendhaft (Quantum-Serie 1)

Furchtlos (Quantum-Serie 2)

Vereint (Quantum-Serie 3)

Befreit (Quantum-Serie 4)

Verlockend (Quantum-Serie 5)

Überwältigend (Quantum-Serie 6)

Unfassbar (Quantum-Serie 7)

Berühmt (Quantum-Serie 8)

Andere Bücher

In the Air Tonight – Im Dunkel der Nacht

Sex Machine – Blake und Honey

Sex God – Garrett und Lauren

Five Years Gone – Ein Traum von Liebe

One Year Home – Ein Traum von Glück

Mein Herz für dich

Nicht nur für eine Nacht

Take-off ins Glück

The Fall – Du und keine andere

Dieses Mal für immer

Helden küsst man nicht

Küsse für den Quarterback

Gilded Serie

Die getäuschte Herzogin

Eine betörende Braut

ÜBER DIE AUTORIN

Marie Force ist New-York-Times-Bestseller-Autorin von zeitgenössischen Liebesromanen und Romantic Suspense. Zu ihren Büchern gehören unter anderem die beliebten Reihen „Fatal", „First Family", „Gansett Island", „Butler Vermont", „Neuengland", „Miami Nights" und „Wild Widows" sowie die erotische „Quantum"-Serie. Ihre Bücher haben sich weltweit bislang mehr als zehn Millionen Mal verkauft, wurden in ein Dutzend Sprachen übersetzt und standen über dreißigmal auf der New-York-Times-Bestseller-Liste. Außerdem ist sie USA-Today- und #1-Wall-Street-Journal-Bestseller-Autorin und in Deutschland Spiegel-Bestseller-Autorin.

Ihre Ziele im Leben sind einfach: Bücher zu schreiben, solange sie kann, ihre beiden Kinder weiter dabei zu unterstützen, glückliche, gesunde und produktive junge Erwachsene zu werden, und niemals in einem Flugzeug zu sitzen, das Schlagzeilen macht.

Tragen Sie sich in Maries Mailingliste ein, um alles Wichtige über neue Bücher und Veranstaltungen zu erfahren. Folgen Sie ihr auf Facebook und auf Instagram.

* 9 7 8 1 9 6 6 8 7 1 0 3 3 *